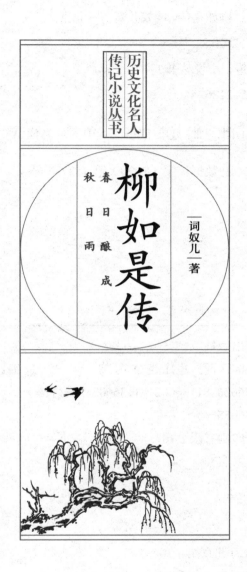

历史文化名人
传记小说丛书

柳如是传

春日酿成
秋日雨

词奴儿 著

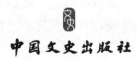

中国文史出版社

图书在版编目（CIP）数据

春日酿成秋日雨：柳如是传/词奴儿著 . —北京：
中国文史出版社，2020.8
（历史文化名人传记小说丛书）
ISBN 978-7-5205-2186-4

Ⅰ . ①春… Ⅱ . ①词… Ⅲ . ①传记小说—中国—当代 Ⅳ . ① I247.5

中国版本图书馆 CIP 数据核字（2020）第 153784 号

责任编辑： 徐玉霞

出版发行：中国文史出版社
社　　址：北京市海淀区西八里庄路 69 号院　　　邮　　编：100142
电　　话：010-81136606 81136602 81136603（发行部）
传　　真：010-81136655
印　　装：河北燕龙印刷有限公司
经　　销：全国新华书店
开　　本：16 开
印　　张：20.5
字　　数：320 千字
版　　次：2021 年 1 月北京第 1 版
印　　次：2021 年 1 月第 1 次印刷
定　　价：59.00 元

序

1

这部传记是雷君推荐我读的，他说，作者是位中年女性，在此之前，她从未从事过小说创作，这部长篇是她的处女作。雷君说，她还创作了数百首古典诗词，纯粹是一种爱好情趣，极少公开发表。我有幸读了几首，对其中的《临江仙·谁》记忆犹新：

谁解丁香千结？谁怜兰露清寒？谁陪鸾镜整花冠？谁聆鹦鹉语？谁倚碧栏杆？

谁踏征途南去？谁怀离恨千般？谁于月下理诗笺？谁期双燕子，巢恋早归还！

读过之后，大为惊奇，若不是雷君解释，我还以为此词是出自某位古人之手呢！有了如此扎实的传统文字功底，故而作品才会如此简约、厚重。

2

前些年，女性文学大行其道，描写历代名媛才女的作品比比皆是。而明清时期，作为秦淮八艳之首的柳如是，却鲜为人知。究其原因，除商业因素外，便是人们对这位女诗人知之甚少。她之所以被人称道，除了她亮丽的容颜，更重要的是她"不类闺客"的气节。如，她劝说丈夫投水殉国，她为丈夫殉情，也不肯归顺外来的清军；她毅然将家资捐给郑成功，以支持他反清复明；为了反抗卑鄙宵小的欺凌，她以自尽捍卫了自己的尊严。她又才华横溢，传世的一些诗词文章与丹青作品，就足以说明她的不同凡响了。

序

　　柳如是离我们已经十分遥远了，我们无法当面听她吟哦，也无法与她沟通。无情的时光长河，流淌过多少兰心蕙性的女子！透过历史的尘埃，遥望她渐行渐远的倩影，一种无端的惆怅与遗憾，如影相随。

　　国学泰斗陈寅恪穷其一生研究，考证柳如是，在他双目失明的垂垂暮年，撰写了洋洋80万字的《柳如是别传》，让世人对这位奇女子有了新的认识，还原了一个真实而生动的柳如是。而这部传记，作者在创作中国绕女主人公坎坷悲壮的一生，融进了一些稗类野史和逸闻掌故，正野互补，雅俗兼收，增加了可读性，有助于读者了解当时的社会背景和风物人情，从字里行间看到了一个形象鲜明的女子。

　　在虞山拂水岩下，我找到了柳如是的长眠之地。一位负责守护墓地的花甲妇人，正在墓前洒水，让萋萋芳草陪伴着黄土下的美丽灵魂。

　　红豆山庄的那株红豆树，虽经风刀雨箭所伤，但依然亭亭玉立，年年结出鲜艳如珠的红豆。微风拂过，树枝婆娑，似在吟哦王维那首红豆诗：愿君多采撷，此物最相思……

田　雨

引 子

午后，杨爱在书房读了几页诗集，觉得眼涩神倦，便放下书，出了书房。沿着曲折的长廊逶迤而行，穿过后堂，出东院的角门到了花园，微风拂过面颊，顿觉神清气爽。

深秋的园子，草木枯竭，唯有各色菊花在夕阳下尚且开得绚烂。她半倚着池塘边的太湖石，望着西边古柳树梢那一轮落日出神。

天边酡红如醉，山上一遍金黄，空旷的原野，缭绕的长烟，晚归的牧童，隐约的笛声，让她沉醉，让她流连，她不想回到那座阴森森的庭院。

"七姨太，你在这里呢！让小的好找。"

杨爱回过头来，见府里的仆人阿旺不知何时站在身后。

"七姨太！"阿旺不等她开口，急着道："你快回罢，老爷、老夫人在偏厅候着呢！"说罢，也不等答复，低头匆匆而去。

她觉得阿旺今天的神态不像往常，却也没细想，便快步穿过花园，往东厢偏厅走去。

这是与正房隔开的一个院落，三间一所抱厦。平日里，周相爷就在这抱厦里料理事务及接待客人。

杨爱进来时，厅里已点上瓦明灯，老夫人坐在东边的软榻上，低眉捻着手里的佛珠。

"还不给我跪下！"周相爷一脸寒霜，不等她开口问好，就厉声骂道："小贱人，周府把你从归家院买来，是你几世修来的福分！可你不知珍惜，不思图报，竟不知廉耻地去勾引男人，败坏周家门风，今天不打杀你这贱婢，何以对得起周家列祖列宗？"

这突如其来的喝骂，让杨爱丈二和尚摸不着头脑，只吓得脸儿惨白，扑通一声跪在地上，茫然地望着周相爷那张在灯光下阴暗不定的老脸。

勾引男人？她心里想，自己被买进周府，是专门侍候周老夫人的。因她聪明伶俐，给老夫人读书吟诗，下棋作画；陪她描鸾绣凤，斗草簪花，拆字猜谜。百般的乖巧，才深得老夫人的喜爱。虽是陪侍的奴婢，老夫人却叫住在春晖堂隔壁的听雨楼。那可是少爷小姐才能住的屋子，府上的仆人便有些不服，常常冷眉冷眼地待她，她不把这当回事，也懒得与那些人来往。只有比她大三岁的来升经常关照她，帮她做些重点的活计，教她一些周府的规矩，两人也颇谈得来，后来又被周相爷看中。

周相爷姬妾成群，却苦于无子女，便以"不孝有三，无后为大"为由，向母亲强要了杨爱，纳为小妾。本就聪明伶俐的杨爱，擅长琴棋书画，又喜读诗词经史，相爷的书房便成了她常去的地方，这就又合了相爷的胃口了。闲暇之余，相爷常常抱她坐在膝上，教她诗词歌赋，谈论兵书战史，又说些朝廷后宫里的逸事。书房里，常常传出这对白发红颜的读书声与嬉笑声，这就更引起了其他姬妾的嫉妒。

前天晌午，她去厨房交代，老爷要喝罗宋汤，叫厨子不要把汤做太甜了，要清淡一些。正遇上男佣来升在厨房外的廊子下堆放过冬用的柴火，劈成一片片的木柴码得整整齐齐的，堆成小山一样。来升见她这时候还穿那么单薄的衣裳，笑说："这天也凉了，冻病了可不好，你也该穿暖和些才是。"

她笑笑："不碍事的，我在归家院跟徐佛姨娘过活的那几年，姨娘天天用一种奇药泡茶泡酒让我喝，喝了不畏寒冷，还能让皮肤白白嫩嫩，红艳如桃花呢！"

"你姨娘有这大本事？"来升惊奇地睁大眼睛："难怪你脸色这么好看。几时得空你回去要些来，给这里的姐妹喝，让她们也不畏寒冷，脸色也像你一样好看，岂不好？"

杨爱忙摆手道："可使不得。那是一种跟砒霜差不多的药，须按分量配酒配茶，才能恰到好处，人也才能饮用，稍不留神就会毒死人的，只是饮多了对身体也不大好。"

正说得兴头上，三姨太、五姨太的丫头也来厨房，嘱咐厨子给她们的主子做合口的饭菜，见他们主仆说说笑笑的，两人翻着白眼叽咕而去。

想到这里，杨爱背脊沟里一阵阵发凉。

她哪里知道，自她被周相爷纳为小妾后，老爷爱如至宝，那几个失宠的姬妾早就恨她入骨，真真假假，时有时无地在老爷眼前耳边，说她到底是青楼买来的，不如良家女子清白，最擅勾引男人，还与某某仆人通奸呢。

老爷开始不信，可一件事一句话，说的人多，听的人也就信了，也便成了事实。昨天跟来升说话时的情景又被她们加油添醋，说得绘声绘色，这便激起了周相爷的杀心。

杨爱年纪虽小，又何尝不知道，这种深宅大院里打杀一个她这样的奴婢，就像捏死一只蚂蚁。

想到死，她倒镇定了，不再惶惑害怕。一张清俊的小脸涨得通红，却也更娇俏动人，湖水般清澈的眸子，没有眼泪，只有屈辱与无助。

她低声却是十分清晰地说："老夫人，老爷，奴婢原是府上买来的丫头，有幸得老爷老夫人的宠爱。如今有人以污水泼我，想来也在意料之中，只不能因为我却也污了别人的清白。如果我做了此等猪狗不如之事，请老夫人让奴婢自己了断，奴婢不想连累他人，却也绝不是贪生怕死之人。"

说着站起身来，低头弯腰，就势朝左边墙上撞去。幸亏老夫人身边两个力大的婢女，一把拦住，紧抱着再也不放手。

一边捻着佛珠的周老夫人，原本就极喜爱这女孩子，通奸之说，想来是那群失宠的姬妾争风吃醋，在相爷面前搬弄是非，并没有谁亲眼所见。有道是：捉奸捉双，捉贼拿赃。如今听她这几句慷慨激昂的话，早就心软了，停下捻着念珠儿的手，扭头对儿子说："上天有好生之德，我们大户人家，最讲究积德行善，少作孽，也是积善德了，就饶过她罢。"

"娘，这……"周相爷犹自不解地向母亲望去，见老母亲又闭目凝神捻着手里的念珠儿，知母亲不再改变主意，虽然恨得牙根痒痒的，无奈不敢违背母命。半晌后，咬牙道："老夫人吃斋念佛，是观音菩萨心肠，既是老夫人说情，我也就放你一条生路，只是死罪虽可免，活罪却难逃。来人，把这贱人鞭打二十，关进西院的柴房，不准送吃食。"

这一年，杨爱刚满十四岁。

目　录

第一章　杨花朝去暮复离

杨花飞去泪沾臆，杨花飞来意还息。

可怜杨柳花，忍思入南家。

杨花去时心不难，南家结子何时还？

杨白花，不恨飞去入闺闼，但恨杨花初拾时。

不抱杨花凤窠里，却爱含情多结子。

愿得有力知春风，杨花朝去暮复离。

——明　柳如是

冬天的渡口透着彻骨的寒冷，如刀般冷峭的北风掠过湖面，岸边那些早已枯萎的芦苇顺风而倒，了无生机。天阴沉沉的，似一张厚厚的帘幕低垂着，水天相连处溶为一色，几只叫不上名字的水鸟，贴着水面盘旋，啼声低回哀竭，给这冷清的渡口平添了几分肃杀。

晌午时分，码头上的人渐渐多起来，却也行色匆匆。只有这个女子，倚栏而立，宁静如斯，清澈如湖水般的眼眸专注地凝视着迷蒙的湖面，那身半新不旧的湖绿色衣裙，在这寒冷的冬天虽显单薄，却更衬出女子的清灵秀雅。她就是被周府买去而又卖给归家院的杨爱。

杨爱并不急着跟人群一起去挤着登船，她在等归家院徐佛姨娘的画舫。

徐佛小字阿佛，生得娇柔俏丽，聪颖过人。自幼习琴棋书画，工诗词歌赋，尤善画兰，只把个兰花画得精妙传神，让时人称绝。其父丧后，随母自嘉兴迁来盛泽，不得已流落风尘。

盛泽镇隶属苏州府吴江县，地处太湖流域，以盛产丝绸而闻名海内外，这昌明隆盛之邦，自然是商贾云集，青楼群聚，真可谓是烟柳繁华地，温柔富贵乡，奢华至极，自不必说。只是千万别小看了这秦楼楚馆，风月楼台，可是出了一代又一代名妓，更是文人骚客、公子王孙、商贾名流、纨绔子弟征歌狎妓、寻欢作乐的风月场所。徐佛以她的姿色和聪颖，在吴江盛泽的青楼中芳名大噪，红极一时。

杨爱第一次被卖到归家院时还只有十岁，面黄肌瘦，身量矮小，只知道姓杨，便不知其他。归家院的妈妈叫她做徐佛的侍女，一边侍候徐佛一边跟徐佛学些技艺。无依无靠的小女孩，便把这归家院当做了能给自己遮风挡雨的家了，十二分的殷勤听话乖巧，深得徐佛的爱怜，被徐佛收为养女，教以琴棋书画、社交礼仪。因她姓杨，又因有宋人王鲲写诗称赞当时的名妓杨爱：柳荫深处十间楼，玉管金樽春复秋。只有可人杨爱爱，家家团扇写风流。徐佛便为她起名为杨爱。

今天，徐佛是来接杨爱的。

北风丝毫没有减弱的意思，天空的乌云却已散开了去，虽没有阳光普照，湖面却渐渐明朗起来，鸟儿的叫声也不如先前那般凄厉。

凭栏而立的杨爱依然凝视着湖面，忽然，她忧郁的面容粲然一笑，因为她看到了，水天相连处有一艘船向这边驶来，那是一艘与众不同的船，船起楼台，雕梁画栋；方格轩窗，帷幔飘忽；两舷扶栏，色彩明艳。这便是她最熟悉的归家院的画舫了。

不待画舫靠岸停稳，杨爱一改文静之态，早已跑近来，急急地登上画舫。徐佛一把将她搂在怀里，无语凝噎。短短的一年，这其中的酸甜苦辣，悲欢离合，竟恍如隔世。徐佛慈爱地拍着杨爱的肩背，两人相携着进了船舱。

坐定之后，徐佛仔细打量着眼前这孩子，身段窈窕，皮肤白嫩，俏丽的面孔上，一双俊眼修眉，顾盼之间，神采飞扬。一年不见，出落得更加超凡脱俗了。寒冬时节，虽衣着单薄，却面若桃花，娇羞可人。心里不由得暗暗赞道：如此天生丽质，足令众生倾倒。

看着如花般美妙的杨爱，徐佛内心却满是怅然，美人迟暮之感袭上心头。她已老大不小，早已厌倦了倚门卖笑、迎来送往的生涯。如果洗尽铅华，隐逸于灯红酒绿之后，红颜憔悴，年老色衰，谁又是可以托付终身之人？

杨爱可没有她想的那么多，上得船来就如回到家一般，扒着舷窗望向船尾溅起的雪白浪花，几只洁白的海鸥在浪花中欢快地盘旋鸣叫。心想，这些鸟儿该是多么快活，一点儿都不知愁滋味呢。

看了半天的浪花海鸥，杨爱见徐佛姨娘没说话，只不住地打量着自己想着心事，便转过头来，拉上窗帘。却被徐佛姨娘忧伤的面容吓得心里不安，转念又想起自己的身世和在周家的遭遇，那股回家的兴奋之情也已悄然退去，便倚着徐佛的肩膀，暗自神伤。

　　船在湖面上随波摇荡，风在船舷两侧呼啸，徐佛没有说话，却听杨爱轻声吟唱道：

　　杨花飞去泪沾臆，杨花飞来意还息。可怜杨柳花，忍思入南家。杨花去时心不难，南家结子何时还？杨白花，不恨飞去入闺闼，但恨杨花初拾时。不抱杨花凤窠里，却爱含情多结子。愿得有力知春风，杨花朝去暮复离。

　　徐佛听她唱得婉转凄凉，缠绵哀怨，心想这如花般艳丽的女孩儿，小小年纪就尝尽世间凄楚，犹如飘忽不定的杨柳花，也不觉泪湿衣襟。

　　"姨娘，你别伤心了，都是爱爱不好，总让姨娘操心。"

　　"原本以为，你到周府做妾是你的造化大。周道登毕竟做过宰相，家道殷实，过个三年五载的，若你生得了一男半女，在周家你也就有了身份地位了，谁知你竟差点送命！"

　　杨爱默然无语。

　　"如今回归家院也好，大户人家的姬妾也是不好做的。"见她低头不语，徐佛又转而说道。

　　"姨娘，爱爱有一事相求。"杨爱仰头望着徐佛。

　　那一双碧漆似的瞳仁里有着说不清的期待与祈求，徐佛不忍看，扭头望向舱外寒彻的湖水："你说罢，有何事相求？"

　　"姨娘！"杨爱眼巴巴地望着徐佛耳垂上随着船的晃动而摇摆不定的玉坠："我不想回盛泽归家院了，请姨娘送我去苏州可好？"

　　徐佛惊奇地转过头，盯着她的眼睛。那双碧漆似的眼眸里，再也没有了往日的纯真与宁静，却过早地有了太多人世间的纷扰与忧伤。而那偶尔掁紧微微上翘的嘴角，又透着一股与年龄极不相称的刚烈与倔强。

　　"爱爱！"徐佛不忍回绝，沉吟着说："这天下之大，所有的青楼可都是一样的啊！咱们这些倚门卖笑的青楼女子，是专给那些达官贵人消遣的玩物。"

　　"我虽然改变不了自己低贱的命，却想换个地方生存。盛泽归家院离吴江太近了，我想走远点。"

　　徐佛明白了，点头道："这样也好，那我就送你去苏州罢。你也不要想得太多了，我看你秀骨娟娟，韵致天然，且又天资聪颖，多才多艺。日后，自有扬眉吐气的时光。"

　　杨爱破涕为笑："爱爱谢姨娘恩典！"

苏州，就如春天里的一朵蔷薇，明艳柔媚。苏州河，日夜流淌着一河的花瓣水，一河馨香的胭脂。

此时正值深冬，似乎所有花花草草的颜色和胭脂水粉都沉淀于水底，河水显得格外幽深凝重。而黄昏将至的苏州河则如刚刚睁开眼眸的慵懒的美艳少妇，正等着侍女为她梳妆打扮，好去赴一场盛大的晚宴。

徐佛的画舫载着她和杨爱抵达河东岸的凌波楼时，已是掌灯时分。

今夜没有皎月，没有星星。白日里恬静委婉的河水，在渐渐亮起来的灯火中显得黯淡深沉，像幽深的梦一般，大大小小的画舫竞相争艳，船头船尾，雕龙镂凤；方格轩窗，绣帘珠幔；两侧扶栏上挂着水晶玻璃各色风灯，淡黄色的灯光，透过双重玻璃，疏疏密密地洒落于微漾涟漪的水面，和着那悠悠的汨汨的桨声，苏州河的夜显得那样温馨悠远而莫测。那明灭的闪烁不定的灯火，是梦的眼睛么？是不是在窥视或者偷听微风与河水的密语呢？

如今的杨爱可不再是归家院里的黄毛小丫头了，凌波楼的沈妈妈在徐佛送她来之前，早就知道她是吴江周相国府赶出来的姬妾，已经精心收拾出一间雅室，静候佳人。

跟着沈妈妈走进凌波楼的那一瞬间，杨爱有种恍惚眩晕的感觉，心底里那种唏嘘感慨自不必与人言说。

这是凌波楼上最好的房间，位于二楼东侧，仿红木的家具给人一种富丽堂皇的感觉，镂花轩窗临河而开。窗下的木几上设有瑶琴，西边靠墙的书架上整齐地垒着满满的书，花梨木的桌子上设有文房四宝，东边是木格子的屏风，如满月的门洞上挂有水晶帘。里设卧榻，床上悬着粉色双绣花卉草虫纱帐。

肥胖的沈妈妈站在书案边，看着满脸惊愕的杨爱，颇为慈爱地笑道："听你徐佛姨娘说，你最爱读书，才给你备了这些诗书经卷。以后这间屋子就是你的了，你看看，还满意么？"

杨爱在房间里随意走动着，摸摸梨花木的桌子，摸摸架上的书，走到窗下轻轻地拨弄琴弦。听着琴弦的铮铮声，心想，这里虽是青楼，自己却是主人，总胜过给大户人家做小妾，被人使来唤去的。

她走到沈妈妈面前，双腿微屈，双手相握，轻轻一福："杨爱谢妈妈另眼相待。"

沈妈妈忙上前扶起，拉她坐在琴边的软椅上。

杨爱说："沈妈妈，从今儿起，凌波楼就是我的家了，我想改个名儿。"

沈妈妈问："改名儿？你可想好新名字了？"

杨爱望着窗外河里画舫上的灯火："我本姓杨，杨柳本是一家，今后我就改姓柳，叫柳隐罢。"

她也不管沈妈妈听得懂还是听不懂，目光不知落在何处，只自顾自地说："将真名真性情隐去，我就是苏州河畔柳浪桥头凌波楼的柳隐了。"她轻轻地说着，一字一句，却分外有力。沈妈妈有点错愕地看着这位刚从"宰相府"出来的姑娘，拉着她的手说："好好好，从今儿起，你就叫柳隐了。"

沈妈妈辞别下楼，又想起一事道："两个月后，是松江府名流陈继儒陈眉公的七十五岁寿辰，每年的这一天，陈眉公都要举行一场盛大的宴会，这一天也是江南才俊聚会的日子呢，你徐佛姨娘临走时再三交代了，一定要你去松江府赴陈眉公的宴会，到时她自会派人来接你。"

松江，又称云间，位于长江三角洲，自古就有"苏松税赋半天下"和"衣被天下"之称。境内水域宽阔，风光旖旎；河流纵横交错，九峰竞秀，素有"山骨水肤"之美称。而让松江闻名遐迩的是，才子云聚。

松江城往北二十余里，便是层峦叠嶂，郁郁青青的佘山，陈继儒就隐居在佘山东麓。

陈继儒，字仲醇。常骑一匹大角鹿往来于长堤柳下，潇洒出尘，飘然若仙，他自称为麋公，又号眉公。

陈眉公虽博学多才，精通古文经史，却一生不曾入仕途。一介布衣，怡情于山水，隐居在此，又深得朝廷一些风雅官员与民间风流学士的仰慕，以儒雅清名而闻名于江南。常有一些慕名者不远千里而来，或拜谒，或求诗索画。如此，隐士的家常常是高朋满座，宾客盈门，他每年的寿辰也便成了江南文人学士的一场盛大聚会。

五十岁那年，陈眉公在佘山脚下开出一片园子，叫着逸翠园。园子的围墙一概桶瓦泥鳅脊，门栏窗楣，皆精雕细镂着各色花样，不加颜色，一色雪白石灰粉墙，不落富丽俗套。若进得园来，便有假山挡在眼前，假山上布满碧绿的青苔与翠幔，恰如一座青翠的屏风。转过翠屏，亭台轩榭，斗拱飞檐，如鸟儿振翅欲飞；曲水池沼，闻之汩汩，人在其中，犹如在画中一般；花草树木，曲径通幽，又有山重水复疑无路，柳暗花明又一村之感。这一亭一榭，一草一木，一石一水，莫不体现出主人博大的胸壑与高雅的情趣，虽由能工巧匠雕琢而成，却宛如天然。

二十多年来，陈眉公的逸翠园便是江南文人雅士的一个绝妙去处。

柳隐两月前刚来凌波楼时，徐佛姨娘就说要她去参加这样的文人聚会，她心里忐忑不安，特地找来陈眉公的诗集，煞是认真地读了又读。

这日，天还没大亮，柳隐就起床梳洗，看着镜子里如云的乌发，娇俏的容颜，特别是那双会说话的丹凤眼，心里溢满了自信。她拿出一只精致的白底缠枝蓝花的小瓷瓶，这是徐佛姨娘特地留下的一种特制砒霜，她小心地扭开瓶盖，倒了一点在茶碗里，冲上热茶，慢慢饮尽。

她到河埠码头时，一位身材矫健壮硕，脸庞黑红的男子已候在那儿。只听沈妈妈说有人来接她，却不知道此人是谁。

那男子见她袅娜而来，笑问："是柳隐柳姑娘吧？我是松江陈子龙，你徐佛姨娘让我来接你去佘山陈眉公家。"

柳隐低眉含笑，深深一福："有劳公子了！"心想，这人说话眼睛向上似在看天呢，倒并不像在对眼前的人说话。

待柳隐上船坐稳，陈子龙吩咐船公开船，自己则端坐一旁，不再言语。

柳隐早就从徐佛姨娘嘴里听说过陈子龙的大名，只无缘得见。此人松江人，七岁通经史，十几岁时便博通经史百家，以诗词独步江东诗坛，并创立几社，素有云间才子之雅称。

她暗暗打量着，见他头戴一顶玄色方巾，几缕卷发倔强地从方巾下露出来，饱满的天庭，却眉宇深锁，似有重重心事。所以也不敢说话造次，只觉得眼前这男子虽有江南文士的儒雅，却更有几分燕赵男儿的气概，心里竟无端地生出几分敬慕来。

柳隐坐着陈子龙的小船到达佘山脚下的沸香泉时，已是晌午时分，一些名冠江南的才子佳人早已到了逸翠园。

虽是隆冬，太阳白晃晃的，可佘山脚下，车水马龙；沸香泉边，画舫林立；文人学士，峨冠博带；绿鬓朱颜，衣袂翩翩；笙歌渺渺，脂香拂面；真有说不尽的繁华，道不完的风流，就连这冬日的料峭寒风也染上了几分融融春色。

在这间以风雅闻名于江南的大厅里，柳隐冷眼望去，以草衣道人立足江湖的王修微；以诗画双绝蜚声秦淮两岸的杨宛淑；徐娘半老、风韵依然的杨云友；还有喜着素装而以冷艳闻名的林天素；如丁香花般忧郁的卞赛等，个个流光溢彩，艳丽非凡，真是衣香丽影，彩袂缤纷。

陈子龙一边忙不迭地跟熟悉的宾客打招呼，一边寻找着什么人，他一眼瞥见了坐在西边轩窗下的杨宛淑，便把柳隐带到她身边笑道："这是盛泽归家院徐佛家的杨爱，如今在苏州的凌波楼，改名叫柳隐。她是第一次来这儿，我把她交给你了，你照顾着点。"说罢就上二楼去了。

杨宛淑既以诗画双绝冠名于秦淮两岸的秦楼楚馆，深受文人骚客的推崇，在色彩美学上自有她的独到之处。听陈子龙说这是徐佛家的女孩儿，便以挑剔的眼光打量着柳隐。但见她上着一件果绿色河西罗缎束腰宽袖薄袄，下身一袭果绿色金缕彩缎裙，娇小玲珑，清丽淡雅，眉不描而翠，腮无胭脂而红，一双丹凤眼似嗔非嗔，似颦含笑。在这美女如蝶穿花丛的大厅里，柳隐就如苏州河畔春风里的一株柔柳，一时间把个杨宛淑看得暗暗喝彩：好一个美人儿！

清丽可人的柳隐，竟让平时目无下尘的杨宛淑我见犹怜，她站起身来，拉过柳隐的手，只觉得这双小手肤如凝脂，柔若无骨。佘山脚下，沸香泉边的冬天十分寒冷，虽然厅里早已燃起板炭火，也挡不住从木格窗缝侵袭而来的冷峭北风，杨宛淑身着紫貂银鼠，犹自觉得冷浸浸的，而柳隐衣着单薄，却温润如玉，馥郁袭人，这又不免令杨宛淑心里暗暗称奇。

杨宛淑眯着她那双柔媚的杏仁眼，笑着对柳隐说："我与你徐佛姨娘情同姐妹，平时我喜欢画几笔，也知你徐佛姨娘擅长画兰，她一定教过你的。来，我带你去那边露一手，让大家开开眼界。"

柳隐身不由己，跟着杨宛淑来到东边书房。

陈继儒真不愧是松江府名流雅士，书房宽敞明亮，三面墙壁上，书柜从地面一直到天花板，乍一看，这三面墙壁竟如用书砌成一般。另一面墙上一扇巨大的镂空长窗，临河而开，枣红色金丝绒窗帘分两边各用一只银色帘钩挽住，一张梨花木的大书案当窗而放，书房简洁大气，体现出主人的学识渊博与宽大襟怀。

她们进入书房时，那张大书案旁早已围满了人，大家正在看一位书生凝神运笔，醮墨写字。柳隐一见这人便笑了，又怕笑出声来不雅，便用手掩了口。

原来这人太瘦了，脸色苍白，个子又高，一袭长衫穿在他身上就像挂在衣架上飘荡，如果再蓬着头发，掉个长长的舌头，活脱脱便是戏里唱的白无常鬼了。再看他的字，如刀砍斧削般冷峻，直逼魏晋风范，条幅尚未写完，边上早有人高声喝彩。

柳隐早就从徐佛姨娘那里听说过杨宛淑在作画上的名气，而且，陈眉公的逸翠园又是藏龙卧虎之地，眼前这书生的字就不可小看，虽有一试锋芒之心，又怕显丑露羞，让人耻笑。

杨宛淑何以如此竭力怂恿柳隐在这才子才女如过江之鲫的逸翠园献墨宝？原来她早就听说徐佛手下有个女孩子，是吴江故相下堂妾，又是徐佛一手调教出来的，今日一见，果然超凡脱俗、清新可人，只是不知她内在的学识如何，今天何不试试她到底是金玉其表、败絮其中呢？还是兰心蕙质、秀外慧中的绝色佳人？

所以，不容柳隐开口，等那书生写完一搁笔，杨宛淑就把柳隐推到书案前，又从笔架上拿一支新狼毫，塞在她手里，边上早有人收起了那书生写的条幅，又新铺上了宣纸。

柳隐此时再也无法推诿，凝思片刻，便用左手拉起右手的宽大袄袖，右手握笔，饱蘸墨汁，在宣纸上挥笔行走，一时，四周静悄悄的，大家的目光顺着她的笔锋游动。片刻后，再回头细看整个画面时，只见一带溪流在几块山石边激起层层水花，一株幽兰倚石而开，似有清冽幽远的暗香扑面而来，沁人心脾，观赏者仿佛置身于一个幽静的山谷，不见其鸟，却闻鸟鸣，未见其花，已嗅其香。

"妙啊！"一旁有人拍手称绝，柳隐回头看时，见一位中等身材，脸颊清瘦，目光有神，举止洒脱豁达的男子，正笑吟吟地望着她。

杨宛淑推了她一把："还不快拜见'画中九友'杨龙友先生。"

在归家院跟徐佛姨娘学画时，时常听姨娘说起这位蜚声江南的大画家，听杨宛淑说这就是杨文骢杨龙友，纳头便拜。

"姑娘使不得，快起快起！"杨龙友爽朗地笑着，"姑娘的画清润灵动，秀骨铮铮，怕是连须眉男子也应退避三舍呢！"

柳隐听了，心中窃喜，知道此人无须奉承她一个平常的小女子，便谦逊地说："小女子才疏学浅，还望大师指点。"

一边的杨宛淑却催道："久违了龙友兄，今日适逢其会，快快作一幅好画来，自当罚酒。"说罢，就推杨龙友到画案前。一边，早有陈府仆人换了新画笔，将宣纸铺开，四角压上墨玉镇纸。

杨龙友在案前凝神片刻，便挽袖舒腕，执笔挥洒，只消一盏茶的工夫，一幅《京口烟雨图》便悄然落在莹白的宣纸上。柳隐看去，心里不由得暗自叹绝：真是灵秀神妙，苍润古雅。

第二章　豆蔻梢头二月初

娉娉袅袅十三余，豆蔻梢头二月初。春风十里扬州路，卷上珠帘总不如。

——唐　杜牧

大家正欣赏杨龙友的画时，只听有人在书房外大声喊："柳隐，柳姑娘，你跑哪儿去了？"进得门来一看，原来是陈子龙。陈子龙看一堆人围着赏画，也不问青红皂白，也不顾惊愕的杨宛淑与杨龙友，拉了柳隐便走。

来到大堂，陈子龙拍了两下巴掌，扬声道："诸位才子佳人，请静一静，我来给大家介绍一位新人。"说着把柳隐拉到大堂中间，"这是盛泽归家徐佛家的杨爱，现在苏州，改名为柳隐。柳姑娘不仅容貌艳丽，诗词歌赋，琴棋书画无一不精，还能歌善舞。"

话音刚落，那位在书房写字被柳隐在心里叫作白无常鬼的瘦书生，此刻就在他们身后，只听他哈哈大笑道："柳荫深处十间楼，玉管金樽春复秋。只有可人杨爱爱，家家团扇写风流。原来你就是那个杨爱爱？不过，还是叫柳隐的好，你隐了，可存我，哈哈哈。"

一边有人大喊："李存我，别打岔，刚才见识了柳姑娘的画，现在请柳姑娘舞一曲，众位意下如何？"众宾客齐声应和说好。

柳隐脸上早已红霞流转，心里暗喜窃窃，她自信自己的舞是跳得最好的，正想显露风姿，当下并不推辞，陈府的侍女早在一旁候着，带她去西边厢房换衣裳。

以前徐佛姨娘就曾交代过，到名人府上赴宴，其他东西可以不带，这舞衣是不可不带的。柳隐边换衣服边想，真是难为姨娘想得细致周全，不然，穿棉袄棉裙如何跳舞呢？也必定是姨娘让这个陈子龙在这江南佳丽成群的宴会上提携自己的，因此更加体会到徐佛姨娘的用心良苦。

换上舞衣的柳隐重新来到大堂，大家不觉眼前一亮，此时的柳隐不再是河畔春风吹拂的柔柳，而是天上的霓裳仙子，一袭薄如蝉翼的粉色纱衣，隐约可见的洁白如雪的肌肤，一双似笑非笑，似嗔还謷的丹凤眼，如一潭深水，荡漾着缕缕笑意，又似燃烧着灼灼火焰。笙箫起处，那舞姿更是美妙绝伦，时而柔若无骨，时而刚劲有力；时而如弱柳扶风，时而如牡丹开放。真是千娇百媚，美艳不可方物。

一曲舞毕，举座倾倒，众人无不拍手称绝。

陈眉公看着舞后娇喘吁吁的柳隐，微笑地捋着胡须，频频点头，心想，徐佛调教出来的女孩子果然不错。原来那徐佛年岁已大，早已厌倦了倚门卖笑的生涯，洗尽铅华，上月底嫁给了盛泽进士周金甫。临嫁前修书给陈眉公，托他在这次宴会上照顾柳隐。陈眉公没想到的是，柳隐根本无须他出面，凭着她的花容月貌与超群的技艺，已博得众才子的青睐，那些附庸风雅而来的名媛佳丽，看柳隐独占风骚，不免有些落寞，却也无可奈何。

柳隐再次出现在大厅时，又换了一身衣裳，上身穿件百蝶穿花粉荷色绸袄，下着翡翠色绸裙，自裙摆向上用银色丝线斜绣一枝含苞新荷，这套衣裙收腰阔摆，恰到好处地勾勒出丰满的胸脯和杨柳纤腰，她款款行来，婀娜多姿。瘦书生李存我正举杯与人饮酒，突然一眼瞥见柳隐，竟痴了，杯里的酒洒了一身都不管不顾，只听他忘情地喊了一声："好一枝清水芙蓉！"

此时的柳隐，凤眼含笑，梨涡泛羞，在陈子龙的引荐下，向满座宾客一一问好，没有丝毫的矫揉造作和胆怯，矜持有度，谈笑有致，应付自如。比起那些扭扭捏捏，惺惺作态的女子，这些江南才俊们更喜欢落落大方的柳隐。

李存我已有了几分酒意，长袍穿在他瘦削得如同竹竿的身躯上，总像是在飘，他几乎是飘到柳隐跟前来的，端着泼洒得只剩下一半的酒杯，眯着一双似醉非醉的眼睛，笑容可掬："柳姑娘，你的《空谷幽兰》画得好啊，你的舞也舞得绝妙，存我敬你一杯。"说着，举起手中的酒杯一口喝了，不等柳隐开口，接着又说："饮酒无诗则无味，听说柳姑娘于诗词歌赋上很是精到，柳姑娘何不赋诗一首以助酒兴？"

李待问，字存我，其书法号称"压倒董其昌"。他的书法博采众长，颇有晋唐风骨，被称为"云间派"的奇人。

柳隐对这位奇人早就有所耳闻，只是今日才见。她听说过松江流传的李存我气死董其昌的故事，董其昌是当代大书法家，官至礼部尚书，声名显赫，画名跟当时的米芾不相上下，故有南董、北米之称。李存我青年才俊，初生牛犊不畏虎，扬言一定要超过董其昌。董其昌听说后，便让手下人各处收购李存我的书法，细细看过之后说："此人书法刀砍斧削，冷峻中似有一股重重的杀气，如继续发展下去，恐不得善终。"李存我听到这话，并不以为戒，反而要在松江与董其昌一决高下，凡挂有董其昌题匾额的地方，李存我就另写一幅同样大小、同样名称的匾额挂在一旁，只是每挂一幅，董其昌就派人悄悄用重金收购一幅。可见董其昌还是放不下架子，还是怕李存我后来者居上，没了自己的名声。这李存我也太倔，你能收走挂着的匾额，我就在石壁上刻。一部《九歌》被他小楷刻出来，并配以插图，真的是图文并茂，精妙无双，被人们广为拓印，一时之间在松江传为佳话。

李存我的书法在松江被文人雅士所看重，其为人亦持重老成，崇祯三年的进士，却淡泊功名，无意仕途，深受同辈人敬仰。

柳隐身材娇小，李存我则个子高而瘦，柳隐正敬重地仰望着李存我，只听得有人高喊："李存我，别打岔，快快请柳姑娘赋诗。"

大厅一侧早立一案，文房四宝一应俱全，已有来宾争相赋诗作画以助雅兴。陈眉公的寿宴本就是以文会友，而且来的文人雅士都想在这儿显露才华，以博采众望。

柳隐款款上前，她没有写诗，只写下了刚刚想好的一副祝寿对联：

李卫学书称弟子

东方大隐号先生

一旁有人在高声朗读这两句话。主席上的寿星陈眉公，鹤发童颜，精神矍铄，听了这两句诗，心里得意，却也暗暗赞许："好个聪慧可人的小女子！"他转头问身边那些花枝招展的姑娘："你们知道这两句话出自何典？"没人回答。

陈眉公笑呵呵地捋着胡须说："李卫学书称弟子，李卫者，李矩之妻卫铄也，柳姑娘是以卫夫人自比吧？"说着，向柳隐望去，似在征得柳隐的认可，柳隐点头称是。

陈眉公起身来到书案前，拿起条幅仔细看了看，走到柳隐身边，微笑着说："柳姑娘，你不简单呐，看来老夫的诗集《崖栖记事》你也读过，你的字虽说还显闺阁柔媚之气，却也有铁画银钩之劲力。"边说边回到座上，对那些睁大着眼睛，表情错愕的美人说："老夫《崖栖记事》中的一首清平乐里有两句诗：闲来也教儿孙，读书不为功名。浇花酿酒，世家闭户先生。没想到如此平淡无奇的小令居然被柳姑娘引用成：东方大隐号先生，既指明了老夫隐居的身份，又道出要做我的弟子。好，老夫就破例收了你这个女弟子，从今日起，你就是老夫的关门弟子了。"话音刚落，引起满堂喝彩。

听陈眉公说收自己为关门弟子，柳隐心里喜极，便趋步上前，跪倒便拜："先生在上，受弟子一拜。"

来佘山之前，柳隐读陈继儒的诗，着实下了一番功夫。她在寿联中称陈眉公为"东方大隐"更中了老人的心怀。小隐隐于山野，大隐隐于市井。小隐不难，难就难在大隐，在繁华闹市、喧嚣红尘之中保持心灵的一片纯净天空，这才是大隐的最高境界。

此时的陈眉公心情极佳，只见他健步走到书案前说："柳姑娘，你送老夫这般风雅绝妙的寿礼，来而不往非礼也，老夫也送你一首诗。"说罢，挥毫泼墨，写下了《赠杨姬》五言绝句：

少妇颜如花，妒心乃无竟。忽对镜中人，扑碎妆台镜。

柳隐心里明白，这短短的几句话里，陈眉公用戏谑的语言赞美自己：少妇本来美艳如花，看到镜中自己的容貌，不自恋自怜，而是嫉妒得打碎镜子，说明镜中女子实在是太美了，连照镜子的自己都嫉妒，何况别人呢？

正是：娉娉袅袅十三余，豆蔻梢头二月初。

席间，一美冠如玉，粉雕玉琢般的少年书生，正目不转睛地看着柳隐，那双清亮的瞳仁，竟不看大堂里的众多才子佳人，似乎这偌大的大堂里唯有柳隐一人存在。

柳隐被他看得羞怯难当，以为自己身上哪里有不妥之处，也低了头在身上找寻。

杨宛淑朝那美少年一甩手帕，打趣道："宋公子，当心点，别让魂魄丢了。这寒冷的天，陈眉公家怎的还有只呆雁呢？"说得大家哄然而笑。

这位少年公子正是"云间三子"之一宋征舆宋辕文。

经杨宛淑这一打趣，宋辕文自觉失态，忙端起酒杯与人喝酒。柳隐则对身边的杨龙友说："杨先生，柳子曾读过先生题在画上的诗，其中一句最令柳子倾倒。"

杨龙友饶有兴致地问："哦，说来听听，是哪一句让柳姑娘倾倒？"

"先生所作《雁荡山》图中，有这样一句'不将媚骨点青山'。柳子尤为喜欢。"

"姑娘真是独具慧眼，来，杨某为你喜欢这句诗浮一大白。"杨龙友心情畅快，端起酒杯，一饮而尽。

陈继儒的逸翠园有间屋子叫"含誉室"，是陈眉公平时会见重要客人所用。后来无论大小聚会，复社领袖张溥等人都喜欢聚在这间屋子里把盏品茗，谈诗论剑，议论朝政。

张溥这次赴宴另有打算，复社受奸党迫害，成员已所剩无几，陈眉公的寿宴是云间才子最向往的聚会，他一来贺寿，二来想联络这些青年俊才，以充实复社之新鲜血液。

张溥，太仓人，天启元年与同乡张采、苏州人杨维平等人创办了"应社"，他们最初聚在一起是读书习经，研讨文章，试图通过参加朝廷的考试而获取功名，以报效朝廷和国家。后来又把"应社"更名为"复社"，陈子龙、夏允彝、李存我、宋征璧、彭燕又、徐孚远、李舒章及宋征璧的弟弟宋征舆等学子，都参加了"复社"。

这些满腹才学，血气方刚的青年学子，从读书做学问，到关心朝政和民众疾苦，文人与政治似乎是分不开的，而在政治斗争中，受打击的往往又都是文人。

奸臣魏忠贤勾结阉党，迫害东林党人，累及复社，朝廷腐败，战火蔓延，致使生灵涂炭，皇帝不励精图治，却听信谗言，屈杀赤胆忠心的良将袁崇焕，令天下英雄心寒。这些士子们畅谈国事，群情颇为激愤。

陈眉公一介布衣，隐居在此，虽不关心朝政，却也不干涉这些青年儒士的言论。

陈子龙今天来除了拜寿外，也有一件大事，他要编辑《皇明经世文编》，这是一部五百卷的兵农礼乐刑政大全，上自洪武帝，下至当朝，是一部巨册参考文献，从选编到刻印的工作真可谓是工程浩大，仅凭陈子龙一人的财力、物力是远远不够的，他要借陈眉公的宴会为这部书招集编辑者，也想募捐镌刻出版之资。

这一壮举无疑得到了大家的极力赞同，张溥带头捐款，并认为，此书或可为大明拨乱反正也未可知。陈眉公也把孙子觉赏交给陈子龙，帮忙编辑。

徐孚远拍手称好，豪迈而坦诚："好！卧子，我举手赞同，我的南园将给你做编辑的书房，吃住就在我家，算是我对这部书出的一点绵薄之力。"

陈子龙得到这许多同人的响应，感动之至。他对大家一揖到地："明朝兴旺二百六十多年的历史，盛世太平，贤才辈出，这编纂经史文典的事应由朝廷主持。只可惜如今朝纲混乱，朋党为奸。编辑此巨册，卧子实在是心有余而力不足，今天得到大家的认同和帮助，卧子万分感激，谢谢诸位！"

不料他话锋一转，言辞颇为激愤："自崇祯登基，关外满虏已三次入塞，社稷之栋梁袁崇焕又遭朝中奸佞所害，而满朝文武大臣，文官贪财，武将怕死，内乱未息，外患日急，时局每况愈下。大江南北灾荒频频，民不聊生。我等虽在江南一隅，歌舞升平，饮酒赋诗，只怕这花团锦簇的江南，也将变成荒池废榭了。"说罢一声长叹，拂袖而去。

站在门边的柳隐正听得热血张扬，不料陈子龙冲出门去。她呆呆地望着他离去的背影，一缕敬慕之情油然而生，不想这被人称为温柔富贵之乡的江南，竟有如此凛然正气之人。

陈子龙的离去，也没人去管他，复社、几社的士子素来如此怪癖，唯有柳隐心里念念不忘。

耳边又听陈眉公朗声说："柳姑娘，老夫今天给你这位关门弟子再找一位书法老师吧，李存我的字笔走龙蛇，柔中有刚，刚柔相济。柳姑娘的书法虽然金钩铁画，但太柔弱，显闺阁柔媚之气，存我，你就收下这个徒弟吧，日后在书法上必成大器。"

柳隐听了，也不等李存我开口说话，走到跟前俯身便拜："弟子柳隐给先生叩头！"

李存我慌得连连后退，双手乱摇。

陈眉公朗声笑道："你就收下她罢，保不定日后还会胜过你呢！"

旁边有人打趣道："李待问，你不是很会说话么？收了女弟子却怎的说不出话来了？"

第三章　青山见我应如是

我见青山多妩媚，料青山、见我应如是。

——宋　辛弃疾

柳隐回到凌波楼，她在松江佘山陈眉公寿宴上的超凡技艺已不胫而走。

自此，苏州河畔，凌波楼前，车马辚辚。衣香鬓影，笙箫夜夜；酒宴行令，醋歌醉舞。真是舞低杨柳楼心月，歌尽桃花扇底风。更让一般附庸风雅的男人意想不到的是，柳隐还能吟诗作赋，与人唱和酬答，一时，柳隐名声大噪，誉满江南。

只每当夜阑更静之时，枕着苏州河潺潺流水，聆听汩汩桨声，柳隐常常怀念佘山陈眉公的那场盛宴。总是无端地想起李存我，想他那双似醉非醉的眼睛，想他放荡不羁、飞扬跋扈的书法。还有那个被李存我戏称为风流浪子的陈子龙，想他博大精深的学问与风流倜傥。一想到宋征舆，她就无声地笑了，这翩翩少年与自己年岁相仿，生得俊眉朗目，玉树临风，有时却腼腆得像个小姑娘。

又想起自己不为人表的身世，总不免泪湿枕背。莫名的忧虑悄然涌上心头，这倚门卖笑的生涯何时才是个了？她恨不得身为男子，骑马执剑走天涯，就如王维诗里说的："新丰美酒斗十千，咸阳游侠多少年。相逢意气为君饮，系马高楼垂柳边。"那种豪迈洒脱的英雄气概总让她羡慕，那风吹佩兰，书剑飘香总让她迷恋。就这样，她在心里忧伤着、芬芳着，竟对那些在松江佘山认识的人有些恋恋不舍了。只是那是另一个她无法触及的世界，那个世界离她太遥远，也太渺茫。而她的青春，她的年华，似乎注定要伴着苏州河水，缓缓地流走。

这繁华背后的孤独之夜，她总是这样哭着笑着，愁着悲着，自怨自艾。总是柔肠寸结、百转千回，又总是带着泪痕沉沉睡去。

清晨，柳隐推开临河的窗户，一股清新略带香甜的气息扑面而来，苏州河两岸垂柳荫翳，杨花开得正盛。有箫声自水面而来，似沾了杨花的旖旎清丽，在空气中婉转悠然。远处青山连绵起伏，苍翠欲滴，柳隐忽然想起辛幼安的《贺新郎》：

甚矣吾衰矣。怅平生、交游零落，只今余几。白发空垂三千丈，一笑人间万事。问何物、能令公喜。我见青山多妩媚，料青山、见我应如是。情与貌，略相似。

一尊搔首东窗里。想渊明《停云》诗就，此时风味。江左沉酣求名者，岂识浊醪妙理。回首叫、云飞风起。不恨古人吾不见，恨古人、不见吾狂耳。知我者，二三子。

她尤其喜爱其中的："我见青山多妩媚，料青山、见我应如是。情与貌，略相似。"这是幼安词里的名句，人与青山互观互赏，互猜互解。既然在人世找不到知音，或者，青山能洞悉诗人的心事吧！

柳隐认为，辛幼安也道出了她的心事，红尘万里，人海茫茫，知音何在？青山在我眼里妩媚多娇，料想我在青山眼里也是如此多娇妩媚吧！我何不把名字改为如是呢？真的，就叫柳如是！

取了新名字，心里一阵莫名的兴奋，昨夜的忧愁苦闷早就丢进窗外的河里，让它随波流走。又把辛弃疾的词重读了一遍，哼着小曲儿去打水梳洗。

坐在梳妆台前，揭开盖着菱花镜的红金丝绒布，一张娇俏可人的脸蛋出现在眼前。她是从不用胭脂水粉的，一张脸儿白皙得无瑕疵，服了徐佛姨娘配制的药酒，白嫩的脸蛋更是红艳如桃花。她非常庆幸遇上了徐佛姨娘，边画眉毛边想着姨娘。其实眉毛也不用再描，已是春山如黛。梳洗罢，挽起那头乌黑如云的青丝，插上金钗，金凤嘴上的吊坠摇摇晃晃，随意中带着俏皮。

柳如是正在妆镜前顾盼流连，顾眉打扮得花枝招展，一步三摇地来了，她轻叩柳如是的房门："柳儿，太阳都老高了，还未起呀？"

柳如是忙起身开门，让进顾眉："姐姐早！姐姐请坐。"

顾眉一进门就打量着柳如是，惊叹地睁大眼睛："柳儿，好一朵露浓雨润的人面桃花啊！那树上的桃花也没有你水灵呢！怨不得男人们都喜欢你，见了你魂都没了！"

柳如是含羞敛眉，低声说："姐姐，看你说的！"

顾眉却哈哈大笑："柳儿害羞啦，今儿天气好，咱姐俩出去逛逛好不好？我想买块布料裁条裙子呢！"

"好呀，我正想出去走走呢！"柳如是欣然同往。

清风微拂，杨花缥缈。走在河边，柳如是惬意地眯着那双丹凤眼，微仰着头，任杨花轻轻落在脸上，又从脸上轻轻滑落。水面上画舫纵横，悠扬的笛韵，夹着吱吱的胡琴声，圆润的、生涩的、尖脆的嗓音腔调各各不一。

河岸上，楼台亭阁，茶楼酒肆都半隐半藏，掩在绿杨垂柳丛中。四月天气春归时节，正是海棠开后杨花飞雪。柳如是、顾眉两位绝代佳人袅袅婷婷地走在街上，引起路人侧目，看她俩的人比看沿河两岸的人还多。

近几年国运不堪，北方连年大旱，赤地千里，饿殍遍野。朝廷党争蜂起，以致内忧外患，生灵涂炭。富庶的江南也不堪承受朝廷一加再加的税赋，这江南昔日繁华的街镇也萧条了许多。

汪记绸缎庄，连日来生意清淡，老板汪银生今日早起开门时，便听见店堂外那株古柳上有喜鹊叫。这不，刚刚嘱咐小二打扫完毕，沏上一壶龙井，正要抿上一口，抬头却见凌波楼的两位大牌姑娘来了，便放下手中那把精致的紫砂壶，哈着腰急急地迎上来，一张老脸笑成了一朵灿烂的菊花。

他一连叠声地说："哎哟哟！是哪阵香风把两位大美人给吹来了？多时不见，两位姑娘越发俊俏了。"边把柳如是、顾眉迎到店堂后面的客座上坐了，边扬声高唤，"小二，快给两位姑娘沏香茶！"

柳如是只是矜持地抿嘴微笑，顾眉却不然，她大大咧咧地说："我说汪老板，你呢，也别忙乎了，我跟柳儿今儿也只是想挑两块布料裁条裙子，也不多买，有什么好料子快拿出来瞧瞧吧。"

汪银生仍笑容可掬："瞧你说的，顾姑娘，你们今儿来了，就是不买布料，不裁衣裙，我老头子也深感荣幸。柳姑娘在松江府拜陈眉公为师我也听说了呢，江南文人雅士谁不知道余山陈眉公的声望？咱这苏州河畔的柳姑娘秉稀世容貌，具绝代才华，又拜了这样一位名士做老师，咱也跟着高兴不是？"边说边把小二端来的茶送到柳如是面前。

顾眉拉长声调："哟！汪老板，这事儿你也知道？"

"我怎么就不知道呢？"汪老板有点不高兴了，他认为顾眉太瞧不上他了，"我还知道一首诗呢，"也不让顾眉插嘴，自顾自地说下去，"柳荫深处十间楼，玉管金樽春复秋。只有可人杨爱爱，家家团扇写风流。"

他又转身问柳如是："柳姑娘，是不是这首诗啊？原来你就是这诗里的杨爱爱呀！"

柳如是浅笑道："汪老板，这首诗是写宋朝女子杨爱爱的，不是写我的，徐佛姨娘是给我取过爱爱这名字，我现在不叫爱爱了，叫柳如是。"

"柳如是？嗯，这名儿又是出自哪儿呢？"

汪老板又琢磨上了，一边的顾眉早已不耐烦了，她站起身来："我说汪老板，想不到你还是个挺风雅的人儿，只是你这生意是做呢还是不做呢？"

"做！做！做啊！"汪老板边应着边跑到前面店堂，抱来几匹绸缎放在顾眉与柳如是面前的茶几上，一匹一匹地指给两人看，"姑娘，这是刚刚进回的新货，这匹湖绿色的是苏州府绸，柔软轻密，春天做裙子最好。这匹桃红的是杭州刺绣，也适合这日子做衣裳的。"

柳如是挑了湖绿色的，顾眉挑了桃红色的，她们可都是这汪银生的老顾客，量了尺寸，定了款式，汪老板连连说："二位姑娘尽可放心，老朽做的衣裳包二位满意，一做好就叫伙计送往凌波楼。"

从绸缎庄出来，顾眉又到隔壁胭脂水粉店买了眉笔和香水，两人沿着青石板街道缓缓而行，顾眉突然一本正经地问："柳儿，你可有打算？"

柳如是有点莫名其妙，望着顾眉不解地问："什么打算呀？"

顾眉拉起柳如是的手，面带愁容："咱总不能一辈子就在这青楼倚门卖笑吧？我很喜欢松江的吴昌时，他说过要来接我的，不管是做妾还是做婢女，总强过这卖笑生涯。"说这话时，脸上不再有丝毫笑容，那双水汪汪的眼眸里满是忧虑。

"松江的吴昌时？哦，就是那云间才子吗？"柳如是随口问道，顾眉点头称是。

柳如是自有自己的打算，只是时机尚未成熟，现在也不好说什么，只默默无语地走着。正走到一户人家门前，大门是用朱漆漆的，院子里有架蔷薇，蔷薇藤从里面爬过来挂满了一片院墙，蔷薇花正开得烂漫，粉嘟嘟的，惹得蝶儿蜂儿飞来飞去。

忽然一阵风吹来，满墙的花儿随风摆动，有几根细小的藤居然被风吹过墙去了，却有一种清香，沾人衣袂。柳如是站了片刻，想着，花藤总得依附着一棵大树才不被风吹来拂去，而我这样的人，不正是这风中飘摇的花藤吗？

谁是我的大树呢？我能依靠谁呢？心里闷闷不乐。

正满怀忧愁悲凄之时，却见顾眉摇着她的肩叫道："柳儿，你看，那里有卖女孩儿的。"

柳如是顺着顾眉的手看去，见一位衣衫褴褛的中年妇人，牵着一个头上插草标的女孩儿，正在那里等买主。

朝政混乱，国无宁日，素有鱼米之乡之称的江南，百姓竟饥荒到卖儿卖女了。

柳如是看那女孩儿虽消瘦，却也生得眉清目秀，她想起自己就是这样被卖到归家院的。她走上前对那妇人说："大嫂，你把这小妹妹卖给我吧。"

顾眉忙拉着她不解地问："柳儿，你买小女孩儿干什么？"

柳如是没理顾眉，仍对那妇人说："大嫂，你看前面那座柳浪桥，我就是桥头凌波楼的，虽然是歌女，却不会让你女儿也做歌女的。"

妇人见这美貌女子说是凌波楼的歌女，便护着自己的女孩儿，背对着柳如是。柳如是见她不肯，又说道："我没有父母兄弟姐妹，你这女孩儿就给我当妹妹吧，总比卖给人贩子好。我是歌女，绝不会让这小妹妹也做歌女的。"

也不知是等了大半天没等到买主，还是见她说得诚恳，妇人转过身来看着柳如是，眼泪在眼眶里打转。

柳如是又忙道："只是现在我身上没带那么多银子。"说话的当儿已举手拔下了鬓边的金钗，"这根钗子也值几个钱，你先拿着不要卖了，过几日拿金钗到凌波楼来，我再用银子赎回，你看可好？"

妇人撩起衣角揩着眼泪，哽咽着说："姑娘，你真是菩萨心肠，我这孩子命贱，你就当使唤丫头吧，跟了你总强于在家里饿死。"又似怕柳如是改变主意不买了，接过金钗一步三回头地去了。

柳如是看妇人走远了，回头问这女孩儿："小妹妹，你在家里叫什么名字？今年几岁了？"

女孩儿倒也乖巧，睁着一双亮晶晶的眼睛看着柳如是："姐姐，我今年十岁，在家里是老三，爹妈就叫我小三儿。"

柳如是边走边想着，十岁，花骨朵儿一样的年龄，一眼又瞥见那院墙上的蔷薇花，又想到自己的身世，不禁心生悲悯，扭头对女孩儿说："从今儿起，你就叫鲜朵儿吧，我不会让人欺负你，也不会让你受苦的。"小女孩有点茫然地点着头。

顾眉在一旁看着，点头道："柳儿，看不出你还是一副侠骨柔肠呢！"

又对鲜朵儿说："鲜朵儿，以后你要听柳姑娘的话，好好地侍候柳姑娘。"鲜朵儿用力地点着头。

柳如是带着鲜朵儿回到凌波楼时，已是晌午时分，见她们回了，沈妈妈急急地迎上来，责备道："哎哟，我的大小姐啊，这半天你去哪里了？徐公子又来了。"

柳如是皱眉问："哪个徐公子？"

"哎哟！我的姑娘，就是前天来的那个，你不待见的徐三公子啊！"沈妈妈早就看到多了个小丫头，也没工夫问，只是跟柳如是唠叨，"你知道他是谁么？"

柳如是边上楼边冷冷地说："我管他是谁呢！"

沈妈妈胖胖的身子上楼有点气喘，说话也就上气不接下气："他可是曾经任过宰相的徐阶的曾孙，有钱有势的，咱们可不敢得罪哟！"

"宰相的曾孙又怎样？宰相自己来了我还不待见呢！"

柳如是带着鲜朵儿来到二楼自己的房前，打开房门竟自进去了，沈妈妈也跟着喘吁吁地进来，一屁股坐在椅子上，这才仔细地打量着鲜朵儿。

她拉过鲜朵上上下下前前后后看了一遍，笑眯眯的："瘦是瘦了点，脸色也不大好，模样儿生得还算周正。下点本钱，调教调教，将来一准也是一个大美人呢！"

柳如是在里屋听了这话，忙赶出来正色道："妈妈，你可别打鲜朵儿的主意，她可是我自个儿买回来的使唤丫头，可不是买来给你做歌女的。"

沈妈妈脸色一沉，随即又堆满笑容："好好好！我不管你的事了，你如今名声大，脾气也见长了。"又酸溜溜的，"你这凌波楼的头牌姑娘，也应该有个使唤丫头了。"

边说边站起身来往外走，出门前扔下一句话："徐三公子的事你可想好了，你不待见也好，待见也罢，下次来了，你非接不可！"说完摔门而去。

柳如是也不管她，去内屋衣橱里找出几件半新不旧的家常衣服，让鲜朵儿去洗头洗澡换上。当鲜朵儿再出来时，就不再是那个插草标的女孩儿了，还真是一朵含苞的蔷薇，她站在柳如是面前低着头腼腆地说："谢谢姐姐！"

"这也不用谢，以后你要学着做事，也要学着识字。我这旧衣裳你穿着是大了点，你先将就着穿，过几日再给你做几件合身的。"

穷人家的女孩子勤快，做事麻利，不几日就适应了凌波楼的日子，当她妈妈来看她时，很怀疑这就是她那个曾经插草标等人买的女儿。

柳如是用银子换回了那根金钗，又给了她几件旧衣裳，这妇人千恩万谢地走了。

第四章　凭多红粉不须夸

艳阳枝下踏珠斜，别按新声杨柳花。总有明妆谁得伴，凭多红粉不须夸。

　　　　　　　　　　　　　　　　　　　　　——明　柳如是

　　自陈眉公的寿宴散后，陈子龙就住在徐孚远的南园，读书，查阅史料，做编辑《皇明经世文编》的准备。

　　徐孚远的南园，过去在松江是座很有名的园子，如今几易其主，疏于管理，几近荒芜。唯有梅楠楼上那蒙着灰尘、挂满蜘蛛网的雕梁画栋，还依稀记载着往日的繁华。楼角早已生锈的铁马檐铃，在南园的每一个清晨与黄昏，吟唱怀念着梅楠楼往日的富贵与风雅。

　　桃花阁上的桃花早已凋零，桃叶正疯长，桃花池的水面上漂浮着枯枝败叶，几株梅树正挂满青青的梅子，一眼望去，便觉得满嘴酸涩。楼后的那片茂密的楠竹林颀长挺秀，苍翠葱茏。微风过处，龙吟细细，凤尾笙笙，一缕绿幽幽的凉意袭来，渗入心胸肺腑，让人觉得一如这修竹，干净清爽。

　　陈子龙来南园居住后，除了读书，就是与几社的同人商讨那本书的编辑。累了就到竹林转悠，或者蹲在桃花池边，看鱼儿抢食花瓣残叶。

　　这天午后，太阳被乌云遮住，天气闷热，树叶纹丝不动，桃花池里的鱼儿把头露出水面张合着嘴。陈子龙读了几页徐光启的《农政全书》，觉得困倦，便出了书房，从梅林转到竹林，刚刚在石凳上坐下，仆人来通报说有客来访，并递上名帖，陈子龙接过一看，笑道："是辕文来了。"忙起身回到梅楠楼。

　　宋征舆，字辕文，出生于松江名门望族，才学不凡，与陈子龙、李雯共同创立了云间词派，并被称为"云间三子"。在几社文人中，宋征舆年龄最小，生得眉清目秀，似玉树临风，真可谓是风流潇洒，才华横溢。

　　此时，宋征舆正背着双手在客厅里走来走去，眼睛漫无目的地看着墙上的字画。陈子龙一进门就笑道："辕文，有些日子没看到你了，在忙什么呢？"

　　"我有什么可忙的？无聊得紧，今儿特来看望兄长，编书的事儿准备得怎么样了？"说罢，宋征舆坐了下来。

陈子龙盯着他看了一会儿，心想，这活泼的青年今天可是有点忧郁，莫不是有什么难以排遣的心事？又嘱咐仆人："把前几天徐孚远送来的雨前茶泡来请宋公子品尝。"

谁知宋征舆并不领情，只听他懒懒地说："凭你再好的茶，喝在我嘴里也是无味的。"

"编书的事可不是一时半会儿的事，只是你今天跟往日不同，怎么了？有什么事说出来听听，看大哥能否帮你一把。"

陈子龙询问着，又恍然大悟似的说："哦，我明白了，一定是你这位翩翩公子钟情的哪位姑娘冷落你了。"说罢哈哈大笑。

宋征舆也笑了，略显孩子气的脸上，开心的时候，竟像溢满了灿烂的阳光，他有点难为情："卧子兄，真的呢！我还真的喜欢上了一位姑娘。"

陈子龙诧异地睁大眼睛看着他，有点不相信："凭你这风流倜傥，才华横溢的云间才子，居然有姑娘冷落于你？快告诉大哥，是哪位姑娘有眼不识金镶玉？我倒要看看她是何许人也。"

宋征舆脸上的笑容已收起，又布满了忧愁，他缓缓道："你还记得陈眉公寿宴上那位跳舞的姑娘么？"

"跳舞的姑娘？苏州河边凌波楼的柳隐，陈眉公的关门弟子？"陈子龙回忆着，"难道你看上她了？"

宋征舆闷闷地："自那日宴会上见到柳姑娘，小弟就被她超群的才华与清新脱俗的气质所迷倒，连日来茶饭不思，也无心做学问。"

陈子龙沉吟着："要说这柳姑娘可真是不错的，容貌娟妍，才华飘逸。我也听说了她很清高，这在青楼女子来说是很难得的。只是这也不难啦，小弟你可是松江府不可多得的富家公子，文采精华不说，又生得丰神俊朗，你去苏州凌波楼，还怕她不接待你？"

宋征舆说："我也这样想。可听人说，柳姑娘心气高傲，性情刚烈，怕是不待见我这样的富家公子哥儿。"

陈子龙见他失魂落魄的样子，心中不免叹道，这"情"之一字，真能愚人，有道是风月可无边，相思债难偿，这话再也没说错的。

他起身拍了拍宋征舆的肩膀："过几日我正要去苏州办事，如果你肯移驾，大哥愿陪你去凌波楼见柳姑娘，以慰相思之苦。"

宋征舆听了，高兴得几乎从椅子上跳起来，拉着陈子龙的手："卧子兄，你说的可是真的？那太好了，有兄长在，柳姑娘肯定会见小弟，小弟先谢谢卧子兄。"

夜幕下的河里泊着大大小小的画舫，画舫上的灯光，让江南水乡的夜色更加迷离。河水凝重幽深，灯光温暖暧昧。琴声、歌声、笑声是这夜色下河里流动的欢乐，汩汩桨声在风里诉说着河流南来北往的故事。

柳浪桥东头的凌波楼，是苏州河畔最独特的楼，楼头飞檐流苏，雕刻精致，仿佛一只凌波欲起的画舫。大门两边各挂一串大红灯笼。苏州河畔的夜是伴着大红灯笼的点燃一起来的，正是公子王孙骑马倚栏桥，满楼红袖招的时刻。

这当儿，一辆豪华马车骤然停在凌波楼前，从车上下来一个大胖子男人，满脸横肉，满肚肥肠，让人看了三日不食饭，三月不食肉。可就这么一个人，却有大把大把白花花的银子让老鸨儿眉开眼笑。

大胖子一进门，就有人端茶让座唤妈妈，沈妈妈一见来人，笑得眼睛眯成一条缝，老远就挥着手里的丝绸帕子，拖声拖气地叫道："哎哟，我的余大爷，有些日子没见你了，今儿是哪阵香风把你给吹来了？"

胖子坐在大堂中间的一张桌边，架起二郎腿，端起茶碗呷了一口，这才开口说话："是有些日子没来了，跑了趟云南，把苏杭的丝绸运过去，把那边的茶叶贩过来。"

沈妈妈笑眯眯地看着他手边的钱褡子："瞧你这样子，这趟定是赚得盆满钵满的了。"

"那可不，不然，拿什么来妈妈这儿消遣呢！"

胖子眯着一双色眼看着沈妈妈，压低声音说："我一回苏州，就听朋友们说，你这凌波楼有位了不得的姑娘，不但长得好容貌，还能歌善舞，会酒宴行令。今晚大爷我就点她的牌，要她侍候。"

沈妈妈听了想了一会儿："你说的可是柳如是？那可是我们凌波楼的头牌姑娘，她的身价可高了，你今晚点她侍候？那可说不准。"说着有意无意地瞟了那胖子的钱褡子一眼。

胖子听这话，把手边的钱褡子往桌子中间一推："三十两白花花的纹银，还买不到她侍候一夜？"模样傲慢之极，似乎柳如是已经被他踩在脚下一般。

看这一堆白花花的银子，沈妈妈的胖脸笑成一朵花，眼睛放着光，忙不迭地说："好好好！今夜就遂了大爷的愿。"说完便扭着水桶般的腰，颠颠地上二楼来找柳如是。

刚到二楼柳如是的门前，就听见房间里传来叮叮咚咚的琴声，沈妈妈敲敲门，叫道："柳姑娘开门来。"

门开了，是鲜朵儿，鲜朵儿叫了声妈妈就侧身让沈妈妈进屋。正在窗下弹琴的柳如是见她进来，便停了手，起身问道："妈妈有事么？"

"楼下来了位余大爷，点名要见你。"收了人家一堆银子的沈妈妈轻声的、带着讨好的口气："我的好姑娘，你就见见吧！"

柳如是又坐下，扬起手指，准备拨琴弦，看也不看沈妈妈，淡淡地说："你让他上楼来。"

沈妈妈如得了圣旨一般，扭着肥胖的身子咚咚地下楼去了。

胖子一进门，就被眼前的景象所迷惑，这哪是一个歌女的房间，分明是一间高贵的小姐闺房。柳如是专注地弹琴，香炉里香烟袅袅，琴声叮咚，说不出的清幽高雅。这位有钱的大爷看到这位凌波楼的头牌女子不施脂粉，不轻薄作态，娴静如姣花照水，先前那番以为有银子就能买她一夜的专横，早就扑通一声，掉进了窗外的河里，话也说不利索了。

只听他哆嗦地说："姑娘艳名传遍江南，在下久慕姑娘芳姿，今日有幸，得见姑娘。"

听了这几句啰唆的话，柳如是停下了弹琴的手，再看眼前这人，忍不住失声一笑。

美人笑了，胖子放松了紧张的神经，心里不禁得意，以为自己刚刚说的话很有文采，便又接着说："姑娘真是一笑倾城啊！"

一笑倾城的故事由来已久，用来赞美佳人也没错，只是柳如是觉得这胖男人一脸横肉，两眼色相，见了女人眼珠都要掉下来了，便又大笑起来。

胖子更得意了，心想，风流唐伯虎能让秋香三笑，我两句话就能博得美人两笑，看来我的才学也堪比风流才子唐伯虎了。今晚能一亲芳泽了，真是艳福非浅也。想到这儿，心里不免瘙痒起来，便忘了形，又奉承一句："姑娘再笑倾国。"

没料到柳如是听了这第三句奉承，立刻收起了笑容，沉着脸走进内室拿出一把剪刀，当着胖子的面解开那一头乌黑如云的头发，"咔嚓"就剪下一缕头发来，扔在他怀里，冷脸道："人家千金买一笑，你给了沈妈妈多少银子？

这头发值你那银子了吧！"说罢又背转身叫道："鲜朵儿送客！"

胖子刚刚还在心里甜滋滋地想着今夜如何消受这小美人儿，谁知柳如是这么快就变脸，让他那一脸的得意僵在那儿，半天作声不得。他气咻咻地来找沈妈妈。沈妈妈看他那张胖脸气成了猪肝色，边赔着小心，边又忙着找另外的姑娘。最后让那个善解风情，风骚妖娆的阿娇陪他一夜才算完事。

后来，鲜朵儿很小心地问："姐姐，那胖子说的话不妥么？"

柳如是倚在窗前，看着夜色下迷离的河面："一笑倾城倾国是一个很古老的故事，春秋战国时期，周幽王为了博得美人的欢心，不惜点燃烽火而戏诸侯，结果亡了国。后来的文人都喜欢用这个成语来赞美佳人，那就是另外的意思了。汉乐府《北方有佳人》云：北方有佳人，绝世而独立，一顾倾人城，再顾倾人国，宁不知倾城与倾国，佳人难再得。"

柳如是回过头来看着鲜朵儿，继续说："这胖子也是读过书的，用倾城倾国来赞美女人也不错，只是我不喜欢这个故事的由来，我虽沦落在青楼，却也不愿做倾城误国的女人。"

鲜朵儿听了也不大懂，但看柳如是的为人和做派，心里不禁涌起几分敬意："姐姐今日把沈妈妈气个好的，她退还胖男人银子，又赔不是，又心痛银子，又另找姑娘陪他。她坐在大堂里骂你呢，说被你气病了，晚饭也吃不下了。"

柳如是笑意盈盈："她呀，银子就是她的命，失了银子岂不是要了她的命了，哪里还吃得下去饭。"

看鲜朵儿满是羡慕的眼神，便敛了笑容："你可别看着这银子来得太容易，青楼上赔笑卖艺的生涯不是人过的日子，这碗饭你可千万别吃。"

鲜朵儿茫然地点头，柳如是说的却是肺腑之言："我是孤女，被亲戚卖入青楼，蒙徐佛姨娘收养，学得一身技艺，也是为了糊口。你看来凌波楼的公子哥儿、达官贵人，他们哪个家里不是妻妾成群的？只拿我们这些人当玩物。要消遣时，便散些金银捧着我们。一旦厌了倦了，便弃我们如草芥一般。这世上没有人看得起我们的，都骂青楼女子为天下最下贱之人。"

"姐姐，你说的这些，我懂的，来凌波楼这些时日，我也看到一些事体。"

"你哪里知道这世道的艰辛？沦落风尘之人，飘忽如柳絮浮萍。夜夜笙歌，也掩不过曲终人散后的凄凉。你可别看我现在是绮罗绸缎穿满身，金银首饰插满头，过着风吹不着，雨洒不着的日子。到头来，也不知这一堆白骨何处埋，半缕孤魂何处飘。"说着，眼泪簌簌而落。

鲜朵儿忙用手绢帮她拭干眼泪："姐姐，我记住你的话了。你别伤心了，你这样好的容貌，又有这样的好学问，不愁找不到一个好男人把你赎了去。"

柳如是正伤心，忽听得鲜朵儿说出这几句话，不禁扑哧一笑，用手指轻轻点着她的额头："你这丫头，竟是人小鬼大呢。居然连这个也知道！"随即又长叹一声："唉，会有谁能看重我这样的才学呢？我所学的东西，除了在凌波楼养活自己外，怕是再也没有用处了。更不要说好容貌，一个女子，再娟妍的容貌，也是要老的。岁月无情，红颜易老。若男人是以貌取人，也会以貌衰而弃之。千万不要凭什么好容貌，去取悦于人。"

鲜朵儿点了点头。

第五章　垂杨枝上月华生

锦幄销香，翠屏生雾。妆成漫倚纱窗住。一双青雀到空庭，梅花自落无人处。
回首天涯，归期又误。罗衣不耐东风舞。垂杨枝上月华生，可怜独上银床去。

——明　宋征舆

五月的天气清远而明朗，微风起于碧波之上。当风来时，有河畔的绿柳，有缥缈的馨香，氤氲着、袅娜着，为这个季节而欢欣。

宋征舆与陈子龙乘船赴苏州，一想到能马上见到日夜思慕的姑娘，心头如喝了蜜似的甜，眼前的一切也明快着、欢喜着。

船过处，芦苇丛中的雎鸠扑棱着翅膀，惊飞而起。在宋征舆看来，那雎鸠似也知道他的心事，也懂他的喜悦。他的眼神渐渐迷离，仿佛看见苏州河边的绿柳浓荫里，有双明净如水的眼眸在羞涩地眺望，眉黛凝成的远山，秋水凝成的眸子，还有那不经意间的巧笑嫣然，如露珠般在花瓣上滑落。

他在心里喃喃而语：柳姑娘，我来了。我乘着五月的清风而来，带着蔷薇的馨香，还有绿柳的柔肠。你是否听见了我的心跳？我的船已扰乱苏州河的碧波，我要让这个明媚的季节为你浅吟低唱。

陈子龙默默地看着宋征舆，看他脸上的表情时而欢喜，时而忧愁，又时而激动。便笑着摇摇头，自言自语地说：“这个情字啊，任你读过多少圣贤书，一旦深陷其中，都无法挣脱。”

宋征舆回过头来，极认真地问：“卧子兄，你相信一见钟情么？”

陈子龙想都没想地回答道：“相信啊，你对柳姑娘不就是一见钟情么？”一句话反把宋征舆逗笑了。

一时两人都不说话，只听见艄公咿咿呀呀的摇橹声。过了一会儿，宋征舆忽然说：“卧子兄，我填了首《踏莎行》，送给柳姑娘的，念给你听听？”

“你送柳姑娘的诗念给我听？那好吧，反正在船上也没事，闲着也是闲着，我就来听听我们这位多情才子的情诗表情达意的如何。”陈子龙爽朗笑着。

宋征舆抑扬顿挫地把自己填的《踏莎行》读了出来：

锦幄销香，翠屏生雾。妆成漫倚纱窗住。一双青雀到空庭，梅花自落无人处。回首天涯，归期又误。罗衣不耐东风舞。垂杨枝上月华生，可怜独上银床去。

陈子龙听了，拍手叫好："真是好词！你这词没有往日绮丽浮华的夸夸其谈，也没有歌楼酒肆那种靡靡的香艳。正是：关关雎鸠，在河之洲。窈窕淑女，君子好逑。求之不得，寤寐思服。全是一片至情至性的少年挚爱的真实情怀啊。'云间才子'果然好文采，好痴情！"

宋征舆此时却显得腼腆了，他幽幽道："柳姑娘容貌姣好，才高气傲，目无下尘，还不一定看得上我呢。"

陈子龙望着远处的芦苇，若有所思："那我就不敢宽慰你了，像柳姑娘这样的女子，写得一手好字，画得一笔好画，又美艳如花，在青楼中也不乏其人。难得的是柳姑娘清新脱俗，端庄典雅，没有青楼女子的那份媚俗之气。这样的风尘女子，你若用一颗真心去爱她、尊重她，或许有可能得到她的一片真情意。"

宋征舆频频点头。

暮色四合，山峦如黛，碧绿幽深的河面上氤氲着一层薄薄的雾气，仿佛一袭极淡的绿色轻纱，在河面上、在停泊的画舫左右，随着晚风若有若无地缥缈着、缠绕着，含情脉脉，羞羞答答。

柳如是最喜欢这将暮未暮的时刻，因为这一刻，天还没有完全黑下来，画舫上的灯笼还未亮起，河边的柳林上空，一群群归鸟的叽叽喳喳声，河里咿咿呀呀的摇橹声，是她最喜欢听的暮色里的乐曲。

"姐姐，楼下有两位公子找你。"

鲜朵儿的唤声打断了她漫无边际的思绪，她收回迷蒙的目光，回过神来看了看鲜朵儿，淡淡地说："什么公子啊，我今晚不想见客。"

鲜朵儿没说话，只把手里的两张名帖递给她。柳如是心想，来头不小嘛，还有名帖，便漫不经心地打开名帖，这一看不打紧，却让她喜上眉梢，心如鹿撞，原来竟是松江府的两位才子陈子龙、宋征舆到了。她一面叫鲜朵儿快去楼下请，一面又叫鲜朵儿快快帮她梳妆，一向清高自许，目无下尘的柳如是竟慌乱起来。

鲜朵儿来凌波楼快一年了，从未见柳如是会客之前如此慌乱过，赶忙帮她梳云鬟，理霓裳，蛾眉如黛又画作远山长。她觉得她的柳姐姐今天格外漂亮：不施脂粉艳若桃花，不熏香草馨香散发，形容俏丽，婀娜多姿，恰似一枝柔柳迎风摆，枝头花儿带露开。鲜朵儿哪里知道，柳如是这是应了那句俗话：士为知己者死，女为悦己者容。

陈子龙与宋征舆一前一后走进柳如是的房间，房间的陈设便让这两位青年俊才在心里暗暗称奇，这哪里是媚俗的青楼女子的房间，墙上的字画，书柜上的书籍，窗台下的瑶琴，空气中弥漫的清香，无不告诉你这房间主人的清幽高雅、与众不同的独特气质。

柳如是请二人落座，边叫鲜朵泡上今年的龙井茶，边温婉地笑着说："二位才子远道而来看柳子，真是柳子的荣幸，柳子正想念在佘山宴会上认识的新朋友呢！"

陈子龙爽朗地笑道："自佘山一别，一年有余，柳姑娘出落得越发俊逸了。"他指着墙上的画问："这是姑娘近时的画作吗？"柳如是微笑着点头称是。

陈子龙边看边频频点头，由衷地赞道："柳姑娘的画娴熟简约，清丽有致，远在你师傅徐佛之上。"

回头见宋征舆在一旁默不作声，只顾埋头喝茶，就打趣道："辕文，你不是有很多话要跟柳姑娘说么？怎么见了面反而沉默了？"一句话说得宋征舆一张小白脸红透到耳根。

柳如是何等聪明的女子，听陈子龙这话，又看宋征舆这情形，猜测着这里面的意思，原本白里透红的脸此刻更加红润了，心里一阵激荡。转念又想，宋征舆青春年少，才华超群，又生于富豪之家，而且尚未婚配，上门做媒的、求婚的才媛佳丽怕是不计其数吧，如此优秀的男人怎能真心爱上我这样的风尘女子？想到这些，柳如是打叠起激荡的心潮，平息了心绪，吩咐鲜朵儿去准备几色酒菜，再去沁芳斋买几样点心。

陈子龙忙拦道："柳姑娘不用麻烦了，我二人已在客栈用过晚饭了。"

柳如是嫣然含笑："二位是远道而来的客人，岂有空坐之理？况且当日在佘山承蒙各位公子照顾，今日柳子理应尽地主之谊。"

自进门起，宋征舆除了问声好，就再也没有说过一句话，但他的眼睛一刻都不曾离开过柳如是，只是他不敢看柳如是那双眼睛，那是双会说话的眼睛，似笑非笑，似颦含嗔，刚刚看到那双眼睛有几许柔情，瞬间又被一缕不可侵犯的冷傲所淹没。他心里有些郁闷、不安。继而又想，我宋征舆英俊潇洒，文才风流，在松江府是屈指可数的人物，在风月场中也见过不少美貌有才的女子，有几个不对我投怀送抱的？我现在虽无功名，可这自身的条件，难道就打动不了你柳如是的芳心？想到这里，宋徵舆心里又充满了自信，脸上的笑容也就格外地生动起来。

他站起来恭敬地问柳如是："柳姑娘，这书桌上的字是你写的吗？小生能否拜读？"

柳如是低眉一笑："宋公子客气了，我这书房里的书、字、画，公子可随意看。"

宋徵舆走到书案前，拿起一张写有字的纸看时，却是一色清秀的蝇头小楷写的诗，《拟古诗十九首·行行重行行》：

> 浩歌发渌水，媚风激青帷。宿昔承眄睐，意志共绮靡。
> 岂期有离别，送君春水湄。芳素长自守，远迈竟何之？
> 桐花最哀愁，碧柰空参差。思君漳台北，台流吹易长。
> 灿烂云中锦，上著双鸳鸯。黄鹄飞已去，鲤鱼何时将？

这是何等美妙的少男少女间的初恋情怀，诗人把人间最真挚最纯洁的爱情表现得淋漓尽致，一种独特的心理感受和对美好爱情生活的向往与渴望洋溢在字里行间。

宋徵舆咀嚼再三，反复玩味，只觉得此诗清丽雅致，深情款款。一时气血上涌，一股爱慕之情与多日来的思念一齐涌上心头，他在书案一边抽出一张新雪浪纸，提起笔来，蘸蘸砚台里的墨汁，把那首在船上读给陈子龙听的《踏莎行》也用小楷录了下来。

陈子龙正要问他在写什么，鲜朵儿提着食盒进来了，在圆桌上摆上四碟果蔬，四碟点心，四碟荤素搭配的熟菜，一瓶陈年女儿红。

柳如是招呼二人在餐桌前落座，满满斟了三杯酒，她双手捧酒，真诚地对二人说："承蒙二位公子不嫌弃风尘之人，今日特来看望，柳子感激之至，满饮此杯，以敬二位！"说罢，以袖遮掩，连饮两杯。

杯来盏往之际，三人之间的友谊似觉深厚了，陈子龙、宋徵舆两位青年才俊，文人雅士，又是云间词派的创始人，向柳如是讲了一些诗词歌赋经史见闻，松江府的文人逸事从他们嘴里道出，更觉精彩纷呈，柳如是听得心神俱往，更坚定了离开凌波楼去松江府求学的决心。

一时酒毕，鲜朵儿撤去残席，冲上新茶，柳如是在香炉中重新点燃一炷香，微笑着对两人说："今夜月儿正圆，就让柳子为二位公子弹奏一曲，以解酒乏。"说话间，让鲜朵儿把那盏水晶琉璃灯移到隔壁房中。霎时，如银的月光从窗外泻将进来，柳枝稀疏斑驳的影子随着月亮的清辉在客厅的墙上、地上轻轻摇曳。

陈子龙慢慢啜着茶，默默看着柳如是所做的一切。

宋征舆则不然，他睁大眼睛盯着柳如是，他有点迷糊了，这小女子是人还是月宫里的嫦娥？朦胧的月光下，柳如是更显妩媚娇柔，而她眉宇之间的那股清灵之气，让人想起那出污泥而不染，濯清涟而不妖的莲。

只见她在月光下伸出纤纤玉指，轻轻拨弄着琴弦，琴声叮咚，似乎她正用那双柔玉似的手，掬起一捧清澈的泉水，然后任由泉水轻轻泻于指间，那泉水晶莹剔透，滑过琴者的手，滋润着听者的心。

宋征舆不知道柳如是弹奏的是何曲目，甚至他不知道自己此时身在何方，他看着月光下抚琴的柳如是，浑身散发一层圣洁的灵光，这灵光似乎已悠然千年，他在这熠熠生辉的灵光下，聆听琴弦浅吟低唱：清风、明月、流水、小桥；还有蔷薇花开的欢喜、花谢的惆怅。他想，他是远离红尘了，他再也回不到那世俗的尘世间了。

一曲终了，宋征舆仍如痴如醉，陈子龙拍案叫道："妙啊！好一曲《云水禅心》！卧子原来只知柳姑娘诗画双绝，不曾想姑娘的琴技也到了这般高雅的境界，真是难得！"

柳如是吩咐鲜朵儿把那盏水晶琉璃灯再移到客厅的桌上，再上些新鲜的杨梅、李子等时令水果。

陈子龙却起身道："柳姑娘不用这般麻烦了，夜已深沉，你看，柳梢头的月亮也到中天了，我俩叨扰了你一夜，也该回客栈歇息了，明日还有要紧的事要办呢。"

宋征舆这才回到了人间，他痴痴地望着柳如是，目光里有爱慕、有敬仰、有依恋、有不舍、有把柳如是溶化了的欲望烈火。

柳如是当然明白这目光里复杂的含义，这种目光，她在风月场中见得太多了，那是一种对自己年轻姣好的容貌、苗条而丰满的身段的迷恋与渴望，这些男人只不过是想在自己身上寻求得片刻欢娱，正所谓是镜里恩情，烟花水月，一夜之间便烟消云散。

　　柳如是并不看宋征舆，低首敛眉，轻轻对陈子龙说："先生过奖！先生博学多才，柳子还想到松江府拜先生为师，跟先生学习诗词经史呢！"

　　陈子龙听了，爽朗地笑道："好啊，那我就在松江府恭候柳姑娘的大驾了！"随后又一本正经地："你也不要再称我为先生了，就叫我卧子吧，松江府的学友都如此称呼我，这样也随意些。"

　　柳如是嫣然而笑："那敢情好，卧子兄，恕柳子无礼了。"

　　宋征舆听柳如是说要去松江府求学，又见陈子龙对她的邀请，一扫刚才的愁容，兴奋地说："来吧，到松江府来，几社的学友们都会恭候你。"又看了陈子龙一眼，"陈大哥明天有事要办，我明天再来看望姑娘。"

　　宋征舆跟柳如是年纪相当，少年心性，在朋友和自己心爱的姑娘面前未免有点害羞，有些话难以启齿，一腔爱慕之情不能表达，说完了明天再来看你，拉了陈子龙的手就向外走。柳如是送他们下楼到凌波楼门前，目送两人过了柳浪桥。

第六章　杜宇声消不上枝

黄鹂梦化原无晓，杜宇声消不上枝。杨柳杨花皆可恨，相思无奈雨丝丝。

——明　柳如是

刚才还是琴声琤琤的屋子，此时悄无声息，唯有碧空的一轮明月依然静静地倚在窗外那株古柳梢上。清清浅浅的光从柳枝间漏下，一半洒向河面，一半洒进窗来。

人去楼空，心与月光一样冷清，这原本就是她每天要过的日子，今日却凭空多了几分怅惘与彷徨。

掩了窗扉，拉了湘帘，落寞地走到书案前，漫不经心地翻着桌上的书，橘黄色的灯光下，她一眼便瞧见了那张写了字的雪浪纸。这是一首《踏莎行》，清秀的蝇头小楷，比自己的字不知好了多少。

蓦地想起，宋征舆饮酒之前写过字，自己当时正在跟陈子龙说话，并没有注意到他写的什么。这是一首情诗，诗人柔情似水，思念如潮，把对心爱姑娘的一腔思慕之情倾泻于笔端：

锦幄销香，翠屏生雾。妆成漫倚纱窗住。一双青雀到空庭，梅花自落无人处。回首天涯，归期又误。罗衣不耐东风舞。垂杨枝上月华生，可怜独上银床去。

五月的江南，正是飞燕剪柳眉，荷风穿绿鬓，梅雨点春衫的季节，也是一个恼人的季节。这般真挚炽热、缠绵缱绻的情诗，柳如是还是第一次收到，她捧着诗稿，一遍遍地吟哦，禁不住心旌摇荡，悠然神往。在这寂静空旷的月圆之夜，她竟不知今夕何夕了。

多年来，混迹于风月场中，看得多了卿卿我我、逢场作戏的恩爱，只说自己必定不为"情"之所动。突兀的，在这满月的夜里，诗里流淌的柔情蜜意却又让她不能自已，如情窦初开，一颗芳心竟如那院墙上的蔷薇，在晨露中悄然开放。她想着宋征舆那张英俊的面孔，又摸摸自己发烫的脸，不禁悄然而笑。

突然，灯芯"啪"的一响，吓她一惊，她抬头四处张望，鲜朵儿早睡下了，房里只有自己，那灯花炸裂的声音，在寂静的夜里，竟如此的响。

她收敛起心神，看着灯下的影子来回飘忽，想着不能被宋征舆的情诗所掳。自己本是风尘中人，游戏风尘才是本分。这貌如潘安的富家公子哥儿，哪有什么真情实意？他所有的爱慕，不过是垂涎自己的美貌罢了。蜜蜂都喜欢鲜花的，有谁看见残花败叶上还有蜜蜂的吟唱？

她坐在案前，左手托着腮，右手抚弄着诗稿，眼神却不知落在何处。夜阑更静，窗外起风了，有枝叶的沙沙声。

她离开书案，又拉开湘帘，推开窗扉，古柳树梢上的月亮，不知何时已隐到了云层里，从河面吹来的风让她打了个寒战，这五月的夜还有点凉呢。河里画舫上的灯光依然闪烁，琴声、箫声、笛声，笑声、唱声、尖叫声，被夜风轻轻扬起，又悄悄地传送得很远很远。

这一夜，她竟在自悲自叹中辗转反侧，不能入眠。第二天醒来时恹恹的，倚在床上未起。满以为今天是个风和日丽的好晴天，却听鲜朵儿说在下雨，不禁黯然，昨夜还是明月清风满画楼，今晨却是烟雨杨柳织成愁了。

小巷里有阿婆挎了竹篮，拖长了声音叫卖："香喷喷的白兰花嘞、清新的丁香花……"

吴侬软语，余韵缭绕。有女子撑了一纸油伞，发间簪了丁香花在雨中的青石板小巷里袅娜地走着，那湿湿的空气中便溢满了花的芬芳了。柔柔的雨丝密密斜斜、如烟如雾地飘洒在烟雨蒙蒙的河上，给那些泊着的、游动的画舫蒙上一层神秘的面纱。

柳如是喜欢雨，尤其是这绵绵密密的细雨，这季节的雨是轻盈淡雅的，笼着山，罩着水，整个天地都在袅袅的烟雾里，散发着一缕难以言说的诗意。

可今天，她又觉得这绵绵的雨丝飘洒着漫天的惆怅，河岸的烟柳依依柔柔的，似在雨中倾诉着一个个古老的往事。那撑了一纸油伞的穷书生许仙蹒跚而来，白蛇青蛇幻化成人间最美貌温婉的女子，正在断桥边等待着他们前世的约定。

柳如是望着绵绵细雨洒在河面上，雨点儿溅起一圈圈涟漪，慢慢晕开，又消散得无影无踪，心里怅惘而迷茫。白娘子能遇到心仪的许仙，可我的许仙在哪儿呢？昨日那个写诗的美少年宋征舆，是我的许仙么？

正漫无边际地想着，鲜朵儿进来说宋公子正在楼下候着呢。柳如是听说，忙进里屋，换上一件湖水绿细褶长裙，月白色对襟绣花及腰短衫。鲜朵儿帮着把她一头乌黑的长发梳起盘好，在首饰盒里挑一支丁香花形的白玉簪子，斜斜地插在发髻上。

宋征舆上楼来，竟是一身湿。嘴里犹自说着："昨夜那样好的月亮，谁料想早起却下起雨来。"

柳如是从里屋出来，忙让鲜朵儿取了干手巾，让他擦脸上的雨水，带着歉意笑说："你看，你身上的长衫都湿了，我这儿又没有可以给你换的衣裳。"

宋征舆接过鲜朵儿递过来的手巾，边擦脸边说："不碍事的，这天又不冷，一会儿就干了。"

忽然一眼瞥见她身上的衣着，感觉与昨天的柳如是又有些不同。如果说昨夜月光下抚琴的柳如是像月宫中的嫦娥。那么今天眼前的柳如是正如雨中舒展着花瓣的丁香花，清新典雅，自有一种让人不敢侵犯的高贵。一时间，手里拿着干手巾，竟不知道去擦脸上的雨水，又把昨夜想好的，要对她说的那些爱慕思念的话都咽了下去，只痴痴地望着柳如是。

柳如是见他一副傻呆呆的样子，心里不禁暗笑，温婉笑道："宋公子，早啊！我们这里的早餐有各种精细点心，有熬得很好的粥，还有些风味独特的小菜，你喜欢吃什么，让鲜朵儿去端来。"

宋征舆笑道："这时候才吃早餐啊？"又觉得说的不妥，就摇手，"不用麻烦了，我在客栈跟陈大哥已经吃过早餐了，给我冲壶龙井就好。"

在一旁听候吩咐的鲜朵儿忙去冲茶。

柳如是也不提昨晚那首词的事，也不问是谁写的，只淡淡地问："哦，下雨天，我起床晚了些。陈大哥去忙着办事了么？"

宋征舆似有满腹的话儿想说，又不知从何说起，只得顺着柳如是的问话回答："陈大哥去七里山塘拜祭五位义士了，等他转来，我们就回松江。"

柳如是惊道："五位义士？是不是张溥撰写的《五人墓碑记》里为忠义而死的那五个人？"

"正是。"

"早知陈大哥是去拜祭义士，柳子一早也跟了去祭拜一番。"柳如是低声说，心里却想，陈子龙去拜祭义士，你却一大早跑到凌波楼来了。

从昨日见面起，宋征舆就觉得柳如是对陈子龙的印象极好，刚刚这句话更显现了她对陈子龙有一种敬慕，心里不免有几分失落，一时竟无话可说。

又听柳如是问："你们这么快就回松江吗？怎么不在苏州多逗留几日？"转而又闷闷的："千里搭长棚，没有不散的筵席。你们都是会走的，南来的，北往的，都有自己的家，只有我，将终老在这河畔青楼。"

宋征舆没料到，刚刚还矜持有度地说想跟陈子龙去拜祭义士的柳如是，竟说出这番话来。见她这般落寞忧愁的神情，心里恨不得给她最温柔的安慰与呵护，代替她受这世上的一切苦楚。然而，他又不敢造次，他怕弄不好反而会引起柳如是的厌恶。

正不知如何是好，鲜朵儿托着茶盘进来了，斟了两盏，先双手捧给宋征舆："公子请用茶。"

宋征舆如解了围一般，端起茶碗来轻轻呷了一口，又听柳如是一改愁闷的语气，爽朗地笑着说："你们先回去罢，过不了多久，我会到松江府来的，我还要跟李存我学画，拜陈子龙为师学诗词经史呢。"

宋征舆放下手中的茶盏，望向柳如是，见她一扫刚才的忧愁烦恼，也颇为高兴："柳姑娘说话可要算数哦，你一定要来松江府。我和陈大哥，还有好友李雯三人共同创立了'云间词派'，正指望有柳姑娘这样高才的人来呢。"

说起"云间词派"，宋征舆似乎找到了话题，柳如是也颇有兴致，两人再无局促，竟如同人般畅谈起来。

屋外的雨还在密密斜斜地下着，时而传来阿婆拖着长长的柔柔的卖花声："清新的丁香花嘞，香香的白兰花……"青石板的小巷中，烟雨迷蒙的河面上，早已飘逸着花的芬芳了。

陈子龙、宋征舆回松江了，柳如是也紧锣密鼓地准备着自己的松江之行。

秋天，在柳如是的眼里，是伴随着菊花而来的，那份采菊东篱下的怡然，总要在一抬头的天高云渐淡、雁字排开里才显出韵味悠长。而中秋节和重阳节，也要佐了那盏菊花酒，才觉出月的圆满和秋天的深邃厚重。

然而，无论是中秋节还是重阳节，无论是月缺还是月圆，柳如是都无法感受到月的圆满能给她带些许慰藉，也不会为秋天的丰硕而欣喜若狂。她太无助太孤单寂寞了，太渴望亲情的温暖。可是，多少个月圆之夜、多少个中秋之夜都在灯红酒绿、箫鼓画船、倚醉卖笑中过去了，又快到重阳节了，篱边的菊花正开得烂漫，她在这浮华而又孤独的苏州河畔彷徨，试图寻找着自己的方向。

　　就在这个秋天，柳如是用多年来所攒下的积蓄，向凌波楼沈妈妈赎得了自由之身。特意请匠人精心打造了一艘画舫，取名为"雪篷浮居"。

第七章　不肯开花不趁妍

> 不肯开花不趁妍，萧萧影落砚池边。一枝片叶休轻看，曾住名山傲七贤。
>
> ——明　柳如是

秋天在惊鸿声里渐行渐远，园子里树木凋零，有风掠过，叶子簌簌而下，唯有那片楠竹林，依然苍翠挺拔。

南园的树木多而杂，又经年无人看管，便成了鸟的天堂了。有种长一身鲜红色羽毛的长尾巴鸟，栖息在枝桠间，远远望去，就像一团燃烧的火，陈子龙称它为"火鸟"。

火鸟偶尔从窗前飞过，留下一道红色的火焰。让陈子龙惊奇不已的是，这鸟儿的啼鸣有种金属般的撞击声，而且轻易不叫，一叫天就会下雨。

这日天气沉闷，陈子龙在梅楠书房读书，两扇窗扉大开着，窗外那株古柏上，火鸟正梳理着鲜艳的羽毛，偶尔停下，偏着小小的脑袋，亮晶晶的眼睛狡黠地看看读书的陈子龙。突然，嗖的一下飞走，留下一道红色的光，洒下一串金属般的啼鸣，像是在提醒陈子龙，天就要下雨了。

正在此时，仆人陈才进来说门外有一少年书生求见，陈子龙头也没抬问是什么人。

陈才道："此人乘轿而来，衣帽光鲜，身材虽矮小，却生得俊眉秀眼，面色红润，神情颇为潇洒。"

陈子龙听了笑起来，搁下手中的书，转身看着陈才："陈才呀，你也学会了用词修饰人了，来人在哪儿呢？"

陈才腼腆地笑笑："陪公子读书这许多年了，几句话也是学得来的。此人正在门厅候着呢。"

陈子龙想了想："你去吧，就说我没空，不见。"又拿起书，"也不知哪里来的这么多闲人公子哥儿，有事无事地拜见，徒耗时光。"

起风了，吹得窗页吱吱响，忽又滴滴答答地下起了雨，树叶被雨打得摇摇晃晃，凉意袭来，陈子龙不觉打了个寒战。

陈才又进来，双手呈上一张纸，陈子龙接过看时，见上书着：风尘中不辨物色，何足为天下名士？

心中诧异已极，何人如此狂妄？竟骂我徒有虚名，不识抬举？禁不住有些恼怒："这是何人所留？"

陈才不懂这两句话的意思，见主人恼了，也有些惶恐，嗫嚅地说："就是刚才那求见的少年书生，再也没别人了。"

陈子龙眼睛盯着那两行字，若有所思："人呢？"边问边往前厅走去。

陈才跟在他身后低声嘀咕着："先前说不见，这会子又急了！"随后又大声回答他的主子："我进来时还在门厅里候着。"主仆二人来到前厅，哪里还有人影？

陈子龙懊恼地回到书房，再次认真地看那纸上的字，只觉得这字体似曾相识，铁画银钩，苍劲中又有几缕婉转娟秀，而且不是用笔墨所写，竟是用女子描眉的眉笔所书。

陈子龙突然笑了起来，他想到了一个人，唯有此人才有如此精妙的书法与怪诞的行径，必定是柳如是来松江了。

陈子龙想，柳如是来松江，是先来南园访我呢，还是宋征舆早就知道了呢？他笑着摇了摇头，且不管他。提笔写了一封信，让陈才去宋府，交到宋公子手上。

陈才答应着去了。陈子龙手里捧着书，眼睛却只管望着窗外出神，雨越下越大，沉闷的空气已湿润清新，枯黄的树叶在风雨中无力地飘荡，只有那片苍翠的楠竹在雨中越发青秀挺拔。

像一团火似的火鸟从窗前飞过，栖在那株古柏上，用尖尖的嘴梳理着被雨淋得透湿的鲜红色羽毛，偶尔抬起头来叫三两声，陈子龙听了，那声音里竟满是愉悦与欢快。

宋征舆按陈子龙信上所述，在松江寻找柳如是的落脚之处。

柳如是的画舫——"雪篷浮居"泊在白龙潭边的双柳树下。

白龙潭在松江阳谷门外，四周垂杨绿柳，修竹藤萝，枫叶荻花，间或有飞檐翘首的亭台楼阁。客游来此，每当花晨月夕之时，更见潭水烟波浩渺，心胸会为之一畅。远处那渔人捕鱼的筌网与养蟹的竹簖，更添得几分江南水乡的野趣。

来松江十多天了，柳如是并没想要立刻见宋征舆。

宋征舆虽生于世代簪缨之家，为人儒雅不群，并以文采风流冠名于松江府，她却怕看他那双黏糊糊的痴迷的目光。她摸不透这位世家公子哥儿，到底有多少真情意来对待她这样的青楼女子。

想起陈子龙和蔼可亲的样子，她心里便溢满温暖的情愫，哪曾想，去南园拜访他时，却吃了闭门羹。

这日午后，雇来撑船的阿四伯去岸边集市沽酒未归，柳如是站在船头，望着四周的景色，只见那莲萍菱芡业已凋零，残枝败叶在萧瑟的西风中飒飒作响，一行白鹭横空而过。

她心里长声叹息，苏州凌波楼虽是青楼，却也胜过这驾着船儿到处漂泊。为什么会到松江来呢？是寻人而来？还是为拜师学艺而来？她自己也无法想得清楚明白。

夕阳西下，秋风乍起，吹得这幽绿的潭水如绉绸一般。枝头渐黄的柳叶飘飘忽忽，随风落在水面上。鲜朵儿从舱里掀一件猩红色披风，轻轻地搭在她肩上，绕过前头来，边为她系上颌下的带子边说："姐姐，进舱吧，傍晚这湖上的风可凉了。"

柳如是无声地拉过鲜朵儿的一双手，并不言语，只是微微用力地捏了捏。鲜朵儿知道，这是姐姐在感激她细致入微的照顾呢。

两人携手正欲进船舱，鲜朵儿忽然叫道："姐姐，你看。"

柳如是抬眼望去，见是去镇甸上沽酒的阿四伯回来了，只是他身边多了一个人，那人一袭天青色长衫，走在阿四伯身边，越发显得俊雅且飘逸。

那不是宋征舆宋公子，还能是谁？柳如是心里纳闷，他如何找到这白龙潭来了？当下与鲜朵儿也不进舱，就站在船头候他二人走近。

宋征舆见柳如是在船头俏然而立，满心欢喜。他踏上跳板，颤悠悠地上得船来，看着舱门上方"雪篷浮居"四个字，面含微笑，拱手说："好个雪篷浮居！小生总算是找到柳姑娘了。"

柳如是微微点头，笑道："宋公子近来可好！"

"苏州一别，已三月有余，姑娘越发俊秀了。"宋征舆由衷赞道，"前日姑娘乔装去南园拜见卧子兄，却被挡在门外。卧子兄后悔莫及，特让我到松江城寻觅姑娘芳踪。不想姑娘风雅之极，竟驾着画舫在这风景如画的白龙潭上！"

柳如是笑道："漂泊江湖之人，必以江湖为家。哪有什么风雅不风雅的？

宋公子，请舱内用茶。"

"小生倒是很想与姑娘品茗话旧，只可惜今日天色已晚，还得赶回南园向卧子兄回报，明日小生与卧子兄在南园恭候姑娘驾临。"说罢，转头欲离去，一脚踏上跳板，迟疑着，又退回道："姑娘明日就在画舫上候着，小生派人来接就是。"

翌日，西风虽显清寒，却是晴日尚好。

陈子龙在南园备下一桌酒席，一来为前日拒见柳如是道歉，二来是尽地主之谊。

自那日柳如是留下两句话，负气离开南园后，陈子龙满心歉疚，想着如何才能挽回柳如是对自己的印象。又想，柳如是绝非一般小肚鸡肠的女子，对此事不会误会太深，于是心里也就放开了。

恰巧明日是好友李雯的生日，就请了李雯、李待问、宋征舆三人。李待问原是柳如是去年参加眉公寿宴时拜的书法老师，正好请来相见。又到香草坞请来阿紫、香怡、杜兰三位姑娘相陪。

这三位佳人可是香草坞的头牌姑娘，是松江府屈指可数的聚容貌与才气于一身的绝色女子。

她们听说，今日南园四大才子的宴会，是专为一位与众不同的女子接风洗尘。何等的女子，竟然能让冠名松江的"云间三子"，还有那个一向清高自诩的李存我如此高看？心里便有些不自在，个个在心里要跟这个外来的小女子一较高下。

太阳正照得那片竹林郁郁葱葱，三位姑娘早早就到了南园。

阿紫着一身淡紫色衣裙，身上绣有小朵淡粉色丁香花。头发随意地绾了一个松松髻，斜插一支淡紫色簪花，显得几分随意，几分雅致。

香怡一条粉色长裙上套一件浅百合的坎肩，这一身浅色装扮配上她粉嫩的脸，更显得娇柔可人。

杜兰则是一袭碧绿的翠烟衫，散花水雾绿草百褶裙，身披翠水薄烟纱，衬得脸儿越发冷艳。

三人精心打扮，浓妆艳抹；袅袅娜娜，步步生香。

当她们看到梅楠楼的大堂里，只有陈子龙、李雯、李存我与宋征舆四人时，心里不免犯嘀咕：今日宴请的女子何许人也？竟如此大的架子，这松江府有名的英俊潇洒的四大才子，居然如此耐心地恭候！一时，那女人特有的虚荣心、嫉妒心和攀比心，还有种种不屑，在三张娇美的脸蛋上一览无余。

晌午时分，陈子龙的仆人陈才笑眯眯地进来通报："少爷，柳公子来了。"

"柳公子？"李雯诧异地问陈子龙："卧子今天还请了哪位柳公子吗？我怎么没听说过我们松江府还有位姓柳的公子呢？"大家都疑惑地望向陈子龙。

陈子龙开始也有点不着首尾，随即笑道："一会儿见了，你们自然就认识这位柳公子了。"

话音刚落，一位头佩方巾，身着素袍的英俊小生翩然而至。

只见这位少年公子肤如凝脂，面若桃花；一双凤眼似笑非笑，欲嗔还颦。虽身材娇小，一袭素袍却掩饰不住那一段自然流露的风流体态。

李雯与三位姑娘正在错愕之间，李存我抚摸着光溜溜的下巴，眯着那双似醉非醉的眼睛，喃喃说道："原来是我的徒弟到了。"

美少年听了，一缕笑意在脸上荡漾开来，如春风里绽放的桃花，只见他趋步上前，对着李存我，一双玉手轻轻一抱拳，朱唇轻启："如是见过存我老师。"把个李雯和香草坞的三位姑娘看得目瞪口呆。

陈子龙笑着对正惊愕的李雯说："李大才子，这位就是从苏州来的柳如是柳姑娘。"

又对柳如是说："柳君，这位就是名闻松江府的才子，云间词派创始人李雯李公子。"

又引香草坞的三位姑娘与柳如是一一见过，"存我与辕文就不用我多此一举了，你二位与柳姑娘是老熟人。"

李存我眯着似醉非醉的眼睛，以手托腮，似在思索一件极费神的物事。宋征舆不吱声，一双俊目却须臾不离地盯着柳如是，那眼神生生是要活吞了她。

柳如是则只与阿紫她们谈笑风生，全然不去理睬那四个男人。

香草坞的三位姑娘早把攀比之心丢到了脑后，眼见着这女子有着天生的好容貌，却又不自恃天生丽质。不着女装，偏着男装，英俊中不失妩媚，娇柔中不失洒脱，通身都透着一股清灵儒雅之气，让她们这些整日混在美人堆里的女人见了，也有些相形见绌。

也难怪松江府这几个卓尔不群的才子，肯放下架子，放下高高向上的目光，专为她设宴了。

酒酣耳热之际，陈子龙笑说："柳姑娘弹得一手好琴，何不弹奏一曲，以娱酒兴？"

柳如是欣然应允，起身离座，洗手焚香，端坐在琴前，手抚琴弦，凝神片刻，一曲《平湖秋月》悠然而起。

琴到酣处，香怡也起身离座，随悠悠琴声翩然起舞。

一曲既毕，李雯的诗也作好了，真不愧是"云间三子"之首，一盏酒的功夫，就题了四首诗，分赠给在座的四位女子。柳如是默诵着送给自己的那一首：

> 悉茗丁香各自春，杨家小女压芳尘。
> 银屏叠得霓裳细，金错能书蚕纸匀。
> 梦落吴江秋佩冷，欢闻鸳水楚怜新。
> 不知条脱今谁赠，萼绿曾为同姓人。

这诗并无不妥之处，李雯也并非有意轻薄于人，柳如是细读来，心里却难以平静。自己原本是歌女，这烙印今生怕是难以消除了。只是自己这坎坷的身世，有谁能懂？有谁怜惜？沦落青楼却并非自甘堕落，只怪造化弄人。

读罢想罢，又粲然而笑，眹着那双似嗔还聱的眼睛，看着陈子龙："卧子兄，听人说你住的这座南园，最有名、最俊秀的便是那片楠竹林了。"

正与李存我喝酒的陈子龙，不知刚刚在读诗的柳如是何以突然问起南园的竹林，有点茫然地点头："谁说不是？南园几易其主，所植树木无人看管，只得任其肆恣生长，树木野草杂乱。只有那片楠竹林，却是极俊秀宜人。不想柳姑娘来松江几日，竟也知道南园的竹林。"

宋辕文却道："那片梅林也不错呢，要不，卧子兄读书的这书楼怎的叫梅楠楼？"

柳如是展眉笑道："我想借你这南园里的竹子题一首诗。"说罢来到书案前，挽起衣袖，提笔唰唰几下，便掷了笔。

大家细看时，是一首《咏竹》：

> 不肯开花不趁妍，萧萧影落砚池边。
> 一枝片叶休轻看，曾住名山傲七贤。

她以竹自喻，意谓不愿被人轻视，即便是歌女，也不趋时媚俗，也有自己特立独行的个性。

李雯见了，不知是酒红了脸，还是别的。心想，千万别轻看了这青楼女子，这诗里话外，还真有股竹子那种肃然挺拔、卓尔不群的清高。难怪江湖上流传，柳如是如何的自视清高、目无下尘，又是如何的恃才傲物、放诞风流。如此看来，此言不虚。

第八章　但求无愧是我心

岂能尽善如人意，但求无愧是我心。

——明　李存我

在松江，柳如是就住在自己的画舫"雪篷浮居"上，泛宅浮家。日子就如画舫下的水一样从容流过，每日里只靠侍酒陪唱、零星卖画赚些钱来养活自己与鲜朵儿，闲暇之时就跟李存我练习书法，偶尔与几社文友饮酒斗诗。

几社文友中，宋征舆年纪最小，与柳如是年岁相仿，自他看到柳如是来松江后的所有行径，对柳如是除了爱慕之外，又多了一层敬重。

柳如是的到来，让他喜出望外，可美人在侧，却不能揽其入怀，满腔柔情无处释放，这又让他神魂颠倒，伤透心怀。因而每日里茶饭不思，夜不成寐，就更不用说专心读书准备明年赶考了。脑子里整天晃悠着柳如是的影子，每当有陈子龙、李雯、李存我这些人在时，他就故意装着若无其事，潇洒风流的样子。而他那双俊美的眼睛，每每在看柳如是时，目光里毫无顾忌地流露出一种爱慕到极致的渴望。与其说是渴望，不如说是一种想拥有心仪女人的欲望。

有时，这种欲望之火所投射的对象，如不回报以激情随它一起点燃，就会灼伤自己，少年男子的情欲之火是何等的猛烈。

柳如是何等冰雪聪明的女子，风月场上，她见得太多如此赤裸裸的目光了，这种能燃烧的欲望足以毁灭一个人，而不是真正的天长地久的情愫。她从不去迎接宋征舆的目光，就像没看懂他的心思，就像对待其他男人一样，与他杯来盏往、琴瑟共鸣、诗词唱和。

情欲是旷野里扑不灭的野火，最能毁灭人的意志与身体。柳如是的冷淡与若即若离，尤其是与其他男人的交往，更让宋征舆伤心欲绝。

一个才华超群、丰神俊朗的少年公子竟然因情而困，形销骨立。伤心之余，唯有赋情于文字，写了一首又一首情诗，送给柳如是。

柳如是第一次读宋征舆的诗，是在苏州河畔的凌波楼，在那月华如水的夜里，枕着苏州河潺潺流水，心驰神荡地读着"垂杨枝上月华生，可怜独上银床去"。可是在松江，宋征舆的情诗一首比一首痴情，一首比一首真挚，那字里行间的炽热情火，无声地击打着柳如是的心扉。

豆蔻年华，青葱岁月，哪个男子不善钟情，哪个少女不善怀春？柳如是在碧水浩渺间，在"雪篷浮居"上，捧着宋征舆的诗，浅吟低唱，少女初开的情怀，如莲一般绽放。只是每每想起自己的身世时，那份花开的喜悦便随之烟消云散。

烟花之地、风月场上，岂有真情！宋征舆本就是膏粱世族之大家子弟，才华超群，前途不可限量，这样的人怎么可能真正看上一个风尘女子？柳如是仍然不想回复他，但是在她少女火热的心怀里，那一缕情丝已被他轻轻拨动，只是不会轻易地去接受他罢了。

尽管如此，她还是为他精心填写的这些诗词而深感欣慰。在她明亮的眸子里，仿佛白龙潭上，这秋的萧瑟也变得如春日般和煦了，原来松江的天空竟是这般的清朗，这样的高远。

少女初恋的幸福，在她周身荡漾开来，让她更加娇柔妩媚、光彩照人。这一切，怎么逃得过她的书法老师——李待问那双似醉非醉，能洞察世事的眼睛？

自来松江，柳如是隔三岔五地到李家，跟李存我练习书法。

李存我虽玩世不恭，自视清高，却是个极严肃认真的老师，对女弟子柳如是，更是倾心相教。从手把手握笔教起，到督促她临摹，到一个字的框架结构、揣摩意境，他都细细分解。

如此的朝夕相处，耳鬓厮磨，柳如是的花容月貌、衣香鬓影，还有那周身无法掩饰的勃勃青春，及其对书法超凡的领悟力，无不让李存我心醉神驰，爱意横生。

李存我年过不惑，早已娶妻生子。虽对这位风韵绝代的佳人怀有一腔柔情，却从未显露过。况且，他目睹宋征舆为她癫狂的模样，更是把这满腔柔情收敛了起来，不露一丝一毫。

一连几日，柳如是都没来练字了，李存我估摸着必是被宋征舆的情诗所缠绊，心里不免有些失落。他从未像今天这样，感觉书房如此空寂，他负了手，来回地走着，又觉得无聊之极，便挽了衣袖，拿了砚台，磨起墨来。

他有一下没一下地磨着，眼睛只管望着窗外出神。直到柳如是姗姗来到他面前，他才收回眼神，虽是一副师尊的严肃，却丝毫掩饰不住眼底里那缕喜出望外。

柳如是对着他盈盈一拜，轻声说："先生，柳子几天未来练字，请先生原谅。"说罢，那张肌肤胜雪的脸儿，竟莫名地红了，如同枝头初绽的桃花。

对李存我来说，柳如是的到来本身就给他带来了一种心灵上的慰藉。而她这娇柔妩媚的神态，暖暖生香的躯体，几乎让他不能自持。他不是宋征舆那种情窦初开的少年郎，他是个成熟的男人，成熟男人的爱情更炽热，更稳重，也更深沉。柳如是在一旁好像还说了一些什么话，他一句都没有听进去，他只觉得眼前这女子吐气如兰，这种奇特的气息早已撩起他埋藏已久的欲火，他一把拉过柳如是，紧紧揽在怀里，像是要把这个习习生香、倾倒众生的尤物，溶化在自己那火热的躯体里。

柳如是吃惊地睁着那双凤眼望着她的老师，而她的老师不容她说话，已深深地吻了下去。在如此有力的怀抱里，在热烈得能溶化一切的亲吻中，柳如是没有反抗，她娇小的身躯偎依在李存我宽阔的怀抱里，抬起双手，轻轻抚摸着他的脸、抚摸着他的脖颈、搓揉着他的耳垂，用她那柔软温润、灵活如蛇的舌头纠缠着他的舌头，温柔缠绵地回报着李待问。李存我的双手也不闲着，左手紧紧把她揽在怀里，右手隔着衣衫，用力地揉捏着她那坚挺的弹性十足的双乳，两人在火海里越沉越深。

书房的门响了，有人在叫老爷，是侍女送茶水来了，两人慌乱地松开对方，整理好衣衫，分开坐到书桌的两边，这才叫侍女进来，侍女一进门，就在他们俩极不自然的神态中，读出了刚刚发生的一幕。这侍女在李家多年，她了解她的老爷，风流多情，书法一流，而且那双似醉非醉的眼睛，能勾魂摄魄，也不知迷倒了多少良家少妇、青楼女子。你柳如是怎么能够逃得过他的手心里去？侍女为两人各冲了一盏茶，斜着眼睛，瞟了柳如是一眼，方退出书房。

李存我端起茶碗，连喝几口，似乎要用这茶水来浇灭刚刚燃起的欲火。见他放下茶盏，柳如是心中有种莫名的期待，却见他站起身来，挽起双袖，提起狼毫，饱蘸墨汁，龙飞凤舞地写了一副对联：

岂能尽善如人意
但求无愧是我心

咬着笔头，沉吟片刻，又写下了横批：

如是我闻

"老师，你这对联是送给徒儿的么？"柳如是惊喜地发现，这副对联上嵌有她的名字。

一向落落大方的柳如是今天居然扭捏起来，那双会说话的眼睛不敢再看她的老师。见李存我不答，又低眉顺眼，轻声细语地问："老师，我今天该学哪些？"

李存我一双醉眼没有了往日那种如炽如电的魔力，也没有了文人才子玩世不恭的神色，有的是沉稳矜持，温和厚道，他也不看柳如是，只低声说："这副对子是送给你的。自今日起，你不用再跟我学书法了。"

柳如是以为自己听错了，一下站起来，神情惶惑，不相信地问："老师，你是说我不用再到你这儿来练习书法了？老师，你生学生的气了？"

李存我怜惜地看着柳如是，摇摇头又点点头，说："无缘无故，老师怎么会生你的气。我说你不用再来我这儿学习了，是你可以出师了，我能教你的也只有这么多了。"

他顺手拿起柳如是前几日写的字："你的书法虽稍嫌稚嫩，但已有几分你自己独特的骨架与神韵。你不能总模仿我，我们之间的差距很大。我的特点是刚劲，你的字虽有几分像我，可还是有太多女子的婉转柔弱。你现在需要的是博采众长，取人之长、补己之短，逐步形成自己独特的风格与气质。"

最后，他喃喃地说："字如其人，你的字就像你的个性一样，婉转而不失刚劲，或许这就是你独特的风格与气质。"这几句话轻得像是说给他自己听的。

柳如是心里五味杂陈，在宋征舆、陈子龙、李待问三个男人中间，她不知道自己究竟喜欢哪一个多些，只清楚地知道，李待问、陈子龙都是有家室的人，不可能再给她一个家，而她恰恰要一个属于自己的温暖的家。

李存我刚才如炼狱之火般热烈而深情的吻还残留在唇边，可她已经感觉不到灼灼的爱恋了，他又成了一个严肃的老师，一个敦厚的长者，虽可亲可敬，却给她一种近在眼前，远在天边的感觉。一声叹息，在柳如是心里悠荡、绵长。

李存我不知道她此时的心境，看她落寞的样子，心中不忍，又说："嘉定有位叫程孟阳的老先生，他在书法上有很高的造诣，已形成了一种独特的风格，你的字与他的字如出一脉，你可以去跟他学习。"说罢，从书柜里拿出一只深红色小木盒，递给柳如是："你我师徒一场，我也没什么好东西送给你，这田黄石印章送给你留个念想吧，日后，如果生活所需，你也可以用我这方印章卖你自己的字画。"

柳如是双手接过小木盒，轻轻打开，一方通透的田黄玉石出现在眼前，她小心翼翼地拿起玉石翻过面来，在那细腻、温润的玉石中间镂刻着两个篆体字："问郎"。

这晶莹剔透、温润细腻的"问郎"，是怎样的炽热柔肠，又有怎样的深情款款与无限眷恋！

柳如是忍不住热泪长流，她自小孤苦伶仃，像柳絮一样漂泊无依，沦落风尘后，受尽欺凌。今天，她庆幸自己有这样一位师尊、兄长及至亲至爱的朋友。李存我走近她，一手扶着她瘦削的肩膀，一手为她抹去眼泪。

柳如是一头偎在他怀里，任由泪水滑过脸颊，湿透他的衣襟，双手紧紧地捧着那方玉石，那温润的两个字"问郎"，不是镂刻在玉石上，而是深深地刻进她温暖、柔软的心里。

柳如是恍恍惚惚的，不知道自己是如何从李存我家出来的，也不知道在路上走了多久，回到画舫——"雪篷浮居"上，已是傍晚时分。那轮满月正从水面冉冉升起，一层乳白色的雾气在水面上晕染开来，似一袭轻纱，又似一抹轻烟，在画舫四周缭绕。

柳如是交代鲜朵儿，说今日累了，晚上谁也不见。鲜朵见她懒懒的样子，似想说什么，又终于没说出来。去厨下烧了水，沏了茶进来："姐姐，晚上想吃什么？"

柳如是只管望着桌上李待问送的那副对联和那方田黄玉石印章出神，半天回过神来，问鲜朵儿："鲜朵儿，你刚才说什么？"

鲜朵儿笑道："姐姐，你今儿是怎么啦？心神不定的，我刚才问姐姐今晚想吃什么，我好去厨房做来。"

柳如是也淡淡地笑了，看着鲜朵儿说："姐姐今天也不知道是怎么了，失魂落魄的，胃口也不好，什么也不想吃。"

鲜朵儿关切地问："姐姐，你是不是病了？要不要我去城里请大夫来给你瞧瞧？"

柳如是摇摇头道："那倒不必。我只是感觉心里堵得慌，不想吃罢了，倒不是病。"

鲜朵儿嗔道："不想吃也得吃，你这么瘦，再不好好吃饭，会扛不住的。宋公子今日交代过，要我好好地照顾你，特别是要让你每餐吃得饱饱的。"

柳如是正喝一口茶在嘴里，听鲜朵儿的话，忙咽了茶，急急地问："宋公子今天又来过么？"

鲜朵儿调皮地笑了笑说："谁说不是呢？今儿你一出门，宋公子前脚跟后脚地就来了。本来你一回来我就想告诉你的，可看你上船来脸色不大好，我就没敢说。宋公子坐了一会儿，交代我要好好侍候姐姐，不要让姐姐冻着、饿着。他今天还带来了好多补品，说是天凉了，女孩子吃这些东西是最好的，让我天天晚上做给你吃。姐姐，我看这宋公子对你倒是一片至情，可姐姐为什么对他总是爱理不理的呢？"

柳如是放下茶盏，望着鲜朵儿笑了："瞧你这丫头，一下子说这许多话，你小小年纪，懂得什么是真情，什么是假意。"随即又叹息一声，"风尘之中，烟花之地，哪有什么真情实意呢？"

鲜朵儿嘴里说着话，手上也不闲着，把窗帘拉严实了，夜里湖风大，又把棉制的门帘掩好，絮絮叨叨的："宋公子还说了，他想跟你好好地说说话儿，他这两日得空就来。"鲜朵儿停下手里的活，歪着头，像是又想起了另一件事，"今天还来了一个人，他说他是徐三公子，也想见姐姐。"

柳如是满脑子是李待问与宋徵舆，她哪里把什么徐三公子放在心里，眼睛盯着桌上的对联与印章，不再理睬鲜朵儿后面说的话，鲜朵儿早已习惯她这副模样，不以为意，只说："姐姐，我下午已经熬好桂圆银耳莲子羹，你不想吃饭，就喝碗莲子羹吧，我去给你端来。"说完也不等她答应，径自去了。

柳如是收起对联，把那方田黄玉石印章拿在手上反复端详抚摸，半晌，又把印章放进小木盒，与那副对联一起，锁进柜子里。返身坐在桌前，拿出一张雪浪纸，沉吟着写了一首五言诗。

客来何所贻？贻我菖蒲石。菖蒲皆九节，石是珊瑚色。怀之有怿梦，灼灼同心臆。金闺自流耀，馨香难雕刻。持此歌白纻，逶迤鸾照日。

待鲜朵儿端莲子羹进来时，柳如是把诗稿折叠成仙鹤的样子，对鲜朵儿说："明日一早，你叫阿四伯把这纸鹤送到我的书法老师李存我李先生府上，必定要交到老师本人手里。"

鲜朵儿答应着，把碗放到她手上，催促她快吃，她吃了几口，也不知滋味，就放下了。又吩咐："你叫阿四伯明天早去早回，前天答应过陈子龙和宋征璧，过两天要陪他们去游白龙潭的。"

鲜朵儿问："姐姐说的这个宋征璧不就是宋公子的亲哥哥么？宋公子不跟你们一起去白龙潭呀？"鲜朵儿觉得她这姐姐有时真让人琢磨不透，又追问："姐姐真的不等宋公子了么？他说就这两天要来找你的。"

柳如是望着摇曳的烛火："这个宋征璧就是宋公子的兄长，我不在这里等他。如果他真要找我，不管到哪里也能找得到的，我去白龙潭。今儿倦了，你去打水来，我要洗漱了早些歇息。"

鲜朵儿答应着去了。

第九章　风雨秋塘浩难极

我侪闻之感太息，春花秋叶天公力。多卿感叹当盛年，风雨秋塘浩难极。

——明　宋征璧

深秋，白龙潭水更见清幽澄澈。虽是芦苇萧瑟，岸柳枯黄，却仍是游人泛舟休闲之地，也是浪子文人饮酒寻欢的好去处。

这日，当柳如是的"雪篷浮居"泊在白龙潭边的双柳树下时，天空飘起了绵绵细雨，虽说寒气袭人，秋雨中的白龙潭却别有一番韵味。

柳如是望着窗外的雨丝，对陈子龙、宋征璧说："我最喜欢下雨了。在苏州时，特别是春天下雨，我就喜欢听雨点在屋檐上的滴答声，有时倚着窗栏，看雨丝飘飘洒洒、无声无息地落在苏州河里，听小巷里阿婆的卖花声，这时候，你就能嗅到空气中兰花的清香，苏州的雨天真是美极了。"

宋征璧被柳如是妩媚的神态和诗般的描述所吸引，他出神地看着柳如是，那双说话时欲颦还笑的眼睛里，此刻却蕴含着无限的迷茫。他突发奇想，如果这样的女子不是沦落在青楼，而是平常人家的女儿，那该是多么幸运的事，可那又该是怎样的故事呢？

正胡思乱想，只听陈子龙笑道："柳姑娘，你还是个浪漫派的诗人呢。浪漫派的诗仙李白在《春夜宴桃李园序》里说，'夫天地者，万物之逆旅；光阴者，百代之过客。而浮生若梦，为欢几何？古人秉烛夜游，良有以也。况阳春召我以烟景，大块假我以文章。会桃李之芳园，序天伦之乐事。群季俊秀，皆为惠连；吾人咏歌，独惭康乐。幽赏未已，高谈转清。开琼筵以坐花，飞羽觞而醉月。不有佳作，何伸雅怀？如诗不成，罚依金谷酒数。'"又接着说，"今日你我三人虽不是秉烛夜游，却是泛舟湖上，诗仙说：'开琼筵以坐花，飞羽觞而醉月。不有佳作，何伸雅怀？如诗不成，罚依金谷酒数。'我们今日不能醉月，却能醉雨，也是雅事一桩，如何能没有酒，如何能不作诗呢？"

宋征璧拍手称好，柳如是忙命鲜朵儿撤去茶盏，摆上早就准备好的点心、

第九章　风雨秋塘浩难极

果蔬，鲜朵儿端出刚做好的菜肴，又抱出一坛陈年女儿红来。

画舫外，秋雨绵绵；画舫内，酒意正浓。柳如是酒到酣处，情不自禁，嘴上唤鲜朵儿磨墨，自己则歪歪斜斜的来至书桌边，提着笔，歪着脑袋，醉眼蒙眬地看着船舱外密密的雨丝儿，陈子龙跟过来，看她写字，她一边写，陈子龙一边读：

> 听钟鸣，鸣何深，妖栏妍梦轻。不续流苏翠羽郁清曲，乌啼正照青枫根。一枫两枫啼不足，鹍弦烦激犹未明，凄凄胐胐伤人心，惊妾思，动妾情，妾思纵横陈海唱弯弧，君不得相思树下多明星。用力独弹杨柳恨，尽情啼破芙蓉行。月已西，星已沉。霜未息，露未倾。妾心知已乱，君心未全生。情有异，愁仍多。昔何密，今何疏。对此徒下泪，听我鸣钟歌。

陈子龙读诗的声音渐渐小了，心里陡然升起一股敬意，看她落笔有神，洋洋洒洒。借古人胸蕴，抒己之情怀，而且典故用得恰到好处。只这字里行间的忧愁悲伤，正如这画舫外的秋雨一般，绵绵不绝。此时，陈子龙纵是心里万分怜惜，却也不好露出端倪，更不便相问，只说："柳姑娘好才情！诗写得如此之好，卧子再敬你一杯。"说罢，举杯一饮而尽。

柳如是只轻轻地啜了一口，慢慢地给二人说起自己的身世，从幼年时被卖进归家院做侍女，当"瘦马"养大，后被卖到周府为妾，在周府被群妾所妒，受尽屈辱，又被赶出周府，沦落青楼倚门卖笑。

她望着窗外绵绵秋雨，望着秋雨后面那灰蒙蒙的天空，似乎那主宰她命运的神，就在那灰蒙蒙的天幕里冷眼看着她。她轻轻地说着，像是在讲述一个别人的故事，似乎这故事与她自己毫不相干，却听得两位云间才子唏嘘不已。

陈子龙已是醉态可掬，又给自己斟满酒，举杯对柳如是说："柳君的故事好凄清，以你的故事来佐酒，真是让人心酸，也心碎。我本想为你作一首诗，无奈我已醉了，还是请宋兄代劳吧！"说罢，仰头一口喝干杯中酒，并把酒杯倒过来给二人看。

宋征璧也不推脱，铺纸挥毫，笔走龙蛇，俄顷而就：

秋塘曲

校书婵娟年十六，雨雨风风能痛哭。自然闺阁号铮铮，岂料风尘同碌碌。

绣纹学刺两鸳鸯，吹箫欲招双凤凰。可怜家住横塘路，门前大道临官渡。
曲径低安宛转桥，飞花暗舞相思树。初将玉指醉流霞，早信平康是狭邪。
青鸟乍传三岛意，紫烟便入五侯家。十二云屏坐玉人，常将烟月号平津。
骅骝讵解将军意，鹦鹉偏知丞相嗔。湘帘此夕亲闻唤，香奁此日重教看。
乘槎拟入碧霞宫，因梦向愁红锦段。陈王宋玉相经过，流商激楚扬清歌。
妇人意气欲何等，与君沦落同江河。我侪闻之感太息，春花秋叶天公力。
多卿感叹当盛年，风雨秋塘浩难极。

宋征璧把《秋塘曲》读给众人听时，陈子龙、柳如是乘着酒兴，借着酒意，以筷击盘，三人一起击节吟唱。那时而忧伤、时而激昂的歌声在画舫四周，在白龙潭空灵的天幕下，在无垠的湖面上久久回旋……

江南的初冬，寒气逼人，泊在白龙潭上的画舫不比岸上的房屋，整天阴风习习。柳如是自幼秉性柔弱，加之不善调养，终于病倒。鲜朵儿去城里叫来大夫瞧了，开了几剂药，吩咐阿四伯把画舫荡到离岸稍远点的水面，抽下跳板，再不见客人，只在船上静养。

清晨，浓浓的雾霭静静地笼罩着白龙潭，白龙潭静极了。岸边的枯柳肃穆而立，没有风，也没有鸟，湖水像一面平滑的镜子，纹丝不动。"雪篷浮居"泊在潭边的双柳树下，远远望去，像极了士大夫笔下的水乡图。

宋征舆一连几日没看到柳如是，寝食难安。今儿一大早，就到了白龙潭湖边，远远地看见柳如是的"雪篷浮居"泊那儿，也不等走近，就情急地大喊："柳姑娘，鲜朵儿，我是辕文，快把船儿划过来，让我上去。"他一张口就被自己的喊声吓了一跳，原来，这晨光中的白龙潭竟如此的静谧。

鲜朵儿早早地起来了，正在前舱煎药，听到喊声，走出舱循声望去。晨雾中，见有人在岸上挥舞着手臂，鲜朵儿凝神细看，惊讶道："这不是宋公子，又会是谁！"忙进舱来叫醒柳如是："姐姐，快醒醒，宋公子来了。"

柳如是睡眼惺忪，茫然地问："宋公子？在哪呢？"

鲜朵儿笑道："在岸上站着呢，这么冷的天，大清早的，人家还在热被窝里做梦呢。他倒好，一早就跑到这里来，也不怕冻着。"

柳如是探起身，撩开床边的窗帘朝岸上望去，湖岸边，有人正不安地在双柳树下来回走动。清晨的薄雾虽然朦胧，但那袭熟悉的蓝衫，那挺拔俊秀的身姿，却清晰地映入柳如是的眼帘，这分明就是那个为情所困的少年宋征舆。

柳如是忙穿衣下床，叫鲜朵儿赶快让阿四伯把船靠岸，让宋公子上船。

鲜朵儿笑着，不紧不慢地说："姐姐，平日里你不总是说风尘之中无真情么？今儿就试试这位富家公子哥如何？看他对姐姐到底是真心，还是假意。"

到底是少年心性，听鲜朵儿这么一说，柳如是觉得也是，你宋公子的情诗写得确实情深意切，可你对我柳如是到底爱有多深，情有多厚，几首情诗如何衡量得出？可怎么试呢？是出一道难题，还是让他对一副对联？不妥，不妥，这些对于"云间三子"之一的宋征舆来说，实在是拿手好戏。

她正琢磨着，鲜朵儿已经走出船舱，倚着船舷，对岸上喊："宋公子，你若对我家姐姐真的有情有义，何不蹚水过来呢？"

柳如是一听急了，这刁钻的丫头，过分了！这么冷的天，怎么能让人家蹚水？宋征舆可是富贵人家的公子，娇贵着呢，冻坏了可怎么办？等她跑出船舱，还没来得及开口说话，岸上的宋征舆已经跳进水里，正歪歪扭扭地向画舫涉水而来，好在潭边水浅，才没腰。

冰冷的湖水浸透了衣裳，寒意沁骨，宋征舆牙齿犹自不停地磕着。

柳如是急了，大声喊道："辕文，赶快掉头回到岸上去，船马上就过来了。"

晨风把柳如是的话清楚地送到宋征舆耳朵里，他心里一热，原来你是在乎我的，为了你，我情愿化作这潭里的水。他不再觉得寒冷，只觉得心中有股火在燃烧。他不说话，继续在水里一步一步艰难地走着，越往前走潭水越深，水快要淹没了他的胸口。

阿四伯听到鲜朵儿的喊声，心想这丫头不知轻重，闹出事来可不是好玩的，早把船撑起来，靠近了宋征舆，一把将他拉上船来。

宋征舆水淋淋的，脸色铁青，浑身直哆嗦，牙齿磕得"砰砰"响。柳如是急得眼泪都快出来了，这么天寒地冻的，没想到他还真的敢下水。如果有个三长两短，如何向几社的朋友和他的家人交代？她把宋征舆拉进船舱，手忙脚乱地帮他脱掉透湿的衣裳，让他钻进还留有自己体温的被窝。又吩咐鲜朵儿快去煮姜汤给公子去寒，可回头看宋征舆在被子里面还在发抖，牙齿还在不停地砰砰响。她急了，连忙脱掉衣裳也钻进了被窝，把宋征舆紧紧地搂在自己温暖而柔软的怀里。

宋征舆在柳如是温暖的怀里渐渐缓过神来，反过来一把将柳如是紧紧地搂在自己宽阔的胸前，闭着眼睛长长地舒了口气，喃喃道："我朝思暮想的可人儿，我终于能拥你入怀了。"

晨风掠过，湖水轻轻拍打着船舷，悠悠荡荡，浓浓的晨雾渐渐散去，太阳暖暖地照着白龙潭，一切是那样的安详与静好。

鲜朵儿熬好姜汤，想要端进去，可听里面没有了说话的声音，就拉严舱门放下棉帘，把宋征舆脱下来的湿衣裳拿到船舱外拧干，这大冬天的，湿透的棉袍一时半会儿也晒不干，等会儿宋公子穿什么呢？

鲜朵儿正犯愁，阿四伯试探着说："待会儿就让宋公子穿我的衣裳吧。"鲜朵儿听了，上下打量着阿四伯，跟宋征舆差不多高矮，只是阿四伯壮实多了，于是拍手笑道："好啊，我怎么没想到呢？"

两人正商量着，听柳如是在船舱里唤鲜朵，鲜朵答应着，忙把姜汤盛了，端进舱去。柳如是坐在梳妆台前，披一头瀑布似的长发，宋征舆还在被窝里偎着。

鲜朵儿把手里的托盘放在桌上，走到柳如是身后。从镜子里看着她说："姐姐，你唤我何事？姜汤端来了，不冷不热，正好给宋公子喝。"说着便双手麻利地帮她梳理一头乌发，盘好发髻，并轻轻地插上金钗。

柳如是对着镜子左右看了看，边起身边说："你叫阿四伯去城里买些鲜果蔬菜回来，再去祥瑞衣庄给宋公子买身衣裳。"并找来木尺量了量宋征舆的湿衣裳，鲜朵儿记住尺寸出舱找阿四伯去了。

柳如是端起姜汤走到床边，轻声唤道："辕文，你睡着了么？"

宋征舆抬头笑道："没睡呢，在看你梳头，你头发真好看，乌云似的。"及见柳如是轻颦娥眉，欲嗔未嗔的模样儿，一时忘情，又轻轻道："云一绢，玉一梭，澹澹衫儿薄薄罗，轻颦双黛螺。南唐李后主的词竟是为你而写呢！"

柳如是脸上红霞流转，嗔道："刚刚还冻得脸色煞白，上牙与下牙直打架，这会儿只怕暖和了些，就又贫嘴起来了。"

宋征舆见她俏生生地立在眼前，云鬟雾鬓，肌肤莹洁，虽不施粉黛，却雅丽天然，仪态万千，"为了你，今日就是冻死了，也是值的。"

"大清早的，快别说这些不吉利的话了，起来把姜汤喝了吧。"宋征舆欠起身，笑道："我不喝，有了你，我什么事都不会有的。"

柳如是笑说："我又不是神仙，又不能够保佑你。别跟小孩子似的，还是喝了吧，回头发烧可不好，这姜汤鲜朵儿可是熬了半天呢。"宋征舆这才接过碗，咕嘟咕嘟喝了几口，呷巴着嘴说："这姜汤还真有点辣呢。"

从此，白龙潭上，画舫轻漾，玉笙飞扬；才子佳人，坐花茵，枕琴囊。宋征舆一支生花妙笔，一阕阕情意绵绵的词，柳如是如黄莺般的歌声，在画舫周围萦绕。

真有道不尽的浓情蜜意，说不完的风花雪月。

第十章　止缘幽恨减芳时

不见长条见短枝，止缘幽恨减芳时。年来几度丝千尺，引得丝长易别离。

——明　柳如是

　　一日，好姐妹顾眉托人捎信来，说已嫁给鸳湖主人吴昌时。柳如是心里轻泛涟漪，涌起一层朦胧的期待。

　　想自己自幼流落江湖，没人疼，没人管。虽有徐佛姨娘，毕竟不是亲娘，隔心隔肺的。如今，有个真心疼她的人，肯为她跳下寒冷得刺骨的白龙潭，肯为她遮风挡雨，肯为她抹去脸上泪水的男人，天天守候着她，她想，这就是过日子罢。

　　过日子不光是吟诗作赋，风花雪月；过日子还得柴米油盐、针头线脑。这个愿与她过日子的人就守在她身边，是她多年的期盼。为此，她为他付出了自己全部的柔情，为的是要跟这个疼她爱她，肯为她在寒冷的冬天跳下白龙潭的男人过日子。

　　可宋征舆毕竟是一个举业未成，还没入仕途的少年，娶一个青楼女子为妻，又几乎不太可能。一丝忧虑在她心里一闪而过。只这白龙潭上，画舫里的日子过得太舒适，太绮丽，太温馨了。所有的一切都不容细想，少年情侣，郎才女貌，天造地设的，一切都安排得那么好，上苍似也有意垂怜，一到松江府便遇到如此可以托付终身的人，还有什么不满足的呢？

　　她为自己庆幸，也为顾眉高兴，她要把顾眉嫁人的好事儿告诉宋征舆。

　　想到宋征舆，心里不免闷得慌，今儿竟没见宋征舆上画舫来。她倚着船窗，望向幽深的潭水。此时，白龙潭已是芦冷柳暗，一钩残月闲闲地挂在双柳树梢，远处有几盏渔火在烟波之间闪烁。

　　忽听得前舱鲜朵儿的说话声："公子来啦，快请上船，姐姐在舱里呢。"

　　不一会儿，宋征舆进来了，没等他坐下，柳如是就兴奋地对他说："辕文，你知道么？顾眉姐姐已经嫁给鸳湖主人吴昌时了。"

宋征舆淡淡的："听说了，几社朋友早就知道的。"

"哦，我倒是忘了，鸳湖主人原也是几社的朋友。"

替顾眉高兴的柳如是，并没有看出宋征舆今日的神色与往日不同，她犹自说道："这下好了，顾眉姐姐可算是有了好归宿了。"又摇了摇宋征舆的肩膀，"辕文，我们几时也移舟登岸？搬到松江城里住？"

宋征舆不答，眼神却微微一动，流露出几分叫她看不懂的神情，那神情随即隐去，露出一丝笑意，又伸出手来，拉她坐在自己身边，握紧了她一双手，怕她跑了似的。

"平日里，你都是暖暖的，今日你的手为何这样冰凉？"言语之间甚是关切，叫人不疑有半点虚假。

柳如是不动，任由他握住双手，笑脸盈盈："刚才在前舱帮鲜朵儿洗半天衣裳，又守着窗儿，看你今夜怎么还没来呢。"

"我这不是来了。往后你要保重自己，不要因为我而苦了自个儿。再说你往后就是赶我，我也不下船了。"宋征舆似有些倦意，"有鲜朵儿，哪里还用得着你去洗衣做饭，赶明儿，我再给你买个丫头就是了。"

"那倒不必，这船也小，容不下太多的人了。"柳如是见他话虽然说得热络，眉宇间的神情却是淡淡的，不似往日那般专注殷切。心也就隐隐地沉甸甸起来。

缠绵的时光总是过得很快，每次离别，就期待下一次的相会早点到来，柳如是在失落与无奈中目送宋征舆登岸而去，在品尝柔情蜜意的同时，又咀嚼着离别的苦闷。

夜色深沉，潭水轻轻拍打着岸，画舫微微晃悠。柳如是倚了枕头，望着一灯荧荧，耳听得几只野鹤的悲鸣，不禁茫然。以前，宋征舆晚上来画舫，是不再上岸回家的。今夜，温存缠绵之后居然头也不回地登岸而去，这让她从顾眉嫁人的喜悦中冷静了下来，细想宋征舆最近每每来画舫，除了跟她温存缠绵，再无话可说，似有满腹心思。今日提起移舟登岸，他竟装着没听见。柳如是那颗满怀期盼的心，在忧虑中渐渐沉寂。

转眼，春天来了。江南的春天跟着那飘逸的雪花一起翩然而至，梅花在枝头绽放，小草已经在薄薄的积雪下孕育着新芽，而柳如是的心却是冰封千里。

自从过年以后，宋征舆很少留宿画舫，即便来了，也是来去匆匆。正月过去了，二月的春风在白龙潭上空飘忽，湖边的枯柳已吐出鹅黄的嫩芽，柳如是忧思成疾，一病不起。

鲜朵儿把这一切都看在眼里，姐姐是她的恩人，把她当亲妹妹看待，可她却无法帮姐姐。她恨死了那个宋征舆，当初还认定他是个至情至性之人，没曾想这么快就变了心。姐姐的话再没错的，男人都薄情寡义，见异思迁。

她在心里狠狠地骂着宋征舆，却又无可奈何。一连几日，柳如是吃了大夫的药也不见好转。鲜朵儿心里着急，却想到一个办法。这日清晨，她收拾了一下，跟阿四伯说要去城里请大夫再给姐姐瞧瞧。阿四伯说："请大夫还是我去吧，我走路快，在城里也比你熟。"

鲜朵儿不答应，只道："阿四伯，姐姐睡着了，等会醒了，如果叫我，你就说我去城里买东西了，你在家里照看姐姐。"说罢，在阿四伯疑惑的目光中登岸往城里而去。

鲜朵儿是往城里去找宋征舆的，她要当面问这位宋公子，为什么不去画舫了？当初对姐姐的那份情意到哪去了？难道你宋公子一开始就是虚情假意的？

小女孩儿凭着一颗侠义之心，匆匆进了城，可进城来却不知道再往哪儿走，宋家在松江府很有名望，府坻必定很气派的，只是鲜朵儿从没来过，她在街上漫无目的地走着，想找个人问问。

在一家茶坊门前，鲜朵儿站住了，心想，这茶坊里会不会有姐姐在几社的朋友呢？去过画舫的朋友，我都认识的。正想着，忽听有人在叫她的名字，她循声望去，只见一个瘦瘦长长的书生模样的人，眯着一双似醉非醉的眼睛，正笑容可掬地看着她。这不是姐姐的书法老师李存我么？鲜朵儿高兴得差点跳起来，几步跑到李待问跟前，欣喜地说："李先生，怎么会是你呢？"

李存我歪着脑袋，笑微微地反问："小丫头，怎么会不是我呢？"

鲜朵儿扭着身子，跺着脚，急急地说："我是说，我正想找个熟人呢，怎么会就遇上李先生了呢！"

李存我看鲜朵儿的样子，不解地问："你想找谁呀？是不是你姐姐有什么事？"

他不提姐姐还好，一提起姐姐，鲜朵儿的眼泪就出来了，她望着李存我关切的样子，眼泪汪汪地说："姐姐病了，都好几天了，我来找宋公子的。"

李存我愕然道："宋公子不知道你姐姐病了么？病了赶快请大夫呀！"

"请了大夫了，吃了几天的药也不见好转，"鲜朵边抹眼泪边说，"宋公子也不知为何好多天竟没上画舫了，我来找他，可又不知他府上在哪儿，正想找个人问问路。"

李存我笑道:"傻丫头,你就是知道宋府在哪,人家也不见得让你进府里去找人。"

鲜朵儿一听,急了:"那可怎么办呢?"

李存我拍拍她的脑袋,温和地说:"你不是遇上我了么?"说着,拉着鲜朵儿进了茶坊隔壁的一家店铺,买了一些补品给鲜朵儿,"你快回画舫照顾姐姐,我帮你去找宋公子。"

鲜朵儿感激不尽:"谢谢先生!我出来时,姐姐还睡着呢,这会子醒了必定要找我。她不知道我来城里找宋公子,你可千万要帮我找到宋公子啊!"说完,对着李存我深深一鞠躬,转身快步离去。

李存我望着鲜朵儿的背影,那双似醉非醉的眼睛,此刻眯成一条缝。目光里,不知是忧虑还是悲悯,他已经听几社的朋友说过宋府发生的事。今日,从鲜朵儿嘴里更是证实了宋徵舆这些日子是真的没去柳如是的画舫。可他又能帮上什么忙呢?他既答应了鲜朵儿,就得找到宋徵舆。

鲜朵儿回到画舫时,已是午饭时分。柳如是披件棉袄,拥着被子在床上靠着,问鲜朵儿去哪了,鲜朵儿边把手里的东西放下,边说:"我去城里买东西,遇到李待问先生了,这些补品都是他买给姐姐的。"

柳如是忙问:"李先生还好么?"

鲜朵儿拿一只白底蓝花的碟子,装了几样点心,放在柳如是床头的柜子上,又帮她掖好被子:"李先生可好着呢!听说姐姐病了,叫我请大夫,让姐姐安心养病,快点好起来,说几社的朋友还要邀姐姐去作诗呢。姐姐,你先吃几块点心,我去做午饭。"

"都是你这多嘴的丫头,必定是你说我病了,害李先生花钱买这么多东西!"说着,柳如是就掀开被子准备起床,鲜朵儿忙过来要帮她,她说:"你去忙你的吧,我想起来走动走动,越睡人越没劲。"下床找了件中衣披上,也不梳洗,径直来到舱外,在甲板上来回慢慢地走动。

刚走了两圈,鲜朵儿出来搀扶着她:"姐姐,进舱吧,外面风大,看这样子,可能要下雨了。"

白龙潭的上空灰蒙蒙的,布满天空的云像是蓄满了泪水的眼,盈盈欲坠。岸边的柳枝在风里斜斜的飘着,像是伸出去的手,想要挽住些什么,可除了过往的风,什么也挽不住,只在风中徒自飘忽。

午饭后，天空就飘起了毛毛细雨，鲜朵儿收拾完碗碟，拿出那幅未绣完的"暮归图"坐在窗边，手里绣着，心里却想李先生是不是找到宋公子了呢？又看柳如是坐在窗前望着湖水出神，就说："姐姐，天在下雨，有点凉了，你还是到床上靠着吧，等药煎好了，我再叫你。"

柳如是像没听见鲜朵儿的话，依然倚着船窗，望着烟雨迷蒙的湖面，绵绵雨丝在风中斜斜地飘着，悄无声息地落入湖中，激起小小的涟漪，在水中晕开、慢慢消失。自己又何尝不像这雨点呢？像雨点一样渺小到虚无，溶入水中便无影无踪了。而那个自己用一腔深情爱着的男人，就像这春天的风一样来去无根。

伤感之余，她仍然渴望宋征舆的到来，渴望他能给自己一片晴朗的天空，她喃喃地念道："春风易成偶，春雨积成丝。谁能见幽隐，之子来何迟？"

鲜朵儿听这最后一句：之子来何迟？不觉又心急起来，李先生不是答应说去找宋公子么？怎么还不见宋公子来呢？

宋征舆为得佳人芳心而下寒潭，松江府的文人骚客人尽皆知；柳如是的放诞多情，风流美貌在勾栏瓦肆中也留下了芳名。

宋府上上下下已经知道了二少爷这些风流韵事，宋征舆的母亲杨氏早逝，宋老爷在京城做官，合府大小事儿都由祖母宋老夫人操持。

一日傍晚，宋征舆从白龙潭回府，穿过宽敞的庭院，踏上一条蜿蜒的小径，迎面便是祖母起居的来鹤堂了。

他手上甩一枝刚刚从小径花圃采的花儿，嘴里哼着小曲，想着柳如是顾盼多情的双眸，脸上不禁神采飞扬。

"文儿。"冷不防耳边响起一声威严的叫声，他唬一跳，回头看时，祖母拄着拐杖正立在来鹤堂前左侧的百年银杏树下。额头上戴支镶玉护额，护额下一些散发在暮风中微微飘忽。

宋征舆忙上前给祖母请安，一旁侍候祖母的丫头麦香给他递眼色，他不敢抬眼，感觉祖母今儿不像往日那样慈眉善目，笑意盈盈，而是威严有加。因而心里惴惴不安，不敢造次。

宋老夫人本来一腔怒气，要用家法来管教这不孝之子，可一抬眼，见孙子丰神俊朗，神采飘逸地站在眼前，那张清秀的脸上，还带有几分天真的孩子气。大孙子宋征璧已娶妻生子，别院另过。只有这小孙子承欢膝下，便把那怒气减了几分，半天才厉声说："你还记得这个家？还记得我这个老祖母？你父亲的话你早就忘得一干二净了吧？"

宋征舆听了，忙跪在祖母面前："孙儿不敢，祖母何出此言？孙儿做错了什么吗？"

"你在外面都做了什么事，打量我不知道？"宋老夫人听他狡辩，怒气又在胸中生起，"你为讨一个歌女的欢心，追画舫，下寒潭。全松江府哪个不知？谁人不晓？"

老太太把拐杖在地上拄得咚咚响："古往今来，大凡男人出入秦楼楚馆，也算不得什么大过。寻花问柳，偶尔为之，也无伤大雅。而你，居然为了一个歌女，放弃学业，无心功名，没想到你如此不争气，今年竟连乡试都没有考中！"

老夫人越说火气越旺，麦香在一旁轻声道："老太太，别气坏了身子，进屋歇息吧。"边搀着老人进来鹤堂，边向宋征舆使眼色。宋征舆只当没看见，低垂着脑袋也跟进大堂来，心想老祖母对他疼爱之极，过会儿待她火气消了，再好生地求求她，或许能把柳如是娶进家门也尚未可知。

正想着，斜眼瞥见祖母的丫头菊蕊正端了茶盘从后堂出来，忙赶上前去接过茶盘，低声问："这泡的什么茶？"

菊蕊抿嘴笑道："老太太喜欢的雨前茶。"

麦香正给老太太捏着肩膀，老太太微眯着眼睛，宋征舆轻轻把茶盘放下，托起茶盏，双手捧上："老祖宗，喝口茶润润喉咙吧！"

宋老夫人睁开眼睛看了他一眼，接过茶抿了一口，又放下。

"老祖宗请放心，从今儿起，孙儿必定闭门读书，不东游西逛了。"

"这才是好孩子。文儿，我们宋家在松江府是世代书香门第，官宦之家。你娘过世得早，老祖宗含辛茹苦，将你兄弟抚养成人，指望你有朝一日得圣上垂青，为社稷运筹帷幄，为宋氏光耀门楣，功名垂于竹帛，德行遍及天下。"老太太目露爱怜，絮絮叨叨，"你如此尊贵之身，逛逛青楼也就罢了，如何能与那女子整日厮混在一起？天下最低贱之人，无非娼优隶卒，你还年轻，少不更事，此等女子岂是你所能眷恋的？"

宋征舆听了，忙道："老祖宗，柳姑娘不是你说的那种青楼女子，她美丽善良，才华超群，虽然卖艺却并不卖身，她也根本就不要孙儿的钱财。松陵镇周丞相的母亲，特地花两千两纹银买柳如是做伴呢！"

老太太见他听不进话,又如此袒护一个歌女,不免怒火中烧,厉声喝骂:"好个逆子!你以为我吝惜钱财?区区钱财能值几何!你以为我不知道,这个下贱的女人风流放诞,连勾栏瓦肆都知道她的艳名。她不要你的钱财,每天纠缠于你,是要你的性命!你父亲在朝中为官,你在家里不思进取,不专心学业,如此胡作非为,宋家几代人的忠孝门第、诗礼传家的门风,岂不毁在你手上?"说罢,以杖击地,气喘吁吁。

宋征舆一时不知所措,吓得再不敢开口说要娶柳如是了。

"几日前,我已命宋兴去京城给你父亲送信,你父已修书府台大人方岳贡,请官府以淳朴民风为由,驱逐流妓。"说罢,不再看宋征舆,扶着麦香往后堂而去。

宋征舆听得背脊骨发冷,一屁股跌坐在地上。他不敢指望祖母让他与心爱的人儿长相厮守,却也万万没有料到,祖母会做出如此绝情的事来。

宋太夫人教训孙子的事儿,便传了开去,李待问遇到鲜朵的那天正在茶坊听说了此事。

唯独柳如是不知道,她还在白龙潭那飘摇的画舫上苦苦地等待着宋征舆,任随思念如同岸边的柳絮一样飘洒。

第十一章　满城风雨妒婵娟

两处伤心一种怜，满城风雨妒婵娟。已惊妖梦疑鹦鹉，莫遣离魂近杜鹃。

——明　陈子龙

守候在白龙潭上的柳如是，没有等来宋征舆，却等来了官差。官差拿了一纸"驱妓令"，掷在她面前。

为正民风，驱流妓事。

照得本知府自崇祯元年莅位松江以来，观此间民风淳朴，乡民皆以礼法为本，勤俭为德，士大夫以儒雅相尚，农夫乐耕于桑柘林边。近闻盛泽妖姬、吴趋丽妓冶容放诞，乘宝马招摇于云间之市；目挑心招，泛画舟于白龙潭上。遂令轻薄少年欲揽芳泽于咫尺，绸缪婉转则魂荡魄飞，实为妄违礼法，败坏风俗。

该妓侮弄礼教，祸害家国，莫此为甚。现令盛泽流妓于旬日之内速离华亭之境。过期滞留，毋谓本知府不教而诛。

松江知府方岳贡

柳如是读罢，并不气愤，反而笑道："方大人真不愧是饱学之士，文告写得妙极。这位差大哥，我柳如是并非妓女，来松江府是拜师学艺，走亲访友的。"

那官差也听过柳如是的芳名，今日得见，果然名不虚传，见她貌若天仙，神情也分外高贵，并不有意为难，只说："我是个差人，只奉命行事，姑娘说卖艺不卖身，却也无人证明，再者你不是松江人，且居无定所，限三日之内离开为好，免生事端。"说罢离舟而去。

柳如是一时气结，呆坐在床沿上，想撑着船儿一走了之。又想，如果就这样任方岳贡的一纸驱妓文告将自己赶出松江府，岂不贻笑于天下？今后，如何在江湖立足？此刻，她盼望着宋征舆早点到来，想起宋征舆，心底便有了几分笃定。

黄昏，落日的余晖给湖面洒了一层细碎的金子，闪闪烁烁。三三两两的渔船与画舫或游动，或泊在水边，给水乡平添了一份悠闲恬淡。

柳如是渐渐冷静下来，细细思索宋征舆近来的种种行径。在松江府，官府的告示必定是家喻户晓的，今日官差都找上船来了，整天游荡于茶坊酒肆的宋征舆如何能不知道此等大事？必是在有意回避她。

夕阳下的湖面是那样的宁静安详，几只白鸥绕着画舫悠悠的飞，岸边的垂柳在微风中轻轻拂动，似在掸扫一天的尘埃。

柳如是望着案上那呈暗红色的古琴，心中叹道，近来沉溺于尘世的纷扰，竟好些日子没摸琴了。便让鲜朵儿打水来洗手，焚香。坐在案前，褪去琴衣，宁神静气，玉指挥动处，琴弦上便悠然响起动人魂魄的清音。

受祖母训斥的宋征舆，被锁在书房闭门苦读，只是心里想着白龙潭上的柳如是，如何读得进去？这日恰逢李存我来访，祖母才让宋兴放他出来。

李存我街头受鲜朵儿之托，一连几天都未遇到宋征舆。不得已，只得找上门来，原来宋征舆被关在家里，这才把柳如是生病与官府的文告之事细说与他。

宋征舆心下明白，父亲给方岳贡的书信起作用了，只是没想到来得如此之快。他借送李存我出门之机，往白龙潭而来。

他满心焦灼，忐忑不安地来到白龙潭，远远地就望见"雪篷浮居"泊在潭边的双柳树下，心里不禁一喜，或许，这怪诞的女子并不去理会官府的"驱妓令"呢！

尚未走近，就听到琴声叮咚，他知道这是柳如是在弹奏那首有名的古琴曲《高山流水》。这曲子旋律典雅，韵味隽永，伯牙鼓琴遇知音，讲述了一个千古流芳的故事。以前他们卿卿我我，吹花嚼蕊，经常弹奏这支曲子。那时他们互相欣赏，互为知己，而此时此刻听来，却别有一番滋味在心头。

宋征舆进了船舱，柳如是头也不抬，仿佛她的灵魂已浸透在这乐曲之中，忘却了尘世的纷扰与喧嚣。

他悄悄地在柳如是身边坐下，静静地听着这支曲子。他有点奇怪，那把柳如是最喜欢的明月弯刀，平时是挂在墙上做装饰的，此时这把刀就倚在琴案旁，窗外的夕阳照进来，落在刀上，反射出冷冷的幽幽的蓝光。

曾听柳如是说起，这样式奇特的刀，为古时西域武士所用，一位朋友无意得到，便转赠给了她。此刀刀背向里弯曲，刀锋朝外，刀尖与刀柄快要相连成一个圆，柳如是得到这把刀时，就取了个好听的名字：天涯明月刀。

一曲终了，柳如是这才抬起头来看着宋征舆，平时那双似笑非笑，似嗔还謇的眸子里，此刻已没有了往日的温柔和妩媚，而是一股冷得近似威严的光。

她不问宋征舆这些日子去哪儿了，也不像其他女人似的撒娇卖俏，只淡淡地问："官府驱逐流妓的事，想必你早就知道了。如今你是想与我公开同居，还是想把我娶回家？"

柳如是的冷静是他没料到的，提出的要求，更让他不知所措，他想娶她，可又怕误了自己的前程。半晌才低声说："你说的这两点我都做不到，但我是爱你的，上天可以作证。只是我暂时也想不出好办法，我觉得你还是先出去避一避为好，等这阵子过了，或许……"

柳如是盯着他的眼睛，右手抚着胸口，像是要把心掏出来给他看："早知今日，何必当初？多少人我都不在乎。唯有你，我把你放在了这颗心最柔软的地方。"

停了片刻，她深深地吸了口气，轻声的但是毅然地说："既如此，从今以后，你我之间的情分，就像这古琴的琴弦一样，今日断矣！"说毕，俯身操起那柄天涯明月刀，看也不看宋征舆，挥刀砍向古琴。霎时，犹如银瓶乍破、坚冰迸裂，七根琴弦齐斩斩从中断为两截。柳如是扔下刀，背过身去，望向窗外那抹落日殷红的余晖，给宋征舆一个清高孤绝的背影。

瞬间，空气似乎凝固了，宋征舆看她弯腰拿刀时，以为她要以自杀来威胁他，又怕她是用刀来砍自己，吓得尿都湿了裤子。及看她一刀挥断琴弦，又呆若木鸡，想说什么，终于没有开口，低头走出船舱。

从船窗看着宋征舆渐渐远去的身影，柳如是突然扑倒在床上，用被子蒙着头，失声痛哭。

鲜朵儿看着蒙头痛哭的柳如是，又看看头也不回、一步一步远去的宋征舆，恨得牙痒痒的。她不知道该如何劝慰姐姐，只急得跺脚拍船舷。

阿四伯从船尾过来，慢声慢气地说："你光着急有什么用？快去找人想想办法吧！官差只限三天时间，三天后就得离开松江了。"

阿四伯这句话提醒了鲜朵儿，可鲜朵儿又犯愁了，去找谁帮忙呢？她站在甲板上倚着栏杆，茫然无助地望着岸边的垂柳，天色渐渐暗了下来，水面上氤氲着一层薄薄的雾气。突然，她拍手笑了："我知道去找谁了！阿四伯，你在家好好照顾姐姐，我一会儿就回。"

绵绵的秋雨，泅湿浸润得篱边的菊花愈发精神，清冷的空气中氤氲着一缕若有若无的馨香。清晨，松江府衙来了一批特殊的客人，为首的是松江府举人、几社领袖陈子龙。

陈子龙、李存我、宋征璧、彭宾等一群几社成员来到府衙大堂。睡眼惺忪的郡守方岳贡惊得睁大了眼睛，这些人他大多数认识，这可都是云间的才子啊！平时他们的眼睛可都是长在额头上的，今天相约而来，看神色，大有兴师问罪之意。一惊之下，方岳贡心里已明白了几分。但他毕竟在官场混了这许多年，不敢得罪这些文人，他让大家坐下，笑容可掬地问候着。

一向恃才傲物，目无下尘的李存我，今天显得斯文有加，彬彬有礼，只见他对着方岳贡双手一拱："方大人好！在下李存我，请问方大人，你下驱逐令，怎么要把我的弟子柳如是赶出松江府？"

方岳贡老奸巨猾，饶是李存我才高八斗，在这些琐事上哪是他的对手？他不温不火地说："久闻先生大名，如雷贯耳，今日得见，幸会幸会！驱逐令，是广泛而言，并非专指哪一人。本府孤陋寡闻，也从未涉足烟花柳巷，实不知李相公收此高足，见谅！见谅！"这话说得绵里藏针，言下之意，柳如是虽然是你的学生，可她还是歌女，还得按流妓驱逐。

彭宾接着说："方大人既是朝廷命官，又是饱学之士，在云间，柳子是才女，方大人应该有所耳闻。若按流妓论处，岂不落旁人笑话，说我乡不识才，难容人！柳子四海为家，如此一来，岂不使方大人恶名远扬？"

方岳贡听了，心里恼怒，脸色一沉，随即又堆满笑容，并不直接回彭宾的话："云间人才辈出，大家同气连枝，实在是治下的幸事。天下何人不知松江美名，不知松江名士？柳子笑傲江湖，多才多艺，实属难得。本府下此驱逐令，也是出于无奈。松江民风淳朴，只怕各位相公的父母责罪本府管辖不严，耽误了各位的功名前程。"方岳贡这番话直直的是指着宋征璧说的，这驱逐令可是你父亲叫下的，你父亲在朝中有权有势，我可得罪不起。

陈子龙见他一番话驳倒了李存我、彭宾，站起来恭敬地说："老师可能有所不知，"他之所以称方岳贡为老师，是因为他乡试那年，方岳贡是监考官，当年也是这位方大人把他录为第一名，有师生之谊。"柳子实属我几社成员，正在帮忙编辑《皇明经世文编》，她是我们的校书，既出钱又出力。闲暇之余，我们也偶尔分韵酬和诗作。只这部书的出版，必定会为我们松江府传播美名，所以不仅仅是同人的事，还望府台大人细细斟酌。"

陈子龙的这番话，并不急于向他解释柳如是不是歌女。却是告诉方岳贡，柳如是原本就是几社文友的身份，还是编辑《皇明经世文编》不可或缺之人。

在这一群恃才傲物的学子之中，方岳贡尤喜陈子龙，不仅仅因为陈子龙才华横溢，且性格沉稳、练达、豪放，在松江府具有登高一呼之势。

方岳贡是湖北籍人，在这江南吴越之地做官，事事小心，处处谨慎，却还是政绩微薄，一任几年也升不了职。虽为官清正，但也绝非柳下惠。平日里也好伎乐歌吹，走马章台，只是不像宋征舆那样张扬着跳寒潭而已。

而且，这群少年才俊当中，陈子龙、李存我、彭宾已是举人，保不定日后个个都会飞黄腾达，自己也得留条退路。

当听了陈子龙这番话，方岳贡捋着胡须沉吟半晌，方对大家说："编辑《皇明经世文编》，的确是件非常了不起的事，著书立说，是备上一代经典法则，以资后来之人学习。本府将不遗余力支持。资金上的困难，我个人鼎力相助。书成后，我为你们作序。"

他停了一下，又看看陈子龙，低声说："至于柳姑娘的事，你看是不是找一处安全稳妥的地方，让她从画舫搬出来，不要漂泊在白龙潭上了。"

雨，仍潇潇地下着，风，也越刮越冷。篱边菊花那一缕香魂在风雨中，悠悠袅袅，绵绵不绝。

这群目无下尘，恃才傲物的书生，从府衙出来，兴奋莫名。不曾想如此棘手的事儿，竟就这么快、这么简单地解决了。他们归功于陈子龙关于编辑《皇明经世文编》的重要性，和柳子是文编校书的说法。

陈子龙爽朗地大笑道："咱们别在这儿排功了，赶快去白龙潭告诉柳姑娘吧，让她高兴高兴。昨天鲜朵儿到南园找我的时候，都急哭了，此时，必定眼巴巴地在船上等我的好消息呢！"

柳如是倚着船窗，目光无神地望着远处，雨丝飘洒在水面，无声无息。岸边的柳枝，在风雨中无助地摇摆，毫无生机。她出神地想着，明年春天，柳树会重新发芽，又会绿遍白龙潭两岸。而我，明日将不知飘向何处。浮天沧海远，去时泛舟轻，人生在世，苦难如斯，如果能与这水光天色融为一体，或者化作这湖中清水一滴，化作山上雾霭一片，那该多好。

一阵风吹来，不禁打了个寒战，她收回飘忽的思绪，回过头来唤鲜朵儿，鲜朵儿在一旁轻声答应："姐姐，我在这儿呢。"

"你去后舱告诉阿四伯，我们走吧，离开这是非之地。"语气虽然无奈，却透着果断。

一向听话的鲜朵儿今天却有点奇怪："急什么呀，姐姐，这画舫就是我们自己的家，也不用收拾，说走立即就可以走的，不急在这一时。"

柳如是盯了她的眼睛看着，她却笑嘻嘻地说："姐姐，我去做午饭了，吃饱了再走也不迟啊！"

话音刚落，就听岸边有人在大声喊鲜朵儿，鲜朵儿连忙跑出船舱，一会儿，就听见她欢快的声音："陈大哥，李先生，你们来啦。"

柳如是听鲜朵儿的说话声，惊奇不已，她从船窗向岸边望去，只见陈子龙、李存我、彭宾、宋征璧、徐孚远等一群人正在上跳板，登船而来。莫非几社的诗友听说她今天要离开松江，特来送行？

陈子龙几步跨进舱来，看她疑惑的样子，笑道："别发呆呀，柳姑娘，快请大家坐吧。"又叫鲜朵儿过来，把大家带来的鲈鱼、莼菜及瓜果点心交给她。告诉她鲈鱼如何烩，莼菜如何烧才好吃。

宋征璧把带来的一坛酒放在桌子上，说："今天不醉无归。"

这一群人，进了舱就像回到自己家一样，说说笑笑，打打闹闹，没人提宋征舆，也没谁说驱逐令的事儿，像什么事也没有发生，像往日他们几社同人在一起分题步韵、酬和作诗一样。

自到松江府，鲜朵儿的厨艺长进不少，一会儿工夫，就弄出一大桌菜。大家围桌而坐，不分长幼次序，亲亲热热，杯来盏往，联句、酒令一起来。你说这句好精彩，他夸那句太美妙。你说我这口喝少了，我怨你那口喝浅了。谁也没想柳如是失恋了，需要安慰；谁也没认为她是歌女，低人一等。这群云间才子，松江的后起之秀，就这么放浪不羁，纵酒高歌。无须解释，无须表白，他们用行动证明了他们已认定这位才华飘逸，身世悲凄的女子，就是他们中的一员，就是他们最好的朋友和姐妹。

喝到酣处，李存我醉眼蒙眬，斜睨着眼睛对柳如是说："今天，我们这一群人去府衙找方岳贡了，卧子已经说服了方大人，你不用离开松江了。"

陈子龙摇手道："不是我一个人的功劳，是大家齐心协力，说服了方大人。从今天起，柳子就是我们编辑《皇明经世文编》的校书。"

彭宾说："如今只需找个安静的、合适的地方，柳子搬去住了，安下心来。住在这画舫上，总有漂泊之感。"

大家七嘴八舌地说着，徐孚远打了个手势道："大家静一静，我家的南园呢，卧子已经住进去了。我弟弟的鸳鸯楼虽说有些破旧，但是很安静，收拾一下，是可以住的，而且离卧子的住处不远，以后有事，你们都有个照应。柳子，你认为如何？"

还有什么比朋友真诚的友谊更重要？还有什么比朋友的关心和爱护更让人感动？柳如是原本就不同如一般女子的胸怀，此时，也不免热泪在心中汇成河，她举起手中的酒樽，望着这群桀骜不驯的青年才俊，一任泪水与酒水掺杂横流……

船舱外，雨潇潇地下着，天空灰蒙蒙的，岸边的柳枝在风中摇曳，虽是寒风习习，柳如是的心里却洋溢着春天般的温暖。

第十二章　寒蕊浮香见影初

一夜凄风到绮疏，孤灯滟滟帐还虚。冷蛩啼雨停声后，寒蕊浮香见影初。
有药未能仙弄玉，无情何得病相如。人间愁绪知多少，偏入秋来遣示余。

——明　陈子龙

徐孚远弟弟的鸳鸯楼坐落在南园的西南边，与陈子龙暂住的梅楠楼遥遥相望。

这是一座构建颇为精巧的木楼，虽年久失修，蜘蛛网挂满画梁，但那古老浑圆的梁柱、雕镂精细的图案，仍展现着曾经的辉煌与富贵。

陈子龙、李存我等找来几个匠人，花了几天工夫，把鸳鸯楼收拾一新，又琢磨着这楼名"鸳鸯"，似有花街柳巷之意味，得改个名儿才妥当。

陈子龙说："鸳鸯楼本就是南园里的楼，就改叫南楼吧，以免好事者又生是非。"边说边笑眯眯地看着李存我，"待问兄，咱也不选什么黄道吉日，既收拾妥当了就可以住。明天还是你做师傅的去接徒弟吧。"

李存我微微闭了闭双眼，把头摇得拨浪鼓一般："明日家里有事，再说这几日收拾南楼，把几个弟子的书法课都耽搁了，也得补上。"

宋征璧插话道："这事儿也用得着你推我让的？因为辕文的事，我是不便去接的，还是卧子去吧。"徐孚远、彭宾也赞同。

陈子龙想了想说："既是这样，那我明天就跑一趟吧，也算是善始善终，对柳子有个交代。"

第二天，柳如是便搬进了南楼。

虽说南楼是暂借之所，比起日夜在水面上飘荡的画舫，却有一种坚实的脚踏实地之感。

这日清晨，她起床来梳洗。揽镜自照之时，于错愕之间分明觉察出容颜的几分黯淡，几许衰减，掩镜无语，韶华易逝的无奈在心中化为无声的叹息。

她觉得屋子里有些沉闷，便推开窗户，一缕若有若无的幽香随风飘忽而来。循香望去，窗外一株桂花树正开满了星星点点金色的小花。这不起眼的花儿，没有桃花那样妖艳，不似梅花那样清高，也不像菊花那样炫人耳目，在深秋的风雨中自开自落自香。她满心欣赏这份疏淡，这份落落寡合与矜矜自持。

"姐姐，陈大哥他们来看你了。"鲜朵儿打断了她的沉思。

她回过神来："哦，他们在哪儿呢？"

"在楼下呢，我以为你还没起床。"鲜朵走到窗前说："今日风大，受凉了可不好。"边说边关了窗户。又看她的脸，迟疑地问："姐姐，你脸色不太好，要不要搽点胭脂？"

柳如是摇头道："不必了。我知道自己很憔悴，只是我素来不喜搽胭脂。陈大哥他们也不是外人。你先去招呼着，我换件衣裳就下来。"

陈子龙的梅楠书屋与柳如是的南楼相隔不远，连日来没看到柳如是在园子里走动，暗自奇怪。恰巧今天宋征璧与彭宾来南园跟他商议《皇明经世文编》的事情，便一起过来看看。

几天不见，往日娇艳如桃花的柳如是，今天却憔悴不堪。他们心里明白，宋征舆给她的打击太大。只是精神上的某些缺失，是无法用语言来安慰、来弥补的，所有的言语在悲伤面前都太苍白无力。而这些风流倜傥、自命不凡的云间才子们，谁又没有一两点自己的不如意？好在有酒，那就喝酒吧，酒能解千愁。

宋征璧因为是宋征舆的亲哥哥，更不知该说什么，只顾喝酒。他一边喝酒一边吟唱：

江皋萧索起秋风，秋风吹落江枫红。楼船箫鼓互容与，登山涉水秋如许。
江东才人恨未消，郁金玛瑙盛香醪。未将宝剑酬肝胆，为觅明珠照寂寥。

一副吴韵吴腔，唱得抑扬顿挫，伤感而忧郁，与楼外的萧萧秋雨是那样的合拍。

柳如是正奇怪，能言善辩，颇有酒量的陈子龙今日却郁郁不乐，只一小口一小口地抿着酒。

听完宋征璧的吟唱，陈子龙故作轻松地一笑："今日是来看望柳子的，不谈国事。柳子，我不会劝慰人，凡事想开些，心放宽些，身体就会好起来，身体养好了帮我们校正文编典籍。"

"卧子说得极对，身体才是最重要的，柳姑娘静心休养便是，日后有何困难，我等自会相助。"彭宾也殷切地说。

柳如是举杯环视三人："三位兄长，柳子蒙几社众学友的帮助，才得以在南楼暂避风雨，免遭驱逐之辱，漂泊之苦。柳子自幼孤苦伶仃，今日得与众兄长结识，实为前世修来的福分。柳子满饮此杯，以谢众兄长！"众人唏嘘感叹，纵酒高歌，兴尽而散。

翌日傍晚，鲜朵儿咚咚地跑上楼来，双手背在身后，笑微微地说："姐姐，猜猜，我给你带来了什么？"

柳如是犹疑道："疯丫头，我怎知道你在园子里弄了什么来？"

"那你就不能猜猜？"鲜朵儿拧着身子，有意逗她。

柳如是佯道："我不猜，你能有什么好东西？不过是些小女孩儿的小玩意儿。"

鲜朵儿嘟着嘴，伸出双手打开一张信笺，高举过头，走到窗前："陈大哥，有人说你的书信是小玩意儿，那就扔到窗外去吧！"说着就要扔出去。

柳如是一看是信笺，一把抢上前来，抓过信笺，赔笑道："好妹妹，姐姐跟你开玩笑呢，也当真？"

"哼！我这疯丫头原也没什么好东西给你的，日后再也不给你递东递西的了。"说罢，跺脚而去。

柳如是也不去理她，展开信笺看时，只见上书两首律诗：

一夜凄风到绮疏，孤灯滟滟帐还虚。冷蛩啼雨停声后，寒蕊浮香见影初。
有药未能仙弄玉，无情何得病相如。人间愁绪知多少，偏入秋来遣示余。

两处伤心一种怜，满城风雨妒婵娟。已惊妖梦疑鹦鹉，莫遣离魂近杜鹃。
琥珀佩寒秋楚楚，芙蓉枕泪玉田田。无愁情尽陈王赋，曾到西陵泣翠钿。

她反复吟诵着这两首诗，不禁热泪长流。原来，陈子龙是个感情深沉内向之人，自比陈王曹植，有心追神女而不得，因而满怀愁绪。她读出了他的无限怜惜，无限眷恋，无限忧思。这种含蓄、内敛、深沉的情感，与当初宋征舆热烈、火辣、疯狂的情感有着天壤之别，它来得舒缓、随意、必然。

好像陈子龙很早以前就在这个路口等着，等她路过，等她返回，等她抹干眼泪，等她回眸一笑，再拥她入怀。

第一次听陈子龙说话是在佘山陈眉公的寿宴上，他对国事的尖锐抨击，慷慨激昂之处，颇有"燕赵之风"；谈吐如利刃，寒光四射，咄咄逼人，又恰似北方巍巍的崇山峻岭。然而，他却是一个儒雅的江南才子，诗词歌赋，清丽委婉；行为举止，斯文得体，脉脉含情又如南方的水乡泽地，刚柔相济，令她心悸，令她倾心

众里寻他千百度，蓦然回首，那人却在灯火阑珊处。自己等了很久的男人，原来却在这里！她叹息着，唏嘘着，那颗千疮百孔的心在这无形的柔情抚慰中，渐渐愈合，温柔地包藏着那个如山般刚毅，如水般温婉的男人。

这日，陈子龙的夫人念他独自在外读书，劳累辛苦，就在家煨了鸡汤。傍晚，派人送到南园。陈子龙想，我一个大男人喝什么鸡汤，柳子病了还没完全好，身体虚弱，何不送去给她补补身子。这样想着，就提着汤罐子，往南楼而来。

一进门，陈子龙就喊鲜朵儿，没人应。想必这主仆二人都在楼上吧，就上二楼而来。

楼上也静悄悄的，他推开房门，桌上一盏水晶琉璃灯，散发着柔和的橘黄色的光，柳如是正躺在卧榻之上，陈子龙轻轻地叫了声："柳子，你睡了吗？"

听楼梯的动静，柳如是以为是鲜朵儿上来了，待到听见一声轻柔的呼唤，竟是陈子龙的声音，她刚刚还在心里默默地想着念着的那个男人。她一下坐了起来，一头青丝没有绾束，披垂而下，雪白的酥胸上只有藕荷色抹胸松松垮垮地依在胸前，两只坚挺的乳房骄傲地撑起抹胸，半隐半露，颤颤巍巍。

柔和的烛光下，柳如是那种妩媚的神态欲诉还休。陈子龙看得痴了，竟忘了放下手中的汤罐子，就那么直直地傻傻地站在柳如是的床前，感觉自己身体里有只野性的猛兽，东奔西突地要破腔而出。

柳如是见陈子龙半天没出声，眼睛直勾勾地盯着自己，她低头看看，原来自己一时忘情地坐起来，半裸着上身，慌乱之中又躺下去，脸色绯红。

陈子龙这才放下手中的东西，转过身来，见她脸庞红红的，关切地问："你不舒服么？是不是下午起来吹了风的，又发烧了？"边说边弯下腰，伸手摸摸她的额头。

男人温厚有力的手，摸着她的额头，一股暖流传遍她的全身，温暖着她

的心。想自己从小失去双亲，沦落青楼，在凄风苦雨中颠沛流离，无枝可依。何曾有如父亲般慈祥，如兄长般温厚的男人这样关怀过自己！她那颗因世态炎凉而冰冷的心，渐渐融化，两行晶莹的泪水夺眶而出。

陈子龙见她哭了，忙问："柳子，你怎么啦，怎么哭了，你哪儿不舒服了？我去请郎中来。"

柳如是哽咽着说不出话来，只是轻轻地摇着头，陈子龙帮她抹去眼泪，她拉过陈子龙的手，轻轻地贴在脸上，一任那轻盈无声，绵绵不绝的泪水肆意横流。

这样一个柔弱的女子，在红尘中苦苦挣扎，如果生在平常人家，也是父母膝下娇宠的女儿，也是兄长面前可亲的妹妹，也是丈夫眼里怀里的美貌娇妻。

陈子龙的眼神渐渐迷离，那眉黛凝成的远山，那晶莹剔透的热泪，那雪白娇嫩的胴体，那妩媚娇羞的神态，让他刚毅、落拓的心生出无限的怜惜与柔情。他侧身坐在床边，抽出那只被柳如是拉着的手，把她从床上抱起来，紧紧地搂在怀里。他说不清此时是一种怎样的心情，只想给这个受尽苦难的柔弱女子一个温暖的怀抱。

柳如是蜷缩在陈子龙的怀里，不知过了多久，四周万籁俱静，只有陈子龙的心跳声，咚咚，咚咚，在耳边回响。她闭目倾听，铿锵有力的心跳，澎湃着雄性的力量，给她前所未有的安心。

陈子龙轻轻地抚摸着她光滑柔嫩的肌肤，低声说："我该回去了。"柳如是听了不说话，只是用双手更紧地搂住他的腰，仰起头来望着陈子龙。那是一双怎样的眼睛啊，泪水未干，如两汪清澈的潭水，那眼神里，有乞求，有渴望，有道不出的万缕柔情。陈子龙在这清澈的潭水里沉溺，挣扎，窒息。

他深深地俯下身去，与她一起沉浮起伏。她用她的万种风情，吹响暗夜里那生涩的箫音，绵长而悠远，而他则如塞外牛羊，饥渴地饮尽她的似水柔情……

柳如是一觉醒来，已是次日清晨，枕边不见了陈子龙，心想，他是回梅楠书屋读书了罢。几个月来，她从没有像昨夜那样沉稳地酣睡过。昨夜的情景历历在目，她半躺在床上，闭着眼睛，回味着、重温着。她身陷青楼，男女之事，床笫之欢，她早就是曾经沧海难为水了。宋征舆冲动、毛糙，像一个贪玩的大孩子，需要她去耐心地引导。陈子龙，这个成熟壮硕的男人，激情时不乏温存，热烈中不乏娴熟。而她的妖冶，她的柔媚，正丝丝入扣地迎

第十二章 寒蕊浮香见影初

合了他，这是一种灵与肉的结合，是两心愉悦的男欢女爱。

她多么欣喜能得到陈子龙这样的男人，她会用她今后所有的光阴，用她全部的身心去爱他，敬他。然而，她不知道是否能永远拥有他，他会不会像宋征舆一样离开她呢？霎时，那颗满是欣喜的心，一下跌落于地，因为她突然想到了宋征舆的薄情寡义，她不知道这种幸福能持续多久。

正胡思乱想，鲜朵儿进来了。陈子龙早上出去时，交代鲜朵儿，等柳如是醒了，就把昨夜拿来的鸡汤再烧热给她喝，柳如是听了，心里涌起一股暖流，觉得这男人粗犷中不失细致，几近完美。越是想到他的好，越是怕失去他，就这样忽喜忽忧忽悲忽叹。

鲜朵儿自从跟了她以后，早已看惯她这种悲伤忧愁的神态，不以为然，也不劝她，收拾房间时，见桌上有写满字的纸笺，顺手递给她："姐姐，陈大哥又写诗了。"

柳如是接过看时，是三首《如梦令》。

天上仙裙无缝，环佩飘飘风送。倚遍小栏干，咫尺烟迷云冻。如梦。如梦。瀛海玉箫双凤。

醽醁宜春瑶瓮，门外青丝云拥。今夜好思量，总教玉人珍重。如梦。如梦。满地落红催送。

红烛逢迎何处？笑倚玉人私语。莫上软金钩，留取水沉浓雾。难去。难去。门外尺深花雨。

陈子龙那怜香惜玉的情怀和宽厚的臂膀已让她感受到了从未有过的温暖与可靠。而这几首词，又把她带回到昨夜那欲沉欲浮的仙境，给了她无限的遐思与向往。

天晴了，太阳温暖地照着，秋天的南园落木萧萧，只有梅楠书屋后面的那片楠竹林，仍然沁着幽幽绿意。

每隔三年一次的"春闱"大试就快到了。在几社这些朋友中，李待问、彭宾已经中了进士，陈子龙在崇祯四年会试落第。如今磨砺了三年，自当要拼搏一番，只有考中进士，才能跻身于朝廷，才能有机会施展自己的抱负，以不负家人的殷切期望。

他打叠起精神在梅楠书屋读书，竭力不去想与柳如是在南楼销魂的一夜。

晌午时分，竟有些倦了，肚子也饿了，正想唤陈才来问午饭是否做好，不想陈才进来说："少爷，夫人捎信来问，少爷何时进京？家里好做准备。"

陈子龙心里明白，这是妻子张氏在准备他进京赶考的诸多事宜，也是暗中督促他专心读书。

陈家在松江府也算是名门望族，陈子龙的父亲陈所闻，进士出身，官至刑部、工部侍郎，性格十分耿直，因看不惯朝廷党派纷争，奸臣当道，便以身体有病而辞官回归故里。

陈子龙的母亲早逝，由祖母一手带大，十二岁那年，父亲就为他订了一门亲事，女方是湖广宝庆府邵阳县知县张方同的女儿张孺人。张孺人自幼通经史，懂礼义，是远近闻名的贤德女子。

十九岁那年，也就是陈子龙考中秀才的那年，陈所闻病逝，留下了祖母、继母、姑母以及四个妹妹，为稚嫩的陈子龙留下了一副家庭重担。

崇祯元年，由祖母操办，陈子龙完婚。张孺人过门不久，祖母就把家交给她来掌管，两年后，生下一个女儿，取名陈欣。之后张氏再也没生育，女儿自小多病。陈家三代单传，不可断了香火，张氏便亲自寻得一端庄贤惠的女子蔡氏，让陈子龙纳为妾。说来可惜，蔡氏也只生下一个女儿。这不，张氏又急了，听说又在替陈子龙物色女子。

陈子龙内心里非常感激妻子张氏，陈家是个数十口的大家庭。张氏支撑着这个家，外有催租纳赋，人来客往；内有柴米油盐、针头线脑。大到婚丧嫁娶，小到一粥一饭；上有高堂祖母，下有七姑八妹。这所有的一切，张氏都处理得井井有条，这才有陈子龙在外面风花雪月般潇洒、闲云野鹤般自在。

其实，身在深宅大院里的张氏，哪里不知道丈夫陈子龙的风流韵事？只把男人征歌狎妓，寻花问柳当做人生的一种历练。尽管如此，她心里又何尝没有芥蒂，她一而再，再而三地主动替陈子龙物色女子，让丈夫纳妾，虽说是为了陈家的香火，谁又能说不是为了拉住丈夫的心，让他天天守在家里。

如今，张氏一方面督促他专心读书，另一方面又在紧锣密鼓地为他寻找侧室。

黄昏，夕阳慢慢移下南楼的轩窗，陈子龙上楼时，柳如是正倚在窗前，望着园子出神。园里的树木被涂上了一片灿烂的金黄色，大部分树木的叶子已经变黄，在夕阳下闪着金光，只有那棵桂花树上，还有零星的几朵花儿，天空的雁行也渐飞渐远，柳如是的心里陡然生出一缕莫名的悲凉。

第十三章　别时红泪有些些

人去也，人去小棠梨。强起落花还瑟瑟，别时红泪有些些。门外柳相依。

——明　柳如是

"日暮吹罗衣，玉闺未遑人。非矜体自香，本爱当风立。移兰玉窗里，朝暮傍红裳。同有当春念，开时他自香。"

听到吟诵，柳如是蓦然回首，竟是陈子龙站在身后，惊喜之余，不免娇嗔："你几时上来的？我竟不知不觉。"

陈子龙轻轻揽住她的肩，爱怜地说："见你在窗前神思，不敢惊动，只是你身上这幽幽的香味，让我不能自已，就胡诌了几句。"

柳如是嫣然笑道："你这诗好得很呢，可不是胡诌。你是几社领袖，云间才子，我来松江府就是为了要拜你为师，学习诗词经史。"

"千万别说拜师，你的诗词清丽古雅，潇洒脱俗，我不能及。"陈子龙见她乌黑如云的头发，忍不住伸手抚摸道："今天怎么没有梳发髻呢？你的头发光滑如绸缎，这样披垂着，倒比绾成发髻更显自然妩媚。"

柳如是听了，心里美滋滋的，脸儿却红红的，一双明亮的眼睛，似笑还嗔，娇羞无比。

风流倜傥、放荡不羁的陈子龙，也进秦楼楚馆，也逛烟花柳巷，可眼前这清丽雅致、才华超群的女子却让他沉醉痴迷。他轻轻捧住柳如是的脸，无限怜爱地说："你这娇嫩的脸，肤如凝脂，艳若桃花，我是捧在手里怕化了，含在嘴里怕溶了，恨不得把你吞到肚子里。"

柳如是顺势黏在他怀里，小鸟依人样："今夜就留在南楼，好么？"

陈子龙本是来向她告别的，他要回华亭家里准备赴京赶考。可眼前的人儿香浓玉软，巧笑嫣然，如何放得下，走得开？他把柳如是紧紧拥在怀里，贴在她耳边，轻声说："今夜不走了，就在这儿陪你，美人在侧，乐不思蜀也！"

南园的夜，静静的，那轮满月正款款而来，懒懒地倚在窗前那株桂树上，静夜的天空如深蓝色的琉璃一般。

柳如是站在渡口，目送陈子龙的船扬帆起航，心里五味杂陈。多年来的颠沛流离，无枝可依，如今，遇到了陈子龙，可她还没来得及享受爱情的甜蜜，没来得及细细品尝幸福的滋味，没来得及把心里想说的话都说出来，甚至没来得及好好地爱这个男人，就站在了送别的渡口。

机缘，让时光与流水把你推进我的怀抱，又无情地带走了你，你还能回到我身边么？那远去的船儿啊！怎能载得起我如水的情怀和沉重的思念？我将永远记住这个季节，这个渡口！

她知道，陈子龙不是平庸之辈，他有锦绣前程和远大理想，他怀有一腔扶危济贫、保家卫国的豪情，她不能因为儿女私情而妨碍他。然而，她心中那离别的愁绪却无法消除。

从她把那张写有两首小诗的雪浪纸递给他起，她的眼睛没有片刻离开过陈子龙，载着她爱人的船儿，渐行渐远。在水天相连处，那白帆远得像天边的一片悠悠白云，她的泪如同这深秋的雨丝，在风里、在空中纷飞。她在心里默默祈祷，既期望他金榜题名，又盼他早日归来。她就这样在渡口凝望着，伫立成一座美丽的雕像。

陈子龙怀着满腔豪情，怀着家人的殷切期盼，带着柳如是的牵挂，扬帆北上。他恋恋不舍地望着伫立在渡口的柳如是，直到看不见她娇俏的身影，才展开那张雪浪纸，两首深情款款、不同一般流俗的小诗跳入他的眼帘：

> 念子久无际，兼时离思侵。不自识愁量，何期得淡心。
> 要语临歧发，行波托体沉。从今互为意，结想自然深。

> 大道固绵丽，郁为共一身。言时宜不尽，别绪岂成真？
> 众草欣有在，高木何须因？纷纷多远思，游侠几时论？

一股暖流在陈子龙心里翻涌，他多么感激她真诚的勉励，她对他的希望不同于妻子张氏，张氏殷切地期盼他金榜题名，期盼他早日入仕为官，光宗耀祖，庇荫后人。

而这女子太懂他的心，希望他实现自己的远大理想，希望他有用武之地，施展旷世才华，报效国家和黎民百姓。

在陈子龙心里，柳如是早就不是那个侍酒赔笑、跟人调情、供人开怀的歌女了；也不再是让人怜惜、让人同情的"女校书"，而是一个婉约多姿、妩媚动人、才华超群并有远见卓识的才女，是他陈子龙前世今生的红颜知己：

此刻，他站在船头，望向冥濛的天空，一行归雁正排成人字，向南飞去，深秋的风，清冷而凛冽，冬天快到了，他在心里呢喃而语："柳子，好好照顾自己，保重身体，等我回来时，你看我醉里挑灯看剑，我陪你镜前蛾眉淡扫，陪你理瑶琴，醉花阴，一起享受红袖添香夜读书的愉悦。"

松江府，不仅仅是家乡和亲人让陈子龙牵挂，而南楼的柳如是，让他更加眷恋与怀想。

南楼，让柳如是的心有了前所未有的安定。半夜不再因大风大浪而惊醒而恐惧，不再是以水为根、在风雨中飘摇的浮萍。此种安然与恬静，归根结底是南园有陈子龙。陈子龙就是那株枝繁叶茂的大树，而她，则是那依附于大树的藤蔓。

而今，陈子龙走了，梅楠书屋静了，南园空了。柳如是的心更是空悬悬的，她再一次陷入孤寂之中。

黄昏，又下起了潇潇细雨，窗外那株桂树上的几朵残花早已零落成泥，远山笼罩在一帘雨幕中。

桌上的宣纸，铺开半天了，墨汁早已研好，手上的画笔，却迟迟没有落下去。她凝视着这一纸洁白，那雪白的孤独寂寞是如此的触目惊心，她将要在这暮秋的风雨中描画冷清，描画寂寥，等候陈子龙的归来。

鲜朵儿看她落落寡合的样子，也不敢说什么，只在一旁殷勤地侍候着。柳如是看她这样子，心里很感动，在松江，在世间，现在除了鲜朵儿真切地关心她爱护她，还能有谁呢？她放下手中的画笔，笑着对鲜朵儿说："今儿天气不好，不画了，晚上做点好吃的吧！"

鲜朵儿听她说要吃好吃的，开心地笑了，忙递上茶说："姐姐，这是天晴时我在园里采的野菊花泡的茶，你先尝尝。"

转身从后面的柜子里抱出一个蓝花瓷坛："你看，这里面都是我收集起来的花瓣，有苏州河边的蔷薇花，白龙潭的荷花，南园的野菊花，还有这窗外那棵桂树上的桂花，都是晒干了放在坛子里的。"

柳如是吃惊地看着鲜朵儿，鲜朵儿每说一种花，她都睁大一次眼睛："你这丫头，你几时收集这些花瓣，我怎么不知道呢？"

"姐姐，我是侍候你的丫头，做的事怎么都能让你看到呢？再说了，我从小就野，跟着大人上山打柴，下湖捕鱼，什么事没做过？"

"你这野丫头，晒这多干花瓣做什么用？"

"别看你的诗写得跟那些男人一样好，可这你就不懂了吧。"鲜朵儿无不得意地扬起眉毛笑吟吟地说："当这些花儿刚刚开时，就摘下来，不要等到快要谢了再摘，晒干了收在瓷坛里密封，秋天泡茶、熬粥最是润肺去心火、去秋燥的。"

她看柳如是颇感兴趣似的，就更加神秘地说："姐姐，这些花瓣还有更大的好处呢。"

柳如是好奇地问："更大的好处？那是什么样的好处呢？又不是人参果、长生不老药。"

别看这鲜朵儿人小，可挺有心劲的。她见柳如是送走陈子龙后闷闷不乐，郁郁寡欢，总有满腔的忧愁无法排解似的，就想方设法让她心情轻松愉快起来。

她收起笑容，一本正经地说："看你说的，姐姐，这些花瓣虽然不是人参果、长生不老药，却也有延年益寿，美容美体的妙处。常常用这些花瓣泡茶、熬粥喝，可使人体内浊气消失，清气上升，说话时吐气如兰。还能使皮肤洁白、光滑、细腻，不光是说话时口气香，身体还能散发出香味呢！"

柳如是听了眼泪都笑出来了，骂道："你这刁钻古怪的小丫头，油腔滑调的，哪里学来的这些本事。"

她从怀里拉出手帕揩干笑出来的泪水，却听鲜朵儿轻声说："姐姐，我终于看到你笑了。自从陈大哥走后，你就没有再笑过。陈大哥走时交代过，要我好好照顾你，要让你开心快乐，不要总是生病。"

柳如是刚揩干的眼泪又溢满眼眶，她很感激这个与她相依为命的小女孩。小小年纪，勤快，懂事，而且心灵手巧，对自己体贴入微。她饱含着泪水笑着说："鲜朵儿，姐姐非常感谢你，有你在身边，姐姐很开心。今晚你就用这些花瓣熬粥，咱姐俩就去去秋燥，吃得美美的、香香的，好不好？"

鲜朵儿高兴极了，抱起装花瓣的坛子边走边说："好的，姐姐，我这就去熬花瓣粥。"

看着鲜朵儿离去的背影，柳如是怜惜地想：不知你这朵善解人意的解语花，会开在哪家的花园？会在哪棵树上结果？也不知哪个有造化的男人，能得到善良忠厚的你?

这是一个多雨的冬季,凄风冷雨平添了南园的萧条衰败,也更增添了柳如是怀人的愁思。

人去也,人去鹭鸶洲。菡萏结为翡翠恨,柳丝飞上钿筝愁。罗幕早惊秋。
人去也,人去画楼中。不是尾涎人散漫,何须红粉玉玲珑。端有夜来风。
人去也,人去小池台。道是情多还不是,若为恨少却教猜。一望损莓苔。
人去也,人去绿窗纱。赢得病愁输燕子,禁怜模样隔天涯。好处暗相遮。
人去也,人去玉笙寒。凤子啄残红豆小,雏媒骄拥亵香看。杏子是春衫。
人去也,人去小棠梨。强起落花还瑟瑟,别时红泪有些些。门外柳相依。

人去楼空,空有一园萧索,一楼风寒。自陈子龙走后,柳如是也不绾髻,也不描眉,任一双愁眉淡扫,一头长发披垂。百无聊赖之时,填几首小词,自弹自唱,以慰愁怀。

柳如是心里,渴望着一份悠雅清俊的琴韵:在清风明月,岚山烟树,流水云霭之中,焚一炉清香,为心上人、为知己者,悠悠淡淡地弹奏一曲高山流水,又或阳春白雪,这才是向往中恬淡、闲适、雅致的生活。

本以为,用七弦琴把这几首《梦江南·怀人》弹奏出来,会让满怀的愁绪在琴声中消散。可她不知道,在伤感、静寂、孤独之时操琴,那份对离人的思念和忧伤的情绪,让琴声泄露得一览无余。

鲜朵儿坐在窗前,托腮聆听柳如是抚琴,一曲终了,她皱着眉头说:"姐姐,我虽然不太懂你的词是什么意思,但是我能听出你的琴声在说什么。"

"哦!"柳如是看她一本正经的样子,饶有兴趣地问,"那你听出我的琴说些什么呢?"

鲜朵儿说:"你的琴在说,陈大哥走了,这楼空空的,你的心也空空的,就连这园子也是空空的,你弹的曲子不正是你前几日填的词吗?叫人听了好不伤心。"

"鲜朵儿,你长大了。"柳如是叹息道。

鲜朵儿噘着嘴说:"看姐姐说的,我本来就是大人了嘛。"随后又笑道:"姐姐,你为什么这样闷闷不乐的?陈大哥是进京赶考了,日后高中了会回来接姐姐的,他跟那宋公子可不是一样的人。"

柳如是站起来，走到窗前，望着远处朦胧的山峦，喃喃地说："到底是个孩子，以后的事情谁知道呢？世事难料啊！"她的话轻得连她自己几乎都听不见。

鲜朵儿呆呆地看着她的背影，这背影是那样瘦弱单薄，是那样孤独无助，她恨自己帮不了姐姐，还惹姐姐更伤心，心里懊恼极了。

日子在无奈与寂寥中飞快地过去，时光不会因为你的忧伤寂寞，因为你的幸福快乐而眷顾你，而为你停留。它总是那么温和的、不声不响的、却藐视一切的，从你的指端，从你的眉间、发梢一溜而过。

一转眼，要过年了，因为南园地僻，而且偌大的南园只有柳如是与鲜朵儿，她们丝毫感觉不到年的味道与氛围，世界似乎把这两个女孩儿给遗忘了。

柳如是想起以前在苏州凌波楼时，每逢过年前的腊月间，那份弥漫在空气中浓郁的年味，热闹、亲切而温馨。如今，南园冷冷清清的，自陈子龙走后，再也无人光顾。她想，自己是被人遗忘在这个角落里了。唯有梅楠书屋后面的那片梅林，在冷峭的风雪中，开着素洁的花儿，那飘逸在清冷空气中的馨香，又似乎在传递给她们一个信息：春天快到了。

正当她满怀愁绪，独自伤感时，李存我、徐孚远、彭宾三人来到了南楼，他们带来了鸡、鸭、鱼肉和蔬菜，还有花炮。

鲜朵儿高兴坏了："李先生，我和姐姐正愁没法办年货呢，这下可好了，你们送来这么多东西，大年三十夜我可有花炮放了。"

柳如是眼含清泪，轻轻对李存我说："先生，你们对柳子太好了。"转而对鲜朵儿说，"还在这儿傻站着，快去给先生泡茶。"

李存我摇头道："你不用感激，朋友之间相互关心是应该的，何况你我还有师生之谊。"

徐孚远在一旁道："说起来，我还应该感谢柳子，因为我弟弟的南楼荒芜已久，自柳子与鲜朵儿搬来后，才有了生气。你们看，那片梅花今年开得多好，这梅花也喜欢佳人才女陪伴在侧呢！"大家都笑起来。柳如是也笑了，笑声竟是那样的欢快。

彭宾看着她连连点头："世上的各色花儿，都是有灵气的。据说，每个女人的一生，都有一位花神相伴。柳子，也不知是哪位花神在看着你？"

他这一问，问得柳如是垂头无语。

李存我打断彭宾的话："卧子进京赶考了，南园就冷清了些，我们应该多来走动的，只是繁事陈杂，今日才来，柳子不要见怪才是。"

柳如是忙抬头望着李存我，诚恳地说："柳子出身低微，蒙先生与几社朋友们不弃，真诚相待，这是柳子何等的荣幸与福分！你们来南楼看望柳子，柳子内心唯有感激，岂有怪罪之理。"

鲜朵儿早已沏好茶，端到三人面前。彭宾打趣道："鲜朵儿，可得把你们家的好茶给我们喝哦。"

鲜朵儿看着彭宾，挺认真的："彭公子，这可是我家姐姐从苏州带来的最好的龙井茶，你们是贵客，鲜朵儿自然会用最好的茶来招待贵客。"

徐孚远问柳如是："还有几天就是大年三十了，你看还要些什么用的吃的，明天我给你送来。"

柳如是忙说："你们今天送来的东西已经足够了，不敢劳大家再费神了。"她想了一下，又说，"过完年，我就带鲜朵儿去嘉定看望朋友，东西太多了也吃不完。"

李存我听她这话，问："你出去走动走动也好，这南楼也是太清静了些。你哪位朋友在嘉定呢？"

"我的好姐妹葛嫩嫁给孙克咸了，我去她那儿住几日。"

李存我拍着额头笑道："是孙克咸啊！他可是卧子的好朋友，与李舒章的交情也不错。这样吧，明天我去找李舒章，过完年，就让他陪你一同前往。我跟你说过的那位程孟阳老人就在嘉定，闲暇之时，你可以去向他请教请教画技。"

李存我、徐孚远、彭宾三人都知道，陈子龙的贤惠夫人，又给陈子龙找了一房侧室，只等陈子龙高中回乡就办喜事。只是这句话，三人谁也不敢开口告诉柳如是。

送走李存我、徐孚远、彭宾，柳如是心里满是感激之情，她感激这些才华不凡、心高气傲、目无下尘的才子文人，对她的另眼相看。

第十四章 道是多情还不是

人去也，人去小池台。道是情多还不是，若为恨少却教猜。一望损莓苔。

——明　柳如是

新年，这个中国最古老、最隆重、最受推崇的节日，就在柳如是幽怨的琴声和鲜朵儿那几串花炮声中过去了。就像南园的风，吹过树梢，掠过池塘，在窗棂上打个旋，步履匆匆，不留痕迹。

人的一生何尝不像一阵风，只是人生不能如风一般，去而复返。人生太短暂，有太多的遗憾、太多的无奈、太多的悲欢离合与对未来的不可知。

立春已过，天气仍然十分寒冷。李存我说让柳如是等李舒章来约，一同去嘉定。可一直到正月十五，李舒章还是没有来。柳如是不想等了，正月十六，就带着鲜朵儿在早春的第一场潇潇春雨中离开了南楼，离开了松江府。

柳如是带着鲜朵儿辗转来到葛嫩的住处，有点不相信自己的眼睛：这是一座幽静的园子，一幢小楼在池中鹤然而立。小楼四面有窗，左右回廊相接，跨水接岸，曲折连桥。想必，这池里一定是植有荷的，只是还不到荷花开的季节。一些造型奇特的太湖石错落有致地散落在池边，桃林柳树，尚在早春的寒风料峭中孕育着花蕾。

柳如是看了暗暗称奇：早就听说性格粗暴的孙克咸乃一介武夫，怎会有如此心性，建这么一座高雅清幽的园子？看来，葛嫩是嫁对郎君了。

柳如是正在园里暗自感叹，一侧回廊里转出一位盛装丽人，娇声软语地笑道："柳子，果真是你来了，我还以为是丫头说错了呢！"

这葛嫩，真是人如其名，风流婉转，肌肤胜雪。一口吴侬软语，糯得发甜。葛嫩，原名葛嫩娘，父亲葛挺昱是一员镇守边关的武将，葛嫩娘是家中的独生女儿，自小备受父母宠爱。葛父为她聘请高师，教她读书写字，习诗作画，小嫩娘伶俐聪慧，常常一点则通。十岁左右，嫩娘对父亲的武艺发生了兴趣，天天缠着父亲教她练武，父亲拗她不过，索性每次习武都带上她，刀枪剑戟，一——

一手把手地教她，后来又常给她讲一些领兵布阵之道，嫩娘倍感兴趣。

嫩娘十六岁那年，父亲战死沙场，边关失陷，家与边城共毁。在父亲贴身家丁的奋力相助下，嫩娘逃了出来，随着家丁辗转流亡。半个多月后，来到六朝金粉之地——南京。北方战火纷纷，饿殍遍野，这里却是一片歌舞升平的繁华景象。然而，从小就受父母宠爱、衣食无忧的葛嫩娘，平时根本就不知道衣食从何而来，这一路的颠沛流离，早已让她心力交瘁，身上也无半分银两。本就生得花容玉貌的她，而今虽然沉浸在失去父母，失去家园的痛苦悲哀中，那哀愁却让她更显得楚楚动人，惹人爱怜。

带她逃出来的家丁，可不是盏省油的灯。看着美貌忧愁的小姐，暗暗庆幸：若不是战乱，我这卑微的家丁，怎么可能跟家主美貌的小姐如此亲近？

可他又犯愁，如今失去庇护的小姐，除了有一张漂亮迷人的脸蛋，什么也没有，什么也不会，什么也不懂，拿什么养活她？

这天，他对嫩娘说："小姐，你在客栈待着，店主要房钱你先别理睬，我出去找事儿做，挣钱还他房钱。"

他走在秦淮河畔，街道两旁雕梁画栋的小楼，描红绘翠的庭院，倚着门栏、浓妆艳抹、挥着手帕、嗲声嗲气揽客的女人，丝竹声、歌唱声、喝彩声，声声不绝于耳。

他有种莫名的兴奋，但又有些懊恼地想，这么好的女人，若把她卖到青楼里必定能卖出好价钱，只是太可惜了。他低头想着，不想正走在一家门前，冷不防被人拉进大门。那涂脂抹粉的女人娇笑着说："大爷，看你这样子，一定是远道而来的吧，到我们这玉香院歇歇脚，喝口茶吧！我们这儿的姑娘可清秀着呢！"

边说边挥着手里的丝绸帕子，那帕子的一角飞到他脸上，打得他麻酥酥的。他不恼，反而欢喜地摸着被打的那边脸，望着大堂里一对对的男女，调情的、逗笑的、跳舞的、听曲的、喝酒的、吟诗的，好一个风月场所。北方战事连连，百姓生灵涂炭，民不聊生，而这里却是灯红酒绿，纸醉金迷，真有说不尽的温柔，享不尽的富贵。

二楼倚在栏杆上的女人望着他，那眼神，那媚笑，已经勾走了他的七魂八魄。然而，他身无分文，从早晨到现在已是两顿没吃，这是没钱能进的地方吗？

他对那个拉他进门的女人说要找老鸨，老鸨嗑着瓜子，扭着屁股，一步三摇地来了，斜着眼睛上下打量着他：人高马大，却破衣烂衫，那脸色像是两天没吃饭了，不像嫖客。是人贩子？一想到可能是卖女孩儿的，老鸨那胖脸马上堆满了笑容，连声说："来来来，这边厢房里坐。"

傍晚，他回到客栈，喜滋滋地对嫩娘说："小姐，你饿了吧？我带了些吃食回来，你将就着吃点。"

嫩娘惊喜地问："你找到事做，挣到钱了？"

家丁说："我早上出去遇到一个老乡，他给我介绍了一个码头上的事儿，这不，今儿的房钱也有了。结了房钱我们就搬到老乡家里住去。"说完，叫来店主付了房钱，并说等会儿就搬走，店主说要走就早点走，这房子今晚还要租出去呢。

店主一走，他立即关上房门，那燃烧着欲火的眼睛盯着嫩娘，心想，我家嫩娘小姐比那玉香院的女人嫩多了，总是要卖给人家的，还不如自己先享受一番。他飞快地脱去衣裳，一把抱住嫩娘。嫩娘正坐在床边吃饼，猝不及防被他按倒在床上……

可怜，一个绝色少女，将门之后，父亲战死边关，母亲家人死于战火。半个多月后，她却被父亲的家丁卖到秦淮河畔的青楼。

国之不幸，家之不幸。那些食国之皇粮，高居庙堂之人，日日笙歌，夜夜欢宴，花晨月夕，箫鼓画船。何以为国？又何以为家？

葛嫩见柳如是夸这园子清幽，便带她在园里转了一圈，指一些名贵的花草树木和石头与她认识。虽是早春天气，也还是十分寒冷，两人边说边往屋里走。

葛嫩见柳如是衣着单薄，却毫无畏寒之态，而且脸色白里透红，气色颇佳，不由赞叹："妹妹真是个绝色美人，堪比三月桃花。"

柳如是笑道："姐姐还夸我呢，你不是把这个能文能武的飞将军给迷住了？"

二人谈笑之间沿着水面上的曲桥进了正屋的前厅，这是一幢二层楼的房子，客厅里的布置古色古香，墙上的名人字画，木几上的绿色盆景，给人高雅而幽静的感觉。

葛嫩说："咱们上二楼吧，因这楼建在水面上，一楼比较寒冷。"也不等柳如是回答，拉了她的手就往楼梯上走。

上得二楼，楼梯口迎面就是一间小会客厅，葛嫩指着一边屋子说："这是客房，你就住这儿吧，你喜欢读书，对面就是书房。"

她又指着楼梯另一边的房间说："那是我的卧房，你来了真好，我也有人做伴聊天了。"

会客厅向花园的一面，有两扇雕花对开门通向阳台，宽敞的阳台上，摆着许多柳如是说不上来的木本植物。想来这些树木都是耐寒的，肃杀的残冬还留有余威，这些植物却青翠欲滴。站在阳台上，园子远处的亭榭山石，近处的水草花木，尽收眼底。

从阳台进来，葛嫩说："黄昏的阳台是最美的，可惜今天是阴天，不然咱们可以在阳台上看夕阳西下、倦鸟于飞的美景。"

侍女端来刚刚煮好的红枣桂圆茶，两人边喝茶边闲话，边等孙克咸回家。

葛嫩带着几分关切的神色问："妹妹，你在松江的事可是传得好远啊，宋征舆真是个薄情寡义的纨绔子弟，他家里居然叫松江府衙把妹妹当流妓驱逐，真是可气可恨。幸亏陈子龙帮你，这样的男人才是侠义之士。"

柳如是把从苏州凌波楼到松江的前前后后简单地说了一遍，并说现借住在徐孚远弟弟的南楼。

葛嫩惊讶地问："你住在徐孚远弟弟的南楼？陈子龙不是也住在徐孚远的南园吗？"

说到陈子龙，柳如是低头无语，满面羞怯，情绪却又有些低落。葛嫩何等聪明，她见柳如是欲言又止，心里明镜似的，笑吟吟地问："是不是英雄救美，美人爱上英雄了？"

柳如是原本就不是那种扭扭捏捏的女子，她抬起头，大方而又庄重地说："我很爱陈子龙，他对我也很好，我们一起在南楼过了几天舒心的日子，他就进京赶考了。"说着又低下了头，"只是……"

"只是什么呀？"葛嫩见她迟疑的语气，着急地催问，"你快说呀！只是什么？"

柳如是接着说："陈子龙家里有一妻一妾，如今他进京赶考了，可他妻子张氏又在家里为他订了一门亲事，虽然几社的朋友都不告诉我，我也隐隐约约地听说了，他怎么可能再容得下我？"

两人无语，她们有着共同的命运，她们的命运不可能让她们有所选择，可她们面对如此不公的命运，又能怎样呢？

柳如是想自己初来乍到，惹主人伤感很过意不去，因笑道："你已经听了我的故事了，现在该说你和孙克咸的故事了。"

提到孙克咸，葛嫩就笑意盈腮，想了想："从哪说起呢？我跟克咸的故事很简单。"

一语未了，便听到一声爽朗的笑声："哈哈，说故事呀，让我也听听。"

两人一齐回头向门口望去，只见一位五短身材，精明强悍的青年男子正站在门边，笑容满面地看着她们。

"克咸，你回来了，快来见贵客。"葛嫩迎上前，把孙克咸拉到柳如是面前，"这就是我的好姐妹，才高貌美的柳如是。"

孙克咸对柳如是只闻其名，未见其人，今日一见，果然名不虚传。柳如是那种非凡的清雅脱俗的气质，让他惊讶，起先那几分轻慢之心已荡然无存。

他搓着两只大手，嘿嘿地笑："柳姑娘来了就好，嫩娘常常念叨着，来了就多住些日子。"又说，"你们慢慢聊吧，这天也好晚了，该是吃晚饭的时候了。我去厨下看看，若饭菜好了，就叫你们。"

孙克咸，安徽桐城人，世家子弟，勤读苦练十余年，学得满腹的文韬武略。二十岁时，离家外出，寻找施展雄才大略之机。无奈，朝廷党派纷争，皇帝昏庸无能，一派消极颓废之象。孙克咸空怀报国之心，却无请缨之路，愁闷之中，流连于秦淮河畔的青楼楚馆、勾栏瓦肆。他武能开五石之弓，文能倚马千言立就，虽有文武全才却也是好酒好色之人，因追一个叫王月的青楼女子而未得，郁郁寡欢，经人介绍，认识了玉香院的葛嫩。

一时侍女来说，酒菜已摆好，老爷在楼下餐厅等候，请葛嫩与柳如是下楼。

餐桌上，杯来盏往之后，孙克咸本就是豪爽之人，早已没有了刚见面时的拘谨。

他对柳如是说："克咸早就听过柳姑娘的芳名，今日得见，姑娘果然品貌不凡。听嫩娘说，你与陈子龙同住在徐孚远的南园，卧子可是我的至交。"

柳如是听他提起陈子龙，心里不免怅然，又不想让他俩看出心里的郁闷，便笑着对葛嫩说："姐姐还没告诉我，是怎样与孙公子一见钟情的呢！"

葛嫩微笑不语。

孙克咸满饮一杯，笑道："说与柳姑娘听听，怕什么呢。说来也合该我与嫩娘有缘，有日与朋友闲聊，朋友李十娘说，玉香院的葛嫩娘，色艺双绝，是个文武全才，舞得一把好剑，写得一手好诗，我就去玉香院点名要见嫩娘。

那天嫩娘刚起床，见我去了，不冷不热地请我先坐着喝茶，她就坐在梳妆台前，侍女帮她梳头。她的头发可真长，而且乌黑浓密，我从没见女人有这么长的头发。"

嫩娘微笑地看着孙克咸。

孙克咸问道："你的头发比你人还长吧？"

葛嫩微笑着点点头。

孙克咸接着说："那天，我在一旁看呆了，侍女要站在小凳子上才能帮她把头发盘起来，嫩娘有时也自己伸手帮忙，看到她乌黑如绸缎般的头发时，我就忍不住想伸手去摸摸，再看到她白嫩如莲藕般的手臂，更是心痒。她梳头洗脸，足足用了一个时辰，她回头看我还呆呆地坐在那儿，便嫣然一笑，我更是云里雾里不知天南地北了。心想，这便是我要的女人，就对她说：'此温柔乡也，也是我终老的地方。'就这么简单，你的嫩娘姐姐就嫁给我了。这个园子，是我亲戚借给我暂住的，总有一天，我要带着她离开这里。"

葛嫩则是一脸的悲戚，她的眼神似乎游离在一个不为人知的世界里，似乎那里有她战死沙场的父亲，有她葬身火海的母亲与亲人。她幽幽地说："克咸打动我的是他满腔的壮志与报国之心，我是聚家仇国恨于一身，时刻在寻找着复仇雪恨的机会。"

后来，扬州失守，孙克咸与嫩娘一起率兵抗清。清兵攻入浙江，克咸寡不敌众，与嫩娘至福建请援。福建军政实权者郑芝龙拒不发兵，其子郑成功劝谏无效，偕克咸、嫩娘奔赴前线，清军调集众兵围攻，克咸、嫩娘被俘，双双就义。这是后话。

柳如是在葛嫩家闲住，无聊之时越发想念陈子龙。虽说孙克咸在桐城家里早有妻室，但在这里，与葛嫩志趣相投，俨然一对恩爱夫妻。而她与陈子龙呢？尽管心心相印，是否也能如孙克咸与葛嫩一般长相厮守？她不敢往下想。

转眼已是三月，柳如是辞别了葛嫩，带鲜朵儿去看望昔日的姐妹王修微。

王修微家道贫穷，少年丧父，无所依靠，被卖到青楼。在青楼边做侍女，边学习琴棋书画，诗词歌赋。稍长后即"扁舟载书，往来吴会间"，四处飘零。随后，她渐渐"皈心禅悦"、潜心向佛，平素穿着布袍、拄着竹杖，泛舟江湖之上，系情山水之间，自号"草衣道人"。

不曾想，这位"草衣道人"也嫁人了，嫁给江南名流茅元仪做了外室。

王修微向来自恃才高貌美，何等的目无下尘、孤芳自赏！她渴望恬淡、悠闲、清雅的生活，却也只是做了个小妾。

柳如是心里五味杂陈，上苍似乎很垂顾她们这群女子，给予她们超群的才华，给予她们绝美的容颜，却又不给她们善果。

柔肠百转之时，她又想，虽则是做小妾，若能与自己所爱的人朝夕相伴，又何尝不是人世间至真至美至乐之事？

葛嫩与孙克咸在一起，王修微与茅元仪在一起，可她的陈子龙如今在哪呢？

这一天，王修微家来了两位客人，一位是有"三山才女"之称的林天素，一位是被林天素称"黄衫豪客"的汪然明。

林天素生得肤如凝脂，雪白晶莹，平常又喜着一袭雪白的衣裙，更兼一副与世间百态漠然相对的冷心肠，冷心冷面，人称冷美人。这冷美人却是王修微的挚友，二人意气相投，相从甚密。

"黄衫豪客"汪然明，是一位颇有侠义心肠的富商，常以千金周济穷人，解人于危难之中，且特好资助流落风尘的女子，又被时人戏称为"风月主人"。

此人是极风雅之人，在西湖打造了一艘豪华游艇，名曰"不系园"，专门用来接待一些才子文人、名姝、高僧、剑客，以便与这些名流和知己共同游览西湖胜景。

多年来，汪然明追随冷美人林天素左右。林天素虽不为之所动，对他的为人却是颇为赞赏。她对人描述汪然明："拾翠芳堤，偎红画舫，徜徉山水间，俨然黄衫豪客。"

汪然明的"黄衫豪客"因此而得名，所以有林天素的地方必有汪然明。

汪然明早就听说过柳如是的芳名，只是未曾谋面，今日相见之下，心里不免暗暗叹为天人。

"风月主人"惊艳之余，又动了怜香惜玉之心，相邀柳如是到他嘉定的"垫巾楼"暂住。

巧的是，松江府李存我曾推荐过的程孟阳，也借居在此。柳如是想起李存我说过的话，如果有机会，让她跟嘉定的程孟阳学习，因为程孟阳的书法已趋成熟，渐成风格。而且，她的字与程孟阳的字如出一脉。如今程孟阳就在眼前，不正是学书法的好时机么？

嘉定是江南古城，诗词字画，琴棋歌舞，无处不洋溢着浓郁的文化气息。

第十四章 道是多情还不是

才子佳人，名流名媛，日日笙歌，夜夜欢宴，却也满是浓郁的脂粉味。

程孟阳与唐时升、李流芳等，被嘉定文人称为"嘉定四老"。柳如是如鱼得水，她学习程孟阳的老到圆润，唐时升的仿古抒怀、妙趣天成，李流芳的书法，一笔之下，有一扫千古愁之感。

某个瞬间，她忽然觉得，书法与人生之间，似乎存在着某种紧密的关联，可这种关联只是她心中一闪而过的意象，一时也说不出个子丑寅卯、清楚明白，在今后的生活历练中，她只能用心来细细体会，慢慢揣摩。

嘉定，集名园、名士、名流、名画于一城，却无法让她安下心来，她的字画一天比一天精进，心却一天比一天沉郁。她想念陈子龙，她要回松江府，回南楼，回到有陈子龙的地方。

第十五章　春光何用向人遮

江都细雨应难湿，南国香风好是赊。不道相逢有离恨，春光何用向人遮。

——明　柳如是

陈子龙进京赴考，又一次名落孙山。三年的寒窗苦读，付之东流。

这是他第二次会试，他明白，考场上的得失，不仅仅是全凭文章的好坏。正所谓"不要文章高天下，只要文章中试官"，而试官往往听命于朝廷权要。自己一腔报国热血，力图治国安民的良策，尽管头头是道，鞭辟入里，又何尝为朝廷所赏识？

这次会考，主考官是温体仁。温体仁极度排斥复社成员，这一年复社成员被录取人数极少，陈子龙自然落榜，心灰意冷地回到华亭家中，闭门谢客，专志于古诗词的钻研学习。

妻张氏，妾蔡氏，端茶倒水，嘘寒问暖，悉心照料他的饮食起居，女儿童言稚语，承欢膝下。在享受天伦之乐的同时，陈子龙没有丝毫的轻松惬意之感。他知道，妻子张氏一直殷切期望他科举及第入仕为官，光宗耀祖庇护子孙。从她们那些小心翼翼的言行中，看出她们对他的极度失望，这让他倍感压抑。

他时常想起半年前，柳如是在码头送别时给他的两首小诗，只有柳如是没有期盼他金榜题名，虽然她知道他的远大理想和抱负，知道他有一腔怎样的扶危济贫、保家卫国的豪情。他觉得此时此刻，只有柳如是最能理解自己。他更加想念柳如是，更想离开这个让他沉重压抑得喘不过气来的家。

他跟祖母、妻子商量，想搬到城南徐孚远的南园去住，那儿清静，以便潜心读书，再说离家也不算太远。

读书，妻子张氏是赞同的，因为她太急切地期望陈子龙有朝一日金榜题名、光耀门楣了。

这天下午，陈子龙又住进了南园。

初冬的夜，园子里树木萧条，只有如水的月光把园子洗得无比幽洁，踏上小径，如踏在清浅的水里。

陈子龙在竹林边徘徊，蓦地，竹林上空飘起幽咽的琴声。在这寂静的夜里，琴声是那样的幽怨，那样的哀愁，虽缥缈无踪，却丝丝入耳。

陈子龙不觉呆了，在这空荡荡的园子里，听着这幽怨的琴声，几分孤独，几分惆怅，几分寒怯，几分凄凉，一齐袭上心头。他禁不住痴痴地想，这弹琴之人怎的与自己一般的心绪？脚步便不由自主地循声而去，可琴声又悠然而止。而他也发现自己正循着琴声来到南楼下，仰头望去，烛光映着窗帘上的倩影，他的心突然狂跳起来，柳子！难道柳子回来了？

正疑惑间，只听琴者又玎玎地调了调律吕，这次是欢乐明快的调子，歌声随着琴声而起。琴声如溪水，晶亮跌宕，汩汩淙淙，清心洗耳；歌声似黄莺出谷，低回婉转，荡气回肠。

陈子龙似徜徉在青山秀水间，沐浴着春风，聆听百鸟啾鸣。一时间，科场失意的烦恼与不快，心灵的压抑与愁绪，仿佛都在这琴声中烟消云散。他痴痴地站在楼下，楼上一曲终了，他耳边脑际，犹自余音不绝。

呆立片刻，他急步上前，伸手叩门唤鲜朵儿，木门应声而开，鲜朵儿见陈子龙似乎并不觉得意外，只是笑着说："陈大哥请进，我家姐姐在楼上呢！"

陈子龙顾不得跟鲜朵儿说话，几步冲上楼，任鲜朵儿在身后抿嘴而笑。

琴台前，烛光中，那清雅可心的人儿不正是日夜思念的柳如是么？

柳如是对他的到来，一点儿也不惊奇，似乎他出门几日刚刚回家。只见她从琴台后盈盈而起，向他款款走来，什么话也没说，那双似嗔还瞋的眸子里，有理解、有爱慕、有久别重逢后的喜悦，更有无限的似水柔情。四目相对，不用语言，一切尽在不言中。

陈子龙一把揽过柳如是，紧紧拥在怀里，这就够了，这就够了！再也没有人生如此完美，再也没有生命如此鲜活！人生在世，得意也好，失意也罢，还有什么比理解，比知己更重要！有知己如此，有红颜如此，夫复何求！

春天，是花红柳绿的季节，也是燕垒香巢的季节。

你看，陌上的春风，池塘边的绿柳，地里的油菜花，天空漂流的云朵，都笑意盈盈的。土地已从严冬醒来，湿润酥软，轻轻踏着，好似踩在柔软的地毯上。有风掠过竹梢，拂过双肩，如纤指轻叩琴弦，清韵绵绵。天那么高、那么淡，阳光柔和而温暖。

柳如是在园里走着笑着，听鸟鸣，也看花开，也牵池边飘摇的柔柳，妩媚着轻松愉悦的心怀。

自陈子龙住进南楼，她感觉她有了一个家。每天有等候，有期盼，有嘘寒问暖，有情意绵绵，有花前月下，有西窗剪烛，有红袖添香夜读书。与所爱的男人朝夕相伴，不再只枕难眠，不再孤灯向壁，她想要过的日子就是这个样子。

"天涯亦有影双双，总是缠绵难得去。"那艘漂泊的画舫不再漂泊，漂泊的画舫找到了平静的可以停泊的港湾。

艳阳枝下踏珠斜，别按新声杨柳花。总有明妆谁得伴，凭多红粉不须夸。
江都细雨应难湿，南国香风好是赊。不道相逢有离恨，春光何用向人遮。

当陈子龙读到这首诗时，雪浪纸上的墨迹尚未干，午后的春阳正斜斜地透过木格窗棂照进来，把湘帘里面的柳如是和书案染了一层暖暖的金黄色，显得格外温馨。

陈子龙读着诗笑说："这艳阳枝下，挥纤纤玉指弹琴唱歌的妙龄女郎，像极了你呢！"

听陈子龙着意夸奖，柳如是的眉眼都笑了，妩媚得如同窗外的海棠。那种原始的少女特有的天真烂漫，在她周身洋溢，让她越发的娇俏动人。

看着眼前这个壮硕的男人，她突发奇想，伸手接过陈子龙手上的诗稿放在书案上，俏皮地说："卧子哥，我们来捉迷藏吧！"

陈子龙看她眨着调皮的眼睛，惊愕地问："捉迷藏？那可是小小子、小丫头玩的游戏。"

"我就喜欢玩小孩子玩的游戏。"她拉着陈子龙的手臂，摇头晃脑，发髻上的翠翘随之前后摆动，斜着眼睛，噘着嘴，那种无赖似的孩子气的神态，让陈子龙心驰神往，欲罢不能。

"好吧！就捉迷藏，谁先躲？"陈子龙深深地看着柳如是，那感觉竟似宠爱着一个调皮任性的孩子。

柳如是想了想："第一次就让你先躲，我来捉你。"边说边背过身去，面向墙壁，"你快去找地方把自己藏起来，我开始数一二三了。"

陈子龙见她数得这么快，急了："慢点儿数、慢点儿数，我还没找到藏身之处！"说完急急忙忙地跑到床后，用帐幔遮住身子，大气不敢出。

一会儿，就听到柳如是轻手轻脚地在房间找来找去，他正在心里得意之时，柳如是突然拉开帐幔，抓住他的手臂，欢喜得又跳又叫："我捉到你了，我捉到你了！"

她把陈子龙推到房门外，眨巴着眼睛："这下轮到我了，你到门外候着，不许偷看。我数一二三，说好了，你方能进来找我。"边说边跑进房里去，嘴里慢慢地数着一二三，等到她说"好了"，人早已不见踪影。

房间里静悄悄的，陈子龙蹑手蹑脚地找遍房间的每一个角落，半天也没找着，就双手叉腰站在房子中间，凝神静气地听着。忽然，窗外吹来一阵风，湘帘随风飘动，一缕馨香若有若无的在鼻端萦绕，陈子龙觉得这香味好熟悉，使劲地在嗅着，心想，这是哪种花香呢？窗外那株桂树要到秋天才开花，现在还是春天，定然不是桂花香了。是那株樱桃？不是不是，樱桃才刚刚打花苞，还没有开花呢，断不会有这么清雅幽淡的香味。

忽然间，陈子龙笑了，他知道这香味是从哪儿来的了，只见他轻轻地走到窗下，猛地掀起湘帘，一把抱起柳如是，柳如是格格笑着。

陈子龙问："知道我是如何找到你的么？"

柳如是不答，只把头往他怀里一偏，眼角眉梢微微向上一挑。

陈子龙轻轻道："是你身上特有的香味让我找到了你。"

他紧紧拥着她，把脸埋在她的颈下，深深地吸着气，似要把怀里的女人化做一缕香气，吸进自己的心肝肺腑。

清晨醒来不见枕边的陈子龙，柳如是支头望着窗外湛蓝的天空，听着鸟儿欢快的啼鸣，忽然想，他定是去梅楠楼读书了，我何不给他送点吃的去？

柳如是忙起床梳洗，吩咐鲜朵儿快准备几样精致小菜、点心与鲜果，哪知鲜朵儿鬼机灵："姐姐，天不亮我就起床，已熬好莲子粥了，点心与鲜果是现成的。"

当柳如是与鲜朵儿，提着食盒迤逦来到梅楠楼旁的桃花阁时，太阳还没有升起，晨风带着清新香甜的气息，微薄而透明的晨雾中，枝头的桃花娇柔而朦胧。

陈子龙正蹲在桃花池边洗手，那柄龙泉宝剑倚在池边的太湖石上。柳如是款步上前，轻声唤道："卧子哥，你好早，也不叫醒我。"

陈子龙回头，见她主仆二人正盈盈立在身后，忙伸手接过鲜朵儿手上的食盒，走进桃花阁，把食盒放在阁中的石桌上："我是习惯起早床的，见你睡得正香，就让你多睡会儿。"

　　柳如是看着那柄寒亮的宝剑："你练过剑了？"

　　"练过了。"陈子龙有点黯然，"练得再好，也无用武之地，如今就权当强身健体吧。"

　　柳如是望着眼前这个空怀一腔报国之心的男人，安慰道："别急，你还年轻，总会有用武之地。只是，做人在逆境中不消沉，不颓废，才不失英雄本色。"

　　陈子龙深深地凝望着柳如是那双会说话的眼睛，喃喃而语："你真是一朵解语花，知我者，柳子也。"两人就这样四目相对，浑然忘我。

　　鲜朵儿在一旁催道："姐姐，陈大哥一大早练剑也累了，先喝碗粥吧。"

　　一句话提醒了柳如是，忙帮着鲜朵儿把食盒里的菜拿出来，摆在石桌上。陈子龙看着这几样小菜，感觉肚子还真饿了，不由赞道："鲜朵儿，你可是越来越会做菜了。"又问柳如是，"你跟鲜朵儿不吃吗？"

　　柳如是在他旁边的石凳上坐下："我跟鲜朵儿吃过了才出来的，这是专给你送来的，你就快吃吧！"

　　陈子龙就着小菜，呼啦啦地喝了两大碗莲子粥，等他放下碗，鲜朵儿赶忙收拾了，又摆上四碟点心，四碟鲜果。对柳如是说："姐姐，我这就回家，再做些下酒的菜，午饭时送过来。"

　　柳如是点头："你去吧，别忘了把那壶绍兴女儿红带来。"

　　鲜朵儿调皮地笑道："忘不了的。姐姐，忘了什么，都不能忘了带酒来。"说完，提着空食盒快步而去。

　　陈子龙温情脉脉地看着柳如是："走吧，我带你到园子里逛逛去。"说罢，牵了她的手，穿假山，渡水榭；听竹梢风吟，看花瓣露清。有赏不尽的美景，说不完的悄悄话。当太阳爬上南园那株古柏时，他们又回到了桃花阁。

　　阳光下的桃花，褪掉了那层薄薄的晨雾，从朦胧的羞涩中，昂然挺起娇俏的身姿，嫣然含笑。

　　柳如是在桃花林中穿行，她绕过一株虬枝苍劲的桃树，向树那边的陈子龙说："桃花是万花之中最具灵性，最解风情的。'去年今日此门中，人面桃花相映红。人面不知何处去，桃花依旧笑春风。'崔护笔下的'人面'与'桃花'是不能争艳、不分高下的，人与花同样娇艳，同样有情。只是他这诗里抒发了一种单相思，相思是一种说不出的痛，不说也罢。"

陈子龙听她这后面的一句话，若有所思，用轻得只有自己能听见的声音说："只是你比这桃花更娇柔更惹人爱怜呢！"

半晌，他大声喊桃花林里的柳如是："柳子，我知道你的琴弹得很好，你还会弹瑟么？去年夏天我从京城回松江，路过广陵，友人送我一具瑟，还没人弹过呢！"

柳如是从桃花林中钻出来，一头的花瓣："你是说瑟么？我弹过的，只是弹得不好。"

陈子龙听她说弹过，无比欣喜："我这就去把瑟搬来，你就在这桃花阁里弹奏一曲如何？"不等柳如是回答，陈子龙一阵风似的去书屋把瑟抱了出来，并带来了香炉和檀香。

柳如是见他这么好的兴致，也很高兴，忙去池边洗了手，点燃檀香。

褪去琴衣，果然是瑟，琴意缠绵，而瑟则高亢，宜于悲壮激昂的情调。

传说瑟是古代庖牺氏所创，原为五十弦。泰帝使素女鼓之，其声悲，泰帝遂一破为二，所以如今的瑟只有二十五弦了。

柳如是沉吟片刻："卧子哥，我为你弹唱一首陆放翁的调寄《汉宫春》吧！"说罢，凝神静气，轻挥玉指，弹唱起来。

虽说如今的瑟只有二十五弦了，但听起来，仍然是那样的悲壮激越。低沉时，如困兽呜咽；高昂处，连桃花阁边的桃林都瑟瑟作响，花瓣欲坠；动情处，柳如是泪眼婆娑。

陈子龙听得热血沸腾，只见他长身而起，嗖地拔出龙泉宝剑，随着柳如是歌声瑟声的起伏跌宕，将一支龙泉剑舞得犹如苍龙出水，凤舞九天。

一时，瑟声凄凄，剑舞萧萧，落英阵阵。歌声瑟鸣，剑光花影，分不清是歌是剑是舞，两人浑然忘我，只任由自己心中的情愫自在地交流，会心地磨合，似乎不是在唱歌舞剑，而是情之不能自已。

一曲终了，剑光入鞘，弦音袅袅，桃花林中的花瓣仍纷纷如雨下，此情此景，如梦如幻，如诗如画，如歌如韵，美妙雅致之极。

柳如是看着这落红成阵，却泪眼迷离，满怀悲凄。

陈子龙则在回味她刚才唱的最后一句："君记取：封侯事在，功名不信由天！"

两人怀着不同的心事，却是同一种心境。一个惜花如人，红颜易老，青春不再；一个空怀一腔报国之心，却恨无用武之地。

此刻，二人四目相对，久久无语，似乎那歌声、那剑影、那瑟鸣，仍在他俩之间萦绕，那心扉已被轻轻叩开，他们能触摸到彼此鲜活的心灵。

四周静悄悄的，只有那花瓣仍若有若无地在飘洒着，柳如是梦游一般走近陈子龙，依在他身边，陈子龙弃剑在地，轻拥着她，为她抹去眼角的清泪："谢谢你！你的瑟弹得真好，歌唱得更好，你唱出了我的心声！可惜无酒，否则，我要为你浮一大白。"

"谁说无酒呢？"一个清脆的嗓音自身后响起，他二人惊讶地回头，见鲜朵儿正悠闲地坐在池边的太湖石上，身旁放着食盒与酒壶。

柳如是从陈子龙怀里挣脱出来，笑问："死丫头，你几时过来的？怎么不吱声呢？"

鲜朵儿起身，提着食盒与酒壶，边往亭子里走，边说："我早就来了，看你们弹琴唱歌舞剑也看了半天，你们二人四只眼睛，只看到你们自己，哪里还有眼睛来看我？"

柳如是睁大了眼睛，嗔道："了不得了！这丫头本事见长了，我说一句，她倒说了一堆。"惹得一旁的陈子龙哈哈大笑。

鲜朵儿在另一张石桌上边摆菜边说："这是几样下酒的菜，我也只带了一壶酒来，不知够不够？"

陈子龙连声道："够了够了，足够了。"

鲜朵儿把柳如是扶到桌边坐下："姐姐，你陪陈大哥慢慢喝，不要喝太多了，你身体不好，家里还煲着汤，我先回去了。"

鲜朵儿自去不提。

陈子龙斟了两杯酒，看柳如是坐在桌边默默无语，关切地问："你怎么了？是哪儿不舒服么？"说罢，便伸手来摸她的额头，"额头不烫，是累了吧？"

柳如是一把拉过他的手，紧紧握住："卧子哥，像我们今天这样，我为你抚瑟唱歌，你为我击剑起舞，这样的日子，我们还会有么？我们还会有多少这样的日子？"那双盈盈含泪的眼睛幽幽地看着陈子龙。

陈子龙一时语塞，万不料自己不愿去想的事儿她这时提起，他也问自己，这样的日子，还会有么？他们还有多少这样琴瑟和鸣的日子？

柳如是见他无语，以为他为难，心不由得往下沉，却又不愿逼他，端起酒杯，凄然一笑："来，不说这些了，我们干了这杯酒，有今日这一次，也不枉我过此一生了。"仰头饮尽，一腔柔情，百般幽怨，和酒和泪吞到肚里，苦涩唯有自知。

陈子龙沉思着，柳如是后悔自己的话题扰乱了此时的雅兴，又怕这话带给他压力。于是又道："卧子哥，别去想这些事了。来，喝酒，今朝有酒今朝醉。"又给自己满斟一杯，一仰脖子干了，把空杯反过来照给陈子龙。

陈子龙没料到柳如是竟然反过来安慰自己，如此善解人意的女子，此生难求，只是他将如何待她？

想不透彻，唯有举杯狂饮。就这样你敬我让，杯来盏往，壶中的酒早已见底了。

柳如是放下酒杯，醉态盈盈："去年今日此门中，人面桃花相映红。人面不知何处去，桃花依旧笑春风。今年今日是我陪你在这南园赏花舞剑，明年今日，又不知会是谁在这里与你弹琴赏花？"

只见她摇摇站起，醉眼迷离地看着陈子龙："卧子哥，我已不胜酒力了，你能扶我去桃花树下坐坐么？"

陈子龙早已上前，一把揽住她，看她那酒潮粉红的嫩脸，无限怜爱地说："你喝得多了，我送你回南楼歇息吧！"

柳如是微眯着一双醉眼，无力地挥着衣袖，口齿黏黏："我没有喝多，我要听桃花唱歌，看桃花跳舞。"

陈子龙嬉笑道："桃花怎会唱歌跳舞？怕是你跳舞唱歌吧。"只得把她扶到那棵最大的桃树下。树下有一块比较平坦的太湖石，石上满是吹落的花瓣。柳如是在陈子龙的扶持下，也不等拂去落桃花，便一歪身躺在落英之上，陈子龙就倚在桃花树上看着她。

柳如是今天不知是高兴，还是忧伤，但确实是有了七八分醉，她那一身粉红色衣裙，衬着一张红馥馥的脸蛋，躺在这粉嘟嘟的花瓣上，真不知是人醉了，还是花醉了！也许只是看她的人醉了！

陈子龙见她星眸微合，轻轻地拍着她的背："柳子，别睡着了，这石头凉，会生病的。"

"嗯。"她嘴里应着，身子却赖着不起来。

"你不要睡着了。"陈子龙上前斜着身子坐在她躺着的石头边上，哄着她，"我讲故事给你听好不好？"

柳如是一双微醉生涩的眼睛，欲睁还闭，恰如这桃树枝头含苞欲放的桃花，竟是妩媚极了。

陈子龙见她这模样，情不能自禁："你这个样子，倒真让我想起杨贵妃的故事来。当年唐明皇要在沉香亭召见贵妃，高力士回禀说贵妃酒醉未醒。唐明皇命侍儿扶了来，只见贵妃她风鬟雾鬓，花乱钗横，那醉意朦胧、睡眼惺忪、娇柔慵懒的模样儿，别有一种撩人的媚态。唐明皇说：这哪是妃子醉了，分明是海棠睡未足嘛！我虽没见过杨妃，但觉得你比那杨妃美多了，你现在这个样子，枕着落花，分明是一幅桃花春睡图呢！"

柳如是不知是睡着了，还是在专心听他讲杨贵妃，陈子龙自顾自地说："那杨妃也太胖了些，哪有你如此轻盈的体态！我总想人间哪来像你这样清雅可心的人儿，今天才明白，原来你就是这娇柔美艳的桃花精灵，你必定是把真身藏在这桃树枝头，而用化身来游戏人间！"

陈子龙说了半天，没听见反应，低头看时，只觉得柳如是那如兰的气息已渐平稳，知她是真睡着了。又怕石头凉，便把她抱起来，把她的上半身放在自己的怀里，这样不至于让石头的凉气侵入到身体。

这时，他才看清柳如是那美玉般光滑细腻、桃花般红润馨香的脸上，一双清秀的眉毛，微微地蹙蹙着，眼角噙着两颗晶莹的泪珠。

这是熟睡中流露的自然愁态，这模样是何等的楚楚动人！又是何等的惹人爱怜！她漂泊得太累了，多么渴望有一个安全的属于她自己的宁静港湾，让她流浪的船儿进港、停靠、避风、歇息。

陈子龙不由得深思，这样的女子，年纪轻轻，就受尽磨难，也许只有在梦里，她才能回到属于自己的那片天地，为自己的不幸而一放悲声。然而如今，自己跟她同居在南楼，又能给她什么呢？名分？那是绝对不可能的。给她幸福？没有一个安稳的家，又何来幸福可言？

如今在一起，相亲相爱，一旦离开，那对她又是怎样的打击？他摇了摇头，日后何去何从，茫然不知所措。

他低头看着怀里熟睡的柳如是，怜惜地为她抹去眼角的泪滴，为她抚平那双微蹙着的眉，又轻轻摘下她头上的钗饰。霎时，那一头黑发带着一股幽香散了满怀，此时的柳如是，自然、静逸，更有一种超然脱俗的美，陈子龙一时又看得呆了。

第十六章　弱柳三眠春梦杳

无限意，消息更悠悠。弱柳三眠春梦杳，远山一角晓眉愁，无计问东流。

——明　陈子龙

半夜，陈子龙觉得身边的柳如是像火一样灼人，他心里一惊，顿时睡意全无。伸手摸摸她的额头，滚烫滚烫的。他连忙起身点燃蜡烛，再待细看时，柳如是双颊绯红，双目紧闭，胸腔里呼哧呼哧的像抽风一样。陈子龙急了，忙去打盆水来，用湿帕子抚着她的额头，又去楼下叫醒鲜朵儿，让她照看柳如是，自己则开了楼门，急匆匆地去找大夫。

待陈子龙请得大夫一块儿回到南楼时，天已蒙蒙亮。原来这大夫去年给柳如是看过病，知道她的不足之症，把过脉后，就把药箱里的一种药末用开水冲了，给柳如是灌了下去，接着又开了药方，叮嘱再三，就要回去，陈子龙去抓药，权当送大夫一程，就一同出门。

当他抓药再回南楼时，天已大亮，只是昨日还晴朗的天，这时却下起了霏霏细雨。虽是春天，晨风掠过树梢，夹着冷冷的雨丝，也觉寒气袭人。交代了鲜朵儿煎药，上二楼卧房来，俯身看时，大夫那药末让她平静了许多，只是在沉睡。

折腾了大半夜，陈子龙也累了，今天他不打算去梅楠书屋读书了，就在南楼照顾柳如是。他在心里责怪自己，昨天让她喝了太多的酒，又在石头上睡了大半天，这样柔弱的身体，不病倒才怪呢！

鲜朵儿送来粳米粥、千层饼和小菜，他这才觉得跑了几个来回，肚子还真饿了，就着饼子喝了两碗粥，又亲自去楼下厨房看了煎的中药，把第一次煎好的药倒出来，又加上水，嘱咐鲜朵儿煎第二次。

鲜朵儿看着他手忙脚乱的样子，笑道："大哥，你上楼去喂姐姐吃药，这里的事，还是我来做吧。"

他摸了摸药碗，觉得不烫了，轻轻唤醒柳如是，把她扶起来，半靠在自己的胸前，一手揽着她，一手端着药碗喂她喝了下去。药很苦，他把早就准备好的一小块冰糖放在她嘴里。

柳如是嘴里含着直甜到心里去的冰糖，眼里却蕴含着苦涩的泪水，这男人如此体贴入微，如此知痛知暖，可她能拥有他多少这样的爱意？又能拥有他多久这样的时光？

她不想让他看出心里的苦闷，她不能扰乱他的心绪，她要珍惜眼前这幸福的时光。

她望着他，柔弱地问："你今儿怎么没去梅楠楼读书呢？"

陈子龙把她平放在床上，扶正枕头，又摸摸她的额头说："今天就不去那边了，你这书桌上也有我能读的书，你太虚弱，又刚刚吃了药，就好好地睡一觉，我在这儿看书是一样的。"

他就坐在床边看着她，直到她安然睡去，这才起身来到书桌前。

鲜朵儿送来一壶新沏的茶。

他边喝茶边从一侧的书架上抽出一本书来，一眼却瞥见桌上一本汉乐府诗集下面，压着几张写满了字的雪浪纸。他移开那本厚厚的汉乐府诗集，拿起雪浪纸细看时，原来是十首《梦江南·怀人》：

人何在？人在蓼花汀。炉鸭自沉香雾暖，春山争绕画屏深。金雀敛啼痕。
人何在？人在小亭中。想得起来匀面后，知他和笑是无情。遮莫向谁生。
人何在？人在月明中。半夜夺他金扼臂，赚人还复看芙蓉。心事好朦胧。
人何在？人在木兰舟。总见客时常独语，更无知处在梳头。碧丽怨风流。
人何在？人在绮筵时。香臂欲抬何处堕，片言吹去若为思。况是口微脂。
人何在？人在石秋棠。好是捉人狂耍事，几回贪却不须长。多少又斜阳。
人何在？人在雨烟湖。篙水月明春腻滑，舵楼风满睡香多。杨柳落微波。
人何在？人在玉阶行。不是情痴还欲住，未曾怜处却多心。应是怕情深。
人何在？人在画眉帘。鹦鹉梦回青獭尾，篆烟轻压绿螺尖。红玉自纤纤。
人何在？人在枕函边。只有被头无限泪，一时偷拭又须牵。好否要他怜。

这十首小令，写得婉转清丽，深愁淡怨，情真意切。陈子龙读来却是字字如玑珠，句句重千钧！

今生今世能知己如柳如是者，能有几人？如此的红颜知己，如此的柔情蜜意，又如此的忧愁满怀，自己情何以堪？又将何以为报？

思虑之余，无心读书，铺开雪浪纸，信手写来：

梦江南二首

无限意，消息更悠悠。弱柳三眠春梦香，远山一角晓眉愁，无计问东流。

思往事，花月正朦胧。玉燕风斜云髻上，金猊香烬画屏中，半醉倚轻红。

更漏子（春闺）

愁眉晓，明妆夜，多为海棠欲谢。纱窗下，绣床间，沉吟花信寒。

残红泻，余香惹，撩乱日常时也。人寂寂，意茫茫，凭他双燕忙。

柳如是在床上躺了两天两夜，陈子龙衣不解带地侍候了两天两夜。这日清晨，鲜朵儿用碧粳米熬了粥，配了几色极清淡的小菜，用托盘端上来，给陈子龙盛了一碗，又挽起柳如是床前的纱帐："姐姐，你两天没吃东西了，我扶你坐起来，你吃点吧，碧粳米熬的粥，香浓着呢！"

陈子龙放下手中的书："鲜朵儿你自去吃吧，我来喂你姐姐。"

柳如是已经从床上自己支撑着坐了起来，脸色虽然憔悴，精神却是好多了。

她看着陈子龙："你几天没去梅楠楼读书了？你先吃了去吧，今天我感觉好多了，也该起来走动走动了，越睡越没劲儿，浑身软绵绵的酸痛。"说着掀开被子就要下床，但觉一阵晕眩袭来，便又闭上眼睛靠在床头。

陈子龙看她这样子，担心地说："你这么虚弱，我怎么能放下你不管？"

柳如是睁开眼睛："不碍事的，睡了几天，刚才起身猛了点，现在好多了。"说话的当儿，鲜朵儿拿来一件半新不旧的中衣穿上，搀扶着她去洗脸漱口，也不梳头绾髻，只用一条丝巾把那一大把乌云似的黑发束在脑后。她这脸色苍白、双眉微蹙、病恹恹的模样儿，更让陈子龙怜惜。

陈子龙把她扶到一张软椅上坐下，接过鲜朵儿端来的粥，就要喂她。

柳如是接过碗："还是我自己来吧，我已经好了，只是这两天没吃东西，有点虚弱，你还是吃了去梅楠楼读书要紧。"

陈子龙见她这样子，知道她说的是真的，吃了东西精神就会慢慢好起来。自己就吃了一碗粥，两个小素包子，收拾了一下，往梅楠楼去了。

鲜朵儿看她吃完半天没动，只坐在桌前发呆，便小声问："姐姐，你是不是还上床去躺着？厨房里的药已经煎好，本来是要饭前喝的，我怕你喝了药又吃不下粥，就没端上来。”

"你去把药端上来，我喝了略坐坐，不能再上床了，骨头都睡散了。"柳如是说着，走到窗前，看着窗外烟雨蒙蒙的天空。

淅淅沥沥的春雨，总会给人无端地平添几许惆怅，她看着门前两旁台阶上的海棠，花朵儿已被雨淋湿，蔫蔫的了无生机，地上的花瓣零乱得更是惨不忍睹。只有那芭蕉叶在雨中时而发出嘀嗒声，摇曳着满目惹人爱怜的翠绿。

她突然想起李易安的词来，"试问卷帘人，却道海棠依旧。知否知否？应是绿肥红瘦。"这绿肥红瘦一语，道尽闺中女子多少惜春的忧愁与苦闷。

陈子龙去梅楠书屋读书要到晚间才能回来，她也不想梳妆打扮，推开镜子，懒散无聊，兴味索然地在书桌前翻着书，却发现陈子龙那挺秀的笔迹，她捧着诗稿，静心细读，觉得字字锦绣，口齿留香。

她知道，这是陈子龙读了自己的那十首《梦江南》的小令后填的，那真挚情感的流露和对自己才华的无比赏识，让她欣喜不已。她不想以自己美艳如花的容貌来取悦于人，容貌固然重要，然而，红颜易老，青春短暂，就如窗外那台阶上的海棠，瞬间的繁花似锦，瞬间的凋谢零落，唯有超凡的才华与学识才是永恒的美丽。

在云间，陈子龙是个德才兼备的男人，他的赏识，他视自己为红颜知己，是她今生今世莫大的荣耀。

可对这个自己真心深爱的男人，她又有些茫然，她无时不在想，她到底能拥有他多少？今后的日子，他将怎样安置她？是纳她做小妾？还是就像现在这样同居而没有名分？抑或是像宋征舆一样离她而去？想到这些，她不寒而栗。

病中的人，最易感伤，何况窗外春雨绵绵？柳如是一怀心事在心头缠绕，剪不断，理还乱。她索性不去想了，又展开陈子龙的诗稿细读起来。

陈子龙的诗词风流婉丽，意蕴深刻，虽是有万丈豪情，报国无门的大丈夫，所作的诗词，实乃神韵天然，风味不尽。

只这《梦江南》中那"无计问东流"一语，让她的心愈加疼痛与忧戚。她读出了陈子龙对她的爱恋与怜情，也读出了陈子龙对他二人将何去何从的无奈与茫然。

听着窗外的雨打芭蕉，品味着陈子龙的词，忽然又想到桃花阁的桃花，那一树树灿若云霞，娇柔妩媚的桃花，在这几天的霏霏细雨中，怕是早已零落成泥，香魂缥缈了。

一时间，那颗惜花之心，悲伤之情又涌上心头，自己又何尝不是命薄于花呢？在这暮春时节，在这雨打芭蕉的南楼，她忽喜忽悲着，为自己，也为三月的花儿。

当鲜朵儿送午餐上来时，她正反复读着刚刚填就的诉衷情：

诉衷情·添病

几番春信，遮得香魂无影。衔来好梦难凭，碎处轻红成阵。任教日暮还添，相思近了，莫被花吹醒。

雨丝零，又早明帘人静。轻轻吩咐，多个未曾经。画楼心，东风去也，无奈受他，一宵恩幸，愁甚病儿真。

转眼已是夏季。

夏夜如水的月色里，林间吹过细碎的风。池塘里的荷叶，在柔和的风中婆娑起舞，空气里飘逸着温润的馨香。那些躲在草丛里不知名的虫儿，唧唧复唧唧。

风清月朗，柳如是吹灭了泪灯，倚在窗前，沐着如银的月色，听着园里的虫鸣，等候着陈子龙的到来。

浩渺的苍穹下，那月也是有心事的吧？可有谁能懂，那月在广袤寂寥的碧海青天里，行行复行行，在夜夜的更替中，圆了又缺、缺了又圆的孤独？

陈子龙一连十几日没上南楼了，连个口信也没有留，她让鲜朵儿去梅楠书屋看过，书屋里也没个人影。

她心里忐忑不安，也许陈子龙家里有事，来不及告诉她就回家了，她不愿去想其他。整日里就倚在窗前，忧虑着、孤独着、期盼着陈子龙的到来。

这夜，当那弯新月挂在窗外那株桂花树梢时，陈子龙在楼下叫鲜朵儿开门。上楼的脚步声沉重而拖沓，不似往日那般有力而轻快。

柳如是惊诧地迎到楼梯口，陈子龙像没看见她，踉踉跄跄地奔到床前，仰面倒下，四肢朝天，横卧于上，并重重地嘘了一口气，霎时，一股难闻的浑浊的酒气在房间里弥漫开来。

柳如是忙唤鲜朵儿快煮醒酒汤，陈子龙听了，在床上有气无力地挥着手，眼睛直勾勾地盯着她，笑嘻嘻而又口齿不清地说："不用煮醒酒汤，我没醉。"又哈哈笑道，"醉笑陪公三万场……"

柳如是琢磨着这是从哪里酒醉归来，这句诗她是熟悉的，是苏东坡的《南乡子·和杨元素》里的一句话，全词应是：

南乡子·和杨元素·时移守密州

东武望余杭，云海天涯两渺茫。何日功成名遂了，还乡，醉笑陪公三万场。
不用诉离觞，痛饮从来别有肠。今夜送归灯火冷，河塘，堕泪羊公却姓杨。

她坐在床边，心里默念着这首词，痴痴想着。

想那聚散两依依时，那酒樽中的酒浸透了太多的感慨，所有的衷肠，所有的爱恨，成功也好，失意也罢，在这分别的一刻，都化作一股酸甜苦辣的滋味，随酒一饮而尽。

何必用语言来倾诉离觞？这一刻，唯有酒，能解千愁。

如此笃定，就像眼睁睁看到无悔的青春和爱呼啸而去也可以不为所动；就像明知千万场繁华只是幕落的前奏，拼了性命却也不要空枝的寥落。这一切，只是因为太清醒，不再有奢求。因为情谊太深厚啊！所以一颗心再玲珑通透，也不识了怨尤。"纵被无情弃，不能羞。"这样踏刃而舞的凛然和通达，让遇见的人心生敬意与怜惜，自此不忍诉离伤。

如此气度，何等风流，真是痛哉快哉！

想那万丈红尘中的你与我，在颓垣断井边踉跄过，在姹紫嫣红里贪恋过，名利也好，是非也罢，所有的欠缺与圆满，都在这杯酒里，澄澈为静默。

"百年三万六千日，一日须倾三百杯。"这一刻，你一觞，我一盏，没有言语，没有计较，没有纠缠，没有爱憎，也就，没有离愁别恨。

鲜朵儿煮好醒酒汤端上楼时，房间里的情形让她惊奇不已，柳如是坐在床边痴痴地看着陈子龙，陈子龙则仰面朝天地横卧在床上，鼾声如雷。

第十六章 韶柳三眠春梦香

第十七章　此际断肠谁可比

华年一掷随流水，留不住，人千里。此际断肠谁可比，离筵催散，小窗惜别，泪眼栏杆倚。

——明　陈子龙

次日，日上三竿时，陈子龙才悠悠醒转，他睁着一双布满血丝的眼睛，想弄清楚自己是在哪儿高卧。当他看到纱幔上绣着的梅朵，嗅到那熟悉的香味时，他又闭上了眼睛，一动也不动地躺着。他太累了，几天来发生的事情让他措手不及。

松江一些自诩为高士之人，借他与柳如是同居南楼之事，上书官府加以陷害，这预示着他今后的仕途之路将更加艰难。妻子张氏虽然什么话也没说，但那哀怨而愠怒的眼神，让他明白，府中上下已经知道他在南园与柳如是同居。

他是松江的举人，也就是孝廉，不仅学问要好，行为道德首先得清正。为了自己今后的晋科入仕，他不能不有所顾忌。

可他是个敢做敢当的男人，妻妾的怨恨也好，松江府士大夫的谴责也罢，这些都不能成为他离开柳如是的理由。他怎么能轻易离开这个跟他倾心相爱的女子？这个受尽世间苦难的可人儿，是那样痴迷地爱着他，依恋于他。

从窗口流淌而过的清风和明月，窗外的芭蕉和海棠，还有那隐在时光幽处的青春年华，用疏影，用暗香，把他们紧紧地交织在一起。他永远记得这个杨柳青青的季节，那飘忽在竹林里美丽的倩影，那萦绕在桃花林中的歌声，那清浅池塘边的顾影自怜，还有那双明眸里流露出来的忧寂与悲伤，是那样地让他怜惜，让他揪心。

他记住了这个季节，记住了那些滑入柔肠的温馨与痴情。

越是回忆愉悦的往事，就越难以舍弃眼前之人。陈子龙躺在床上闭目沉思，动情之处不免喟然长叹。

坐在桌前看书的柳如是，听见叹息声，赶紧放下手中的书，走到床边，俯下身去用手抚摸他的额头。陈子龙一把抓住她那柔若无骨的小手，顺势一拉，柳如是没提防，一下扑倒在他的胸前，被他紧紧拥住。

片刻后，柳如是轻声说："卧子哥，你起来吧，昨夜的酒肯定让你的胃不好受，你先喝点蜂蜜水，鲜朵儿已经煮好粥了。"

陈子龙起来时头重脚轻，虽是一夜酣睡，那宿醉的憔悴与倦意，仍隐约在眉宇之间。

就着小菜，陈子龙喝了两小碗清粥，感觉舒服多了。

十多天没来了，他坐在那儿，等她发问，等待责备。

柳如是没问他这些日子去了哪里，也不问他昨夜如何醉成这模样，就像什么事也没发生。

她越是这样漠不关心，他心里越是惴惴不安。在他眼里心里，这是一个与众不同的女子，何等聪颖，何等敏感，她不可能没有想法。然而，他如何开口，如何对她说，因为与她同居而遭到某些人的陷害，遭到家人的怨恨，他为进入仕途所做的种种努力也将付之东流。

可他不能说，不管有多少理由，他都不能离开她。这种时候，他的离开，比松江府下驱逐令更让她痛恨，更让她伤心。打定主意，他坦然了，等鲜朵收拾了碗筷下楼去后，他起身来到柳如是的桌前，一张清秀的小楷跳入他的眼帘：

江城子·忆梦

梦中本是伤心路。芙蓉泪，樱桃语。满帘花片、都受人心误。遮莫今宵风雨话，要他来，来得么？

安排无限销魂事。研红笺，青绫被。留他无计、去便随他去。算来还有许多时，人近也，愁回处。

读着这首语句清丽，缠绵多情的词，陈子龙呆坐在桌前。他早该料到，聪明如斯的女子，在一天又一天久等他不归，一夜又一夜独守空房之时，就已意识到他将离她而去。她知道他不可能娶她为妾，更不可能与她长期同居，长相厮守。她很爱他，更能体谅爱人的苦衷。

春光短暂，春梦易醒。陈子龙从字里行间清晰地看到柳如是的满腔柔情，看到她的痛苦和忧伤，看到了她的平静与豁达，也更激起他内心对她的爱恋与不舍。

从外间进来的柳如是见他呆呆地坐在那里，以为他还没从宿醉中回过神来："你哪儿不舒服么？"

陈子龙放下诗笺，抬头望着她："没有不舒服啊，喝了鲜朵儿熬的粥，很惬意呢。"

柳如是望望窗外的太阳影子："快到晌午了，今儿不走了吧？"

陈子龙看着她渴望的眼神，不忍拂她的意，忙连连点头："今日不走了，正好读读你的诗词。"

柳如是听他这话，从书里抽出一笺雪浪纸递给他："你读的那首《忆梦》是昨夜填的，这首是今儿早上作的。"

陈子龙接过细看，是一首《踏莎行》：

踏莎行·寄书

花痕月片，愁头恨尾。临书已是无多泪。写成忽被巧风吹，巧风吹碎人儿意。
半帘灯焰，还如梦水。销魂照个人来矣。开时须索十分思，缘他小梦难寻视。

"真是好词！结构精巧，浓愁淡恨，颇有李易安之风味，实在不错。"陈子龙读罢，连连称绝。又叫柳如是磨墨，说要和一首。

柳如是看他一行行写来：

踏莎行·寄书

无限心苗，兰笺半截。写成亲衬胸前折。临行检点泪痕多，重题小字三声咽。
两地魂销，一分难说。也须暗里思清切。归来认取断肠人，开缄应见红文灭。

读着这深情款款的诗句，不禁喜极而泣，又不想让陈子龙看她流泪，掩饰着走到房门，倚栏朝楼下唤鲜朵儿。

鲜朵儿应声上楼问有何事？

柳如是轻声道："昨日卧子哥酒喝多了，必定伤了脾胃，你用前日朋友送来的山里香菇炖鸡汤，再做几样清淡可口的菜肴。用苏州香雪粳米煮饭，那米饭香而不腻，吃了极易消化。"

陈子龙听了忙道："不用这么麻烦，昨日酒喝多了，本就没有食欲，再说才刚吃了两碗粥，一时半会儿也不饿了。"

柳如是不理他，只对鲜朵儿说："炖汤也得半天呢，你去厨房收拾吧，既是不饿，也不必定要按时吃，饿了再吃也未尝不可，只是菜要在吃饭前一刻再炒才好。"鲜朵儿应声去了。

柳如是也不看陈子龙，径直走到琴台前，边褪琴衣边说："你的《踏莎行·寄书》填得沉郁瑰丽，典雅至极，我想弹唱一遍。"试拨了几下琴弦，便浅声低唱了起来，宛妙的歌喉，和着缠绵的琴音，从这小轩窗飘逸而出，在窗外的樱桃树下，在南园的竹林间萦绕。

柳如是唱得柔肠百转，泪湿衣襟，陈子龙听了有一种不太好的感觉，他们以前也经常诗词酬和，吹拉弹唱，可是今日怎么就如生离死别一般？

他从床头枕边拿了一方手帕，替她揩干眼泪，柔声问："你今天怎么了？如此伤感。"

柳如是罢了琴，摇头道："不是伤感，是不舍。"

"是不舍？"陈子龙诧异地睁大眼睛看着她。

"你坐下"，柳如是摁他在书桌前坐下，"我有话说。"说着走到画案前，拿出一段织有暗水纹的白色吴绫，铺在案上，用镇石压住两端，洗笔磨墨，一盏茶的工夫，便画了一枝粉色荷花，倚在一匹深沉墨绿的大荷叶旁。叶上如珍珠般晶莹的露珠，似在随着叶的倾欹而流动。此外，两笔芦苇，几点飘萍，风枝雨叶，竟画得栩栩如生！

陈子龙不由得拍手叫道："好画！"

柳如是换过一支墨笔，在画的上方题：

雾鬓风鬟，潇潇冷骨停云峙。若兰芳芷，偏是身多刺！茎断丝连，心苦情何炽。人间事，覆云翻泗，勿忘伤心子！

——寄调《点绛唇》

这几行小字，也许因了情绪激动，斜行狂放，倒显得疏密有致，极尽妍态。而这小令又是何等的气傲而情深呢！画、词、字，真可谓之三绝，早把个松江才子看得目瞪口呆了！

柳如是放下笔，轻轻道："柳子无才，博你一笑罢。"

陈子龙先听她有话要跟自己说，到看她磨墨画画题词，看到精彩处便忘了问她想说什么，一把将她揽在怀里，忘情道："若你无才，天下还有谁敢称才子！"

柳如是挣脱他的怀抱，偏着脸含笑道："你还不饿么？已经过了晌午呢，我可是饿了。"

陈子龙盯着她的脸，眼睛眨也不眨："听你弹琴唱歌，看你画画题词，真是人生至乐之事，况且美人就在眼前，秀色可餐，哪里知道饿呢！"

柳如是轻轻拍下他的手，娇嗔道："贫嘴！你不饿，我可是饿了，我去看看鲜朵儿的饭菜做好没有。"

正说着，鲜朵儿上楼来问是不是可以吃饭了。

陈子龙忙起身下楼去帮鲜朵儿把菜端上楼来，柳如是已经收拾好楼上客厅的那张梨花餐桌，以前他们吃饭就在房间的小方桌上，今天怎的如此隆重？陈子龙虽有些疑惑，却也没问。又看柳如是斟了两杯酒，有点迟疑："今天我怕是不能喝了。"

柳如是温婉道："我自有分寸，不会要你狂饮滥喝。"说罢举起酒杯，抬眼望着陈子龙，两眼竟饱含泪水。

陈子龙一时不知所措，又听她缓缓道："卧子哥，承蒙你错爱。半年多来，与卧子哥同居南楼，让柳子倍感家的温暖，过了从未有过的安定舒心的日子，也不枉我到世上走一遭了。"说罢，和泪带酒，一饮而尽。

陈子龙一下站起来，惊问："你今日何以说出这样的话来？莫不是这些日子我不在，发生了什么事么？"说着就要下楼问鲜朵儿，柳如是拉着他的衣袖，摇摇头，示意他不要去。

"那你告诉我，究竟发生了什么事？"陈子龙看着她，急切地问。

柳如是揩干眼泪，眼睛却还是红红的，她敛眉垂首："常言道：千里搭长棚，没有不散的筵席。柳子本是风尘中人，自结识卧子哥以来，有幸得卧子哥的诸多关照。又得哥深情厚谊，同居在此，尽享人间欢娱。柳子虽极不愿离开卧子哥，然，卧子哥不是久居笼中之人，有一飞冲天的大志。柳子出身卑贱，唯恐阻碍卧子哥的大好前程。"说罢，又斟了第二杯酒。

陈子龙睁大眼睛盯着柳如是，听她说完这番话，心里暗暗思忖，这是个性格开朗而又豁达的女子，生活的磨砺让她渐趋成熟，此番话不像是冲动下的矫情，从她昨夜所填的《江城子·忆梦》和今天画荷花赠送与我来看，定是我这些日子的冷落，让她有所思虑，昨夜我的醉酒，她定是察觉到了什么。刚才这番话，像是深思熟虑后才道出的。

他爱这个女人，爱她博学多才，爱她容颜俏丽，爱她性格开朗豪放。在他失意之时，正是这个善解人意的女子给他以精神和心灵上的慰藉与理解，是她陪伴自己走过了那段压抑苦闷的日子。她给予他的这许多，是家里的妻子和小妾都无法做到，也无法理解的。他早已视她为红粉知己，视她为精神伴侣。

当初与她同居南楼，今天若弃她而去，那跟宋征舆又有什么区别？那我也不一样是个负心的男人么！

他举起酒杯，一口干了，又给自己满斟一杯。

柳如是看他沉吟不语的样子，以为他为难，这又让她伤心不已。她是多么爱这个男人，日里夜里，睡里梦里，满心眼里都是他。以为从今往后，这个男人就是她的依靠了，就是她的终身所托。谁知，近来他却常常夜不归宿，就是来了，也没有往日那种温情脉脉和气定神闲，又总是心事重重。

她知道，他的家人又给他找了一房小妾，可那又怎么样呢？只要他们在南楼倾心相爱，只要他们互相理解就足够了。心灵上的默契，是任何人都无法取代的。她不求名分，若能跟他长相厮守，若能跟他夜雨闻铃西窗共剪烛，若能为他红袖添香伴读书，若能为他轻抚一曲舞长袖，对镜展颜画蛾眉，这人世间，还有什么比这更温馨更幸福更快乐的！

她可以为他舍弃一切。

舍弃一切？她在心里不无沮丧地想着，我什么也没有，我有什么可以为他舍弃的呢？我出身卑贱，是世人所不齿的歌女，除了一腔鲜红的热血，除了满腔真挚的柔情，我拿什么来给我爱的男人？用什么来为他舍弃？

她在心里自嘲地笑了，一个"情"字，竟是如此的牵绊纠结，爱到极处，你已经爱得失去了自己，心里只有他，如果他的日子过得不快活不自在，你又怎么可能自在快活呢？

她举起酒杯，泪眼蒙眬地看着陈子龙，低声轻语："我万分舍不得离开卧子哥。我虽出身卑贱，松江的文人学子，几社的诗友，对柳子都极为宽容，极为友善，柳子感激涕零。只是那些与卧子哥有过节的小人，正巴望着你犯错，或许正在暗地里收集哥哥行为不检点的事实，我如何能贪己之享受，而阻碍哥哥之前程？我更不能让高堂白发祖母，为此揪心。卧子哥也不必忧虑，我去意已决。"

陈子龙默默无语，他能掂量出她这些话的分量，她说的这些都是不争的事实，知道她是经过深思熟虑后的决定，纵然自己也是万分不舍，却无法让家人接纳她，她又是个心性极强的女子，更不能担保她在以后的日子不受伤害，何不放手，或许她能找到比自己更适合她、更爱她的男人。

想到这里，想到眼前的可人儿，将如柳絮一样不知飘向何处，陈子龙两行热泪夺目而出，许久许久，才听他轻声吟诵：

青楼恼乱杨花起，能几日，东风里。回首三春浑欲悔，落红如梦，芳郊似海，只有情无底。

华年一掷随流水，留不住，人千里。此际断肠谁可比，离筵催散，小窗惜别，泪眼栏杆倚。

柳如是听了更是柔肠百转，泪如雨下，她走到陈子龙身边，依在他怀里："卧子哥不要如此，又不是生离死别，我只是回到我的画舫上去。若你读书累了，若你想我了，可以来看我。我还是会为你抚琴，为你唱歌，为你一解愁肠。"

陈子龙听她说还是回到她的画舫去，忙抓住她的双肩："回到画舫？不可不可！万万不可！容我想想，我不能把你从画舫接出来，又让你回到画舫上去。"

他焦虑着，在房间走来走去，片刻后又停在柳如是面前："这样吧，我的好友李雯，你也认识的，他在横云山有幢别墅，正无人居住，我跟他说说，你可以先在那儿住一些时。"

柳如是轻轻点头："全凭卧子哥安排。"心里不禁绝望，她没料到陈子龙居然这么快就答应跟她分开。见他如此安顿她，又有份无望的祈盼，是盼望着陈子龙再能给她什么么？她自己也说不清。

两人正伤心之时，鲜朵儿上楼来了："陈大哥，你家仆人陈才来了，在楼下客厅，他说你女儿病得很重，叫你赶快回家，很急的样子。"

陈子龙听了，脸色唰地一下白了，并啊了一声，急急地拉起柳如是的手："搬家的事你别急，我让李雯、李存我他们来帮你，我要走了，我女儿病了好些日子了。"说着，泪如雨下，恋恋不舍地放开柳如是，掩面低头下楼而去。

柳如是知道他女儿今年七岁，一直病恹恹的，此时家仆专程来找他，也不知是真的病重，也不知是他夫人的借口。她倚着窗儿，泪眼蒙眬地望着陈子龙匆匆离去的背影，突然觉得那背影是如此的孤单，如此的落寞，又是如此的无情。

第十八章　点点香魂清梦里

拂断垂垂雨，伤心荡尽春风语。况是樱桃薇院也，堪悲。又有个人儿似你。
莫道无归处，点点香魂清梦里。做杀多情留不得，飞去。愿他少识相思路。

——明　柳如是

　　横云山，在松江城西北约十公里、天马山南二公里处，因横卧于天马山与小昆山之间，故名横山。唐代天宝六年（747）为纪念陆云，遂改称为横云山。

　　横云山山水秀丽，奇石险峰突兀而起，悬崖深涧惊心动魄。

　　李雯的抱月小筑就在半山腰，松柏蔽日，翠竹萧萧，是个怡情养生的好去处。

　　搬来横云山的抱月小筑，山上秀丽的景色和宜人的气候，丝毫不能减轻柳如是对陈子龙的深切思念。空寂的山林，更能引起离人的怀想与忧思。

　　她时时想起与陈子龙在南楼的那些快乐日子，想他们月夜吟诗作画，赌书泼茶；想与他捉迷藏时，总是笨拙地被她捉住；深更半夜拉他去池塘看月光中的荷花时，那睡意蒙胧的憨态让她忍俊不禁。

　　梅楠书屋后的桃花阁，那琤琤的瑟声，夜夜入梦来。剑舞桃花阁，醉卧落花茵，她在心里一遍又一遍地回味着，她为他拨弦而歌，他为她击剑而舞。

　　那是何等的知己，何等的默契。而今，这一切就如三月枝头的柳絮，随风飘散得无影无踪，不留痕迹，唯有记忆在心底尘封。

　　柳如是满腔的柔情与思念无处消遣，每日里对影自怜，郁郁寡欢。那份深切的爱恋如同利刃，在爱着陈子龙的同时，又把自己的心一刀一刀割得千疮百孔、鲜血淋漓，疼痛得无以言状，也无处呻吟。

　　这日，她坐在窗前，漠然地看着黄昏的山林，落日的余晖，被参天的树木繁枝划分成无数道晶亮的光芒，几只叫不上名字的鸟儿，在枝丫间欢快地跳跃着，叽叽喳喳地闹个不停。

　　她忽然羡慕起这些鸟儿来了，羡慕它们自由飞翔，羡慕它们双宿双栖。

她怜惜自己，连只鸟儿都不如，那个曾经与她双宿双栖之人已离她而去，想到此，不由得又是心痛难忍。

她读着曾经为陈子龙写的十首《梦江南·人去也》，十首《梦江南·人何在》，不由得柔肠百转，清泪滂沱。昔日的种种美好，就如这黄昏天边绚丽的烟霞，愈来愈淡，愈来愈薄，最终消失在无垠的天地之间。

李雯带了匠人上山来检修房屋，因今年春季雨水多，淋坏了的屋檐瓦沟都要翻修。他给柳如是带了一些食物和日常用品，也捎来了陈子龙的书信，陈子龙在信中极尽思念与不舍之情，并附《青玉案》词一阕：

青楼恼乱杨花起，能几日，东风里。回首三春浑欲悔，落红如梦，芳郊似海，只有情无底。

华年一掷随流水，留不住，人千里。此际断肠谁可比，离筵催散，小窗惜别，泪眼栏杆倚。

这是那天两人离别的前一刻陈子龙含泪所吟的那阕《青玉案·春暮》。此时一字一句从头读来，心里的那份柔情、那份痴恋、那份离愁别绪，真是剪不断，理还乱。是离愁，别是一番滋味在心头。

她拿出纸笔想给他写回信，可千般柔情万般爱，却不知从何说起，那就不说吧，我的心思你又何尝不懂？我的柔情你又何尝不知？便填了一阕《南乡子·落花》：

拂断垂垂雨，伤心荡尽春风语。况是樱桃薇院也，堪悲。又有个人儿似你。
莫道无归处，点点香魂清梦里。做杀多情留不得，飞去。愿他少识相思路。

寥寥数语，托李雯捎给陈子龙，她知道他能懂她心声。

李雯看着她憔悴不堪、伤心欲绝的模样，欲言又止。

柳如是强颜笑道："李公子，你是不是有话想说？有话就直说吧，我没事的。"

李雯这才道："前些时卧子七岁的女儿陈欣夭折了，卧子也病了好几日。昨天我去他府上探望时，他虽是病好了，只是瘦得没了人形，精神也大不济。"

霎时，柳如是仿佛掉进了冰窟窿，由内到外，冷到了极点，一颗尚存几分幻想的心儿近寂灭。

她没有说话，只是痴痴地望着窗外，远处那黛色的山峦，云遮雾绕，神秘莫测。而人的一生，从出生到老死，又有多少不可知的灾难与不幸在途中等着？不知何时何地，那打击的棍子会突然降临。也许，在你不经意间，就给你当头一棒，让你猝不及防。不，是你无从防起。它会让你清醒地痛苦着，让你慢慢品尝痛苦的滋味，让你清清楚楚明明白白命运的无情与残酷，任你呼天抢地，寻死觅活，都于事无补，你只能默默忍受。

李雯看她呆呆的样子，只能好话安慰，并拿出一锭银子放在桌上："你也要往开处想，保重自己身子才是要紧的。这银子你先用着，想吃什么时叫鲜朵儿去买，我隔三岔五要上山来的，顺便带些吃的用的来。"

柳如是不知在窗前站了多久，也不知李雯说了些什么，更不知他何时下的山，她如树一般在窗前生了根。

江南的秋天总是伴着菊花的清香而来。

这个秋天，柳如是再也没有了那份采菊东篱下的怡然，偶尔抬头时，天高云渐淡，雁字已成行，只有那份悠然、那份韵味，在她看来却是满眼的无奈与悲伤。大雁北飞南迁，是有规律，有目的地的。只是她真的就如那暮春的柳絮，无枝可依，萍踪浪影，漂泊天涯。

宋征舆走了，陈子龙也走了，她曾一度以为这两个男人是可以像大树一样，让她依靠，让她不再漂泊，不再四下流离，不再无枝可依。而今，她仍然一无所有，仍然要孑孓独行在这万丈红尘的软泥之中。

她不能再回苏州的凌波楼了，她要回盛泽，回到从前那个地方。徐佛姨娘嫁人了，早就要她回盛泽掌管归家院，只是她迷恋南楼与陈子龙相厮相守的日子，如今人去楼空，情渺如风，是该回去了。

阿四伯仍然回来撑画舫，就在码头候着。她托人捎信给陈子龙，她要回盛泽。

清晨，天还雾蒙蒙的，山坳里的斑鸠懒懒地咕咕着，空气里满是野山菊的芳香。柳如是这些日子睡得少，今天更是早早就起床了，她吩咐鲜朵儿收拾行装，上船回盛泽。

别看鲜朵儿是她买来的丫头，这几年来在她身边，着实是个得力的帮手。聪明勤快，办事挺有主见的，有时还敢驳回柳如是的话儿，而按照她自己的想法去做。这不，今日她就不听柳如是的，认为回盛泽是大事，松江这个地方，她们今生很难说会再回来了。

鲜朵儿还煞有介事："再说了，姐姐你到松江来的这几年，也没过上几天舒心的日子，所以得选个黄道吉日上船，咱回家呢，求个顺风顺水，以后的日子也求个平平安安，顺顺利利不是？"

柳如是觉得无可无不可，也就顺了她的意，并笑问她是否选好了开船的日子。

"我翻了老皇历了，就八月初六吧，这一天风和水顺，宜出门宜行舟。"鲜朵儿扳着手指，"船在水上走几天回到盛泽，正好赶上过中秋节。"

"中秋节？"转眼又是一年佳节至。

秋天，是果实收获的季节，也是家人团聚的日子，在篱边花下，摆上月饼鲜果，佐了那盏菊花酒，一家人和和美美，这才觉出月的圆满和秋天的深邃厚重，这才是人生最完美的境界，这种完美是如此简单，却又是那样的难求。柳如是默默地想着，黯然神伤。

八月初六这天，真的如鲜朵儿说的那样，天高云淡，风和日丽，是个出门的好日子。

她们早早地来到了码头，柳如是没料到的是，李存我、李雯、徐孚远、彭宾等，比她更早地来到了码头。这群松江才子的到来，只是为了要给她送行，这让她感动不已。她柳如是何德何能，能得到这些目空一切的文人雅士的赏识！她感激涕零，一一谢过大家这几年来对她的关照和爱护。

在她心里，有一种渴望，她渴望这送别的渡头，有那个她日夜思念的人儿，她渴望陈子龙的出现。她失望了，直到鲜朵儿最后一次催她上船，都没看到陈子龙的影子。

万般无奈与失望，她怀着一颗几近绝望的心上了船，倚在船头向大家挥手告别，这一别谁又能说不是永别呢。

悲莫悲兮生离别。柳如是的心，如同河底的石头，沉甸甸，湿淋淋。那南楼的柔情缱绻，那月下的轻颦浅笑，那桃花林中的歌声剑影，将如何释怀？

望着渐渐远去的码头，柳如是默然。松江，你给过我欢乐，更多的却是给了我痛苦的人生经历，你的一草一木，一花一叶，甚至一滴水，我都不曾拥有。离别时，却带着一船离愁，一船幽怨，一船隔世离空的思念与牵挂，从此漂泊江湖。

"姐姐，外面风大，你进船舱吧！"鲜朵儿轻声呼唤。

柳如是目光迷离，不舍地望了一眼越来越远的渡头，神情落寞地走进船舱。里面的情景却让她大吃一惊，刚从外面进舱，里面的光线很暗，眼睛一下不适应。她模糊地看见有人坐在床边，见她进来，那人便起身迎向她，她惊疑地后退几步，差点被门槛绊倒，谁知那人抢上前来，一下拉住了她的手臂。船在水面上行走，晃晃悠悠，她本是向后倒的，随着船的颠簸，顺着那人拉她的手跌进了他的怀里。她挣扎着想站起来，却听得耳边有轻柔的声音："柳子，是我。"

她惊奇极了，这分明是陈子龙的声音，这怀里的气息，是她曾经多么熟悉多么迷恋的味道！

他怎么会在船舱里？难道？蓦地，她想起鲜朵儿的种种怪异，转过头来想问他，却一下被他吻住，这突如其来的吻，让她窒息，让她沉沦，让她不知今夕何夕。

可她心底里的那股莫名的怨恨油然而生，她挣脱出他的怀抱，泪眼婆娑："卧子哥，你不要这样了。你让我走得干净、走得洒脱、走得了无牵挂岂不是更好。"

陈子龙愧疚地看着她，几分怜惜，几分不舍，又有几分无奈。

他喃喃地说："我只是想送你一程，今日这一别，不知何时才能相见。"

"送君千里，终有一别。你又能送我到哪儿呢？"柳如是转身背对着他，望着船窗外。岸边的杨柳倒退着慢慢向船后移去，天空灰蒙蒙的，几只离群的孤雁有气无力地飞着，时而发出一两声凄切的悲鸣。

陈子龙走到她背后，双手环抱住她的腰，下巴搁在她的肩膀上，脸贴着她的脸，顺着她的视线，看着窗外的天空："多想陪你就这样一直走下去，随着岁月的更迭，走到白头，走到地老天荒。可是我……"

柳如是听了，心头酸涩，转过身，用手捂住他的嘴，不让他再说下去。她想，事已至此，何不顺其自然？"今日，你是来送我的，就说点高兴的事吧！"

她突然想起了什么，问："是不是你跟鲜朵合计好了的？选什么黄道吉日上船，在渡口，我其实是有心想等你，向你告别，而鲜朵儿一再催我上船，原来你早就在船舱里。"

陈子龙苦笑："你别怪鲜朵儿，她托李雯的家人捎信给我，让我到渡头送你。我何尝要她请我才来送？"

这时，鲜朵儿掀门帘进来了，把手里的托盘放在桌子上，笑眯眯的："说了这半天的话也累了，坐下来吃点点心吧，我去沏壶茶来。"

柳如是走到桌边看着这几碟点心，默默无语，陈子龙不知她又怎么了，走近来一看，原来四个碟子里，装了四种不同的月饼。心里暗暗叹道：这孩子还真有心窍，过几天就是中秋节了。只是此时此景，这月饼却给人一种月圆人不圆的残缺。霎时，无奈、遗恨诸多情绪又袭上心头。

鲜朵儿又端来两碗银耳桂圆莲子羹和一壶新沏的龙井，看他俩痴痴地坐在桌边一动也不动，笑道："你们俩这是怎么了？这银耳汤要趁热喝，月饼慢慢吃，我们就先在船上过一个团团圆圆的中秋节，岂不好？"

她把两碗银耳桂圆莲子羹分别放在陈子龙和柳如是面前："这银耳桂圆是极润肺的，姐姐，这秋天干燥，你要多喝。小时候听我娘说，中秋节吃了月饼就会跟亲人团圆的。"说罢，这善良的姑娘又看看船窗外，像是自言自语，"只可惜现在不是夜间，没有月亮，天阴沉沉的，怕是要下雨了呢！"

只可惜现在没有月亮，柳如是听了鲜朵儿这句话，不禁悲从中来，可她又觉得不能让陈子龙看出她凄切的心境，就掩饰着端起碗喝了口银耳汤，拿块月饼吃了一口，觉得这月饼吃在嘴里索然无味，便又放下了。起身到前舱，从箱子里拿出一摞诗稿递给陈子龙："这是我自到松江以来所作的诗词，承蒙公子教诲，今日一别，相见无期，这诗稿就送给公子，留个念想罢。"

陈子龙双手接过诗稿，翻看着，听柳如是改口唤公子，不再叫他卧子哥了，心莫名地一痛。

又听柳如是淡淡地说："中秋佳节快到了，公子也该回去与家人团聚了。我这船直到盛泽，顺风顺水，公子可以放心。明天船到下个渡头，公子可以搭回松江的船了。"

陈子龙的心一片苍凉，桨声汩汩，雨打舱顶，此时此景，正合了古人那首《唐多令·惜别》：

何处合成愁？离人心上秋。纵芭蕉、不雨也飕飕。都道晚凉天气好，有明月、怕登楼。

年事梦中休，花空烟水流。燕辞归、客尚淹留。垂柳不萦裙带住，谩长是、系行舟。

第十九章　空怀神女虚无宅

苍然万木白蘋烟，摇落鱼龙有岁年。人似许玄登望怯，客如平子学愁编。
空怀神女虚无宅，近有秋风缥缈篇。日暮飘零更何所，翩翩雁翅独超前。

——明　柳如是

盛泽依然繁华、富庶。

被誉为"日出万绸，衣被天下"的盛泽，丝绸织造业日益发达，南来北往的客商络绎不绝，秦楼楚馆的生意更是红火。

终慕桥北面，归家院的十间楼倚水而筑，烟花之地，偏有个极风雅、极斯文的名字：北书房。北书房楼台水榭，绮疏曲栏，颇为清幽。每当花晨月夕，箫鼓画船，似有无尽的风月正等着公子王孙、才子佳人尽情挥洒。

柳如是回归家院后，一如苏州凌波楼，在迎来送往，推杯换盏之间沉溺。她不再去想松江南楼，与陈子龙那些恬淡幽静且快活的日子。徐佛姨娘欢欢喜喜地坐着花轿嫁人，随后又看淡红尘毅然决然削发出家，这事给她太大的错愕。

前日去百丈潭水月庵看望姨娘，那情景如在眼前，徐佛姨娘脚穿白布袜子，双梁僧鞋；身罩一袭褐色僧衣。几年不见，姨娘不再如当年那般婀娜丰满，那件宽大的僧袍穿在她身上，如挂在衣架上一般。远远望去，衣袂飘忽，还真有点飘飘欲仙之感。只是那一头乌黑的头发今已剃去，显得脸色更加苍白憔悴，曾经顾盼流彩的眼睛空洞虚无，你感觉她那眼神似在看着你，又似在另一个不为人知的世界里流连。

徐佛姨娘这模样让柳如是吃惊不小，她不敢造次，只小心翼翼地问些好，哪曾想，姨娘开口说的话让她如参禅一般。

"自古以来，男人薄情被说成是天性。女人则难逃脱一个'情'字，尚能做到精诚专一。晋朝的山简说得好：太上忘情，最下不及情，正所谓'情之所钟，正在我辈！'只是这一'情'字，又岂是什么人都能谈得的？"

徐佛姨娘面无表情，眼睛微眯着，望着不可知的去处："但人若无情，又与禽兽何异？只不可太执着了。天下男人岂是无情的？只是今日见了妹妹便是有情的，且情意绵绵。可明日见了姐姐，也就忘了妹妹了，对姐姐也是深情款款。"

徐佛收回那迷离的目光，盯着柳如是的眼睛："你跟陈子龙的事，我早就听说了，看来你真的将一个'情'字看得真看得切。若你看不破这个'情'字，今后恐怕就只有苦了你自己了。"说完便合了双眼，一粒粒数着手里的念珠儿，嘴唇微微掀动，念念有词，不再搭理柳如是。

柳如是知道，姨娘早年曾跟一名人雅士有过婚约，却遭那男人遗弃，后来才收拾起那缕幽怨无奈之情，打叠起清高之心，为安定地度过余生，下嫁给平庸的周金甫。谁料想周金甫病逝，青楼女子的出身又遭周家人厌恶。人在逆境中，或许容易参透红尘软泥中的那个"情"字。万念俱灰之时，削发为尼，了此残生。

柳如是虽把姨娘的这番话听在耳里，却没有放在心上。她自恃年轻貌美，才艺超群，那心里的自信真的比天还高。况且，她心中还存着一线殷切的期盼，那就是对陈子龙的期盼，期盼他有朝一日能与自己团聚。

日子过得如同北书房前的河水，涓涓地流淌，永不回头。

黄昏，正是十间楼热闹非凡的时刻，柳如是坐在窗前，望着远处黛色的山峦，似老僧入定。

她觉得陈子龙离开她很久很久了，从最初分别的那一刻到今日，时间长得像楼下门前的这条河。思念，如同一滴水从雪山上融化，流经溪流、山涧、深潭、急流、险滩，九曲回肠，最终奔腾入海，消融在这独自等待的漫长时光中。

而她在这风花雪月的等候中，内心的寂寞如同漫无目的疯长的野草，心里的那份期待依然遥遥无期，陈子龙的身影在她的回忆中已渐行渐远。

三年多了，她似乎想不起陈子龙的模样了，也许是她不愿去想，就让他模糊着吧，有些东西朦胧的反比清晰的好。

前些日子，听从松江来的人说，今年春天的科考，陈子龙终于中了进士，在殿试中名列三甲十七名。名次不高，未能入翰林院，在刑部做推事。两个月后，又被派往广东惠州府任司法官员。因继母病逝，未及上任，便回家治丧。他家里又给他纳了两房小妾。

纳妾，多好的事儿！有哪个男人不喜欢妻妾成群！柳如是莫名的心痛了！

他为什么不能纳妾？他对你柳如是又没有承诺，就算是有承诺，也只能纳你为妾，你也只是他众多姬妾中的一个。在日复一日，夜复一夜的孤独中，等待着盼望着他从另一个女人身边再转到你的身边，那样的温存，那样的爱恋，还能剩有多少？

月亮已爬上了桥头那棵柳树梢，无声无息，冷眼俯瞰人间的千姿百态。纺织娘在草丛石缝中唧唧复唧唧，风掠过河面，带着几分透骨的凉意袭来，柳如是不免打了个寒战。

她蓦然想起徐佛姨娘说过的话："如果你堪不破这个'情'字，今后恐怕就只有苦了你自己了。"

一个风月场中倚门卖笑的女子，纵使你有真情，纵使你的情比天高，比地厚，比白雪还圣洁，谁又能相信你？谁又能真心爱你？女人，尤其是青楼女子，终不过是男人手里的玩物，厌了，腻了，随手一扔，比扔一件旧衣服更快捷，更寻常。

柳如是那颗由思念而生怨恨的心，在千回百转中沉沦，那份对陈子龙的期盼已渐渐冷却，徐佛姨娘的话犹在耳边回响，字字千钧。

突然出现在柳如是面前的张溥，年龄虽与陈子龙相仿，却是个气质极文雅的男人，身材修长，白面美髯，俊眉朗目，内含锋芒，神态极为潇洒。还有那一脸如阳光般灿烂温柔的笑容，是那种女子见一面就能记住一辈子的男人。

柳如是又把徐佛姨娘的话抛在了脑后，被眼前这个男人深深吸引。

当年在松江，就听几社学子谈过，张溥在天启四年与同乡张采在苏州创建复社。崇祯二年，组织和领导复社与阉党斗争，声势震动朝野。崇祯四年中进士，后改庶吉士，即内阁储备官员，号称"储相"。但张溥始终没有入阁，而是继续领导复社开展民间政治活动。如今，复社成员遍及全国，有的在朝，有的在野，结成了声势浩大的一股力量，左右着朝政，松江的几社也属复社所辖。

更重要的是，张溥学识渊博，已编述了三千余卷的著作，涉及文、史、经学各个学科，精通诗词，尤擅散文、时论，比陈子龙有过之而无不及。

张溥到垂虹亭参加复社成员的聚会，因时间尚早，就驾小舟拜访归家院的老朋友徐佛，及听到徐佛出嫁又出家后，唏嘘不已。眼看北书房在柳如是的操持下生意日益红火，心想徐佛果然眼力不差，选的当家人丝毫不减徐佛当年。

又见柳如是容颜俏丽，气质清雅，谈吐落落大方，诗词字画更在徐佛之上，心里陡生相见恨晚之感。

柳如是对他也是颇有好感，只觉得这张溥比陈子龙更英俊潇洒，其博古通今的才学，也绝不在陈子龙之下。所以，这天黄昏，当张溥邀她去垂虹亭时，她毫不推辞地驾着自己的"雪篷浮居"，一同前往。

气势恢宏的垂虹桥，三起三伏，环如半月，长若垂虹，故而得名。桥孔比一般的桥孔高，便于行舟，利于泄洪。桥两堍各有一亭，并有四大石狮，栩栩如生，雄踞桥堍，甚为壮观。桥身中央，建有桥亭一座，名垂虹亭。亭作平面正方形，九脊飞檐，前后有拱门二道，可通行人，别具一格。垂虹石桥的建成，消除了苏杭驿道的最后一个险要大渡口。自此商贾云集，墨客聚会，吴江成为车船之都会。历代文人雅士，留下了许多描绘垂虹桥的诗篇。

元代诗人萨都剌的诗：

插天带东势嵯峨，截断吴江一幅罗。江北江南连地脉，人来人往渡天河。
龙腰撑出渔舟去，鳌背高驰驷马过。桥上青山桥下水，世人曾见几风波。

气势磅礴，一如惊雷出岫。

每当皓月当空，垂虹桥笼罩在月色之中，别有一番意境："垂虹桥下秋水清，垂虹亭上月初明。""垂虹夜月"就成为吴江八景之一。

宋代诗人周密的诗说："岸草江花万古春，感今怀古最伤神。不如一片垂虹月，却照凭栏几许人。"道出对世事沧桑的感慨、无奈与悲凉。

垂虹桥上的垂虹亭向来是文人墨客聚会的好去处。此时正是多事之秋，自凤阳事变之后，朝中形势大变，凤阳失守，义军毁了皇帝的祖陵，这一举动，撼动了朱明王朝的历史根基。满朝文武大臣人心惶惶，朝野上下一片混乱，各党都在酝酿着一次新的较量。

以钱谦益为首的东林党人受魏党杀戮，崇祯即位后，又受温体仁排挤，致使东林党人再无立身之地。东林党首钱谦益受贬回籍，在朝的吴昌时，名曰统辖一部，实际上大权旁落。这次张溥来此，就是想鼓动复社朝野联合推倒温体仁。为了争取力量，复社成员商议，由东林党首领、文坛泰斗钱谦益出面，树起大旗。当下，与会成员决定，由张溥亲自去请钱谦益出山。

月光下的垂虹桥朦胧而神秘，夜风微拂，水一浪一浪有节奏地拍打着桥墩和堤岸，柳如是的"雪篷浮居"随着细浪上下起伏。

张溥走了，柳如是吹灭了蜡烛，坐在窗前，任长发披垂，凝望着月光下幽深的湖面。她爱陈子龙，而陈子龙娶了三房姬妾，于她却不顾。她也爱慕张溥儒雅的文人风采，钦佩他的雄才大略。可为什么他就不能顾及儿女之情？片刻缠绵，甜言蜜语，缱绻而别。

难道她这样的女子，注定只能给他们这样的男人一个温柔的怀抱或者片刻的轻松？柳如是无数遍地问夜空，问湖水，没有谁能回答她。垂虹桥依然肃穆地凌驾于水面，月亮依然冷漠地高悬在夜空，湖水在风的怂恿下，依然一浪一浪地拍打着桥墩和堤岸。

自抚着满心的伤痕与疲惫，柳如是连夜回到了盛泽的北书房，回到了属于自己的那片天地。

内心孤独的日子里，在每一个清晨与黄昏，在某一个瞬间回首，想起前尘往事，柳如是心中一片落寞怅惘。

第二十章　桃花啼里不曾回

晴湖新水玉生烟，芳草菲菲铋雁钿。苦忆青陵旧时鸟，桃花啼里不曾回。

——明　柳如是

　　因继母病逝，回松江华亭家中治丧的陈子龙，事后并没有急于赴任。朝中形势混乱，东林党人与复社成员都受到排挤和杀头的威胁，他便以守孝为由，留在家里与几社的文友一起编辑、镌刻《皇明经世文编》，闲暇之余，又时常捧着柳如是的诗稿出神。

　　这些言辞清丽，深情款款的诗句，总是把他带回到南楼那些欢乐的日子，让他感伤又温馨。有一天，读着这些幽怨缠绵的诗，他突然想，何不把柳子的诗编撰成集呢？这想法让他兴奋不已。只是，他又有些迟疑，这些诗词的修改、补遗，文字的校勘、书本的刊印等诸多杂事，都不可能由编辑者一人越俎包办，虽然能通书信，可分别三年多了，而且山遥水远，就算写书信沟通，怕也是难得要领，许多事情，还得与诗词作者当面切磋。

　　次年秋天，陈子龙得知自己的恩师黄道周因弹劾朝官失败而降职，在浙江余杭大涤山著书、讲学，他准备前往余杭大涤山拜访老师。他想，从松江到余杭，往返都必须经过杭州，何不写信叫柳如是也前往杭州等候，共商诗集刊印之事呢？

　　他哪里知道，此时，柳如是已在去嘉兴的路上。

　　自垂虹亭与张溥缱绻而别，柳如是一直心情抑郁，闷闷不乐。

　　这天，鸳湖主人吴昌时路过盛泽，顺道来北书房打听徐佛的近况，听说徐佛已经出家为尼时，唏嘘再三。

　　又见柳如是病恹恹的无精打采，因劝道："何不跟我出去散散心，一个人越是郁闷，越是容易生病，跟我一起到嘉兴去，看看你的好姐妹，现在的鸳湖女主人顾眉，或者你的病也就好了也未可知。"

　　提到顾眉，柳如是眼睛一亮。自苏州一别，几度春秋，几度寒暑，也不

第二十章　桃花啼里不曾回

知这些好姐妹如今都怎样了。又想吴昌时与陈子龙在几社是好友，又是崇祯三年同榜中举的同年，两人关系非同一般，跟他去嘉兴也未尝不可。就交代鲜朵在家好好看顾，便上了吴昌时的船。

鸳湖主人吴昌时，风流倜傥。在朝中位列五品，官虽不大，因掌管着官吏的升降，权力却很大。不管是出门办公差，还是朋友聚会，他都是乘豪华官船来来往往。

按说，在吴昌时这样的船上，应该是再舒适不过了。可柳如是的病却越发的重了，先以为是伤风咳嗽，后来天天咯血。吴昌时吓坏了，嘱咐下人日夜精心照看，眼见着越发憔悴瘦弱，奄奄一息了。这时，船已到了嘉兴，鸳湖主人想，人是我带出来的，她在嘉兴又没有亲戚朋友，如今病成这模样，万一有个好歹，将如何向朋友交代？就把她安置在自己的勺园暂住，又专门派人到南京钟山请来好友玉林道人。

玉林道人曾经也是风流倜傥，诗词歌赋无一不精的风雅之士，只因偶一回首，看破红尘如许，就拜在颇有名望的道长胤昌的门下，出家做了道士，在南京钟山脚下隐居，研习百草医药，专治奇疾异病。

在玉林道人的精心医治与调理下，柳如是渐渐好起来，脸色也红润了些，只是心情沉闷，郁郁寡欢。

这天，玉林道人又给柳如是切脉，半晌，才郑重地说："身体上的病，我是可以医治的，只是这心里的病，世上只怕无药石可医了。"

又说："你的脉象表明，你的身体虽虚弱，却无其他疾病，只是心脉滞涩，想必你是个心性高傲之人。但凡人太聪明了，就常常有不如意之事，不如意之事常有，就会过于思虑，如此就容易伤脾伤肝了。"

见柳如是惊诧地睁大了双眼盯着他，玉林道人知道是说到她心里的病症上去了，"人生在世，不如意事常八九，你是个绝顶聪明的女子，且才貌超群，何必拘泥于那个虚无缥缈的'情'字上头？只要把这个'情'字看开了，凡事也就都淡了。"

这番话说得柳如是点头称是，坐在一旁的吴昌时听了哈哈大笑："你这个玉林道人，你看淡了，出家做了道士，身在红尘之外，倒也逍遥自在。今天莫不是想来点化我们这位江南女才子，也出家做了道姑去？"一句话逗得大家都笑了。

玉林道人敛眉合掌，连声说："岂敢，岂敢。"随后，又拿出一坛酒，

"贫道出来数日，也该回去了。这坛里的酒，是我采撷上百种花粉酿制而成，没有用酒曲，只用花粉发酵，贫道称之为玉林百花酒。此酒芳香馥郁，有疏通心脉之功效，你每日临睡前饮一小盏，或许你的心绪会慢慢好起来。"他顿了一下，又说，"只是最重要的还是你自己要把心放宽些，我能做到的就只有这么多了。"

玉林道人走了，留下的酒芳香诱人，留下的话也颇耐人寻味，只是柳如是对那个"情"字，如中了毒一般，不能自拔。

与张溥短暂的相会之后，那一颗心依然牵挂着陈子龙，想他已经娶了三房小妾，却弃她而不顾，一时自怨自艾，一时忧伤难忍，一时又在心中暗暗发誓：我柳如是一定要嫁个博学好古的旷代逸才，一定要爱我的男人把我柳如是当正妻娶回家！一颗比天还高的心就这样彷徨着挣扎着，同时又期冀着，又早把玉林道人的话丢到了一边。

只是那道人留下的百花酒，每日睡前喝一小盏。说来也怪，自喝了这玉林百花酒后，也不失眠，也不做噩梦了，睡眠极香甜，脸色又如以前那样红润，就如三月枝头巧笑嫣然的桃花。原来这玉林道人配制的百花酒，有安神静气、除寒祛湿、活血养颜之功效。

秋天，对于在田间地垄耕作的人来说，无疑是个满怀期望的季节，期望有个丰硕的好收成，期望粮满仓，鱼满舱，在他们眼里，秋天是个丰收的季节，收获的季节。

可秋天在文人墨客眼里，却是个衰败、颓废的季节，山河寂寥，万木萧条。

就在这样一个西风肃杀凄切的日子，吴昌时又带回一个令人震惊的消息：东林党首钱谦益被捕进京，复社领袖张溥与几社陈子龙也被列入追捕的名单。

柳如是惊得脸色苍白，她坐不住了，这事儿似跟她有切身之痛。她突然明白，原来她是如此关注朝廷的动静！然而，她还是没有弄清楚，她是关注朝廷，还是关心这些身陷旋涡里的男人钱谦益、陈子龙，或者是张溥？

她想去杭州，杭州西湖历来是文人聚集的好去处，也是政治经济文化活动中心。在那里总能得到最新的消息，她把自己的想法告诉了吴昌时。

吴昌时安慰她："你着急也于事无补，已经有人在想方设法营救钱牧斋，只要钱牧斋的案子一了结，陈子龙、张溥他们也就化险为夷了。"

话是这样说，道理也很简单，柳如是也知道自己着急也于事无补。第二天，吴昌时在去杭州的官船上，仍然带上了柳如是。

到杭州的第二天午后，柳如是小睡刚起，坐在梳妆台前，满腹的心事，无意装扮。她看着镜子里的自己，鬓云蓬松，脸颊嫣红，一副慵懒娇柔的模样。想自己如此花容月貌，才情卓然，自小却如这船舱外、西湖岸边的柳絮一般，四处漂泊。终有一天，也会像这秋天的柳枝，枯萎凋落。

又想此时此刻，陈子龙不知在何方？一时不禁悲从中来，眼泪顺着脸颊滑落，沾湿衣襟。

也不知过了多久，她听船舱有响动。当她泪眼模糊地抬起头时，镜子里竟有副似曾相识的面容正朝她微笑。

她吃了一惊，思维顿时停止，脑袋里一片空白。她以为自己的眼睛被眼泪染花了，忙用手帕揩干了眼泪，又擦了擦镜子。正是那副再熟悉不过的面容，正是那个自己魂牵梦绕的人儿，此刻正站在身后，面带笑容，目不转睛地看着镜子里的自己。她还没转过身来，就听见一声轻柔的低呼："柳子。"

是那熟悉的声音，还是那样温柔的口气，那样亲切的称呼。这一刻，她愿意时光静止，愿意时光凝结成永恒！

她的心怦怦地跳着，热泪已成行，她慢慢转过身来，这个在红尘软泥中挣扎、等候着的温柔的谦卑的灵魂；这个在绿柳将要枯萎的秋天，对着镜子流泪的人儿，多么渴望眼前这个男人能拥她入怀！多么渴望这个男人给她一个温暖、宽阔、有力的怀抱，让她歇息，让她不再流浪，伴她日日夜夜，陪她欣赏西湖的风景，管什么天下大乱，管什么四季更迭，管什么雨雪风霜。这个怀抱就是她遮风避雨的港湾，就是她生命里的一切啊！

陈子龙只是微笑着站在那儿，一动也不动。笑容是那样的可亲，呼唤是那样的温柔，却没有久别重逢后的喜悦与激情，他就站在那儿，就在眼前，却似隔山隔水。

柳如是那颗剧烈跳动的心渐渐平息下来，她慢慢转过身子，背对着陈子龙，扶正铜镜，对镜理云鬓。她揩干了眼泪，薄施脂粉。

再转过身来时，一个笑靥如花，鬓眉入画的靓丽女子出现在陈子龙面前。

陈子龙的笑容却在脸上僵住了，只听得柳如是黄莺般清脆婉转的声音："陈公子，你是贵客啊！真是有好多年不见了，公子可是风采不减当年呢！"

边说着话边如风摆柳似的扭到陈子龙跟前，"今日是听琴消遣？还是吟诗作赋？还是做其他事儿？只是我柳如是早就不接客了，看在往日的情分上，今日陪你一次也未尝不可。"说完眯着一双媚眼，笑吟吟地盯着陈子龙，眼泪却在眼眶里打转，硬是没有掉下来。

陈子龙如遭棒打了一般，转瞬又振作起来，低声说："柳子，别这样！我的好友吴昌时就在舱外，你且坐下，听我说。"

"眼下是非常时期，我的恩师黄道周因弹劾朝官失败而降职，东林党首钱谦益也被捕。经多方营救，可能这几天就会放出来，我的名字也在被追捕的名单之上。"他双手扶住柳如是的肩膀，把她摁到梳妆台前的椅子上坐下，"这次来杭州，一是来拜访我的恩师黄道周，二是与各处复社同人商量营救钱牧斋，若钱牧斋能出来，我就没事了。三是想见见你，我想把你的诗词编撰成集。"

他拉了把椅子在她身边坐下："诗集是你的，很多诗稿还是得要你本人的修改，增减和同意。我从松江出发前就给你写了信，是请你也来杭州，当面商讨诗集的事。不曾想，今天复社同人在西湖烟雨亭聚会，吴昌时说你就在他的船上，真是人生何处不相逢！"

人生何处不相逢？三年多了，今日相逢在此，这相逢也太无趣了些。我缠绵的爱恋，我深切的思念，换来的只是这句"人生何处不相逢"！她听不出这话是相逢的喜悦，还是离别后的感慨。柳如是见他一本正经的样子，那最后的一点期盼也随着眼泪一起湮灭。

姨娘说的再也不错，男人薄情就是天性。不是她无法重新点燃陈子龙心里爱的火花，是他对她早就没有了爱的欲望。她得放下，她不能让他小瞧了自己。

既是为诗集而来，那就说诗集吧。

她起身到舱外沏了壶茶进来，又拿出随身携带的一叠诗稿，陈子龙也把带来的诗稿拿出来，两人边喝茶边商量着如何修改补遗，直到掌灯时分。

是吃晚饭的时候了，对眼前的人，是留？还是送？她心里犹豫着，又想，留，只怕也留他不住，晚饭总得吃吧，看他在灯下认真阅读校正的样子，就出了船舱，想上岸去买点酒菜与点心。

当她再回船上时，已是人去船空，不见陈子龙的人影。梳妆台上的胭脂盒下压着一方信笺。她扔下买来的食物，抓起信笺，是他留下的一首七言古诗《长相思》：

美人昔在春风前，娇花欲语含轻烟。欢倚细腰欹绣枕，愁凭素手送哀弦。
美人今在秋风里，隔云迢迢隔江水。写尽红霞不肯传，紫麟亦妒婵娟子。

劝君莫向梦中行，海天崎岖最不平。纵使乘风到玉京，琼楼群仙口语轻。

别时余香在君袖，香若有情尚依旧。但令君心识故人，绮窗何必长相守。

柳如是细读来，心中一片凄然，眼中却没有眼泪，她给陈子龙的爱一直很安静，不求名分，不求富贵。她知道他有妻妾，她只求在两人相处时，能将这个自己深爱着的男人抱紧，来换取今后自己一个人时可以回忆的曾经。她给他的爱情，就如陈子龙路过的风景，一直在进行，脚步却从未为她柳如是而停。

陈子龙对她爱的回应，他给她写的每一首诗，除了述说对她美貌的爱慕，对她才华的认同以外，更多的却是他离开的原因。

即便你给他的爱情如此真切，如此温柔，如此安静，在残酷的现实前，却还是易碎的水晶，转瞬的流星。

"绮窗何必长相守"，何必长相守？是的，不必相守，也无须相守。我本是你路过的风景。你来了，路过，又飘然而去，从容而又潇洒，不留痕迹。

柳如是坐在梳妆台前，看着镜里的自己，那是一副木然的表情，所有的风花雪月，所有的柔情缱绻，所有的爱恨情愁，就如这镜里的花、水中的月，都在那一瞬间消失得无影无踪。她任由胸腔里的那颗心，碎成一地晶莹的琉璃，化作泪雨溶入这西湖之中。

被誉为西子的西湖，在凄清肃杀的深秋，亦如美人迟暮，柳如是看着幽深的湖水，枯败的柳枝，心想，该回盛泽了。

临近年关，一个白雪飞舞的冬日，柳如是收到了陈子龙从松江托人捎来的诗集《戊寅草》。

她捧着诗集，心中百感交集，她说不清是爱是恨是怨还是感激？诗集里共收录了她105首诗、30首词和3篇赋。这些诗文大部分是她在崇祯八年秋天以前，在松江所作，而且大多是为陈子龙而作，记录了两人从相爱到分离的点点滴滴，也记录了她在诗歌创作上的摸索与成长的过程。

陈子龙为诗集撰写了长序："……乃今柳子之诗，抑何其凌清而惆远，宏达而微恣与？夫柳子非有雄妙宵丽之观，修灵浩荡之事，可以发其超旷冥搜之好者也。其所见不过草木之华，眺望亦不出百里之外，若鱼鸟之冲照，驳霞之明瑟，严花肃月之绣染，与夫凌波盘涡，轻岚昼日，兼葭孤米，冻浦岩庵烟火之袅袅，此则柳子居山之所得者尔……"

在这篇长序里，陈子龙对她的诗歌创作给予了极高的评价，尤其强调，柳诗与他崇尚的汉魏盛唐诗赋、倡导诗歌教化精神的云间诗派有着密切的契合。这部《戊寅草》，奠定了柳如是江南才女的地位。

柳如是不知是喜还是悲，捧着诗集，任泪水肆意流淌。

第二十一章　桃花得气美人中

> 垂杨小院绣帘东，莺阁残枝未思逢。大抵西泠寒食路，桃花得气美人中。
>
> ——明　柳如是

盛泽的新年，竟是这般的冷清。除夕的鞭炮含羞似的，零零落落。

北都青楼早已废止，江南的青楼虽未废，却也受时局和朝廷政令的影响，日渐衰落。盛泽竟不同往年那般热闹非凡、喜气掀天了。

柳如是的北书房几乎没有了生意，一些年轻的稍有姿色的姑娘或从良，或改行。只有几个年老色衰、无处可去的女人还守在归家院。

正月十五上元佳节，柳如是去百丈潭水月庵看望徐佛姨娘。

姨娘的衰老和冷漠让她心惊。她想不明白，青灯古佛黄卷，暮鼓晨钟香火，何等的超凡脱俗，却如何把一个曾经名满江南美貌多才的徐佛，变成了形容枯槁的老妇人？

自古青楼女子削发为尼，伴青灯古佛的，有几个是真正悟透、参透了的？这其中的艰辛苦楚，爱恨情愁，失落与无奈，又有谁能知晓？

昔日的灯红酒绿，花晨月夕，箫鼓画船，如绚烂的烟花，转瞬即逝。就算是远离了喧嚣，远离了闹市，就真的能脱离红尘么？真的能宁静于斯，真的能忘掉曾经那刻骨铭心、魂牵梦绕、柔肠百结的往事？

若要想逃避一个地方一个人很容易，其实每个人无法逃避的，永远是自己那颗千回百转的心。人总是喜欢用记忆影刻着过去，却又总是在慢慢剥蚀的岁月里，用记忆的底片来检阅自己的忧伤。

有忧伤有痛苦，或许心底里还存些许对生活的殷切期望罢。哀莫大于心死，人活着，就怕连痛苦连忧伤都没有了，若是那样活着，就如徐佛姨娘那样，跟一副枯槁的躯壳有什么两样呢！

柳如是想起姨娘，心里不禁暗暗打了个寒战。她无声自问：我将来会怎样呢？姑且不问将来，将来似乎还太遥远。如今怎样呢？二十一二岁的年龄，老大不小了，若是找不到一个知热知冷的男人嫁了，也会像姨娘那样吗？若不那样，又将会怎样呢？

抑郁的日子过得如楼前的流水，一去不复返。季节的脚步，任时局动荡不安也是无法阻挡的，盛泽的春天，如期而至。

一个阳光明媚的春日，柳如是意外地收到了杭州汪然明的来信，这位被称为"风月主人"的"黄衫豪客"在信中说："自嘉定一别，几度风信，几度飞花。转瞬满城风雨，柳絮又飘。昔人云：人生得一知己，可以无恨，每读君之《戊寅草》，萦我心曲，慰藉良深。西子湖畔，柳拂春水，六桥三竺，湖山空蒙。吴山西溪有千竿翠竹，尚待红颜醉意。去岁曾有书信惠君，惜乎如黄鹤杳然，令仆之座上冰清一片，琴剑萧然……"

柳如是依稀记起，去年秋天在杭州，曾去汪然明府上拜谒，只是不巧，这位"黄衫豪客"刚刚出门远游，失之交臂。汪然明回来后深表遗憾，曾为此写信问候，并附诗《柳如是校书过访》：

浪游留滞邈湖山，有客过从我未还。不向西泠问松柏，遽怀南浦出郊关。
两峰已待行云久，一水何辞拾翠悭。犹拟春风艳桃柳，挐舟延伫迟花间。

为此，她也曾字斟句酌，词语庄雅地回过一首诗：

微氛独领更幽姿，袖里琅玕今尚持。天下清晖言仲举，平原高会有当时。
因思木影苍林直，为觉西泠绣羽迟。便晓故园星剑在，兰皋秋获已荒靡。

诗里对这位"风月主人"的崇敬与仰慕溢于言表。

见她沉吟不语，一旁的鲜朵儿早急了："姐姐，都什么光景了？还在这儿诗呀词的，这诗词写得再好，也当不得饭吃，当不得衣穿。"

柳如是见她这副焦急的模样儿，不禁失笑道："你说什么光景了？不管什么光景也是有诗词的，这跟吃饭穿衣有什么关系？"

"怎么没有关系？我不会诗词，却也知道，只有吃饱了穿暖了，才有好心情去吟诗作赋的。"

"咦，你这丫头今日是怎么了？莫非要跟我打官司不成？"柳如是很是诧异，放下手里的书信，定定地望着鲜朵儿。

鲜朵儿拉了把椅子，坐在她面前，一本正经地说："姐姐，依我看，咱们就去杭州罢。别说官府废了青楼馆所，就是没有废除令，咱们北书房的生意还跟以前那般好，虽说姐姐你也生得千娇百媚的，却也有二十一二岁了，比不得那十几岁的年月，你是真该找个好人嫁了。"

几句话说得柳如是神色黯然，嘴里却犹自强言道："我都不急呢，你急什么？"

"你不急呀，你日里夜里，唉声叹气，愁眉不展的，不是心里急又是为什么？"鲜朵儿直盯着她的眼睛，似要看到她的心底里去。

在这丫头面前，她竟无法逃避，幽幽道："世上哪有什么好男人等着娶我呢？"

鲜朵儿拉着她的手："以前的那些事儿就不要去想了，杭州可是才子王孙聚集的地方，那汪老先生很是热心快肠的，又是杭州城数一数二的人物，凭你这般才貌，托他做媒没有不成的。"

这话又把柳如是逗笑了，她伸出手指轻轻点着鲜朵儿的额头："你人小鬼大的，整天想着这些事儿，也不臊得慌。"

鲜朵儿脸红红的："我是替你急呢，谁叫你待我如亲姐妹呢！"

杭州拱辰桥码头。

神情肃然，眉目清俊的汪然明，倚了一顶墨绿色帷幔的轿子，正悠闲地抽着烟袋，吐着烟圈。蓦地，见一只独特的画舫靠岸停泊，两个女子挽扶着姗姗而来，便急急地迎上前去："柳姑娘劳驾，老朽恭候多时！"

柳如是面带红晕，嫣然而笑道："柳子何德何能，敢劳先生如此辛苦，亲临码头！"

汪然明抚着颔下的胡须："江南第一美貌才女驾临杭城，老朽岂有不亲自迎接之理！"

西溪横山别墅与西湖仅隔一道山梁，此处风景秀丽，环境幽雅。

见柳如是颇为惊奇的样子，汪然明笑道："这是老朽少年读书应考时，家父特意为我而筑，如今房屋虽已陈旧，环境还算幽静，极适合读书静养。"

柳如是心里暗叹，这亭园虽不见当年气派，但红栏曲径，长廊拱桥，依然如旧时风采。令她满心欢喜的是书房里那四壁的书籍，窗下几盆剑兰，花期虽过，修长的枝叶仍显出几分超凡出尘的清雅之气。

汪然明见柳如是对这园子颇为满意，心里也欢喜，便吩咐随身侍候的仆人快去集市上买些熟食来。

又对柳如是道："这屋子虽无人居住，用具倒是一应齐全的，只是沾满灰尘，鲜朵儿要用心打扫。今日天色已晚，我叫家人去买些熟食来，晚餐你主仆二人将就一下，明日再生火做饭罢。"

柳如是动容道："先生关怀备至，柳子感激不尽！"

说话间，那仆人已买来几包熟食送到鲜朵儿手中。

汪然明请柳如是来到书房，从柜中抽出一册诗集与几卷画图："这是老朽的一位风尘知己，名叫杨云友的诗画。这女子身世坎坷，却生得花容月貌，才情卓然，在江南堪称诗画双绝。想必你也听说过，只是不幸已故去。老朽曾为她写了很多诗篇，她去世后，老朽就将我二人唱和的诗词结集出版，取名为《听雪轩》。"

柳如是从汪然明手中接过书画，神情肃然。

"柳姑娘若是闲时，请品品她的诗画。"汪然明看看窗外，"今天就不打扰了，天气晴朗之日，老朽再请姑娘畅游西湖"。说罢，带了仆人翩然而去。

吃过简便的晚餐，鲜朵儿忙着收拾屋子，柳如是则翻阅着汪然明给她的诗集。

窗外，雨丝风片，子规声声。飘摇的烛光中，柳如是翻阅着《听雪轩》，眼前冉冉而现一位飘然出尘的女子。斯人的诗，斯人的画都让她欣赏不已，赞叹不已。一缕惺惺相惜之情油然而生，她拿起笔来，给汪然明写了封信：

泣蕙草之飘零，怜佳人之迟暮，自非绵丽之笔，恐不能与于此。然以云友之才，先生之侠，使我辈即极无文，亦不可不作。容俟一荒山烟雨之中，直当以痛哭成之耳。

感怀自己身世飘零之坎坷，叹杨云友红颜之薄命，她要掬取西湖水至清至美至柔之灵性，用至诚至真至精之文字，来祭奠这位美貌多才，命运多舛的同行姐妹。

江南的雨是充满灵性的，而雨中的西湖是最美的。当你泛舟西湖，望着窗外烟雨迷蒙的景象，体会山色空蒙雨亦奇的味道时，即使你不是诗人，也会被这诗意的景象感染。因为空灵的天幕，无垠的湖面，缠绵的烟柳都如诗

第二十一章 姚花得气美人中

如画，你的心灵会在这诗画中得到净化。

可江南的雨又是惆怅的，从早到晚淅淅沥沥地下个不停，人的内心情感很容易发酵，那潮湿的忧思和惆怅无由地爬上心头，勾起对如烟往事的回忆和怀念。

这日，依旧细雨蒙蒙，百无聊赖的柳如是来到了那座在梦里等了千百回的断桥，那桥边细雨中的杨柳，静默着，似乎沉浸在一个古老而永不褪色的爱情故事里。

柳如是也静默着，她知道她在这断桥边永远也等不来她的许仙了，那段缠绵的爱情，那段如烟的往事，她希望它随着这雨水沉淀在湖底，尘封在记忆里。

站在桥边，她默默地凭吊一个美丽忧伤而孤独的灵魂——南朝著名歌妓苏小小。相传，苏小小从小失去父母，寄养在西泠的姨母家，长大后出落得清雅秀丽，且冰雪聪明，学得满腹诗才，后沦落青楼做了歌女，自恃颇高，不与常人为伍，常坐油壁香车出行。

一次，苏小小坐油壁香车观赏湖光山色，被途经钱塘的观察使孟浪看见，孟浪惊艳之余，对她痴绝迷恋，却遭到了苏小小的拒绝。而苏小小慧眼识才，资助穷书生鲍仁进京赶考。后与少年阮郁一见钟情，可阮郁随父经商离开杭州，一去不复返。苏小小情郁气结，一病不起，19岁咯血而死。死后不久，受她资助进京赶考的鲍仁，金榜题名后官至刺史，专程来到杭州，将其隆重下葬，为她在西泠桥畔造墓建亭。

往事如烟，风流不再。她多么希望天下所有的离情别恨都止于这西泠的断桥！此时，看桃花盛开，听杜鹃啼鸣，说不尽的世事沧桑、人间情爱。"何处结同心，西泠松柏下"，而今正是，桃花流水杳然去，油壁香车不再逢。

野桥丹阁总通烟，春气虚无花影前。北浦问谁芳草后，西泠应有恨情边。

看桃子夜论鹦鹉，折柳孤亭忆杜鹃。神女生涯倘是梦，何妨风雨照婵娟。

想着苏小小，柳如是多了几分自信，甚至是多了几分自负，如果歌女生涯真的是一场春梦，那么，人世间的风雨又有何惧怕呢！她自信自己娟丽的容貌，过人的才华，尤其是清雅独特的气质是他人所不能及的。她在心中暗暗告诫自己，绝不能像徐佛姨娘那样，委屈自己下嫁给平庸如周金甫那样的男人，更不能像姨娘那样万念俱灰出家为尼，在古佛青灯下熬成枯槁的老妇人。

屋后有片桃林，三月，正是桃花灼灼的季节，清晨或黄昏，柳如是常常独自漫步桃林幽径之中。人们常将桃花比喻成美貌多情的女子，形容女子容貌俏丽时，总是说：艳若桃李。

柳如是也曾读过"美人消息问桃花"的诗句。桃花在春天来临之时，带着春的骚动，俏立枝头，嫣然绽放。她以为桃花是万花之中最具灵性最解风情的花儿。

"去年今日此门中，人面桃花相映红。人面不知何处去，桃花依旧笑春风。"这诗里的桃花与美人争艳，不分高下，倒也相映成趣。

每当读这诗时，柳如是心里不以为然，她认为那娇艳的桃花是因了美人倚桃树而立，得了美人之秀气、灵气、清雅之气，才开得那么美艳无比，灿若云霞。

这不，在这将暮未暮的春天，在湖畔迷蒙的烟雨中，垂杨嫩柳青翠欲滴，满树桃花却蔫蔫欲谢。一位婀娜娉婷的纤纤女子正独自漫步在青苔小径之上。她不忍看那欲谢枯萎的桃花，可在她蓦然回首之时，桃花却因了她的回首，因了她如西湖水般清澈明亮的眼眸，因了她脸颊上艳若桃花的绯红，因了她浑身散发出来的清灵之气，竟在那一瞬间，再度怒放，艳如云霞。

垂杨小院绣帘东，莺阁残枝未思逢。大抵西泠寒食路，桃花得气美人中。

"人面不知何处去，桃花依旧笑春风"，多情的崔护与独倚小桃斜柯而立的女孩，是否还能再续前缘，她不得而知。但那"心有灵犀一点通"的生命质感与"盈盈一水间，脉脉不得语"的深情相契，是她此生的追寻。她要嫁一个爱她敬她，情趣相投的男人。

然而，她想到自己今年二十二岁了，已属"摽梅之年"，该是谈婚论嫁的时候了。陈子龙已经成为了她生命的过客，徒然留下一抹伤痛在心底，只有让岁月去抚平，去遗忘。

在她们这个行业，以十三岁到二十三岁为正当时。十三岁以前，小小年纪，为了学得一身技艺，吃尽苦楚。二十三岁是成熟了，正如那阳春三月盛开的桃花，在枝头烂漫，妩媚娇柔，可离飘零之日也不远了。有时，她想到自己所自恃的花容月貌终有一天会像桃花一样凋谢，此身何托？那颗自信的心又分外消沉。

此时朝廷内忧外患加剧，西北农民起义军已成燎原之势，东北八旗清军虎视眈眈，逼近山海关。江南吴越偏安一隅，虽然灯红酒绿，歌舞依旧，实乃危机四伏。

乱世之时，汪然明最重要的事，是帮柳如是找一个好夫婿，寻一个好的归宿。既然不能抱得美人归，何不像父亲像兄长一样来爱护和关心这个柔弱女子？她对他的尊重与敬仰，足以让汪然明心甘情愿地当一回月老。

在杭州居住和往来于杭州的名士名流甚多，汪然明不遗余力地向这些文人雅士推荐柳如是的诗作，并出资为她刊印了第二部诗集《湖上草》与书信集《柳如是尺牍》，这让柳如是铭刻在心。

汪然明虽是商人，却风雅至极。

他有几艘画舫，按船的形状大小取的名字也各具情趣。你听听，团瓢——浑然如舀水的水瓢；观叶——娟秀如柳叶；雨丝风片——细致入微，轻盈敏捷。其中最为豪华最引人注目的是那艘大船，名为"不系园"。据说，这艘游艇是汪然明专为"冰雪美人"林天素打造的，并由名士陈眉公亲笔题名。

以园名船，足见其风雅浪漫和气派，此船长六丈二尺，宽五丈一尺，船内犹如一个精致的园林，楼台亭榭，回廊环绕；朱窗绮户，帷幔飘忽；两舷扶栏，色彩明艳。设计者匠心独运，布置精巧合理。既可观赏湖光山色，又可吟诗作画，歌舞娱乐，饮酒品茗，互不干扰。生生是把一个苏州园林搬到船上来了。

汪然明还为这"不系园"订下了"九忌""十二宜"，即：不是名流、名姝、高僧、剑客、知己，不得登舟。

今日，抛锚已久的"不系园"焕然一新，张灯结彩，喜气盈盈地迎接柳如是的到来。

汪然明捋着胡须，在岸上笑吟吟地望着他的"不系园"，心里乐滋滋地想，如果像柳如是这样清雅脱俗，才华超群的女子不上"不系园"，那他的"不系园"还能承载什么样的人呢！如果在这些能够上"不系园"的名流名士当中，能为柳如是物色一个称心如意的郎君，那就更美妙了。

杭州，所有的名流和所有自诩为文人雅士的男人，没有不想上汪然明的"不系园"的。今天，停泊多时的"不系园"为柳如是张灯结彩，重新起航，更引起了人们极大的兴趣与关注。都想登上这艘以园名船的船上园林，一睹柳如是迷人的风采，一览船上园林的奇异风光。

汪然明制定的登舟规定是极认真的，非名流、名姝、高僧、侠士、知己，不得登舟。所以能上"不系园"的，都是汪然明的朋友，也是他所敬重之人，更是杭州城里的文化名流与商贾精英。

柳如是心里非常感激汪然明像父兄般关怀自己的婚事，只是能上"不系园"的文人雅士寥寥无几，虽然个个都满腹文采，有钱有才，但个个都是妻妾成群，又个个都拈花惹草。阅人无数的她，又何尝看不出，这些衣冠楚楚的文人，在这独特的"不系园"上正襟危坐，言辞高雅，一副自命不凡、唯我独尊的派头，其实在他们的骨子里，个个垂涎自己的美貌，人人都想一亲芳泽。

她要找的，是一个能尊重她、爱护她，会看重她的才华、欣赏她独特个性的男人，来做终身伴侣和知己。而不是把她当作只供男人消遣开怀的美貌轻浮女子。

"不系园"上的柳如是未免有些失望，闷闷不乐地倚着舷窗，似在听着才子们的高谈阔论，眼睛却落在茫茫湖面，一缕愁思随着暮春的柳絮，在西湖上空飘忽。

汪然明见她郁郁寡欢的模样，心里怜惜，也知她心高气傲，在座的诸位未必入她的眼。想提提她的兴致，当下扬声说："自唐宋以来，中原文化断不可缺少三类人。"

座中有人好奇地问："是哪三类人？'风月主人'请说来听听。"

柳如是听了，果然收回飘忽的目光，回过头来，聆听汪然明的后话。

"风月主人"见他的话收到了预定的效果，故意顿了一下，端起茶碗，揭开碗盖，吹了吹浮在面上的茶叶，慢悠悠地呷了口茶，又慢悠悠地放下茶碗，这才开口道："这三类人就是：美女名姬、和尚道士、文人学子。"

先前问话的那人不知是不服气，还是故意的，又问："天下这么多人，为什么唯独是这三类人？"

汪然明接着说："中原文化好比一座山，美女名姬是山上漂亮的花草、清澈明净的溪水、机灵活泼的小鸟。文人学子则是山上高大的树木、茂密的森林，长青的藤萝。"

那人不等汪然明一口气说完，又问："那和尚道士又怎么说，这类人又是山上的什么？"

汪然明则不慌不忙，只听他悠悠道来："和尚道士，可不能是一般的和尚道士，但凡那些游戏风尘、救世济贫的，都是一些经历奇特，且参禅修炼，悟透了的得道高僧。这类人就是山上的幽深峡谷与峭壁崆峒。"说到这里，他见那个总是提问的人睁大了眼睛呆望着自己，又说，"你可千万别小看了这类人，这类人大都心有丘壑，胸藏玄机，上知天文，下晓地理，且能预知过去未来。"

他像是怕大家说他夸夸其谈，便举例说："咱们这杭州城的灵隐寺，你们大家都去朝拜过的吧，那济颠和尚，疯疯癫癫的，可是一位洞晓一切、无所不能、济世扶贫的大活佛。"

一席话说得在座的都啧啧称奇。

汪然明撇下那群才子，领一位儒士来到柳如是面前："柳子，今日老夫给你介绍位奇人。这位便是名满江南的戏曲才子，姓李名渔，号笠翁。"

柳如是连忙起身，对李笠翁福了一福，清浅一笑，道："久闻大名，今日得见，果然神采非凡。"

李笠翁生性活泼，不拘礼节，见柳如是仪态万方，清雅脱俗，便乐呵呵地说："闻柳子芳名久矣，今日一睹芳容，惊为天人。李渔曾拜读过柳子的诗集《戊寅草》，果然是才华超群的绝色佳人。"

几句话夸得柳如是脸上红霞流转，心中窃喜。

不等柳如是答话，李笠翁又道："我今天来'不系园'做客，还兼了份差事，给佳人当信使来了。"说着便从袖子里掏出一张红色请柬来，双手捧给柳如是。

柳如是看他这样子，也郑重地双手接过请柬，打开看时，原来是这杭州城里，西子湖畔，燕子庄的主人谢三宾，邀请她与汪然明后天到燕子庄做客。

第二十二章　何妨风雨照婵娟

看桃子夜论鹦鹉，折柳孤亭忆杜鹃。神女生涯倘是梦，何妨风雨照婵娟。

——明　柳如是

谢三宾，字象三，浙江鄞县人，是钱谦益典试浙江时录取的进士，善书画，有文采，好风雅。天启五年出任嘉定县知县时，曾为嘉定四老刊刻《嘉定四君集》。崇祯元年，出任陕西道巡按御史（正七品官）。崇祯五年，山东爆发孔有德、耿仲明叛乱，登州失陷，莱州被围，巡抚阵亡，总督被捕，形势十分危急。朝廷派出的大军连连败退，朝中大臣惊慌失措。新到京师上任不久的谢三宾挺身而出，向皇帝上疏，主动应战，声言："胜势在我，贼不足惮！"

皇帝大喜，像是溺水之人抓到了一根救命稻草，忙任命他为登莱巡按并监纪军事。

谢三宾到任后，严明军纪，重整军威，斩逃帅于任上，然后亲临淮河查办奸细。经数月苦战，平定叛乱，收复登、莱两州。一战获胜，被擢升为太仆寺少卿（正四品）。

太仆不过是掌管马政的机构，权力大大低于"代天子巡狩"的巡按御史。谢三宾之所以明升实降，传言说，是因为他在登州平叛时劫掠了大批金银财宝。崇祯八年，此事还没来得及查证，他父亲去世，谢三宾回家丁忧，在杭州西湖边建造了豪华别墅燕子庄，享受悠闲的山水生活。虽然年近五十，妻儿满堂，却放情山水，流连声色，颇为风流。

今天他如何会想到请柳如是到燕子庄做客？这还得从程孟阳说起。

程孟阳是新安人，客居杭州，年迈贫穷，只因诗词书画非同一般，所以时常得到钱谦益与谢三宾等人的资助，才得以在这里落脚。

几年前，柳如是拜访葛嫩后，在嘉定借居汪然明老家的垫巾楼，恰巧程孟阳当时也借居在此。因为她的书法老师李存我曾向她推荐过程孟阳，说她的书法路数，跟程孟阳如出一辙。在这里能遇上程孟阳，柳如是自然不会放过学习书法的好机会，她非常诚恳地拜程孟阳为师，认真学习程氏书法的一招一式。而程孟阳是人老心不老，面对这样一个如花似玉，娇艳欲滴的女弟子，难免想入非非。

程孟阳书法造诣颇深，诗词歌赋也是常人所不能及的，可一个人的品行与文才的高低，似乎不能相提并论。柳如是总觉得这位老师在人格上欠缺点什么，在学习书法之余，不得不有所防范，保持一定的距离。而程孟阳却不知进退，既以师尊自居，又为柳如是写了一些极媚俗的艳情诗。其中最让柳如是恼火的是，他居然把她晨起梳头的样子画在折扇上，在扇子的另一面，题着："不嫌昼漏三眠促，方信春宵一刻争。背立东风意何限，掷腰珠压丽人行。"

柳如是虽然出身青楼，却也懂得，为长者忌，为师者忌，一日为师，终身为父。可此人如此为老不尊，她心里厌恶之极，唯有远离此人。

柳如是不知道，如今，程孟阳也在杭州。程孟阳穷困潦倒，要靠谢三宾的接济才能养家度日，绝不可能亲近像柳如是这般心高气傲的女子，哪怕她是出身于青楼！他不再作非分之想，就竭力把她推荐给谢三宾。

谢三宾早就听说过柳如是长得如何美貌妖娆，又如何多才多艺，是世间不可多得的尤物。当年资助程孟阳刊印诗集时，也早就把程孟阳描写柳如是的那些艳诗读了无数遍。如今，柳如是来到了杭州，岂不是天赐良机？良缘在此一举，谁又说得准呢！他在家里吞着口水，乐滋滋地想着，似乎柳如是已经是他怀里的人了。

谢三宾的燕子庄，可是一座名园，是江南园林建筑名家张南垣的佳作。燕子庄傍西湖而建，巧借三分山景，七分湖光，依山傍水，独特雅致，清幽自然。且不说外观，就园子里，楼台亭阁，画楼水榭；曲径回廊，荷塘花坞。既有湖光山色、烟波浩渺的气势，又有江南水乡、小桥流水的诗韵。建造者真是独具匠心，巧夺天工。

说来也怪，就是这样一座精致的名园，却不能给谢三宾带来声望和身价。虽然他官居四品，有钱有地位，也有文采，人们却打心眼儿里瞧不起他。最令他愤愤不平的是，他耗资千万，请江南园林名匠建造成杭州城里数一数二的"燕子庄"，却比不上吴昌时那看上去像茅草棚一样的"竹亭"，更比不上汪然明那小小的漂在水上的"不系园"。

他一生热衷于政治，擅长玩弄权术，却不明白他的官比吴昌时大，钱比汪然明多，为什么那些名人才子，那些名媛佳丽都喜欢并且争着往他们那儿跑，而他的"燕子庄"除了面子上往来的官员，再也无人问津。

程孟阳给他做了分析，江南自古就享有人间天堂之美誉，杭州又是文人才子聚集的地方，而文人才子与名媛歌女是分不开的。你没看见吴昌时与汪然明，他们哪个不是拥红偎翠、彩云如飞？汪然明还有个绰号叫"风月主人"呢！有了那些名媛佳丽在左右，也就不愁没名人名士来了，"燕子庄"还能不热闹非凡！

谢三宾竟然听进了程孟阳的这些话。他想，如果我也认识艳名远扬的柳如是，或者美貌娇柔的柳如是是我的红颜知己，那我在江南这方水土上就身价百倍了。所以，就煞费苦心地筹办了这次宴会，并请名曲名家李笠翁代送请柬。

谢三宾自然第一个就邀请了李笠翁。李笠翁有一套自己的戏班子，走到哪里，哪里就情趣盎然。近来，他的新戏《意中缘》正演得如火如荼，谢三宾有的是银子，要的是那份热闹浮华，李笠翁有的是欢声笑语，既让自己的戏曲得以流传，娱乐了大家，又赚了谢三宾的银子，一举多得，何乐而不为？

这天，李笠翁带着他的戏班子早早地到了燕子庄，当他正忙着跟那些女伶、乐师安排布置时，谢三宾邀请的客人也陆续到了，这不，门前来了巡按大人左光先。

左光先是东林党人左光斗的胞弟，左光斗为人耿直，一身正气，素以忠烈著称。左光先则沉默寡言，为人矜持，可心中丘壑不亚于其兄。

他今天来"燕子庄"，虽是一身儒雅，却是满腹的心事。

近来浙东暴乱频繁，地方各种势力关系复杂，是这位巡按大人最头痛的事。他琢磨着，谢三宾早年平定登、莱两州叛乱，一举获胜，应该有着丰富的平叛经验。如今暴乱又发生在他的故乡，他不能不关心，或许这位当年的平叛英雄自有一番高见。何不趁今日酒宴之机向他讨教一番呢。

两人客套寒暄一番后，谢府的仆人早送上了沏好的香茗。左光先端起茶碗慢悠悠地呷了一口，道一声："好茶。"随后就放下茶碗。他本想与谢三宾聊聊浙东民变的事，又见谢三宾心不在焉的样子，不禁猜测，今日来"燕子庄"的究竟是何许人也，让一向目空一切的谢三宾如此坐立不安？当下就没再开口，坐在那里呷着茶，不动声色地看着忙碌的谢府仆人和陆续到来的宾客。

忽然，门前的仆人大声通报："汪然明先生、柳如是小姐到。"在一旁跟来宾寒暄的谢三宾一听，忙不迭地向前庭迎去。

六十多岁的汪然明看上去依然脸色红润，须发乌黑，身板健硕伟岸，一袭宝蓝色锦袍，更显其风流潇洒。谢三宾不由得在心里暗暗喝声彩：好一个"风月主人"！

汪然明左手边后退两三步远，袅娜着纤步的女子，身段苗条而不失丰润，脸色嫣红犹如枝头带露的桃花，一身湖水蓝色的衣衫，恰到好处地勾勒出胸腰。没有艳丽的装扮，不涂脂粉的清新自然，让谢三宾目瞪口呆，不知魂之所在。他可是风月场上的老手，秦楼楚馆的常客，见过的女子何其多也，那些女子哪个没有沉鱼落雁之容？哪个不是闭月羞花之貌？而眼前这位丽人，腹有诗书气自华，浑身充盈着一股优雅的书卷味，尤其是眉宇间那股郁郁的清灵之气，让人遐想而又不敢造次。

无须问，谢三宾心里明白这就是他朝思暮想的柳如是，但他还是故作矜持地等汪然明给他做了介绍。柳如是面带微笑，落落大方地给他行了一个万福，从他身边款款而过，那衣袂飘忽之处，一缕幽幽的馨香在空气中氤氲。谢三宾感觉他的魂魄已经随着那缕芳香飘得不知所踪，等他回过神来，柳如是已跟随汪然明进了大厅。他这才颠颠地跑进来，一迭声地吩咐："贵客到了，叫李先生快快开锣演戏。"一个在家丁忧的朝廷四品官员，一向给人以内敛稳重的形象著称，此刻竟如此失态。

李笠翁新编的剧目《意中缘》开始上演。

宴会上演戏，是用来渲染宴会的气氛的，起一种烘托作用。台下的人看不看无关紧要，台上的戏照样演，演员可一点都不敢马虎，演得惟妙惟肖、传神到位。有了这台戏，不至于让互不认识的来宾尴尬，也不至于让宴会冷落。

宴会的主人谢三宾，在自己的家里竟倍感冷落。他请来的那些名流雅士才子佳人，竟弃他这个主人而不顾，众星捧月般地拥在汪然明和柳如是的周围。这让他愤愤不已，若论官职、地位、钱财、家产，他哪点比不上汪然明？若论年龄，他比汪然明要年轻十几岁。

只是这愤愤不平他不会挂在脸上，这是在杭州，在西湖，在"燕子庄"的文人宴会上，不是在自己当年做巡按御史的衙门，更不是在登州的平叛战场，他不能拍案而起，不能发号施令。在自己家里的大厅上，这群才子佳人，不会有人听从他的旨意，尽管都是他的客人，却个个都是自命不凡，目无下尘之士。

谢三宾硬生生地把心头那股怒火压在心底，脸上堆满和蔼宽容的微笑，背着双手，踱着方步，从厅前到厅后，从厅内到游廊，像第一次欣赏别人家的园林那样欣赏着自家的园林。

坐在汪然明身边的柳如是，无暇看戏，应付着或熟悉、或陌生的男人的问好，接受他们或多或少或真诚或肉麻的恭维。同时，也坦然地接纳了来自这些男人身边女人的嫉妒与冷眼。

柳如是可是见过世面的人，文酒之会，绮筵欢宴对她来说真乃寻常之事。她来这儿是想认识这位"燕子庄"的主人，虽然她并不了解这个人，若论这个男人的年龄、长相、地位、钱财以及才华学问，在杭州城实属屈指可数。如果谢三宾愿意纳她为妾，对她平等相待，互敬互爱，嫁给他也未尝不可。

她今天来"燕子庄"还另有要事在身。

昨天傍晚回到西溪的横山别墅，鲜朵儿说有人送来了一封信，来人说此事关系重大，非要亲自交到柳姑娘手上不可。鲜朵儿见此，只得让他等。可直到天黑，柳如是还是没有回，又拿不定她今晚是不是一定要回，就一再地交代鲜朵儿，一定要尽早把信交到柳姑娘手上，这才匆匆离去。

自钱谦益被无罪释放后，陈子龙不再受牵连，已被任命为苏州府推官。官虽不大，事儿却不少。浙东灾害连年，饿殍遍野，民不聊生，他到任的第一件事就是放粮救灾，安抚民心。只是官府哪来的粮食救灾？得靠陈子龙自己去化缘，化缘得找那些手头有钱、家有存粮的大官员和老财主。

他在苏州那边张罗筹粮，听说柳如是来杭州，住在汪然明的西溪横山别墅。想汪然明素有"黄衫豪客"之称，本是个慷慨之人，极愿意资助穷人。而且柳如是交际颇广，所交之人都是上流人物，若是让她出面游说，岂不比自己强百倍？于是，就派人十万火急地送信到杭州。

柳如是读完信，内心的怨恨油然而生。

从鲜朵儿手里接过信，看是陈子龙的笔迹时，心里不由得一阵窃喜，以为情之所至，必有所回报。哪曾想，陈子龙在信里一句亲热想念的话都没有，激动的言辞只为官府的事焦急，请她帮忙向谢三宾"化缘"。柳如是那颗本已尘封的心，再次沉寂。只是，能帮的忙她还是愿意帮的，毕竟他们曾经真心相爱过，毕竟陈子龙所做的事是为了浙东苦难深重的黎民百姓。

柳如是从围着的人群里解脱出来，见谢三宾在东边轩窗下正背了双手训斥家奴。虽听不见他说话的声音，却见家奴连连点头哈腰。

谢三宾骂完了，满脸的不耐烦，偏着头，挥了挥袖子，让家奴快走。一回头，见柳如是正轻移莲步，向他姗姗而来。他赶紧趋步上前，迎上柳如是。此时，他那张看不出任何表情的脸上，满是温和亲切的笑容。

年近五十的谢三宾，身材适中，温文尔雅。优裕的日子让他比一般同龄人更显年轻。

柳如是对仪表堂堂的谢三宾已有了几分好感，就他的学识和才能而言，他的官位能上升，也尚未可知。

他在柳如是面前三四步远的地方立住，上身微微前倾，极柔和、极关切地问："柳姑娘不看戏了？是不是那边人多、太吵闹了？"

柳如是低眉含笑："多谢大人的盛情款待！李先生的戏还是要看的，只是柳子想跟大人当面道声谢。"说毕，向谢三宾盈盈一福。

眼前的美人，巧笑嫣然，说话如莺歌燕语，谢三宾早已眼醉神迷，心旌摇荡了，忽又见她施礼，伸出双手想扶住她，又不敢造次，便双手往上虚抬，嘴里连说："柳姑娘使不得，快快请起！快快请起！"说着便转过身在前面引路，带柳如是到东边轩窗下的软椅上坐了，招手唤来家仆，低声吩咐了几句。

片刻后，家仆再来时，手上托了托盘，把托盘上的茶盏轻轻放在了他俩面前。谢三宾不等仆人走远，便殷勤地说："柳姑娘请用茶。这是我自制的玫瑰香片，用百年老井的井水泡的。"说完，极期待地望着柳如是。

柳如是见他如此恳切的神情，便端起茶碗，揭开碗盖，一缕馥郁的芬芳便缭绕在鼻端，便微闭了眼睛，深深地吸了一口这缕特殊的馨香。轻轻地呷一小口，随后又喝一大口在嘴里，慢慢咽下去，一股香甜在喉间、在齿间浸润着，久久。

柳如是心里暗暗称奇，她走过地方也不少，也喝过不少极品茶，只这样芳香莹润的茶却是第一次品尝。

放下茶碗，抬头发现谢三宾正紧张地盯着她，似乎要看她是不是能喝出茶味。她由衷地赞道："好茶！是我生平喝到的最好的茶，香而不糯，甜而不腻，一股清爽之气浸润心底，让人心神俱宁。"

"好！"谢三宾拍手道，"柳姑娘果然是识货之人。"

柳如是偏着头，睁大眼睛好奇地问："刚才听大人说，这是大人自制的玫瑰香片，大人能否告诉柳子，这奇特的茶是如何制作的么？"

谢三宾看她歪着脑袋，一副天真烂漫的样子，心里喜不自禁，便扬扬得意地指着窗外："你看我这燕子庄，那边一片种的全是玫瑰，品种之齐全，颜色之繁多，怕在这杭州城里再也找不出第二家来了。"

回过头来又指着那碗茶："你刚才喝的是的黄玫瑰香片，是玫瑰香片中的极品，用上百种花蜜浸泡而成。这种黄玫瑰香片最适合女人喝，活血补气，调经舒络，安神养颜。这可是我谢家的家传秘方。"说完，眯着眼睛地看柳如是，却伸出手去抚摸柳如是放在茶几上的手。

柳如是正听他说得精彩，冷不防他来摸自己的手，吓一跳，连忙缩了手，应声道："原来如此啊，真是极品好茶。"

谢三宾见她缩手时受惊害羞的样子，更是心痒难挠，隔着茶几，俯身凑近说："如果柳姑娘愿意住到'燕子庄'来，还怕没好茶喝吗？"柳如是见他这副媚俗的样子，一丝反感油然而生，她脸上挂着浅浅的笑，心里却想：外人都道这谢太仆有地位有身份有学识，在这名闻江南的燕子庄，当着这许多人的面，怎的如此轻浮猛浪？岂不是浪得虚名！难道在他眼里，我仍不过是个青楼歌女？只是今天有事要找他帮忙，万不可得罪于他。

正不知如何回答，一抬头，见汪然明正往这边而来。

原来汪然明半天没看到柳如是，到处找她，忽然瞥见她与谢三宾说得火热，颇为奇怪，便也过来了。

老远就听他大声问："你们谈什么呢？如此投机，能否让老夫也听听？"走到近前，自己拉了把椅子坐下。

柳如是灿然笑道："先生来得正好，我正要请教谢大人呢。"

"风月主人"笑着问："哦，是诗词史经上的问题？还是书法绘画上的问题？你找谢太仆请教，那可真是找对人了，谢太仆的学识才华在杭州城可是数得着的。"

几句话夸得谢三宾飘飘然，满脸的得意之色。柳如是微笑着非常恭谦地说："诗词、书法、绘画上的问题，我是要请教谢大人的，只是那是日后的事。"

谢三宾一听请教他学识的问题是"日后"的事，不由得浮想联翩，心里喜不自禁，忙笑问："那眼前是什么事要说呢？姑娘请讲。"

柳如是看着汪然明说："昨天收到陈子龙的来信，两个月前他被派往绍兴，做绍兴府推事。"

汪然明喜道："原来卧子上任了，真是太好了。"

谢三宾听他们说起陈子龙，便不接腔，他早就听说过柳如是与陈子龙同居南楼，而后不了了之，端起茶碗喝了口茶，不动声色地听着。

柳如是接着说："是啊，他一到任上就被派去赈灾。因浙东民变、暴动连连，民不聊生。刚熬过了严寒，可春荒难度，而且国库空空，没有粮食，拿什么救民？"她恳切地望着谢三宾，"谢大人，那可是你的故乡啊，大人是殷实之家，自然有存粮，何不为故乡父老做点好事？尽点绵薄之力？"

她见谢三宾没反应，不知他是答应了呢，还是反对？又道："再说，谢大人的朋友也都是有钱人，大人站起来，自然一呼百应，大家联合起来，出钱出粮，救民于苦难之中，也算是积德行善了。"

汪然明听到这里，诚恳地说："难得柳子一片善良忠厚之心，你一个弱女子，飘零江湖，却牵挂着受苦受难的平民百姓，真让我们这些大男人无地自容。"

他沉吟片刻，看着谢三宾："近来，确实有不少难民逃到了杭州，我回家去卖些田地，开几间粥铺，以解燃眉之急。太仆，你的意思如何？"

谢三宾一听柳如是说起陈子龙，心里就不痛快。后又发现她居然是来为陈子龙化缘的，心里就更不舒服了。虽然他官居四品，可是个极爱斤斤计较之人，要他出银子，他的心就痛。别看这"燕子庄"造得如此豪华，那银子可是来之不易。

他见汪然明答应开粥铺，自己也不好说别的："这可是件大事，难民太多，我出点银子不算什么，可杯水车薪，无济于事。"他看汪然明柳如是两双眼睛紧盯着他，又说："这样吧，这事我来想办法，我吩咐下去叫人张罗，总比我们三人坐在这里空谈好得多。今天来我家就尽情玩个痛快，不说这事了。"

汪然明在江湖上混了大半辈子，什么奸商巨贾没见过？他自然看得出谢三宾心里在打什么算盘。再说了，他太了解眼前这个朝廷命官了，擅长官场角逐，工于心计，给人的印象外表谦和，内心却像他这"燕子庄"般回廊曲折、结构繁杂。

柳如是听谢三宾说由他想办法，无比欣喜，她毕竟年轻，何曾见过谢三宾这样在疆场上驰骋，在官场上钩心斗角之人？

汪然明见她高兴的样子，也不便点破，只哈哈笑道："谢太仆说得极对，我们今天来是玩、是看戏的。走吧，到那边看戏去。"说罢，三人起身往戏台这边而来。

戏已接近尾声，正是大结局大团圆的时候，一小生在台上正唱："是当年天街上元，绛笼纱灯前一面，两下流连。两下流连。幸好淡月梅花，拾取钗钿。

将去纳采牵红，成就良缘。"

柳如是听了，心里几分失落、几分忧伤，又几分无奈。她想起陈子龙，那份无望的爱已随风飘逝，旧梦如烟，不再去幻想。台上正牵红线，结良缘。只是她的"良缘"呢？看谢三宾的情形，对自己的确是有意，只刚才那一幕，她心里说不出是什么滋味，他是真心喜欢自己，还是把自己当作青楼女子玩玩而已？一时，心里杂乱纷呈，便摇摇头，不去想了，暂且看戏罢。

李笠翁不知从哪里钻出来，站在柳如是身边，俯着身子，笑容可掬："柳姑娘，你是女中才子，不让须眉，你给评评，我这台上演的《意中缘》写得如何？"

柳如是嫣然笑道："早就听说李先生是个奇人、才人、趣人、巧人，而且还是江南有名的写戏作曲之大家。你笔下自然都是奇文、妙文。你看，这台上唱戏的入情，这台下听的、看的，都忘了情。柳子怎敢妄评？"

几句话夸得不着痕迹，把李笠翁乐得哈哈大笑，拊掌道："真不愧是江南才女，连夸人都如此婉转奇特。"

他话锋一转，高声对周围的人说："听说我们江南佳丽中又有两位姑娘要做新娘子了，我得准备再写几曲戏。"回头又问柳如是："只不知咱们的女才子柳姑娘是否找到了意中人？"

柳如是知他是个爱热闹爱开玩笑的人，也就笑着说："柳子还没有意中人呢，要有也简单，除非才气如钱牧斋，否则不嫁。"

一句玩笑话，如一石激起千层浪，而这激起的浪又无声无息，大家都想，眼界如此之高，偌大的杭州城里怕是再也找不出第二人来了。

李笠翁却说："不说远了，就近吧，老夫就在眼前给你牵根红线如何？"边说边指着一边的谢三宾："谢太仆虽然文才比钱牧斋略逊一筹，可他是文武全才，其文韬武略，在江南一带如今怕也是少有的。柳姑娘美艳如花，才华超群，名冠江南。依我看，你们真正是天造地设的一对，我为你们先写一曲，可好？"

几句话说到谢三宾的心窝子里去了，那颗虚荣心十二分的舒坦，可想着刚才柳如是说除非才气如钱牧斋，否则不嫁，心里又很不平，转念又想，钱牧斋也确实堪称江南文人的领袖，还是自己的恩师呢。何况他比我还大十几岁呢，没有哪个女人不喜欢风流倜傥的男人，而去嫁一个比自己大四十岁的老男人的。这样想着，心里的不平也就渐渐平息。同时也在心里暗暗起誓：我谢象三一定要得到你这个江南少有的尤物。

柳如是看李笠翁当着谢三宾与这许多人的面，给她做媒，原本大大方方的她，也羞红了脸颊，不说好，也不说不好，只是低垂着头，不再言语。外人看她如此害羞的模样，又想谢三宾如此的地位、文才，在杭州城数一数二的身价，都以为她心里原是愿意的，只是故作矜持罢了。

汪然明猜不透柳如是的心思，暗地里思忖着，从今天的情形来看，她对这位太仆大人倒是有着很好的印象，不知道她是不是十分了解这"燕子庄"主人。当着这许多人的面，又不便说什么，也只有任其发展了。不过，他又想，时局不稳，她一个风尘女子，又哪有"家"可避风雨？谢三宾虽然比不上陈子龙年轻英俊，却也是个顶尖人物，嫁给他做妾，也不算辱没了柳如是。何况陈子龙已经有了三房妻妾，再也没打算娶她。

如此这般的一想，这位"风月主人"也舒展眉头，微微笑了，柳如是找到了如意郎君，他也就了却了一桩心事。

当下，他对着李笠翁一抱拳，爽朗地笑道："笠翁，那我们就等着看你的新戏，喝谢大人的喜酒了。"

第二十三章　春水东风折柳齐

年年红泪染青溪，春水东风折柳齐。明月乍移新叶冷，啼痕只在子规西。

——明　柳如是

回到西溪的横山别墅，已是薄暮时分，夕阳滑进了湖里，只留下一抹绚丽的晚霞犹在天边燃烧。

自住进这里，柳如是觉得已经太麻烦汪然明了，一再不肯让汪然明为她专门请佣人，所有的事儿还是由鲜朵儿料理。鲜朵儿早已习惯她在日常生活中的各种嗜好，虽是主仆却情同姐妹，彼此之间有种深切的默契。

晚饭后，鲜朵儿坐在书桌着旁边，就着灯光做针线。柳如是见她颇费眼神，便把灯向边上移，照着鲜朵儿。

鲜朵儿停下手中的活："不用了，这天也好晚了，该去睡了，姐姐你也早些歇息罢。"收拾了一下，又给柳如是续了一壶茶，这才回到隔壁自己的屋里。

柳如是倚在灯下，捧着书卷，眼睛却不曾看进一个字，心绪乱糟糟的，便扔了书，熄了灯，上床躺下，却怎么也睡不着。

更深人静，穿过云朵的月亮，透过纱帘，洒下一片细碎斑驳的影子。清凉的露水，若有若无地落在窗外芭蕉叶子上，发出轻柔的滴答声。竹林里的鹧鸪，时而懒懒地啼鸣，把一片愁思拉得悠长悠长，她似乎又回到了与陈子龙同居的松江南楼。

松江南园的南楼，梅林楠竹桃花阁，樱桃桂花海棠花，那些花前树下，那些诗酒酬和，赏月弹琴，两情缱绻，那可是她曾经万般依恋珍惜的一个家。

如今，那旧时的欢喜，如舞动了明月清风的霓裳羽衣，一件一件地消退。那短暂的幸福与静好，已化作柳絮，尽散在悄悄的飞逝之中。未来的沧浪之水，漫漫岁月，一切都在流动，属于她的树与枝，属于她的池与阁，到底在哪里？

柔肠百转之时，又想起陈子龙的重托，想起白天在"燕子庄"恳求谢三宾帮忙募捐粮食时，这位太仆大人模棱两可的回答，此刻想来，竟不知他是

第二十三章　春水东风折柳齐

答应帮忙还是在推脱。

李笠翁说给她牵红线，她还真想再了解谢三宾。这到底是个怎样的人物？外表倒是温文尔雅，礼貌谦和，只不知他骨子里是什么货色，白天看他那模样，像是对自己有意，如果他真的能尊重我这青楼出身的女子，嫁给他做妾又有何妨。

如此胡乱地想着，不禁辗转反侧，一夜无眠。

次日，她起得很晚，坐在窗前，也不事梳洗，昨夜不曾睡好，今日身子懒懒的，看着窗外细雨下那株妩媚的垂丝海棠，一缕怜惜之情油然而生。昨夜还月朗星辉，怎么清晨就飘起了零星雨丝？春天快过去了，海棠早已没有了往日的艳丽，随着时光的逝去，花儿也清减了容颜，人又何尝不如此呢？

"姐姐，你起来了？"鲜朵儿拿着一张请柬站在她身后："一大早，就有人送来这个，说是'燕子庄'的人。我见你睡得香甜，清晨又下起雨来，就没叫醒你。"

听说是"燕子庄"送来的，柳如是心里一动，忙接过请柬。展开看时，里面一张粉红色信笺飘然而落，她俯身拾起，请柬与信笺都是谢三宾一手漂亮的字体。请柬上写明请她今天去"燕子庄"，以补昨日之怠慢。题诗的信笺非常精致，有一缕淡淡的幽香。柳如是不由得赞一声：好一个风雅的谢太仆！细看时，诗说：

寒食清明一雨余，春芳未歇绿荫舒。闲依陆子经烹茗，漫学陶公法钓鱼。
方竹杖分野老惠，细花笺寄美人书。一年好景清和日，莫放尊前夜月虚。

正清明时节，雨润风浓，湖畔桥边，几只小船泊在水面，随细浪轻轻摇漾，显得悠闲而自在。枝头的花虽淡了颜色，那叶子却绿得深沉。柳如是读着谢三宾的诗，想象着他比古人，学隐者，种花钓鱼烹茶，闲云野鹤，悠闲惬意，是那样的怡然自得，超凡脱俗。这日子好叫人羡慕呢。

"方竹杖分野老惠，细花笺寄美人书。"一个朝廷的四品官，温文尔雅，文韬武略，却自称野老，过谦了点。用这么精致的粉色信笺给我题诗，太风雅太浪漫了点。那么，我在他眼里是美人了？柳如是读到这句话时，心里很受用，也更自信了。

无论多么独立多么要强的女人，无论这个女人有多么优秀，有多么超群的才华，她们都有一颗无法满足的虚荣心，那就是喜欢男人夸自己貌美才高。

"一年好景清和日，莫教尊前夜月虚。"如此清明景和的春日，应该更加珍惜，不要虚度了光阴，那么他是让我跟他共度好时光了。

这首婉转含蓄的诗，让她喜不自禁。她不再去想谢三宾昨天是怎样的媚俗，是怎样的轻浮猛浪，也不再去想这位太仆大人是否真的心甘情愿地帮陈子龙。她只想更真切地知道，这个男人是否就是她停舟靠岸的港湾。

谢三宾不知道，他这小小的举动正合了她少女般浪漫的心怀与情致。她仿佛一条在风雨中飘摇得太久的小船，一路找寻着，急切地需要一个温暖的能避风雨的港湾。

昨夜的愁绪一扫而空，她心里有股莫名的兴奋，她要单独去"燕子庄"了。

鲜朵儿帮她细细地梳头盘发髻，镜子里的美人因昨夜没睡好，神色有点倦怠。

她摸出那只蓝色白底缠枝花的瓷瓶，倒出一点白色粉末来，就着热茶水喝了下去。

鲜朵儿见状忙道："你还饿着肚子呢，我已经熬好粳米粥了，你等会儿，我马上去端来。"

柳如是就着鲜朵儿炒的极清淡极可口的小菜，吃了一小碗粳米粥，一个小包子，便觉得人精神多了。

"这不，人就得吃饭呢，你看这脸色也红润了，也好看了不是？"鲜朵儿边收拾桌上的碗筷边说："这人呐，就得吃饱饭，睡好觉。其余的东西，有的则有；没有的，也不要去强求。打小就听我娘说，'命中有的终须有，命中没有的莫强求'，还说，'命中只有八角米，走遍天下不满升。'"说着似乎是想起了她娘，面容有点黯然。

柳如是吃惊地望着她："了不得了！你这小丫头，如今可是长大了，说起话来，倒像那些老学究呢。道理是那个道理，只是这世上没有几个人想得通、参得透的。不然，世上哪来这么多想做高官、想发大财的人呢？碗里有了还想着锅里的，手里有了，还想把口袋揣满。身前有的还想身后留着呢。"

说着，见鲜朵儿没有了刚才的劲头，又关切地问："怎么了？是不是又想你娘了？"

鲜朵儿幽幽道："说是家里养不起我，才把我卖了，好寻条活路。岂不知，一家人父母兄弟姐妹在一起，就是饿死也是死在一起，才显得是一家人。前天去买菜，看到好多逃难的，也不知我爹娘怎么样了。"说着便流下泪来，"幸亏是遇上姐姐买了我，若是落在别人手里，也不知怎么个情形呢。"

柳如是暗自思忖，这丫头今儿说这番话，怕不是随随便便说的，兴许是怕我嫁人了，不管她了。于是安慰道："你也别乱想了，那些逃难的都是绍兴那边的人，不是你家乡的。以后不管我走到哪里，都会带上你，不给你找个好婆家，断不会丢下你不管。"

一听说找婆家，鲜朵儿又害羞起来，红着脸道："我不嫁人，这一辈子就侍候姐姐。"

柳如是羞着她的脸取笑："现在说得这样好，日后遇到了心仪的男子，只怕你这颗心也要长了翅膀，跟着你心爱的人儿飞了呢！"

谢三宾在书房来回踱着步子，派去送请柬的仆人回说，柳姑娘春睡未起。整个早晨，他都心神不宁，柳如是来、还是不来，他没把握确定。即便是要来，以她的身价，也得拿捏一番。昨日初识佳人，他的心就有了一份莫名的躁动。在他的风流生涯中，这还是第一次。

家中已是妻妾成群，儿女满堂，结识过的风尘女子又如何数得清？秦楼楚馆，花街柳巷，喝酒斗诗，听曲聊天，一夜温柔，半宿缠绵，走了就了了，干脆利落得不等茶凉，没有哪一个女子让他如此动心。与其说是动心，还不如说是动了"情"了。多年的政治生涯，让他不敢有丝毫的懈怠，官场上的明争暗斗，邀宠博弈，拉帮结派，让他无暇顾及儿女柔情，心中那块情感之地还没来得及向谁打开，转眼就快五十岁了。

刚从官场退出，人闲心闲的时候，柳如是来得还正是时候，正迎上了他那份闲情逸致。

早就听程孟阳、李笠翁说过柳如是如何美貌高才、放诞多情、不类闺阁。也读过她的诗集，为她婉转清丽、豪放落拓的文字赞叹不已。

昨日一见，更惊诧于她那份艳而不俗的娇媚，惊诧于那份风尘之中的清雅自然。女人的美，贵在那份天然，就如一株粉红的芰荷，开在田田荷塘之中，美艳、自然、落落大方，不带半点尘埃，不沾人间烟火。这便是他眼里的柳如是。

家仆来报，柳姑娘到了。

谢三宾喜出望外，突然间，心里有种福从天降的感觉。他不无得意地想，凭我谢象三的权力、财力、仪表和心劲，没有我办不到的事儿，得不到的东西，何况一个青楼女子！

他微笑着掸掸衣袍上并不存在的灰尘。

柳如是着一袭剪裁合体的粉红色衣裙，发髻上一枝珠簪，再别无装饰，简洁、自然、却显得风流婉转，仪态万方。随着款款莲步，簪子微微颤动，谢三宾的心也随之怦怦地跳动起来。

在朝中为官的那些年，谢三宾有个习惯，喜欢不露声色地琢磨对手，同时脸上露出亲切的微笑。而今，他显然没有把柳如是当做对手，她只是他追逐的一个猎物。

他在柳如是身上看到的是，比昨天更妖娆更迷人的风采。他暗自惊叹，二十三四岁的青楼女子，在她们那个行当里，已是美人迟暮的时节。可岁月的风霜，红尘的雨雪似乎不曾光顾过眼前这个女人，她依然风姿绰约，依然光彩照人，正如他后花园里的芍药，早晨刚刚带露而开，艳丽迷人。

尤其是她身上散发出来的那缕缕淡淡幽香，若有若无地在他鼻端萦绕，昨天就牵惹得他心醉神迷。终于，他忍不住问道："柳姑娘，你身的香味真好闻，香而不浓，淡而绵长，若有若无，酥人心魄。姑娘用的何种香粉，抑或是用何种花草熏的？"

柳如是嫣然而笑，一双凤目更见妩媚，轻轻道："大人有所不知，柳子从不用花草熏衣裳，身上也并无花粉香饼之类的香料。"

谢三宾惊奇地睁大眼睛："这可是奇事！打小就读过书上的故事，唐明皇的杨贵妃，传说身上的汗是粉红色的，且芳香无比，以为是古人杜撰出来的，今日姑娘让我见识了，没想到世上真有异样体香的女子，真是奇哉异也。那杨贵妃我没见过，也不知是真香假香，可姑娘是真真切切的如花一般芬芳迷人啊！"

"看大人说的，我怎敢跟杨贵妃比。"柳如是脸上红霞流转，轻声细语，"那杨贵妃该是多么尊贵的人儿！她是那春睡未足的妩媚海棠，我是这暮春随风飞逝的飘零柳絮。"说到随风飘逝的柳絮，脸上的笑容似乎也随着风里的柳絮一起飘忽得不知去向。

谢三宾见她此刻满脸的忧郁，更是我见犹怜，恨不得替她去承受一切忧愁痛苦。当下极认真地说："什么尊贵不尊贵，那杨贵妃谁也没见过，多喝了几口酒，唐明皇就说她是海棠睡未足。你来看看，我这窗外也有海棠呢，那海棠也不过如此呀！"

说着，他真的拉起柳如是的手来到窗前，窗外的海棠都是些极名贵的品种，有紫绵海棠、西府海棠、垂丝海棠、贴梗海棠、木瓜海棠。这些海棠花在前几天还花开灼灼，艳丽无比，渲染着你的双眼，让你无暇顾及其他。今天，细雨飘零，寒风乍起，昔日娇艳的花朵也淡了颜色，减了芳华，显得憔悴不堪。

　　"你知道么？海棠是无香的。"谢三宾见她看着那些蔫蔫的花儿不说话，满脸的悲戚。又极认真地说。

　　"海棠是无香的？"果然，柳如是接过话题，回过头来看他，"我真不知道呢，也从未走近前去闻过海棠花。"

　　谢三宾面呈得意之色："海棠无香是因为它太美，太娇艳了。花儿也如人一般，是有缺陷的。"

　　他顿了一下，又说："不过，李笠翁有一句话颇耐人寻味，他说，'海棠不尽无香，香在隐约之间，又不幸而为色掩。'他说的跟我想的是一个道理，只是他是奇人异士，或许他能用心去感觉海棠的香味罢。"

　　说罢，眯着双眼盯着柳如是红馥馥的脸，似乎梦一般地喃喃而语："那杨贵妃是古人，美也好，香也罢，没人见过。而柳姑娘，你就在我眼前，比海棠娇媚，比海棠馨香，古往今来，文人诗客都赋予花草树木以灵性。而柳姑娘却有一股自然的、常人所没有的清灵之气。花儿怎么能跟你比？杨贵妃又怎么能跟你比！"

　　谢三宾这番话虽说有讨好之嫌，却也是肺腑之言。柳如是娇美的容貌，清雅的气质，让他迷惑。在她身上，谢三宾丝毫感觉不到青楼女子媚俗的脂粉之气。

　　眼前这个男人对她的评价如此之高，她心里虽满意之极，却并不想在这个话题上扯得太远，她要的是男人尊重她的才华，认同她崇尚独立自由的个性，而不是把她当着一朵美丽的花儿养在瓶子里，供在客厅里。更不愿意男人把她当着解愁去闷、消遣开怀的玩物。

　　她边欣赏墙上的字画，边说："大人收藏的可都是精品呢，可见大人的鉴赏水平是极高的。"

　　谢三宾听了，心里得意：你何尝见过我收藏的真正极品。面上却笑容可掬："柳姑娘，我读过你的诗集，细腻严谨，清丽别致，也有男人般的豪放跌拓，气势不凡，真是难得的女中才子。我带你去书房吧，你是喝花茶？还是绿茶？"

　　"谢大人欣赏！我还是喝昨儿那玫瑰香片吧。"谢三宾夸自己的诗集，她丝毫不放在心上，夸她的人太多了，也听腻了。人们都说谢三宾文武全才，她很想看看这位太仆大人的书房。

谢三宾吩咐了仆人几句，便带着柳如是出了客厅，绕过回廊，穿过抱厦，顺着水上曲桥，迤逦来到一座看似朴实的院落。进得院门，却是满眼绿森森的翠竹，柳如是不由暗暗叫了一声：好清秀的竹林，好清幽的去处。

进了前厅，谢三宾并不给她介绍，径直打开书房门，侧身站在一边，伸出右手向柳如是做了个请进的姿势，却先进了门。

这是一间宽大的书房，南北朝向，南面墙有两扇对开的大窗户，窗外是烟波浩渺的西湖，北面是满院的翠竹，东西两边，一色的梨花木书柜，从地面一直到屋顶。

柳如是看着这琳琅满目的书卷，心里暗想，这书房里的书也不比当年周宰相家里的少呢。不由得对谢三宾赞道："大人好学问，家里有如此丰厚的藏书，这清幽的书房可真是读书的极好去处。"

谢三宾叹了口气，抬起右手搔了搔头说："好学问也谈不上，只是从小喜好读书。考取了功名，进了朝廷，因公事繁忙，就极少读书了。如今闲了，也该读读书了，只是又差个红袖添香伴读书之人。"说完，眼睛殷切地望着柳如是。

柳如是微笑不语，似没有听出话里的弦外之音。恰巧此时，有侍女进来，恭敬地问了谢三宾几句话，就进了书房对面的屋子。柳如是心里猜测着对面房间里的物事。

谢三宾像是看透了她的心事，笑道："我这书房离前厅和厨房比较远，有时读书累了，不想往前面去，就在对面烧茶做饭。你别看这小小院落，吃的用的玩的，可齐全着呢。"柳如是含笑点头。

不一会儿，侍女端茶来了，谢三宾说："你刚才说还是喝昨天那种玫瑰香片，昨日喝的是黄玫瑰香片，今天这是红玫瑰香片。同是一个园子里种的花，同样的制茶原理，你品尝鉴别一下，看两种不同颜色的花儿，味道有什么不一样。"说完笑眯眯地看着柳如是。

柳如是慢慢地啜着，细细地品味，半天才悠悠道："昨儿那黄玫瑰清淡不失馥郁，今日这红玫瑰浓郁且甘甜，一淡一浓，正如花的颜色，黄玫瑰清雅而含蓄，红玫瑰娇艳而热烈，却都是花中极品。"

谢三宾拍手连连赞道："真不愧是名冠江南的才女，鉴赏自比他人高一筹。"说着又俯下身子贴近柳如是的脸，轻声说："我倒觉得柳姑娘既有黄玫瑰的清雅含蓄，又有红玫瑰的热烈娇艳。两者兼而有之，像姑娘这样的女子，才是人间之极品呢！"说话的神态恭谦之极，语调温和之极。

柳如是心中一阵恍惚，觉得眼前这个温文尔雅，博学多识的男人就是自己可以托付终身之人，自己那条在风雨中飘摇的小船是该停舟靠岸歇息了。

蓦地，她又想起宋辕文与陈子龙，这两个人，哪一个看来不是可以托付终身之人呢？到后来，也只落得满身的疲惫，满心的伤痕。

她用碗盖慢慢滤着茶叶，慢慢啜着，心底的那份热望慢慢冷却。她暗自思忖，眼前这个看似温和儒雅的男人，其实胸有丘壑，工于心计，且深藏不露，喜怒不形于色。来燕子庄也有大半天了，说了一堆风花雪月的话，却绝口不提昨日拜托他帮嘉兴府募捐粮食的事。何况嘉兴还是他的故乡，就算不帮陈子龙，也该为家乡父老出份绵薄之力吧。

柳如是品着红玫瑰香片，同时也品着谢三宾这个人。今天来燕子庄就到此为止，所有的话题不能扯远，也不宜深谈。

这样想着，她放下手中的茶碗，转脸看着谢三宾，轻启朱唇，缓缓道："大人，不知昨日所托之事，大人叫手下人办得如何了？"

谢三宾一愣，随即又满脸堆笑："哈哈，这个嘛，姑娘请放心，我已吩咐手下人去办了。这可不是一家一户的事，那些有钱的富人家还得一一地去说明，哪能就这么快呢。"

嘴里说着热络人的话，脸上笑容可掬，心里却有一层醋意在翻腾，没想到陈子龙负情于你，你却还在为他尽心尽力，从昨天到今天，都是在帮他解决这么个棘手的难题。心里又愤愤不平起来：我谢三宾哪点不如他陈子龙？为什么陈子龙就能拥有如此肝胆相照的红颜知己？

柳如是见他说的也在理，这募捐可不是一时半会儿的事，就是富人家也各有各的难处。她毕竟年轻，官场上的阳奉阴违，她哪里明白得透彻？也就十分地相信了谢三宾的话，就不再催促，表示静候佳音。

眼见是该吃午饭的时候了，柳如是起身告辞，她满心以为谢三宾会挽留她吃过午饭再走，却听他说："好吧，日后再请姑娘来燕子庄闲坐，今日就不挽留了。我叫下人送姑娘回西溪横山别墅吧。"

虽然她并不想在燕子庄逗留太久，却也没料想到谢三宾单独邀请她却并不相留，心里又不免有几分失落。

谢三宾看柳如是袅娜着莲步，姗姗离去的背影，一缕不可捉摸的微笑浮上他的嘴角。他沉声叫道："来人！"

一名仆人应声而至，在他面前垂着头，哈着腰，听候吩咐。

仆人站在他面前，他像没看见一样，只管来回踱着步子，似在思考一件极重要极难解决的事情。蓦地，他停在仆人面前："快去巡按大人府上，请左光先大人前来，就说我有要事相商。"

第二十四章 遥怜处处烽烟事

涌夜何人吟落木，春江一望却侵星。遥怜处处烽烟事，长啸无心阁自凭。

——明 柳如是

左光先正为浙东暴动的事烦恼，昨日本想请教谢三宾。而谢三宾为一个青楼女子大宴宾客，风花雪月，诗情画意的，根本无暇顾及此事。他心里的忧虑更多了一层，如今，朝廷上下，食君之俸禄，不事朝廷之事者，比比皆是，何况谢三宾一个在野的官员？国之不安，时局动荡，灾祸连年。民饥则变，家国何在！自己坐在家里忧心又有何用，既不能力挽狂澜，又无回天之力。往日的志向和保家卫国的信念，此时在他心里是如此的不堪。

家人正请他去餐厅吃饭，谢三宾的仆人前来，说是太仆大人有要事相商。他想，要事？除了浙东暴动的事，还有什么事能称得上要事？他那颗消沉的心又亢奋起来，忙坐了轿子赶往燕子庄。

谢三宾在他燕子庄东厢小客厅里等候，左光先一进门，他就哈哈笑道："巡按大人快请坐，昨日怠慢了，今日特地请大人过府一叙。"说着便吩咐仆人把酒菜送到这边小客厅："正是午饭时候，咱们边喝酒边说话。"

不一会儿，仆人把酒菜都上齐，谢三宾挥挥手："这里不用你们侍候了，都下去吧。"仆人恭身而退，出门时没忘了反身把门带上。

左光先看他这架势，心里暗想，他今天叫我来有要事相商是有准备的，且看他怎么说。

果然，不等左光先说话，谢三宾边斟酒边说："昨天我知道左大人有话要说，只是昨日家里人太多太杂，不宜谈话。今天大人可以畅所欲言。"说罢，举起酒杯："来，象三先敬大人一杯。"

左光先忙站起来："岂敢岂敢，同饮同饮。"说罢两人都一口干了，同时给对方亮空杯，谢三宾又给两人的空杯斟满了酒，嘴里连说："吃菜吃菜。"

左光先沉吟着："谢公可知道，浙东一带暴动的事儿？"

谢三宾吃了一口菜，点头道："知道。这等大事岂有不知的！"

左光先像是自言自语，又像是在问谢三宾："如今贼寇势力蔓延至数省，朝廷数次剿灭，却是此灭彼起。皇帝心急，朝中大臣更是坐卧不安，真不知如何是好啊！"说罢，一口喝干杯中酒，犹自摇头叹息。

说起平息暴动，也不知是酒的作用，还是想起了当年的英雄豪气，谢三宾颇为激动地说："说起平叛，当年山东孔有德、耿仲明叛乱，登州失陷，莱州被围。朝廷主张招抚者占多数，唯独象三上疏主张剿灭。凡主张招抚者，多是求胜以邀功，惧怕战败以塞责，故以抚为上。殊不知，除恶务尽，斩草除根，这才是平叛的上策。"言毕，面呈得意之色，似乎还沉浸在当年皇帝给他开的庆功宴上。

"谢公所言极是"，左光先见他满面红光，言辞激昂："那么，谢公对目前浙东暴动有何高见？是招抚？还是剿灭？"

谢三宾喝了口酒，轻轻地放下酒杯，温和地说："这次浙江暴动，我主张招抚。"

左光先不动声色，为谢三宾添满了酒杯里的酒，微微笑道："既然谢公主张招抚，想必谢公已胸有成竹了。"

谢三宾端起酒杯，哈哈笑道："知我者，乃左大人也。来，干了。"

几天后，绍兴俯推事陈子龙接到一纸命令，去东阳县招抚暴动的"白头军"许都。

东阳县知县姚孙斐以募捐之名，暗地里却大肆搜刮民财以饱私囊，这种不耻行为，引起一帮义士的强烈反抗。姚孙斐却动用兵力实施镇压，说他们是民变，又逼他们缴纳一万两银子以示惩戒。这一招，更燃起他们的怒火。其时，一个叫许都的青年，正为朋友守孝，一怒之下，伙同其兄弟朱彪、冯友龙、戴法聪等揭竿而起，因当时给朋友守孝，大家都头缠白布，所以当地民众就称他们为"白头军"。

在许都的带领下，"白头军"浩浩荡荡直奔东阳，不费吹灰之力攻破东阳县，知县姚孙斐逃往金华。随后"白头军"一鼓作气又攻占了浦江、兰溪，所到之处，百姓欢呼雀跃，一时，"白头军"的威名传遍江浙。

许都乃东阳县有名的行侠仗义之人，且武功精湛，足智多谋。虽怀报国之心，却无报国之门，对那些贪官污吏、鱼肉百姓的官员更是怀有满腔的仇恨。

陈子龙要招抚的就是许都的"白头军"。

柳如是偶感风寒，一连几日，咳嗽不止，还伴有低烧。

这日清晨，鲜朵儿喂了几口粥，她摇头说不想吃了，便躺在床上歇息。

鲜朵儿刚刚收拾完，正准备煎药，燕子庄的仆人来了，送来了他家大人的亲笔信。

谢三宾在信上说，雨中的西湖是最美的，今日请柳姑娘泛舟西湖，欣赏西湖烟雨迷蒙的美景，体会西湖山色空蒙雨亦奇的绝妙。

柳如是心想，谢大人以为西湖只有在春天的细雨霏霏，杨柳依依时才是最美的。却也有人说雪中西湖乃西湖观景中的极品："晴湖不如雨湖，雨湖不如夜湖，夜湖不如月湖，而月湖则莫如雪湖"。雪中的西湖，那美让人心动与怜爱。

她就极钟爱那冬天雪中的西湖，可惜现在是春天，无法想象那素洁雅致的雪中西湖。

柳如是谢过仆人，并托他转告他家老爷：柳子非常感谢大人的盛情，只是病体难支，待病好后再陪大人泛舟西湖，听风写雨，吟花感月。

谢府仆人连连称是而去，柳如是打开另一张信笺看时，是两首诗。

美人

香袂风前举，朱颜花下行。还将团扇掩，一笑自含情。

邻庄美人歌吹

尘心净尽絮沾沙，永日闲门闭落花。唱曲声从何处起，倚楼人是阿谁家。
桃花路近迷仙棹，杨柳枝疏隔暮鸦。却怪晚风偏好事，频吹笑语到窗纱。

自到杭州以来，在西湖的各种聚会中，都会听到人们夸谢三宾如何文采非凡，如何用兵如神。可从他的诗来看，虽充满了对美人的思慕之情，其格调却也平平，既不洒脱，亦无豪情，终未脱风情艳诗的俗套。怎比陈子龙其体格之雅，音调之美，清丽婉约之处哀楚动人，洒脱豪迈之时雄浑至极。

柳如是奇怪自己丝毫没有那种因"情"而怦然心动的感觉，心里又难免把他与陈子龙比较一番。

她幽幽叹了口气，谢三宾并不像陈子龙一样把她看作知己或者平等的朋友，在这位谢太仆的心目中，她仍然是个倚门卖笑的青楼女子，始终是供有钱人消遣开怀的尤物。他高高在上，绝不会俯身去欣赏她超人的才华，去认同她独特的个性。像她这样的女子，再好的才华也只是在酒桌上给有钱人以助酒兴，以解愁闷。至于独特的个性，那就更不必有了，青楼女子只要低眉俯就，充当花瓶才是本分。

她不无懊恼地想着，是我对男人的要求太高了？还是男人对女人的要求太过媚俗？一时，不由得心灰意懒，万念俱灰。

自此，她谢绝一切应酬，在西溪横山别墅安心养病。谢三宾对她倒是非常关心，隔三岔五地派人送来诗词以示相思之情，也时时带些用品和补品，嘱咐她不要心存杂念，好生养病。

转眼已是夏季，西溪横山另有一番景象，风轻云淡，竹径幽幽，布谷鸟的啼鸣给碧绿的原野更增添了勃勃生机。然而，柳如是的心情并没有因季节的转换而释然。相反，她更加忧心忡忡，谢三宾几次派人来接她去燕子庄居住，都被她以在病中推脱，又说一客不烦二主，在西溪横山别墅养病更合适，而且，西溪离燕子庄又不远，不过一盏茶的工夫就到了，就不必麻烦谢大人了。

在柳如是心里，一开始，她是很中意谢三宾的，曾一度把他作为自己人生旅途的归宿。在这动荡不安的年代，谢三宾的官职、财产、学问以及在杭州城的声望，就算是下嫁给他做妾，也可以给她一个安稳的立足之处。可随着交往次数的增多，她觉得这男人心机太深。跟他交往的这些日子，一起吟诗作画，饮酒弹琴，观花赏月，以至谈兵论剑，你都无法挑剔他有何缺陷，他总是那么温文尔雅，一团和气。他表现得太完美了，完美得如同江南玲珑剔透的园林，满目的山水秀丽，风格典雅，内里却洞幽沟壑，曲折离奇。也许你会迷失在某一个曲径通幽之处，而找不到出口。

可世上哪有如此白璧无瑕之人？除非是大奸大恶之徒，本能地隐藏自己的真相，并有意识地表现出自己最优秀的一面。柳如是只不过一个普通女子，只是想找一个可靠之人嫁作人妇，不再漂泊江湖，谢三宾又何必要隐瞒什么呢？

这就是一个人的习惯，玩惯了权术，他会无处不用。这种人有他自己非常隐秘的内心世界，任你是谁，都无法走进去。而且遇事富有决断力与出其不意的行事风格，在任何人面前都显得极为谨慎。

柳如是要的是真心相爱，坦诚相对，并互相尊重的男人来做终身伴侣。如果天天像防贼一样，睡觉都睁着一只眼睛，时时刻刻算计着别人，跟这种人在一起，还有什么情趣可言？

还有一件事令柳如是忧心，三个月前，汪然明去福建泉州贩茶叶，至今未归。这次到杭州，她并没有打算再回盛泽，虽然住在西溪横山别墅安静而又舒适，但终究不是久留之地。她想通过汪然明再详细地了解谢三宾，也许自己对他的判断是错误的。她无助地祈祷着神明的护佑，忐忑不安地度过一个个清晨和黄昏。

午后的天气有点闷热，楼外竹林里的蝉，声嘶力竭地叫着，似乎有满腔的委屈和幽怨，要拼着这一声声的嘶喊，才能释放出来。树叶一动也不动，空气凝固了，仿佛轻轻擦根火柴，就能点燃，可又潮湿得用手就能握出水来。

柳如是更见烦闷，午饭一口没吃。看她这模样，鲜朵儿心里着急，脸上却是笑盈盈地："我知道这热天，姐姐没胃口，早就把绿豆汤熬好了，我去端来。"说话的工夫就把没动的饭菜盘子收了，送到厨下。又把绿豆汤用一只蓝花白底的小汤碗盛了，端到柳如是跟前："姐姐，你喝点绿豆汤吧，煮得稀烂的，我用井水隔着大汤碗漂了半天呢，不烫也不凉，姐姐咳嗽刚刚才好，太凉了，怕姐姐喝了又犯咳了。"

柳如是听了，半天说不出话来，任泪水在眼眶里流转，滴落。自小家破人亡，被卖到归家院为奴，有谁像鲜朵儿这样关怀、体贴、爱护自己？虽说有徐佛姨娘照顾，但姨娘有她自己的事儿，总不能像鲜朵儿这样大大小小方方面面俱到。她不无悲哀地想着，一个买来的丫头如此有情有义，可她的一片真情怎么就换不来一个男人的真意呢？

接过鲜朵儿递过来的碗，泪眼婆娑地看着她，哽咽着："真难为你想得周到。"她喝着绿豆汤，把眼泪一起含在嘴里，吞到肚子里，生活的艰辛和酸甜苦辣，唯有自知。

鲜朵儿见她泪流满面，忙去拿了手帕，轻轻替她拭去泪水，宽慰道："姐姐，别伤心了。你也别跟我客气，如果不是姐姐收留我，此时我不知道是死是活，也不知道是在哪方受罪呢。"她接过柳如是喝完的碗，蹲在她面前："只要姐姐不嫌弃鲜朵儿，鲜朵儿就陪姐姐到老，姐姐这么年轻，漂亮，善良，总不会老的。"

一句话说得柳如是破涕为笑，她边抹着眼泪边笑："人岂有不老的，那不成妖精了？"

"嘻嘻，姐姐总算是笑了，姐姐，你不知道吧，你笑起来比那屋后的桃花还好看呢！"

"哈哈，鲜朵儿只说对了一半，应该说桃花都没有你姐姐好看，因为桃花没有你姐姐那种脱俗清雅的灵气。"一阵熟悉的爽朗的笑声在门外响起，姐妹俩惊讶得一齐向门口望去，只见汪然明掀开门帘，正一步跨进来。

柳如是惊喜道："汪先生终于回来了。"

汪然明看着这俩姐妹呆呆的样子，笑问："你俩这是怎的？我回来了，来看你们，不高兴吗？"

鲜朵儿忙搬椅子，连连说："看先生说的，姐姐正盼星星，盼月亮，盼望先生早点来呢。先生，你请坐，我沏茶去。"

汪然明嘱咐她，刚从福建带了些土特产，在外面客厅放着，赶紧去收拾一下。鲜朵儿随口答应着，喜滋滋地出去了。

柳如是感激道："先生，我住着你的房子，已经给你添了很多麻烦了，总是隔三岔五地让人送东西过来，还带什么礼物呢！"

汪然明摆摆手："不碍事的，也不是什么好东西，只不过一些异乡的小物什罢了，不值一提。"

他把椅子向柳如是身边拉拢了一点："我回杭州也有三四天了，离家三月有余，一来，家里有些事情要料理；二来，我的一些朋友也要跟我聚一聚，我倒是听了不少消息了。今日这天气也不正常，像是要下雨，我特地赶来，是想问问柳姑娘到底是怎么个打算的。"

柳如是有点迷糊，睁大了眼睛："先生是想问我有何打算？"

汪然明见她迷惑不解的样子，不像是装的，就说："我直说了罢，杭州城里近日有两件大事，也是喜事。其一是陈子龙收复了许都，平息了叛乱。这第二件喜事就是名冠江南的才女柳如是要嫁给燕子庄主人谢三宾。"

柳如是惊奇极了："我病了好多天了，有些日子没有走出西溪，也不知道外面发生了什么事情。我并没有答应谢三宾说我要嫁给他，外面何以有这种说法呢？"

汪然明接着说："这位谢太仆正在筹办他的五十大寿，说是双喜临门，一是贺寿，二是迎你进燕子庄。"

汪然明像是知道柳如是被蒙在鼓里，这次不等她插嘴，接着说："你知道陈子龙是如何平息浙东叛乱的吗？这话得从谢三宾说起。"他端起鲜朵儿沏的茶，用碗盖刮了刮漂在水面上的茶叶，喝着茶，把他自己所知道的事情，慢慢地告诉了柳如是。

原来，那日谢三宾在燕子庄宴请左光先，谈浙东暴乱时，向他推荐陈子龙去东阳招抚"白头军"。

左光先不解地问："咱这浙江，文韬武略者胜过陈子龙的，比比皆是，谢公何以独独推荐陈子龙？"

谢三宾不紧不慢地说："左大人哪里知道，这东阳'白头军'的首领许都与陈子龙相交甚厚，两人惺惺相惜。许都的武功好，文才也是极好的，其他人许都怕没看在眼里。不动一兵一卒，能降者，才是用兵之上策。"

左光先听了，频频点头，恭手称道："谢公高见！左某佩服！"

就这样，陈子龙领命辞别嘉兴来到东阳。

到东阳见许都还颇费了一番周折，"白头军"虽是乌合之众，却军纪严明，戒备森严，陈子龙也不由得暗暗心惊，如果像许都这样的带兵人才，能得到朝廷的重用，国家何愁外敌侵犯！

陈子龙以昔日朋友的身份才见着许都。见了面，陈子龙开门见山，说是来招抚"白头军"的，不料许都说："我知道你的来意，你是我的旧友，如果是派其他人来，我会斩他于马下。"

陈子龙暗暗舒了一口气："既然你知道我的来意，咱俩也就不用客套了。如果这白头军的首领不是你，我也不会来。你我相识一场，且惺惺惜惺惺，我不忍你落得个不好的下场。"

他为许都仔细地分析当前的形势，虽说"白头军"已经攻克了几个城镇，但毕竟兵粮不足，而且这支由流民组织起来的军队，逞一时之勇，但终究难以与朝廷正规军抗衡。

当今朝廷虽然处于风雨飘摇之际，对抗外来的侵犯软弱，征剿内乱却是不遗余力。

你自己死了倒无关紧要，这些跟在身边的兄弟都是有妻儿老小的，朝廷的律法他也知道，一个叛军自然该杀，却也会株连九族。

一席话听得许都冷汗涔涔许都同其他几位首领，权衡再三，决定接受陈子龙的招抚，当下遣散流民，有两百名年轻气壮的勇士愿跟随许都接受招抚，报效朝廷，许都欣然留下了他们，随同陈子龙到了杭州。

陈子龙向朝廷保荐许都，得到朝廷指令，许都率领壮士北上抗敌。

杭州城里，一片歌舞升平。浙东暴乱平息了，左光先除却了心病，他为陈子龙摆庆功宴。风中笙箫，灯红酒绿，杯来盏往，在一片欢声笑语中，谢三宾举杯起立，用极华丽的语言赞美陈子龙如何单枪匹马闯关赴阵劝降招抚，如何足智多谋，仅凭三寸不烂之舌，平息叛乱，是当今的大英雄。正招呼大家为英雄干杯时，他手下人急匆匆来到他身后，在他耳边悄悄说了几句话，又急匆匆退去。这时，谢三宾那一团和气的脸上，笑容更温柔更亲切了。

陈子龙盛情难却，举起酒杯，一饮而尽。他哪里知道，就在此时，许都率领的二百壮士已血溅钱塘江畔。

就在许都带领招抚的二百精兵路过钱塘江时，谢三宾派出的兵备道王雄早已埋伏在那里等候，一盏茶的工夫，可怜二百多壮士在毫无戒备之时，被当成暴动的流民，成了刀下之冤魂。而陈子龙在顷刻之间，平息叛乱的大英雄又成了背信弃义，出卖朋友的小人。

至此，谢三宾的计策已臻完美，这一切，难道仅仅是为了让柳如是彻底忘了陈子龙而一心一意跟他住进燕子庄吗？

听完汪然明的这一席话，柳如是不寒而栗，她脸色苍白，冷汗涔涔，里面的小褂子湿淋淋地贴在背心上，凉飕飕的。心底里有个声音无力地在问：苍天之下，万物之中，还有什么比人心更为险恶和歹毒！她呆坐着，一双秀美的大眼睛，空洞无神地看着汪然明，半天说不出话来。

汪然明看她怔结在那里，一时不知如何是好，忙唤来鲜朵儿。鲜朵儿见状，并不以为怪，反而安慰汪然明："先生，别担心，不碍的。"手脚麻利地倒水冲茶，半蹲着用勺子一口一口喂她喝下去。片刻后，柳如是那苍白的脸色才渐渐红润起来。汪然明不知道鲜朵冲的什么茶，香馥馥的。他很奇怪，个性坚强独特的柳如是，在鲜朵儿这个小丫头面前乖乖地像个孩子，而鲜朵儿侍候柳如是又是那么尽心尽意尽力。他不无感慨地想着，世间的人，真是各有各的缘分。

看看窗外，起风了，东边天际的乌云一浪一浪地往这边天空涌来，柳枝在风中飞舞，枯叶在地上翻卷，院子里一片狼藉，要下雨了。

汪然明嘱咐鲜朵儿："这天也晚了，我得回去了。好好照顾你姐姐，我明天再来。"说完，便一头扎进大风里。

第二十五章　春日酿成秋日雨

　　春日酿成秋日雨。念畴昔风流，暗伤如许。纵饶有，绕堤画舸，冷落尽，水云犹故。忆从前，一点东风，几隔着重帘，眉儿愁苦。待约个梅魂，黄昏月淡，与伊深怜低语。

——明　柳如是

　　雨后的园子更见洁净，只地上一些被风吹折的新鲜树枝树叶儿，才显出些许零乱。湖水在阳光下闪着金色的细碎的波光；山上的树木翠生生的，蝉的叫声也清亮起来。

　　后半夜，风雨渐息，柳如是睡得颇为安稳，一觉到天明。她满心感激汪然明父兄般的呵护。昨儿那一番话，让她不再犹豫彷徨，也不再沉郁。望着窗外亮丽的天地，她的心如同这雨后的西溪，清澈澄明。

　　早饭过后，柳如是倚在窗前看鲜朵儿绣花，鲜朵儿的手真巧，把个荷塘里的荷花荷叶小鱼儿绣得活灵活现。

　　汪然明昨天临走时说今天会来的，她在等候汪然明。谁想没等来汪然明，却等来了燕子庄谢三宾的仆人。

　　谢府仆人恭敬地呈上请柬，柳如是没动，鲜朵儿伸手接过，并不递给柳如是，也不看，只微笑着问："你家大人又要设宴请客了？"

　　那仆人不知鲜朵儿何意，如实回答："我家大人下月初八五十大寿，今天要请柳姑娘过府去商量一些事宜。"

　　鲜朵儿仍然淡淡地笑道："这可奇了！你家大人的五十大寿与我家姑娘何干？要跟我家姑娘商量哪门子事宜？"

　　鲜朵儿几句话把谢府仆人问住了，毕竟是大户人家的仆人，心底还是拿捏着分寸的，他看出柳如是的这个丫头是在故意刁难，也不跟她争执，就把探究的目光投向柳如是。

　　柳如是在心里暗暗笑着鲜朵儿的古怪精灵，眼里溢满笑意，嘴上却轻斥道：

"鲜朵儿不得无理！"

又转脸看着谢府的仆人，微笑道："烦劳这位大哥，回家禀告你家大人，大人相请，柳子不胜荣幸！只是柳子身体欠安，改日再去府上谢你家大人罢。"

那仆人满脸犹疑地出了大门，朝门外挥挥手，几个轿夫抬着空轿子快步而去。

鲜朵儿赶到门外，目送他们远去后，哈哈笑道："姐姐，原来他们还抬了轿子来呢，只以为你是去定了的，不曾想你连轿子都不肯上。"

柳如是没有笑，她心里有种莫名的担忧，只是那担忧究竟是什么，又理不出个头绪。正漫无边际地想着，汪然明进了院门，跟鲜朵儿说着话儿一起走进厅来。

他一见柳如是就说："我方才在路口看见谢家的仆人抬着轿子，起先还以为你在轿子里面呢，等到了跟前，才发现他们抬的是一顶空轿子。他们是不是来接你的呢？"

柳如是回答："他们是来接我的，说是谢大人接我去有要事相商。"接着就把鲜朵儿的几句话也学给汪然明听了，也说了自己推托的话儿。

汪然明沉思着，一时大家都不再说话。当他看柳如是很是期待地望着他时，突然说："三个月前，也就是我去福建之前，把你的诗词字画，寄给常熟虞山的钱牧斋了。"

柳如是听了并不在意，只是觉得汪然明在这个时候说这件事儿，未免有点奇怪，因为她现在心里所想的是怎样避开谢三宾。

汪然明当然明白她此时的心思，并不去理会，又说："钱牧斋可算得是当今的文人之首，他对你的诗词字画评价极高。收到我寄去的诗词字画时，当即就写下了《观美人手迹戏题七绝句》。"说着就拿出一纸诗笺递给柳如是，柳如是展开看时，是一首五言诗：

> 芳树风情在，簪花体格新。可知王逸少，不及卫夫人。

柳如是心中默然，这诗中的卫夫人，是东晋人，传为著名书法家王羲之的老师。只是这位江南人人推崇的一代宗师钱谦益，其博学多才自不必说，而且自恃极高，对我的书法倒是给予了极高的赞赏。当下不免把刚才的担忧抛到一边，又信心倍增起来。

再看时，还有一首绝句：

草衣家住断桥东，好句清如湖上风。近日西泠夸柳隐，桃花得气美人中。

"桃花得气美人中"是柳如是《西湖八绝句》之一里的句子。

垂杨小院绣帘东，莺阁残枝未思逢。大抵西泠寒食路，桃花得气美人中。

在柳如是看来，桃花固然很美，却不及年轻女子的娇柔妩媚，桃花是借了美人之灵气才如此美艳芬芳呢！

或许正是自己以新颖别致的构思，博得了大家钱谦益的欣赏，以他在文学上泰山北斗的声誉，在他自己的诗里原封不动地搬用别人诗里的成句，是极为罕见的，柳如是不免暗自欣喜。

她陶醉在被人欣赏的喜悦之中，无暇细想汪然明此刻提起这件事的用意。当她回过神来，见汪然明正默默地看着她，眼里满是怜惜与悲悯。心里咯噔一下，心思又回到眼前，她放下手中的诗笺，极认真地对汪然明说："先生，我想好了，我不嫁谢三宾。"

汪然明笑着点头："我知道你是极有主见、极果断的女子，做任何事情，都不会拖泥带水。你今天没坐谢三宾的轿子，我就知道你的打算了。"

话虽如此，汪然明脸上的神色并不轻松。柳如是何曾看不出来，她小心地问："先生，你还有什么要说的吗？有什么话，请先生直言不讳。柳子早就把先生当作再生父亲一样看待了。"说罢，不禁泫然泪下。

汪然明见了，连说："没事的没事的，你怎么就哭了呢？"他用手搔了搔后脑勺："你没答应谢三宾，我是怕他不会善罢甘休，此人外表一团和气，内心里阴险歹毒，你要防着点才是。"

柳如是听了，一股豪气从心中升起，朗声道："这男女嫁娶之事，也要人家愿意才好，难道他也会用什么计策来杀了我不成？"

汪然明神色极其郑重："对这种阴险之人，你不可不防。"

柳如是是极聪明的人，暗想，汪然明在江南可是有侠客之称的人，对谢三宾，他都有如此重重的顾虑，看来，这个谢三宾真的不可小看了。心里也不免有些担忧。半晌才幽幽道："我一个弱女子，手无缚鸡之力，他要怎样对我，我也无从防起啊！"

汪然明想把事情挑明了，又怕她着急，就安慰说："你今天对他家仆人称你身体欠安，暂时不会有事，这几日，我再到别处寻找，看有没有合适的地方，咱们再搬一次家。"

再说那谢府仆人回到燕子庄，把柳如是的话转告了主人。谢三宾骂道："没用的奴才，这么丁点儿小事都办不成。"

那奴才心里委屈，又把鲜朵儿的话学说了一遍，又说柳如是这次不像是有病，气色很好，还看她的丫头绣花呢。

谢三宾挥挥手，奴才应诺着赶紧退下。

他有些气闷，身为燕子庄的主人，在杭州城里请客都请不动，这还是第一遭。就凭你一个倚门卖笑的小贱人，竟如此托大。那个叫鲜朵儿的刁钻古怪的丫头，说的那几句话，定是她主子的意思。那么，你柳如是不想嫁给我了。想我谢三宾，文能治国，武能安邦。虽说不上呼风唤雨，也是个跺跺脚，就能撼动杭州城的人。那东阳的白头军首领许都，足智多谋又怎么样？你那个情郎陈子龙，文武全才又怎么样？不都落在我的掌握之中吗？不信你一个青楼女子还能逃得过我的手心！

今天就权当你身体有恙，饶你几日休养。

转眼立秋已过，天气渐渐凉了。西溪横山已是满地落叶，那蝉的叫声断断续续的，早没有了往日的狂躁。

谢三宾下了轿子，还没进院门，耳边便有幽幽箫声传来。他凝神细听，箫声深沉暗淡，吹箫人似有满腹幽怨无处诉说，却用箫把那一腔哀愁都赋予了初秋的风，这风也似不堪重负，竟把这愁结洒给了树木丛林。是以，这满山的秋已渐深渐浓。谢三宾不禁打了个寒战，扶了扶头上的帽子，紧了紧衣衫，这才推开院门。

鲜朵儿迎了上来，施了礼，低眉道："大人来了，我家姑娘在后院吹箫呢。"

谢三宾心想，果然是你在吹箫，别人也吹不出这样的忧愁，你如此凄清、寂寥、落寞，跟了我岂不是正好。正思索间，箫声戛然而止，谢三宾回首望去，只见柳如是袅娜着莲步，姗姗而来。

看她这副不胜娇柔的模样儿，谢三宾早先心里的那股子狠劲竟荡然无存，有的只是对眼前这女人的渴望，他渴望着温香软玉抱满怀，渴望着红袖添香催题帖，渴望着二十四桥明月夜，玉人只为他吹箫。

第二十五章 春日酿成秋日雨

他迎上前去，接过她手上的箫，脸上的笑容能融化寒冬的冰："刚听姑娘吹箫呢，只是箫声太过凄切，不知姑娘有何难以排遣的心事？姑娘不妨说出来，看我能否帮姑娘排解。"

柳如是欠身施礼，温婉笑道："多谢大人关爱！柳子只是感物伤秋，无病呻吟罢了，哪有什么心事。"随即又问："大人今日何以有闲暇来西溪看望柳子？"

谢三宾心想，你果然没把我这个太仆放在眼里。后天就是初八了，我的五十寿辰，难道你就真的忘了不成？还是明知故问？那股狠劲陡然又窜上心来，脸上却笑呵呵的，婉言道："后日是八月初八，是个大吉大利的好日子，也是我的五十寿诞，我接你去燕子庄，从此做燕子庄的女主人岂不好，总强于借住别人的房子，看人家脸色。"

到了这时候，柳如是知道是不能再让他心存奢望的了，她站起身来，直望着谢三宾："承蒙大人错爱，柳子弱柳薄质，无缘做燕子庄女主人，还望大人慧眼识兰心。"

几句话说得婉转柔和，干净利落。谢三宾那张一团和气的脸突然间涨得发紫，他冷声说："看来你是真的看不上我，你一个青楼卖笑的歌儿舞女竟这般端大架子，我谢三宾看上你实在是你的福分，没想到你如此不识抬举。"

一向温文尔雅的谢三宾，脱口骂出这样的话来，柳如是听了如秋风中的柳枝，气得浑身乱颤，却仍然笑着回敬："你娶我这样的歌儿舞女回家，也不怕辱没了你谢家的门风！我这里脏得很呢，还请大人往干净的去处，另寻良家女子罢！"说完，便背对着谢三宾，不再言语。

谢三宾何曾受过这等气，他一改平日温文尔雅的模样，上前一把搂住柳如是，嘴里犹自说着："你一个歌女，还在我面前拿架子，我今天让你拿架子。"说着，就往她脸上亲。

柳如是冷不防他这一着，吓得花容失色，可怜她个子娇小，被谢三宾紧紧抱在怀里，如何挣得脱。任凭他一张臭烘烘的嘴在脸上、脖子上乱啃，一只有力的大手在身上乱揉乱搓，弄得生疼。

谢三宾正起劲，冷不防背后挨了几下，他回头一看，鲜朵儿正拿着棒槌朝他乱打，他伸出左手，反手一推，就把鲜朵儿推出老远。再看怀里的柳如是，一动也不动，睁着一双丹凤眼，死死地盯着他，那眼眶里燃烧着熊熊烈火，似乎要把他烧成灰烬。

谢三宾不由得松了手，他惧怕她这愤怒而冷酷的眼神。他扶扶帽子，整整衣衫，又恢复了那个一团和气的模样，背着双手，拿腔捏调地说："想我身为朝廷四品官，太仆寺少卿，真可谓是文武全才。虽是在野官员，却也是随时可以进朝廷的。我如此尊贵的身价，要什么样的女人没有？我看你举止娴雅，模样儿周正，而且无依无靠，想抬举你做我的姨太太，你却如此托大，那也就怨不得我了，我看上的人，杭州城里怕是没人敢要了。"

说毕，又转身踱到鲜朵儿面前，用手捏着她的下巴，眯着一双色眼："你姐姐嫁给我了，你自然也会有个好着落，你这小模样儿也爱煞人呢。你没听过那《西厢记》里张生唱的：若共你小姐同鸳帐，怎舍得你叠被铺床？哈哈哈哈。"

柳如是见状，屈辱的泪水夺眶而出，她跑上前来，把鲜朵儿扯到自己身后，抻开双手像是要护住鲜朵儿，扬声道："大人休得如此！鲜朵儿还是个小丫头。"

谢三宾冷笑："小丫头？她这年龄可正是卖得好时节，你可是老了点。别假惺惺的了，你们不都是卖的吗？仔细想想，后日初八，一大早我就派轿子来接。"说完拂袖而去。

可怜柳如是与鲜朵儿抱头痛哭。

还是鲜朵儿机灵，她抹了一把眼泪，摇着柳如是的肩膀："姐姐，光哭有什么用啊，快快想办法让汪先生救我们呀！"

一句话提醒了柳如是，她连忙来到书桌前，也顾不得擦眼泪，提笔给汪然明写信。

傍晚，汪然明外出归家，看到柳如是的信，来不及细想，也不顾家人询问，便一头钻进夜幕，赶往西溪横山别墅。

烛光摇曳，秋虫唧唧，没有月亮的夜里，风冷浸浸的。无处不在的风，无时不在提醒着人们秋天的萧索与苍凉。

汪然明听柳如是说完今天所发生的事情，并不意外。沉声说："这种事情我早已料到了，我太了解谢三宾的为人，只是我没想到，对柳姑娘这样名满江南的才女，他居然敢如此轻薄。"

他停了一下，从怀里摸出一包银子，递给一旁的鲜朵儿："这是二十两银子，你替你姑娘收好，今夜赶紧收拾，明天一早就准备动身。"鲜朵儿也不问去哪，就赶去收拾去了。

柳如是见他如此安排，知他定是有地方可以让她去了，心里顿时轻松下来。

汪然明接着说:"幸好前几天叫人把你的画舫翻修了遍,还真派上了用场。"

"真不知该如何感谢先生,你又赠银子,又修画舫。"柳如是那颗轻松了的心又紧了起来:"可是,先生,我举目无亲,有了画舫也不知该往哪儿去啊!这世上除了先生,怕是没有人再愿意收留柳子了。"说罢,不由得滴下泪来。

汪然明安慰道:"你别急,听我说。你可还记得在燕子庄说过的话?你说'除非才气如钱牧斋,否则不嫁'。"

柳如是红着脸点头称是,心想,那只是一时的玩笑话,如何当得真?

"如今,你这话已传到钱牧斋耳朵里去了,他对你的诗词字画也非常欣赏,只是没见过你,他那儿,才是你最好的去处。而且,就算他谢三宾再神通广大,也不敢到常熟虞山去行凶,钱牧斋还是他的老师呢!"

柳如是听了,也顾不得去细想钱牧斋是否收留她,只能走一步看一步了,便与汪然明约好,明天五更天动身,汪然明派家人来接她们去码头。

汪然明走后,鲜朵儿已收拾好东西,柳如是哪里睡得着,想着自己悲惨的身世,半生坎坷的经历,不由悲从中来,她怀抱琵琶,几许哀愁与惆怅,几许伤怀与期盼,从她零乱的思绪里,从她纤秀的指端,涓涓流淌:

有怅寒潮,无情残照,正是萧萧南浦。更吹起,霜条孤影,还记得,旧时飞絮。况晚来,烟浪斜阳,见行客,特地瘦腰如舞。总一种凄凉,十分憔悴,尚有燕台佳句。

春日酿成秋日雨。念畴昔风流,暗伤如许。纵饶有,绕堤画舸,冷落尽,水云犹故。忆从前,一点东风,几隔着重帘,眉儿愁苦。待约个梅魂,黄昏月淡,与伊深怜低语。

——《金明池·咏寒柳》柳如是

一旁的鲜朵儿见她念念叨叨,悲悲切切的,也禁不住落泪,她抹着眼泪安慰道:"姐姐,你也别伤心了,这世上好人还是有的。这位汪老爷对你真是情同父女呢!明天就要走了,也没什么好谢人家的。"

柳如是像是从梦中惊醒,放下手中的琵琶,找来纸笔,抄录下刚才的唱词《金明池·咏寒柳》,打点起精神给汪然明写了封信:

鹃声雨梦,遂若与先生为隔世游矣。至归途黯瑟,唯有轻浪萍花与断魂杨柳耳。回想先生种种深情，应如铜台高揭，汉水西流，岂止桃潭千尺也。但离别微茫，非若麻姑方平，则为刘阮重来耳。秋间之约，尚怀渺渺。所望于先生维持之矣。便羽即当续及。昔人相思字每付之断鸿声里。弟于先生，亦正如是，书次惘然。

　　她不知道明天早晨汪然明会不会到码头来送她，几年来，汪然明对她细心呵护，关怀备至，短短的几行字难以表达对他真诚感谢，可除了写几句感谢的话以外，她还有什么贵重的物品可以赠送呢？自来杭州后，她举目无亲，全仗着汪然明的馈赠，才得以生存，如今又要继续漂泊流浪。

　　蓦然，她想起陈子龙曾在一首七言古诗《上巳行》里，把她比喻成风中的杨柳："垂柳无人临古渡，娟娟独立寒塘路。"她苦笑一声，陈子龙真可谓是她前世今生的知己，她这株垂柳，几度柳绿，几度霜残，她的命运就如那纷飞的柳絮，随风飘荡，无枝可依。

第二十六章　一室茶香开澹黯

声名真似汉扶风，妙理玄规更不同。一室茶香开澹黯，千行墨妙破冥濛。
竺西瓶拂因缘在，江左风流物论雄。今日沾沾诚御李，东山葱岭莫辞从。

——明　柳如是

钱谦益，苏州府常熟人，字受之，号牧斋。自幼聪敏好学，博闻强记，少年时即崇尚明七子李梦阳、王世贞之学，仿秦汉古文，令人叫绝。后来与复古派决裂，师承归有光等，博采唐宋文之长，诗词古文冠绝近代。

他开创了一代诗风，人称：七子之后，其文章被誉为王世贞之后文坛最负盛名之人，号称"当代文章伯"。

早年，钱谦益撰写的《太祖实录辩证》五卷，立志私人完成国史，人称"虞山（钱谦益）尚在，国史犹未死也"。他还创立了经世致用的虞山学派，开门讲学，门生数千。杭州谢三宾就是他典试浙江时中的举人，所以，汪然明对柳如是说，钱谦益是谢三宾的老师。

钱谦益二十四岁中举人，后连续三年会试才中榜，殿试点为一甲探花，其文才得到东林党人的赏识，被授翰林院编修。

正当得意非凡，踌躇满志之时，钱父病逝，钱谦益不得已回家丁忧。与此同时，朝中的东林党人因受其他党派的排挤而失势，"挂靠"东林党人的钱谦益也被冷落，三年丁忧期满后仍未得到一纸召令，只得在家等待，这一等就是七年。

钱谦益虽有志于朝廷，无奈仕途坎坷。此后，虽被朝廷召回，却是屡召屡贬，在朝廷做官，总共待了不到三年。

钱谦益十九岁时娶妻陈氏，随后又纳了几房小妾。但仍然出入秦楼楚馆，追欢买笑，呼朋引伴，纵情声色。素有"东林浪子""风流教主"之雅称。

钱谦益的"半野堂"跟钱谦益本人一样，名闻遐迩。一些文人学士都以能进半野堂做客为荣，还有那些一文不名的少年学士慕名而来者，亦为数不少。

虞山位于常熟县城西北，相传因商末周太公的儿子虞仲葬于此山而得名。虞山沟壑林立，松柏苍翠，其境险峻，风景秀丽，"半野堂"就坐落在虞山东面山脚。

虞山南坡有钱府的另一幢府第拂水山庄，钱谦益的两房小妾住在半野堂，正妻陈氏住常熟城东的正宅荣木楼。

钱谦益，一个在野文人，过着闲云野鹤般的日子，虽年过半百，却时刻准备东山再起，入朝为相。而且钱家家境殷实，府第连云，良田千顷。

崇祯元年，崇祯皇帝继位后，铲除魏忠贤阉党，重新起用东林党人。钱谦益应召入京，授礼部右侍郎。群龙无首的东林党人对他寄予厚望，推举他主持第二年的"枚卜"大典。

所谓"枚卜"大典，就是采用类似抓阄的方式推选、确定内阁大臣，崇祯皇帝想利用这种方式来消弭各党派的纷争。

没想到的是，东林党人出于私心，将钱谦益等同党之人列入会推选名单，而许多党外大臣则榜上无名。由此，落选的礼部尚书温体仁、侍郎周延儒借此弹劾钱谦益结党营私，钱谦益有口难辩。崇祯皇帝龙颜大怒，将其革职回乡。

柳如是听汪然明说过，钱谦益的"半野堂"，有其地理位置的含义，更有钱谦益对官场的渴望与期待。虽屡遭贬职，赋闲在家，却仍然是朝廷的储备官员，在民间举足轻重。他有众多的住处，但他在半野堂的时间居多，这里不仅有他最年轻的小妾，而且这里离他的正宅荣木楼较远。平时宴请文友，难免请一些歌儿舞女相陪，花晨月夕，歌舞笙箫。

崇祯十三年冬，多年来一直推崇维护他的复社领袖张溥等人，这次密谋推举德高望重之人进入朝廷中枢，推举的却不是钱谦益，而是张溥的老师、钱谦益的对头周延儒。钱谦益又一次遭受打击，那颗入朝为相的雄心不免冷却，终日里游山玩水，观舞赏曲。

这日，钱谦益的"半野堂"又是高朋满座。这些文人，斗酒酬诗之余，最大的兴趣便是谈论女人，依旧是"花下寻卜赛，酒底出陈圆"之类的话题。

一位面容清瘦，身材颀长的学士站起来拍拍巴掌，让大家安静，只见他清清嗓子，慢条斯理地说："当代名媛，若论容貌美艳，当属陈圆圆第一，只可惜少了些许才情；若论灵秀慧黠，当推董小宛，只是又太过娇柔；艳若桃李的林天素，却冷若冰霜。"

说到此处，他见大家都很认真地在听，就故意停下，不说了。正听得专注的听客反过来催他："别卖关子了，快说快说，还有呢！"

身材顾长者呷了口茶，放下茶碗，慢悠悠道："热情豪放的葛嫩，性格也像其手中的宝剑一样锋芒毕露；能度曲、善歌舞的顾眉，素有红颜祸水之称；'一落笔尽十余纸'，画技娴熟，落笔如行云的卞赛；还有草衣道人王修微等等，这些秦淮河畔的绝色美人，一个个的都有了归宿，唯独一个尚在择婿之中。"

座中有人笑道："说起这些绝色美人，你如数家珍。难得你对她们如此了解，若她们知道有你这样的知己，也不枉为人一世了。只是你何不把她们当中的那个娶回家？"大家哄堂大笑。

半天没吱声的钱牧斋忽然开口："花下寻卞赛，酒底出陈圆。这些美人儿都在桌面上摆着，你说的那唯独的一个，难道还另有其人不成？"

那人见提起钱牧斋的兴趣，更来劲了："我说的这个人，有沉鱼落雁之貌，有谢道韫咏絮之才，琴棋书画，歌舞管弦，无一不精。而且谈兵论剑，胆略过人，真可谓巾帼不让须眉啊！"

钱牧斋更加惊奇："世上竟有如此可人儿？你且说出名字来，我是否有幸见过？"

那人悠悠道："这可人儿，你也曾夸过的，'近日西泠夸柳隐，桃花得气美人中'"。

"原来是她，柳隐如是。"钱牧斋抚摸着额下的胡须，若有所思："我虽未见过，只怕未必真有你说的那么好。即便有你说的这样好，如何到现在还未找到意中人呢？"

"这正应了那句话了：恃才傲物，择良木而栖。她连西湖燕子庄的主人谢三宾都没放在眼里。她说虽出身于青楼，却也要嫁得光明正大，要男人把她当作正妻一样明媒正娶，才肯嫁作人妇。看来此女难以嫁出去，真是心比天高，命比纸薄哦！"

说罢，端起茶碗连连叹息。过了一会儿，他像是又想起了什么，望着钱牧斋笑道："这柳如是与众不同，平时喜欢着男人服饰出游。女人着男人服饰，更有一种动人的神韵。牧翁，你没听说过么？此女可是在人前夸过海口的。"

钱牧斋有点摸不着头脑，满眼疑问地望着他："她在人前夸过海口？这与我又有何干？"

"柳如是曾在谢三宾的'燕子庄'上，当着众多才子佳人，毫不扭捏做作地说，'除非才气如钱牧斋，否则不嫁'。你看，她落落大方的样子比起那些惺惺作态的女子，更惹人爱怜呢！"

"那你如何不把她明媒正娶了回去？为何在这里叹息？"

"唉，人家心里有牧斋翁呢，哪里轮得到我？"说罢，望着钱谦益微笑。

钱谦益不再搭理他，只顾喝茶，其实心里早乐开了花。他不由得想，仕途失意之时，却有红颜才女视自己为知己，岂不是人生一大快事！只不知这传说中的奇女子今在何方？只恨无缘相见，心里不免有些怅惘，又无可奈何。

却说那天柳如是与鲜朵儿驾着画舫离开了杭州，逃离了谢三宾，紧绷的神经松弛了下来。一路上，看湖光山色，飞鸥浴鹭，连日来郁闷的心情也轻快了许多，便嘱咐阿四伯把船儿慢行，并不急着赶路。

这日，阿四伯在船尾，高声对正在船头淘米煮饭的鲜朵儿说："鲜朵儿，你告诉柳姑娘，咱们已经到常熟地带了，前面那座山便是有名的虞山。咱们是到山东面呢还是到山南面？"

不等鲜朵儿进舱禀告，舱内的柳如是也听见了阿四伯的话，出了船舱，扶着栏杆望着不远处朦胧的虞山。

她寻思着，汪然明说钱谦益有不少的宅第，其中的拂水山庄在虞山之南，而半野堂在虞山东面山脚。也不知这钱牧斋钱大人今天在哪一处山庄歇脚。汪然明还说钱谦益喜欢游山玩水，也不知他是在家闲居，还是云游在外。

既来之，则安之，即便钱谦益不在家，也要等他回来。拿定了主意，便问阿四伯，虞山脚下有何去处好泊船？

阿四伯说："虞山南面山脚有个桃花涧，可避风浪，好泊船。"

于是，柳如是的画舫就泊在虞山南面的桃花涧。

画舫到桃花涧时，已是薄暮时分，吃过晚饭，柳如是倚着船窗看着夜色迷离的桃花涧，心里不禁一阵迷茫。

从汪然明口中，已经了解到钱谦益对自己的好感，然而仅仅只有好感，又能说明什么呢？这个被誉为诗词文章的一代宗师，人们尊称为"文章宗伯"的人，到底是个怎样的人物？他能摒弃一切世俗的眼光而真正爱上自己，并尊重自己的人格么？

既是诗词文章大师，去拜见他，总得拿出像样的拜见之礼罢。前思后想，便让鲜朵儿磨墨，斟酌着写出一首七律，准备明天拜见那位文章宗伯。

鲜朵儿却说："姐姐，你并不知道这位钱大人在他的哪一个家里，明天还是让阿四伯上岸去打听一下，也免了你投谒无门。"

柳如是想想也是，就让鲜朵儿去交代阿四伯。

次日天麻麻亮，阿四伯就上岸了，到早饭时才回，说："我打听清楚了，钱大人一向住在虞山东面的半野堂。"

柳如是让阿四伯快吃早饭，饭毕，驾起画舫直奔虞山东面而来。

位于虞山东面山脚的半野堂，倚山势而建，虽无雕梁画栋，金墙碧瓦的豪华，那三开大门的上方，悬一匾额："半野堂"三个大字，却是端庄雅致，古朴流芳。

柳如是今天着男子装扮，一袭孔雀蓝的长衫，拦腰系根同色镶玉腰带，同色方巾包住了一头如云的黑发，显得风流倜傥，卓尔不群。她望着"半野堂"三个大字，心里暗暗称道："果然有旷野的味道，没有浮华的气象，沉稳中不失庄重。"

她下了轿子，来到门前，并不急于进去，慢慢欣赏眼前这座闻名于江南的"半野堂"。房子左边有座亭子，亭前一架紫荆正开得烂漫。她有点奇怪，紫荆在其他地方怕是早已花谢荼蘼了，怎的这里的紫荆还开得如此之好？只见那一团浓得化不开的紫，从树冠一泻而下，似要溅了开来，间或露出些许黑色的虬枝，虬枝宛如盘曲在紫色瀑布中的卧龙。眼睛盯久了，卧龙像是在蜿蜒蠕动，似乎连那花的流泻声正在耳边汩汩作响。

柳如是正欣赏那紫荆花，院门吱呀一声开了，一名青年男子从里面出来，看他的装扮，似是半野堂的仆人。他见一神情潇洒，气韵不凡，面容娟秀的男子在紫荆架下徘徊，很有礼貌地问："请问阁下是？"

柳如是躬身抱拳施礼，语气谦和："小弟柳如是，特来拜见钱牧斋钱大人。"

仆人听了，有点不解，背着双手，偏着脑袋问："小弟？看你面容，你也没多大年纪，而且我也从未见过你，怎么跟我家老爷是兄弟？常熟城里还没有人跟我家老爷称兄道弟的！"随后，又恍然大悟似的笑了："哦，我明白了，你是跟我称兄道弟，套近乎呢，想进去见我家老爷？是不是？"

柳如是笑笑，随口应道："正是。"

仆人道："唉，像你这样的青年学子，每天也不知有多少想见我家老爷的。"

柳如是颇为好奇："你家老爷都见了么？"

"都见？那还不把我家老爷给累坏了。"仆人很健谈，"这些人都是一些无名之辈，求见我家老爷，无非是想借我家老爷的声望给他自己添点名气。

开始老爷还见，说是青年后生需要老一辈人提携。后来，他看多是一些沽名钓誉之辈，并无真才实学，也就不见了。"

柳如是展眉笑道："那你看你家老爷见我是不见？"

仆人打量着她，慢条斯理地说："我家老爷去朋友家喝喜酒了，也不知今天回不回家。看你这男人生就一副女人相，我家老爷就算在家，也不一定见你。你还是哪里来哪里去吧！"说完就要走。

柳如是忙拦住他："这位小哥，请留步。我从很远的地方来，现住在虞山南面桃花涧的画舫之上，这是我的信，烦请小哥交给你家老爷。"说着掏出一纸信笺，递给仆人。

仆人接过信笺，仔细折好："看你眉清目秀的，不像男人，倒像个女子。"边说边摇着头进屋去了。

当月亮爬上虞山东边山坳时，钱谦益回到了半野堂，刚刚到客厅坐下，一位年轻貌美的小妾送上茶来，又转过身去给他捶背、揉肩。

钱谦益靠在椅背上，闭着眼睛，暗暗叹了口气，他感觉很累，还不到六十岁，怎么突然就感觉老了，就力不从心了。

他拍拍给他揉肩膀的小妾的手，示意她停下，唤来家仆钱冬青，问今天家里有什么人来，有什么事。

钱冬青躬身答说："回老爷，今日没有什么大事，来的都是一些陌生的青年后生，都被我挡回去了。只是……"

他平时快声快调的，今天说话却吞吞吐吐，钱谦益有点奇怪，就催他快说，别像个娘们似的。

冬青说："也没什么大事，只是今天来了个青年后生，说是要见你。他自称小弟，长得倒也丰神俊秀，神情洒脱，只是很像个女子。"说着拿出一封信，"他说他叫柳如是，有信给老爷。"

钱谦益一听，霍地一下站起来，急急地说："柳如是？快把信拿来。"

钱冬青好久没见过老爷如此激动的样子了，满是犹疑地把信笺递给钱谦益。

钱谦益一把夺过信，急忙忙地拆开，还没有细读，就被那字迹镇住了。此信笔迹娟秀，又充满了阳刚之气，因为是一气呵成，又令那阳刚之气咄咄逼人。诗说：

声名真似汉扶风，妙理玄规更不同。一室茶香开澹黯，千行墨妙破冥濛。

竺西瓶拂因缘在，江左风流物论雄。今日沾沾诚御李，东山葱岭莫辞从。

这首诗让钱谦益惊奇不已，诗中所提及的古人，莫不是他平日在心中自比之人。

汉扶风，即东汉博学旷达的儒学家马融，御李指东汉党锢名士李膺。

江左、东山、暗喻东晋名士谢安。谢安年轻时隐居东山，寄情山水的同时，也纵情声色。游山玩水也好，饮酒吟诗也罢，皆有歌儿舞女相随左右，后来受朝廷重用，时人称之为"风流宰相"。

柳如是寥寥数语，十分巧妙而又妥帖地抚慰着钱赚益仁途失意的落寞，还将他比做谢安，自己则愿与他花蝶相随，等待东山再起。

钱谦益也曾读过柳如是早期的诗集《戊寅草》，虽有清词丽句，终不脱香奁女子声气，不过杨花红粉，玉钏金钿，看上去缤纷晃眼，于格调上，终输一筹。

只这首"声名真似汉扶风"，一洗铅华，沉稳老练，爽朗高昂，体格成熟。虽别开生面，却另有情致。那个铮铮不作闺阁语，何妨风雨照婵娟的傲然女子，那个淹没在镜台玲珑，柳花明丽中的杨影怜，就这样，脱胎换骨，成了"我见青山多妩媚，料青山见我应如是"的柳如是，强悍，潇洒，目光凌厉，清丽洒脱，风度翩翩。

读着，想着，钱谦益不禁为之心动。

半晌，他回过神来一迭声地叫冬青，冬青不知何事，一路小跑来到客厅："老爷有何吩咐？"

钱谦益一把抓住他的手臂，急切地问："这个柳姑娘往哪里去了？"

冬青瞪着眼睛望他的老爷："哪来的姑娘，是个青年男子。"心里却想，老爷这么多的姨太太，还整天想着姑娘。

钱谦益骂道："没用的蠢材，就是这个男子装扮的人，她就是柳姑娘。"

冬青摸着后脑勺，小心地说："难怪我看她像个女人，而且她走路时提起衣衫，露出一双小脚。她说，她来自很远的地方，她的画舫就泊在虞山之南的桃花涧。"

第二十七章　折柳章台也自雄

文君放诞想流风，脸际眉间讶许同。枉自梦刀思燕婉，还将捬土问鸿濛。

沾花丈室何曾染，折柳章台也自雄。但似王昌消息好，履箱擎了便相从。

——明　钱谦益

虞山，如卧虎之势，伏于常熟，半倚城池，半枕江涛。

虞山南面山脚，有一水潭，水潭三面环山，一面临河。山坡上树木葱茏，尤多桃树。每逢晴朗之日，日上中天之时，阳光从林间洒落，星星点点。日照树，树映泉，泉动石，石浮影。静中有动，动中含静，其美妙之处不可尽言。

阳春三月，千树万树桃花次第开放，一团团，一簇簇，红如胭脂，艳若朝霞。这时节，幽深的山涧会因桃花的绽放而明艳亮丽起来。

若是满月的晚上，如水的月光缓缓流泻。风过处，粉红的花瓣簌簌而落，犹如春雨，时而急促，时而缓慢，沾衣不湿，拂面不寒，唯有幽香阵阵。此时，若是请邀上三五好友，划着小舟，荡着画舫来到山涧，月下赏桃花，沐浴漫天缤纷的花雨，那情景真如梦幻一般。

太阳刚刚在山坳露出脸儿，"半野堂"前的港口，一叶轻舟如离弦的箭一般向山南的桃花涧驶去。

钱谦益着一袭藏青色苏州刺绣锦袍，一顶同色帽子罩住了满头雪白的头发。他背着双手，挺立在船头，寒风拂过脸颊，也不觉得冷，他的心里似乎正燃烧着一把熊熊的青春之火。

他如此急切，是要赶到桃花涧去赏桃花吗？漫说现在已是冬天，桃花涧里没有桃花，就算是有奇迹发生，桃花涧里桃花再发，他也无心去观赏。他要见的，是那个"桃花得气美人中"的柳如是。

钱谦益的船一进桃花涧，在众多的船只中，他一眼便认出了柳如是那艘与众不同的"雪篷浮居"。

不等船停稳靠拢，钱谦益便一个箭步跨过去，站在"雪篷浮居"的甲板上，其敏捷的动作与年龄实不相称。

鲜朵儿正在舱外，见此人虽有五十好几，身板依然沉稳健硕，饱满的额头上横着几道深深的皱纹，黝黑的脸膛，颌下飘着一把雪白的胡须，给人一种历尽沧桑后的威严。

鲜朵儿心想，此人气度不凡，莫非是……她急忙向舱内喊道："姐姐，快出来，有客人来了。"

柳如是掀帘而出，今天她换回了女儿装，上着粉红色薄棉袄，领口、袖口、袄边绣着白色缠枝花藤。下着粉红色薄棉裙，从裙摆至腰间，斜斜地绣一支含苞的白荷。

钱谦益眯着眼睛，细细打量着眼前的女子：只见她身材娇小俏丽，合体的衣裙穿在身上，玲珑有致。娇艳中不失清雅，妩媚中不失庄重。较之桃花涧的桃之娴静，桃之轻灵，桃之柔媚，他眼前的柳如是，却多了几分清灵之气，多了几分书卷之气，也多了几分人间烟火的气息，让人赏心悦目，倍感温馨。

柳如是一见来客，暗自猜度这便是钱谦益了。她曾听汪然明说过，钱谦益面黑发白，且有一颗硕大的头颅，似乎饱蕴着人生智慧。

来人不说话，只管盯着她，从头到脚细细地打量。柳如是纵是见过世面，也不禁被对方看得脸红心跳，便屈身施礼："小女子柳如是，拜见宗伯！"

钱谦益这才如梦方醒，连忙伸出双手虚托，一连迭声地说："柳姑娘快快请起，快快请起！"

他望着柳如是红馥馥的脸，那双看透人生百态的眼睛，溢满爱怜，似有些歉意："昨日老夫不在家，未曾迎接姑娘，还望姑娘包涵。"

柳如是忙道："宗伯不必如此！是柳子来得唐突。"又道，"外面风大，请宗伯进舱吧！"

进得舱来，眼前的一切令他暗暗称奇，阳光透过船窗照进幽暗的舱房，舱壁满是图书典籍、诗卷画册。雕花舷窗边的矮榻上置有琴几香台，七弦古琴斜斜地悬挂于舱壁。一只宣德香炉正袅袅地飘着几缕淡烟，船舱显得优雅而温馨。

柳如是请钱谦益在书桌前的椅子上就座，自己则坐在床沿，略带歉意地说："我这里太窄小，还望宗伯将就些。"

饶是见过无数名媛佳丽，钱谦益仍被眼前的女子所倾倒。

他眼前的柳如是，不像人们所说的已经二十三四岁的样子，或许她身材娇小，相貌可人，看起来要比实际年龄小好多。而他自己，已五十有九，一头雪白的头发，肥胖的身躯，黝黑苍老的面容。在这个小女人面前，这位人称"风流教主"的"东林浪子"竟自惭形秽起来。

幸好此时鲜朵儿奉上了热茶。

捧着茶盏，心里镇静了些。钱谦益心想，若论年龄容貌，我与你相差何止天地之远，那我何不跟你谈诗词文章政治学问呢？随即，他故作谦逊地说："昨夜老夫拜读了柳子的赠诗，承蒙柳子抬爱，把老夫喻为古时贤者。这些古时贤者都是老夫所敬重之能人，老夫实在是愧不敢当啊！"

柳如是嫣然笑道："不是柳子言过其实，实在是宗伯该享有此雅誉，只是柳子学识浅薄，在诗中还没有道出宗伯贤能的十分之一。"

聪颖如柳如是者，世上能有几人！她的诗里，句句恭维都是钱谦益平生自许，更以江左风流，东山葱岭相喻，学问风度，政治远见并具。

柳如是暗自惊奇的是，她见到钱谦益，一点儿也不觉得陌生，或者说，她一点儿也没感觉到，这位江南赫赫有名的一代文学宗师，其身上的可畏之处。在她眼里，他就如一位慈祥的长者，在他面前可以随意说笑而毫无拘束之感。

她个子娇小，坐在床沿，一双三寸金莲从裙底完全显露出来，时而晃悠一下，就如一双金鱼，在荷叶丛里，在碧波之下嬉戏，快活而自在。

钱谦益一辈子见过的女人何其多也，眼前的女子手如柔荑，肤如凝脂，巧笑倩兮，美目盼兮，离他如此之近，可以闻到她身上的一缕幽幽体香。

尤其是那双游动的金鱼，让他心猿意马，无暇去谈论诗词歌赋了。此刻，似有只小虫子在他心头轻轻爬动，弄得他心痒难耐。他盯着那双金鱼，很想一把捉住，捧在手里把玩一番。

曾听人说，此女子与其他青楼女子不一样，外表看似柔弱，内心却极其刚烈。自己一生仕途蹉跎，在人生迟暮之时，忽得美人青睐，真是平生第一得意之事。他不敢造次，他不想让柳如是把他看成登徒子。

他看着柳如是，想着她的诗，与其说这女人是春天枝头绽放的桃花，还不如说是寒冬里的一壶热酒，十二分地烫贴着他苍老、失意的胸怀，让他醉意醺醺，那团早已泯灭的青春之火在心里蠢蠢欲动。

柳如是从他的眼神里猜度他的心思，暗自高兴之余，又想，这位"文章宗伯"，心仪的或许只是自己娇美的容颜，并不是飘逸的才华。而女人的美貌就如春天枝头的桃花，转瞬就会凋谢，只有卓尔不群的才情才能让女人优雅一生，流芳百世。

她拿定主意，如果钱谦益跟谢三宾一样，只拿她当歌儿舞女看待，宁可不嫁。便笑意盈盈道："宗伯，今日就在我这画舫上吃午饭吧，我的丫头名叫鲜朵儿，烧得一手好菜呢！"

钱谦益如梦方醒，不舍地把目光从那双诱人的金莲上挪开，柳如是留他吃饭，心里自然喜欢。转念又想，她这是真心留我呢？还是在赶我走？但见她笑靥如花、略带天真的模样儿，诚恳之极，又不像是下逐客令。

初次见面，他几乎把握不住自己，难道这慧黠的小女人已经窥探到了他内心的秘密？想到这里，他感到额头上汗涔涔的，不由得暗自责备：想我钱谦益在野身为一代文学宗师，在朝有望入相，今日在一个小女人面前却如此失态，她就是真心留我，我也不能留下，这小小的画舫如何载得起我心里汹涌澎湃的春潮？

他收敛起心神，一本正经地说："鲜朵儿？好名儿。改日再品尝鲜朵儿的手艺罢。老夫今天来，一是代家仆向姑娘请罪，请姑娘原谅不让进门之罪；二是请姑娘明天到半野堂做客，江南才女做客常熟，牧斋当尽地主之谊，为姑娘接风洗尘。"

此话正合了柳如是的心意，她想，我正要去看看闻名于江南的"文章宗伯"有座怎样的"半野堂"呢！

次日，柳如是来到"半野堂"门前。太阳正暖暖地照着，她又在紫荆架前停了下来，凝望着如虬龙一般盘结着的紫藤，心里却在想，这"半野堂"的宴会，可是江南的文人学士所向往的，只不知它与汪然明的"不系园"，谢三宾的"燕子庄"有何区别？可我又所为何来？心里未免有些忐忑。

忽听得背后有人唤姑娘，回头看时，正是前天那个帮她传信的少年，只见他笑吟吟的："这位姑娘想必就是柳如是柳姑娘了？"

柳如是含笑点头称是。

"我是这半野堂的仆人钱冬青，老爷在堂内等候多时了，姑娘快快请进！"少年说罢伸出右手作请进的姿势，半躬着腰在前面侧身带路。

柳如是心想，今日这"半野堂"不知怎的高朋满座呢？

一楼大堂，一色的红木雕花桌椅，墙上挂满名家字画，边上放置着各种绿色盆架，温暖的太阳正从镂花窗中照进来，显得富丽古朴而生机益然。

厅里坐了不少人，柳如是启眸望去，一个也不认识。

钱谦益见柳如是袅娜而来，眼角的皱纹里都填满了笑意，恰似"半野堂"后院里经霜的老菊花。他快步迎上前来，朗声笑道："柳姑娘莲驾半野堂，牧斋不胜荣幸！"

他并不请柳如是落座，而是带她走到那些客人面前，一一介绍。

当介绍到瞿式耜和徐锡胤时，柳如是由衷地说："瞿大人当年声讨阉党，抨击权贵，为忠良鸣冤，使奸佞伏殊，人人起敬。"

柳如是对朝廷中的党派纷争似乎有种特殊的嗅觉，虽然不认识这些人，但他们的故事，却记得非常清楚。她早就知道瞿式耜是钱谦益的得意门生，且朝野闻名。瞿式耜对朝廷万分失望，归隐乡间后，在虞山修建园林，收藏奇珍异石，在常熟有"徐家戏子瞿家园子"的说法。

徐家戏子说的便是徐锡胤。

徐锡胤自幼酷爱南曲，而今家里还有一班优伶乐童，他自己又能作词度曲，每每有了新曲，便邀请好友欣赏。

柳如是走到他跟前，盈盈施礼，嫣然笑道："早听说徐先生曲高词雅，柳子改日跟先生学度曲，还望先生不吝赐教。"

几句话，虽说是恭维，却都是众人公认的事实，只把这两人听得眉开眼笑，喜不自禁，心里比酷暑天喝了凉水还舒坦。

钱牧斋把她带到一个青年儒生面前，满眼流露着一种难以掩饰的喜爱："这是我的弟子何云，在诗词经史上颇有造诣，最难得的是忠肝义胆，深得老夫喜爱。"

何云豪迈地笑笑，朗声道："江南人人都说柳姑娘是胜过须眉的女才子。我想，既然能写出'无愁天子限长江，花底死活酒底王'的女子，必定如英气逼人的剑侠一般。而当今女子，能着儒服访'半野堂'者，那侠气与豪气又添了几分，今日一见，果然名不虚传，清丽脱俗，不类闺阁。"

何云是钱谦益最喜爱的弟子，三年前，钱谦益被捕进京时，何云慷慨誓死相从，到京后，四处奔走，为师鸣冤，留下一段动人的佳话。

后来钱谦益有首记述这次被捕经过的长诗，诗里有赞何云的句子："何生奋袖起，云也行所当。阖门置新妇，问寝辞高堂。典衣买书剑，首路何慷慨。"

柳如是曾读过这首诗，看着眼前这个英俊潇洒，豪气干云的青年人，她屈腿福了一福，心里充满了由衷的敬意。

今天的钱谦益，神清气爽，容光焕发，眼角的皱纹似乎也平展了许多。

酒过三巡后，他对大家朗声道："今天，'半野堂'有幸迎来了江南才女柳如是。这次宴会，一是老夫代表虞山文人学士，尽虞山地主之谊，为柳姑娘接风洗尘；二是请大家欣赏柳姑娘的新作。"

言毕，他对另一张桌子喊："云美，你把柳姑娘的诗念给诸位听听。"

顾云美是钱谦益最年轻的弟子，跟柳如是差不多年纪，生得眉清目秀，皮肤白皙，身材修颀，文质彬彬。

只见他不慌不忙地站起来，拿出一纸信笺，朗声诵读：

庚辰仲冬访牧翁于半野堂，奉长赠句

声名真似汉扶风，妙理玄规更不同。一室茶香开澹黯，千行墨妙破冥濛。
竺西瓶拂因缘在，江左风流物论雄。今日沾沾诚御李，东山葱岭莫辞从。

顾云美念罢，大厅里一片寂静，片刻后，响起一阵热烈的掌声、喝彩声。

自许风流倜傥的瞿式耜不无落寞地说："此诗虽出自女子之手，却毫无脂粉之气，深沉气派，通篇用典贴切，真是一语道出牧翁生平之所好啊，并且还有以身相许之意呢！"

此时的钱谦益正兴奋至极，根本无暇去理会瞿式耜突然变得低沉的情绪。他接过瞿式耜的话说："谁说不是呢！柳子这诗里所有的古人，无不是牧斋生平所敬仰之人，也是牧斋所要效仿的贤者。柳子真乃牧斋平生唯一红颜知己也！"说罢，抚着雪白的胡须，含笑望着柳如是。

柳如是心想，这大厅里的，可都是些自命不凡、闻名于江南的文人学士，能得到他们的赞赏，实属不易。欣慰之余，又听钱牧斋说自己是他平生唯一的红颜知己，心中不禁窃喜，及看到他投过来的目光里，那份毫不掩饰的爱慕之情，她羞怯地垂下了头。

何云几乎是起哄地嚷道："有来无还非礼也。先生，你老应该回赠一首啊！"

钱牧斋嗔笑道："就你是个明白人。"说着又面向大家，"今天，我也有一首回赠柳姑娘，还是让云美诵读，请大家指正。"

顾云美接过钱谦益递来的纸笺，清清嗓子，朗声念道：

文君放诞想流风，脸际眉间讶许同。枉自梦刀思燕婉，还将拣土问鸿濛。
沾花丈室何曾染，折柳章台也自雄。但似王昌消息好，履箱擎了便相从。

钱谦益的另两个弟子在顾云美读诗时，就悄悄地议论着，这两人便是沈璜、孙永祚。

沈璜对孙永祚说："你看，柳如是的诗，说的都是先生平生自许的古代贤者，先生回赠的诗，说的都是才情不凡、美貌无双的绝代女子。"

孙永祚摇头晃脑地说："《西京杂记》记载：文君姣好，眉色如望远山，脸际常若芙蓉，肌肤柔滑如脂。十七而寡，为人放诞风流。这开头一联就把柳如是比作卓文君呢，那先生自然是司马相如了。"

沈璜拍拍他的手臂道："你听这第二句：枉自梦刀思燕婉，还将抟土问鸿濛。这岂不是又把柳如是比作薛涛了，薛涛是唐代著名乐伎、女诗人，痴心恋着元稹。"

"你听，第三句又比作章台柳了。"

看四周有人在听他们的议论，沈璜压低声音说："唐代的章台柳虽说是一名家奴，与那秀才韩翃可是真心相爱的。"

孙永祚笑着说："看来，我们又有新师母了。"

"此话怎讲？"沈璜笑着问。

孙永祚故作神秘地说："咱们先生这首回赠诗里，流露了另一层意思。"

"何意？"沈璜喝了口酒，故意问道，其实他心里明白，柳如是的那首诗本就有要嫁给钱谦益的意思，而钱谦益对柳如是的赞美之情也溢于言表。

孙永祚并不去理会沈璜是在装聋作哑，还是真不明白，自顾自地说："这里面的另一层意思是：世间欲得柳如是的人，即'沾花丈室''折柳章台'者虽众，无奈都是下愚之人，如谢三宾等，都不能如柳如是之意。而先生则暗示自己乃上智之人：'但似王昌消息好，履箱擎了便相从'，优越胜过他人之情跃然纸上。"说完与沈璜相视而笑，两人连饮数杯。

从钱谦益的诗和言谈举止，还有他这些弟子的议论中，柳如是已经看出钱谦益对自己的心意。只是她拿不定，钱谦益是不是风月场上的逢场作戏呢？

这时，有个嗓音高声说："诗文我们欣赏了，确实是文采非凡。柳姑娘的歌舞绝技只是耳闻，不曾眼见。大家想不想请柳姑娘为我们弹一曲，或者舞一曲？"

一时，大厅里附和声起，钱谦益也满怀希望地望向柳如是，何云与顾云美把琴连同琴台一起抬到了大堂中央，不知谁已点燃香炉里的檀香。

第二十七章　折柳章台也自雄

冬日暖和的阳光从木格窗斜斜地洒进来，空气里弥漫着檀香的味道，温暖而惬意。大堂里静悄悄的，大家都不再说话。

今天的柳如是，着一身紫罗兰色杭缎薄袄，袖口处绣有淡雅兰花，同色长裙，裙边绣着一圈细碎的桃花瓣。墨玉般的青丝，随意地绾个松松的髻，斜斜插一支紫玉花簪。衬着雪样白皙的肌肤，显得高贵而典雅，含蓄中又有几分冷艳。

她轻移莲步，款款走至大堂中央，向四面客人微微福身，在琴前缓缓落座，只见她双手轻扬，露出纤细白皙的玉指，轻轻地抚在琴弦上，凝神定气。片刻后，琴声乍起，如春江破冰之声，又如山涧清溪逐层跌落。

钱谦益坐在一边，看她玉指在弦上轻挑慢捻，拨弄得琴弦，淙淙铮铮，犹如幽涧之寒流；清清泠泠，如松根之细流，息心静听，愉悦之情油然而生。

一曲终了，大堂里悄然无声，唯有那余香仍在空气中弥漫，片刻后骤然响起一阵热烈的掌声，久久不息。

柳如是盈盈起立，向大家频频致谢。

钱谦益抚着他那雪白的胡须，摇着他那颗比众人大得多的脑袋，微笑道："此曲旋律典雅，韵味隽永，颇具'高山之巍巍，流水之洋洋'的气概，恰如'轻舟已过万重山'，势就徜徉；时而余波激石，时而旋洑微沤。这就是那首最著名的古琴曲《高山流水》了。"

一旁喝闷酒的瞿式耜不无含酸地说："柳姑娘好琴技呀！当年俞伯牙为钟子期弹奏也不过如此罢，看来牧斋翁找到了旷世红颜知己，柳姑娘找到千古知音了，实在是可喜可贺！来，牧斋翁，柳姑娘，瞿某为你们的相遇相知浮一大白！"说罢，一口饮尽杯中酒。

钱谦益沉浸在前所未有的幸福之中，无暇顾及他人的嫉妒与失落，此时此刻，他眼里只有柳如是，想把柳如是留在半野堂，可那两个小妾朱氏与王氏，又岂是省油的灯。

曲终人散，虞山的才子们意犹未尽，扶醉而归。

柳如是也相随着出门，钱牧斋急急地拦住她："柳姑娘慢走。"

柳如是在门廊前停下，侧身而问："宗伯有何事赐教？"

钱牧斋见她如此发问，反倒不好意思了，只好直说："牧斋想留姑娘暂住半野堂。这天气一日寒似一日，你如此柔弱的身体，不宜久住水上画舫。"

柳如是见他言辞恳切，神态温和，只觉得这钱牧斋慈祥如老父。几年来，她对舟上生涯的艰辛感受良深，且不说朝雾宵露的不安，有时遇上逆风横雨或弥天大雪，困于荒郊野外，不要去说"独钓寒江雪"之雅了，就连一粥一饭也得之不易。在外人眼里，这般泛宅浮家的日子颇有诗意，只是这其中的苦楚，有谁能理会？

她寻思着，眼下来虞山寻求夫婿，原本就是冲他而来，既然他有意，我留在半野堂，也未尝不可。只是他的两个小妾，将如何面对？再说，他也没说要娶我。我虽然出自青楼，却有自己的尊严，不能白白地在人前落了口实。

她抬起头，望着钱牧斋期盼的眼神，温柔却是坚定地说："宗伯的半野堂虽然富贵温暖，却不是我柳子的久居之地，我还是回到桃花涧的画舫上去罢，那才是我闲适自由的去处呢！"

"姑娘偶住船上，如东坡泛舟赤壁之夜，或如张志和于斜风细雨之中品桃花鳜鱼，则属人生之极雅之事，只是姑娘泛宅浮家，终日在水面上栉风沐雨，难免饱尝颠簸之苦。"

柳如是一听此言，秀眉微微一拧，又展颜笑道："宗伯有所不知，柳子载一船书画，或弹琴于春江，或吟诗于雪夜。卧可以听流水于舱底，坐可以观翠微于青山，极尽卧游之乐。我这雪篷浮居虽无华堂明轩，却可以在烟波江上，一避世间十丈俗尘。"

钱牧斋听柳如是娓娓道来，看她娇俏的面容，心里不禁赞道：此女果然非同一般，极具独行特立的个性。她分明是想留下，却又说出此番话来，是在向我暗示什么呢？

他思忖着，也不强留，当即吩咐冬青，要好生生地把柳姑娘送回桃花涧的画舫上去，不得有半点差池。又对柳如是说明天一早就到桃花涧去看望她，说好了不见不散，这才依依道别。

第二十八章　杨柳丝多待好风

西泠月照紫兰丛，杨柳丝多待好风。小苑有香皆冉冉，新花无梦不濛濛。
金吹油壁朝来见，玉作灵衣夜半逢。一树红梨更惆怅，分明遮向画楼中。

——明　柳如是

　　钱谦益站在紫荆架下，直望到柳如是的轿子拐过街角，这才背着双手慢慢踱着步子返回大堂。大堂已经收拾得如往常一样干净整洁，刹那间，他突然感到从未有过的寂寞与失落。

　　只是今天失落的感觉跟往常不一样，不是仕途的失意，也不是曲终人散后的落寞。

　　他一生中，在朝廷的日子极少，游于山野林泉的日子极多。日子总是在静寂的辗转中昼夜相承，一晃眼，已年过半百，时间过得惊心动魄，不着痕迹。真的不着痕迹吗？

　　他看着镜子里的自己，雪白的头发，黝黑的面容，臃肿的体态，一种从未有过的自卑之感油然而生。他眼前幻化出柳如是的影子，她是那样的青春亮丽，妩媚娇柔，就如一朵枝头盛放的桃花，三月枝头的桃花都不及她的清灵雅致。

　　这样一个姣如清月，妍如桃花的女子，她的一颦一笑，一举一动，竟如此牵动着他的心怀，他忽然间明白了自己的失落与怅惘。

　　在寂静的半野堂，在这暮色渐浓的黄昏，他感觉自己又回到了青春年少的岁月，回到了桃红柳绿的季节，那颗因"情"而萌动的心，正有力地怦怦跳动。

　　在他半生仕途的坎坷与拼搏中，在他失意之时，上苍赐予了他一朵美丽娇艳的桃花。这朵桃花不是开在三月春风里，不是开在桃花涧的山坡上，而是开在了他温暖的充满激情的心房，此时，他忘了他的年龄。

　　顷刻之间，他突然决定了一件大事，高声唤冬青。

　　冬青应声而来，站在他面前，恭敬地问："老爷有何吩咐？"

"你去把虞山最好的泥瓦匠，还有风水师一并请来。"

冬青有点摸不着头脑，怎么老爷突然要请这些人？因而踌躇着："老爷，现在就去吗？"

钱谦益一瞪眼睛："不是现在，难道还要等到明天不成？"

冬青唬得一溜烟走了。

钱谦益抚着胡须，踱着步子，在半野堂前后左右转悠着。

当月亮爬上紫藤架时，虞山有名的泥瓦匠已经坐在了"半野堂"的大厅。钱谦益双手笼在袖子里："今夜把诸位师傅请来，老夫有一事相求。"

其中一位年长者立起身来，恭敬地说："大人有事，只管吩咐，何须说相求二字？这岂不折杀了我等匠人？"

钱谦益很满意这样的回复，他笑道："老师傅请坐。老夫想在这半野堂左侧再建一室，虽不能过分奢华，但也不能小家子气，里面的各种设施要一应俱全。各位师傅，你们看要多少天才能建好？"

长者说："既是大人造华居，自然要精致。不知大人是否已择取开工奠基的日子？"

钱谦益听了忙唤冬青，问风水师如何没来，冬青说风水师出门看风水去了，不知几时才能回虞山。

钱谦益沉吟片刻："我也读过易经的，冬青，你把那老皇历拿来我看看。"心想，我哪里还等得及看造楼的好日子，柳如是能找上门来，就是我的好日子来了。

他还是翻了半天皇历，然后对那老匠人说："这皇历上说明天是个吉日，就明天吧，明天动工，十日之内你能把这房子建成么？"

老匠人不无骄傲地说："我这些来半野堂的匠人，都是虞山一等一的手艺人，十日之内定能让大人住进新屋。"

钱谦益兴奋地站起来，击掌道："好！若十日之内建好老夫的'我闻室'，工钱之外，定有重赏。"

老者带着匠人们出门而去，准备明天一早就动工。

钱谦益对冬青说："这几日，我要尽地主之谊带柳姑娘到虞山各处转转，你在家里盯着这些匠人们，不准他们偷工减料，投机取巧。"

冬青小心地问："老爷，你刚才说咱家要建的新房子叫'我闻室'么？"

钱谦益摸着胡须笑道："怎么样？这名儿取得好不好？雅不雅？"

冬青嘿嘿笑道："老爷，小的正想问老爷呢，小的也不懂这'我闻室'有个什么说法。"

钱谦益此时的心情极好，就如春风轻抚过的原野，花红柳绿，燕舞莺飞。他背着双手，踱着方步，慢悠悠地说："释迦牟尼佛入大般涅槃前，曾嘱咐四件事为：一、佛弟子应依'波罗提木叉'为师；二、佛弟子应依'四念处'为住；三、集结经文之首应冠以'如是我闻'；四、对待恶性比丘应用'默摈'为之。"

"至于云何谓'如是我闻'？兹依《阿弥陀经通赞疏》所开示，分述之如下：当说，如我所闻，或信可言，是事如是，谓如是法我昔所闻，此事如是，则此当说，定无有异。由四义故经所皆置如是我闻。"

钱谦益自顾自地说着，并不去理会冬青是听得懂，还是听不懂。

冬青插嘴问道："老爷，你说半天，小的也没听明白，只听得'如是''我闻'。那'如是'是不是就是柳如是柳姑娘呢？"

听了冬青这几句话，钱谦益哈哈大笑道："孺子可教也！你果然听明白了，正是'如是我闻'。"

看冬青怔怔地望着自己，钱谦益眯着眼睛说："老爷我建的这座'我闻室'就是给柳如是柳姑娘住的！"

一夜之间，虞山便传开了："文章宗伯，诗坛李杜"钱谦益，在半野堂边，筑"我闻室"，迎柳如是，金屋藏娇。

虞山人把这事儿作为茶余饭后、街头巷尾闲谈的话题，添枝加叶，添盐加醋，说得绘声绘色，倒也无关紧要，要紧的是"半野堂"里住着的两个女人却慌了心神。

钱谦益的正室夫人陈文彩，住在老宅荣木楼里，年事已高，又无子女，终日里打坐念经，侍奉佛祖，不问他事。

"半野堂"里的两小妾朱碧云与王嫣霞，可就不是那么回事了，两人成天里钩心斗角，争风吃醋。

朱碧云进钱家后，生有一子，名孙爱，钱谦益视如珍宝，朱氏虽然徐娘半老，却母以子贵，凡事都逞强好胜，得理不饶人。

小妾王嫣霞年轻，且生得珠圆玉润，把钱谦益侍候得眉眼服帖。平日里，这两人一旦争起来，钱谦益也是睁只眼闭只眼，由得她们去，争着闹着，关起门来，还是一家子。

这次可就不一样了，平日里鸡犬之声相闻，互不往来的两个女人，一下团结起来，情同姐妹。她们虽然都身为钱府姬妾，但她们却有种莫名的优越感，那就是她们都是良家女子出身。在她们眼里，柳如是算什么货色？"一条玉臂千人枕，半点朱唇万客尝"。在苏州河畔倚楼卖笑的女人，好端端地卖你的笑罢，怎的大老远就跑到常熟虞山来了？莫不是想男人想疯了，送上门来了？

两人同心同德，一起到城里的老宅荣木楼，对着夫人陈氏又哭鼻子、又抹眼泪：老爷在外面逛秦楼楚馆也罢，钻花街柳巷也行，寻花问柳，拈花惹草，我们几时说过半个"不"字？而今倒好，一个苏州河边的歌女，大老远地跑了来，说什么"除非才气如钱牧斋，否则不嫁"。老爷听了，高兴得忘了自己的年龄，也说什么"除非才气如柳如是，否则不娶"，两人竟像是前世定下的因缘。老爷巴巴地请了虞山最好的匠人，吩咐十日之内建好"我闻室"，让那贱女人来住。这下可好，一个歌女，日后竟要与我等平起平坐了。

朱氏与王氏，絮絮叨叨地说着，夫人陈氏端坐在那里，双目微闭，手里不紧不慢地捻着佛珠，她的灵魂似乎游离在那个她所膜拜的佛国海天里，根本没听见她二人的话。这两人见说半天，夫人也没反应，都不说了。两人起身，正想悄悄退出，却听得夫人缓缓说："阿弥陀佛！因缘自有前定，各守安分去罢。"

二人见夫人陈氏两耳不闻窗外事，一心只吃斋念佛，也无可奈何，只得抹干眼泪，回到"半野堂"，再想其他招数。

钱谦益此时正沉浸在青春般的爱恋里，哪里将这二人放在眼里。大凡男人心里有了挚爱的女人，那这个女人便是他的心肝，便是他的珍宝，便是他的天地了，便视其他女人如草芥一般。任你哭也好，闹也罢，发疯撒娇由你去，你有多大劲儿，就哭多大声儿。

自古以来，眼泪救不了失宠的女人，只有淹没失宠的女人。失宠的女人，越发要站直身子，昂起头来，抹干眼泪，微笑着去迎接太阳和月亮，去承受四季无常的风霜雨雪，这时候，你骨子里就会透着一种诱人的美丽。可惜，朱碧云、王嫣霞不懂。她们只一味地哭闹、耍泼、撒娇，钱谦益也懒得跟她们理论，索性搬到"半野堂"后面的"惠香阁"住下。每日里，天一亮就起床，到桃花涧柳如是的画舫上，煮茶品茗，弄筝听曲，吟诗作画，谈兵论剑。

冬天的虞山，树木萧条，山水沉寂，因桃花涧有了柳如是，钱谦益就没觉得这是冬天，他心里是芳草绿树，脸上春光灿烂，一朵桃花正在他从不服老的心海里嫣然绽放。

这天一大早，钱谦益兴致勃勃地跳上柳如是的画舫，鲜朵儿正在舱尾晾晒衣服，见他来了，便笑着问好："大人好早，我家姑娘还没起床呢。"

柳如是在舱里听见了，应道："我正要起床呢！"

钱谦益也不避讳，直进到舱里，冬日暖阳，从船窗斜斜地照进来，正落在柳如是的床头，阳光下，柳如是披垂着一头乌黑的秀发，慵懒地半倚在床头，那神情竟有种说不出的野性的娇媚。钱谦益看得呆了，觉得口干舌燥，费力地咽了一下口水，那粗大的喉结上下滚动着。

柳如是听得清楚，她看着他，嫣然笑道："宗伯请坐，我这就起来梳洗。"又朝窗外唤道，"鲜朵儿，你在忙些什么呢？大人来了，也不端茶倒水了？"那说话的声音在钱谦益听来，如三月枝头的黄鹂，清脆、娇柔、婉转，此时此刻，他竟不知身在何处了。

鲜朵儿端茶进来，对钱谦益说："大人请这边坐，大人请用茶。"钱谦益这才坐到书桌这边来，但仍然盯着鲜朵儿帮柳如是梳理那一头如瀑布般的青丝。一盏茶喝完了，竟不知是何滋味。

柳如是梳洗完毕，转身对钱谦益盈盈一福，轻启朱唇道："宗伯请恕罪！柳子怠慢了。"

钱谦益连忙起身，趋前一步，拉起柳如是："哪里哪里，是我来早了，扰了姑娘清梦。"

他握着柳如是的双臂，觉得她穿的棉袄好单薄，又摸摸她的手掌，可又觉得温润如玉。不免奇怪地问："这大冬天的，地面上都怪冷的，何况这水面上，更是寒气袭人，你穿得如此单薄，可你的手怎么就是温暖的呢？而且，你气色也不错，脸上白里透红，红润犹如这桃花涧三月的桃花呢。"

随即，又有点不好意思地问："敢问姑娘，你用的哪一种香料？我也跑过不少地方，也知道一些名贵的花香香精，可就是说不上来你身上的这股子香味。"

他放下柳如是的手，走到船窗前，望着船窗外清澈的湖水，像是在琢磨着："这香味与其他香精香料决然不同，似有若无，温润怡人，且幽远弥久。"说完，转过头来看着柳如是。那眼神，像是要把她生生地刻进自己的眼眸里，刻进自己的灵魂里去。

阅人无数的柳如是，何尝不懂他这眼神里的意思，她的脸更红了，柔声道："宗伯有所不知，柳子自小就对花粉之类的东西过敏，不敢乱搽那些香精香料的。我的姐妹们都说我身上有股子香味，我自己竟不知是何缘故。"

钱谦益惊奇地睁大眼睛，情不自禁地说："史书记载，唐明皇的杨贵妃身上是天生有香味的，但那毕竟是古人，只是传说。而你却是个活生生的真人呐，你身上的香味怕是比那杨妃的香味，更真实，更馨香。"说着，对着窗外，在心里默默说："苍天有眼呐，在我仕途失意之时，年过半百之际，送这等才华飘逸的奇女子给我，此生何幸！"转身一把搂住柳如是，久久不愿放开。

鲜朵儿把早晨熬好的鱼片粥，炒的几样清淡小菜，端来放在前舱的餐桌上，并不再进中舱，就站在门帘外说："姐姐，你快来吃早饭罢，这鱼片粥冷了就不好吃了。不知钱大人用没用过早餐呢？"

柳如是在内舱听了，忙挣脱出钱谦益的怀抱，整了整衣衫，应道："来了。"拉着钱谦益的手来到前舱："宗伯也吃碗鱼片粥罢，鲜朵儿的鱼片粥熬得可好了。这不，她已经给你盛了一碗呢。"

钱谦益闻到粥香味，这才想起，在"半野堂"没吃早餐就匆匆忙忙地到了桃花涧，觉得肚子还真饿了，及看到几样小菜做得新鲜水灵，不等柳如是说第二句，就坐下来端起了碗，一口气就喝了小半碗到肚子里了，再尝尝那几样小菜，不由得夸道："你这丫头手艺还真不错呢，鱼片粥熬得鲜嫩柔滑，这小菜也炒得清淡爽口。"并回头叫道，"鲜朵儿，再来一碗。"

鲜朵儿应声而来，手中却端着托盘，她从托盘上拿出一碟小笼包子放在钱谦益面前，并说："请大人尝尝鲜朵儿做的包子，有香菇馅的，有菊花馅的，还有红豆沙馅的。"在柳如是面前也放了一碟，又给钱谦益添了一碗粥。

钱谦益吃着包子，叹道："这包子真好吃，皮软馅香。柳子，你这才叫过日子呢，我在半野堂还从未吃过这么惬意的早餐。"

柳如是放下筷子，敛眉道："宗伯哪知道小女子的艰辛，幸而有鲜朵儿，这几年到处漂泊，多亏了鲜朵儿的精心照料。"随后，便把自己的身世向钱谦益一一道来。

钱谦益听后，半晌才说道："我只道柳子美貌如花，才情超群，恃才傲物，生性刚烈，不类闺阁。不曾想，你有如此悲惨的身世与坎坷的经历。今日，牧斋不单单是爱慕你娇艳的美貌与过人的才情，姑娘这种不屈于人下的心劲更是让牧斋肃然起敬。" 又沉吟片刻，安慰道，"我送几句诗给你：轻车慢忆西陵路，斗酒休论沟水头。还胜客儿乘素舸，迢迢明月咏缘流。你冰雪聪明，过去的事情就让它去过，不要再去想了，一切都重新开始，以后的日子会好起来的。"

柳如是言辞恳切："柳子万分感谢宗伯的知遇之恩。"

"好了，我们两人就不要谢来谢去了。此后，跟我在一起，就不会有许多的忧愁苦闷，我会全心呵护你。"钱谦益看了看窗外，"今天虽有太阳，但北风大，你身体太柔弱，就不出去了，我就在画舫上陪你说说话吧。"

柳如是欢喜地说："那我们就把画舫划出桃花涧，在湖里游动，看看冬天的湖光山色如何？"

钱谦益称好主意，柳如是交代鲜朵儿去叫阿四伯划动画舫，并泡壶上好的龙井茶，装几色干果，送到舱里来。

鲜朵儿一一应了。

冬天的湖面实在是空旷寂寥，与其说钱谦益陪柳如是泛舟游湖，欣赏湖光山色，还不如说是美人在侧，馨香馥郁，让他如醉如痴，他的眼睛未曾离开过柳如是。

柳如是被他看得不好意思，就装着没注意到他在痴痴地看她，而去看船窗外的风景，湖岸的杨柳早已在冬日的风寒霜冻中枯竭，只留下光秃秃的枝丫无助地、乞怜地伸向天空。柳如是的心不免忧戚，一直以来，她总是以杨柳自比，这枯竭的杨柳枝让她难过忧伤，她知道，到明年春天，这些沿湖的杨柳会发新芽，会抽嫩枝，会吐柳絮。可自己呢？将一年老去一年，眼前这个年过半百的男人，真是自己可以托付终身的人吗？他看重的是自己的美貌，还是真的看重自己的才情与独立的个性？那么，他将如何来决定自己的身份呢？是明媒正娶，还是一顶小轿就把自己抬进半野堂，做他的小妾，让自己去跟那些女人钩心斗角，争风吃醋？想到这里，她忍不住叹了口气。

钱谦益半天没说话，这时听她叹气，便关切地问："柳子无故叹息，所为何来？"柳如是没有答复，仍然望着窗外出神。

他见她没反应，便走到她身后，抚着她的肩膀说："你来看看，我刚刚作了首诗。咱俩游湖，岂能无诗？"

柳如是回头，含笑道："呀！你写诗了，我瞧瞧。"说罢，走到书桌前，一张雪浪纸上，龙飞凤舞的写作：

冬日同如是泛舟有赠

冰心玉色正含愁，寒日多情照柂楼。万里何当乘小艇，五湖已许办扁舟。

每临青镜憎红粉，莫为朱颜叹白头。苦爱赤栏桥畔柳，探春仍放旧风流。

　　读罢钱谦益的诗，柳如是暗自思忖：他这诗里话外，流露出的爱慕，不单是因为我的容貌与才华，更多的是怜惜我不幸的遭遇与漂泊。而且从这些日子的言谈中，不难看出此人对当今天下的见解，丝毫不减那些年轻人，比起其他人，他更有雄心和底蕴去博取更高的权位。

　　想到这里，她拉过一张雪浪纸，也回赠一首

冬日冷舟次韵奉答

谁家乐府唱无愁？望断浮云西北楼。汉佩敢同神女赠，越歌聊感鄂君舟。

春前柳欲窥青眼，雪里山应想白头。莫为卢家怨银汉，年年河水向东流。

　　"望断浮云西北楼"钱谦益心想，这句取意于古诗十九首"西北有高楼，上与浮云齐"。"西北高楼"是喻指君主，浮云喻指贤臣。这两句诗寓意朝廷的崇祯皇帝将为亡国之君，而我钱牧斋为高才之贤臣。他心里暗自惊奇，别看这小女子娇小柔弱，却有着极高的政治见解与超人的识才能力，真乃牧斋平生唯一知己也！

　　钱谦益心情极其舒畅，对柳如是赞道："柳子文采之美，运典之妙，竟不是我所能及的。我的诗中有朱颜白头之句，你便以春柳雪山作答，自比春柳，且有崇敬高年之意；而神女及鄂君二典，譬喻及意旨均十分精妙；最后结束两句典出梁武帝萧衍的《河中之水歌》，让我明白无误地了解你的心意。柳子的和诗情韵高雅，已经超越了牧斋的原诗啊，真乃江南才女也！"

　　说完，他看着柳如是脸飞红霞，笑靥如花，不无欢欣地说："你的诗里用了《河中之水歌》里的典故，这首诗开头两句是：'河东之水向东流，洛阳女儿名莫愁。'洛阳莫愁女是一位善解人意的姣好女子，我看你就叫河东君罢！"

　　柳如是听了他这一番话，喜极而泣。此时，方知钱牧斋对她的一片真情乃是出自内心，给自己取名为"河东君"，可见他喜欢自己的程度和用情。于是一拜到地，由衷地说："承蒙宗伯厚爱，不惜赐号，从今往后，柳隐如是号河东君了。"

204

第二十九章　今夕梅魂共谁语

清樽细雨不知愁，鹤引遥空凤下楼。红烛恍如花月夜，绿窗还似木兰舟。

曲中杨柳齐舒眼，诗里芙蓉亦并头。今夕梅魂共谁语，任他疏影蘸寒流。

——明　钱谦益

　　崇祯十三年庚辰十一月廿四日小寒，十二月九日大寒，钱谦益把十二月二日称为寒夕。这天，也是柳如是到虞山的第十二天。

　　虽是阳光普照的晴天，柳如是在桃花涧的画舫上，仍觉得寒气逼人，从湖面掠过的北风，如刀般冷峭。

　　平日里，因为经常服用徐佛姨娘配制的药酒，她并不惧怕寒冷，纵是三九严寒，漫天飘雪，也是一身薄薄的棉袄棉裙御寒。

　　可今天，她心神不定，感觉一股寒气在心底回旋。她依着船窗，望着幽深的湖水，一任寒风把面颊吹刮得生痛。

　　自来虞山，或者说自投"诗"半野堂以来，钱谦益天天相陪，走遍虞山的山山水水，他的热情与呵护，足以抵御这冬日刺骨的寒风。可这不是她不辞劳苦而来的目的，她要的不仅仅是这些，她要的是什么呢？她能明明白白地对他说：钱牧斋，我要你对我人格的尊重，我要你的明媒正娶，我不要做你的小妾，我要你把我柳如是当作正室夫人。

　　这样的话，她怎么启齿？若是能要得来她所要的这些东西，只是这"要"来的东西，能持久吗？能服人心吗？

　　虽说这些日子，从钱牧斋的言谈举止及赋和的诗词中，能看出他有护花之心，却并没有承诺。她不知道钱牧斋到底怎样来对待她，她不可能总待在这寒气逼人的桃花涧，等待他每日的来访。

　　她要停舟靠岸，她要风情万种地坐上花轿，在鞭炮锣鼓声中，穿着大红喜庆的婚礼服，盖着鲜艳的红盖头，被人搀扶着，走进大红灯笼高高挂起的屋子里，做个堂堂正正的新娘。

第二十九章　今夕梅魂共谁语

这要求过分吗？一点儿都不过分。对每个女人来说，这或许是必由之路，可对她来说，却是如此的艰难。

她倚着窗儿，望着被风吹得细浪粼粼的湖水，不由得黯然神伤。

"鲜朵儿，你家姐姐呢？"钱谦益一边踏上跳板，一边高声地问。

"在舱里呢。"鲜朵儿在船头收拾刚刚买来的鱼，扬声答着。

说话之间，钱谦益已经到了里舱，柳如是一听到他的声音，就用双手拍了拍脸颊，让紧绷的脸颊松弛下来。她不能让钱谦益看出她的落寞与苦闷，她不要他的同情与怜悯，她要的是心灵的理解，要一个永恒的、不再漂泊、不再流浪、可以停舟上岸的温暖的港湾。

如果你能给，你就给我最好的；如果你不能给，我也不强求，但是无须你的虚情假意，更无须你的玩弄与欺骗。

当钱谦益看到柳如是时，是她那一脸灿烂而迷人的微笑，如桃花开在春光明媚的枝头。

"宗伯来了，宗伯请坐。"柳如是离开窗台，招呼他，"鲜朵儿在准备做午饭，我去给你沏茶。"说着就要去外间。

钱谦益却拉着她的手说："今天我们不逛山，不游湖，也不喝茶。"

柳如是睁大了眼睛，样子很是天真烂漫，有点愕然地问："宗伯今天想做什么？"

钱谦益抚摸着他那一把雪白的胡须，看着她娇柔的样子，怡然而笑："今天你只管跟我走，我带你去一个地方。"便拉她上了自己的小船，并嘱咐鲜朵儿自己吃午饭。

柳如是何等的聪明绝顶，见钱谦益这样子，心里有些许猜度，却并不刨根问底。她看出这是去半野堂的路径，就只管跟他走。

有时男人爱慕女人飘逸超群的才华，不像爱慕女人娇美的容貌。容貌是时刻看见的，可才华不能当饭吃。所以，有时男人喜欢女人傻一点儿，笨一点儿，如此才能体现出男人高高在上的地位和高出女人的聪明才智。要不，怎么男人在某些事情上总骂女人头发长、见识短。

柳如是做到了这点，吟诗作赋时，若是能压倒你，她会当仁不让。但在一些生活中的小节上，她会笨一点儿，让男人感觉他自己就是女人厚重的靠山，就是踏实的湖岸。

钱谦益就喜欢她现在这个样子，乖乖地跟他走，像小鸟依人样，却绝没有小鸟叽叽喳喳的嘈杂声。

柳如是下船上轿，再走出轿子时，已经在半野堂门前了。她惊奇地发现，就在半野堂左边，在那紫荆架旁边，赫然矗立着一座新楼。

柳如是不相信自己的眼睛，趋步向前，门匾上清清楚楚地写着三个大字："我闻室"。在阳光的照耀下，这三个字闪闪发光，似乎墨迹未干，尚有墨香隐隐萦绕。

柳如是回过头去，以同样惊奇的眼神望着钱谦益，并不说话。

钱谦益反剪着双手，看看新房子，像是在端详那三个字写得如何，又看看柳如是。她吃惊的样子，惊奇中带着欣喜，这正是他所要的效果，他给了他心爱的女人一个惊喜。

他不无得意地告诉柳如是，这就是为她接风洗尘的第二天动工，花了十天时间特地为她修筑的"我闻室"。

"我闻室"取自《金刚经》里"如是我闻"一语，与她的名字相契合。柳如是听了，会意地笑了。这笑是自到虞山以来最舒心的笑，也是跟钱谦益最默契的笑：她不辞劳苦来虞山，就是要嫁给他。他不顾一切修筑新居，就是要娶她。

钱谦益伸出右手，揽着柳如是，温柔地说："走吧，我们进新居。"两人一起迈进"我闻室"。

"我闻室"虽不十分宽敞，但格调绝不逊于隔壁的"半野堂"，里面的装饰极为典雅，墙上挂着名人手迹，一些名贵古玩错落有致地摆放红木架上。客厅、卧室、厨房里的日常用品，一应俱全，整个屋子不像是刚刚建成，倒像是很久以前就如此，只是主人暂时外出未归。

柳如是在这新屋子里，慢慢走着，慢慢看着，轻轻地摸摸这，再摸摸那，心里五味杂陈。自懂事时起，就被卖到归家院，在归家院这个"家"里，度过艰辛的少年时期。十四岁又被卖到周家，受尽屈辱。遇上宋征舆，是她情窦初开之时。宋征舆给她的爱是炽热的青春蓬勃的，可他也只敢到她的画舫上，跟她偷偷相会。他的懦弱使当年月光下，寒漂中，画舫上，那对少男少女纯真的爱情，再也不会回来。

陈子龙，想到陈子龙，她的心陡然有种窒息的疼痛。站在"我闻室"的梳妆台前，看着镜子里那个面目依然姣好的女人，她似乎有些责备地问镜子里的女人：怎么？你就要嫁给这个为你筑新居的老男人了，可你这颗心为何还在为陈子龙疼痛？你不是已经忘记他了吗？

她自己都不明白，虽然她不去想陈子龙，但她今生今世都忘不了陈子龙。她从不刻意地去想那些前尘往事，而往事早已深深地根植在她心底最柔软的深处。陈子龙给她的爱，不是宋征舆那种如火如荼的爱恋，那烈焰会因大风，会因雨水，也会因柴尽而很快烟消云散。

陈子龙给她的爱情，一半是知己之爱，一半是同情之情。纵然是两人因爱而同居，也只能向朋友借座"南楼"，未曾想过要给她另起新居。纵然柳如是爱他爱得无怨无悔，也仍然是他路过的风景，他的脚步从未为她而停，一直在前进，直到走出她的生活，走出她的视线，再也没有回头看她一眼，而她却把他深深地铭刻在骨子里了。

离开梳妆台，她抚摸着雕花眠床，床架上的图案栩栩如生，帐前挂着的大红流苏上，绣着精美的风穿牡丹，正无声地散发着幸福喜庆的气息。

她暗自问自己：眼前这个皤发皓首的男人，这个在江南被誉为"文章宗伯，诗比李杜"，并有着极高威望的男人，在短短的几天里，特地为她筑起一座可避风雨，可挡严寒酷暑的新居。"我闻室"这屋名，是那样贴切、那样契合自己的名字。而这"我闻室"居然就建在他的小妾身边。看得出他有多么珍爱和娇宠自己，又是多么了解自己的个性与喜好。

可是，自己真的爱这个年纪大得足可以做自己祖父的男人吗？不爱又怎样？这次专程为他而来，不就是要嫁给他吗？那么，是爱他能东山再起入朝为相，是爱他江南文豪的名气，还是爱他的财富？

她不知道如何回答自己，许多年的坎坷经历，让她心灵疲惫不堪，她累了，她要歇息，她不想再如柳絮一般随风漂泊，随水流离。她只想"约个梅魂，黄昏月淡，与伊深怜低语"。只是这个白发苍苍的男人，是她想约的"梅魂"么？

钱谦益见她这里看看，那里摸摸，脸上的表情时而欢喜，时而悲戚，只道她是因这突如其来的惊喜而激动，心里不免暗暗得意。等她在各处看够了，回到客厅时，温和地说："今日是寒夕之日，咱们择日不如撞日，你今天就搬进来住吧！今夜，我要在半野堂举办'寒夕文宴'迎接你，祝贺你成为'我闻室'的女主人。"

柳如是一时不知如何回答，多年来四处漂泊，每到一处，总是借居别人的庭院。而今天，就要成为这座刚刚落成的新居"我闻室"的女主人了，除了感激钱牧斋的知遇之恩，还有几分她自己也尚未明白的情感，正悄悄地在心底里萌生。

她对着钱谦益深深地拜了下去，由衷地说："宗伯如此厚待柳子，柳子愿终身侍候宗伯！"

钱谦益一见她，心里就像在寒冷的冬日里抱了一只怀炉，暖烘烘、甜滋滋的，哪里禁得住她这一拜，忙弯腰扶起。

柳如是望着他，恳切地说："宗伯，柳子有一事相求。"

钱谦益佯嗔道："以后不要如此客气了，有什么事只管说。"

"本来我孤苦无依，走到哪儿就只我一人，只是后来买了鲜朵儿，她也是个苦命人，如今世道动荡不安，也不知父母在何方。我住进这里，不忍她流落在外，恳请宗伯允许我带她一起过来，日后帮她找个好人家。"

钱谦益忙道："这个我早已想到了，你那船公阿四伯是有家小的，给他些银子让他回家做点小本买卖。鲜朵儿自然是跟你一起过来的，你姐妹一起多年，生活上彼此也习惯了，我这就让冬青去接鲜朵儿过来。"

说完便唤来冬青细细交代一番。

虞山的天际刚刚拉上夜的帷幕，"半野堂"里已经灯火通明。钱谦益今天的"寒夕文宴"破例只邀请了两位客人：程孟阳与徐锡胤。徐锡胤家里有一套戏班子，虞山的每次文宴自然少不了他。

程孟阳从嘉定而来，今天是腊月初二，已近年关，这位布衣寒士，年逾古稀，穷困潦倒。他来虞山，是想跟钱谦益一起守岁过年、讨几分温暖，驱除寂寞，没想到钱谦益正筑金屋，藏娇娃。

当柳如是出现他面前时，尤其是当他看到眼前的佳人风流婉转、光彩照人时，他心里无端地涌起一股莫大的苍凉悲哀。

徐锡胤的乐师在他的指挥下，已经开始演奏，平时安静的"半野堂"一时笙歌悠扬，霓裳漫舞，真有说不出的人间欢乐，道不尽的繁华富贵。此时的钱谦益哪里还有心思去管那朝廷的党派纷争，去关心那因纷飞战火而四处流离的百姓。国家的内忧外患，他早已抛到了九霄云外。

有道是：酒不醉人人自醉，钱谦益仿佛又回到了青春时期，一团情爱之火烈烈地燃烧在他的胸臆间。二十九岁与韩敬争夺状元败走麦城；四十岁做浙江主考官因科场作弊失察，无奈告病回乡；四十四岁升少詹事，又因东林党获罪罢官；此后，因多方阻碍，多种原因而不得进入朝廷，一生中的大好时光，就在这进进退退中悠然而过。

而今天，他豪情万丈地想，"半野堂"文宴，是他生命中最得意又最难忘的一件事，是他仕途失意之后最开心最愉悦的一天。他相信，眼前这个娇柔妩媚、智慧超群的女人能带给他新的生命活力，他要在仕途上东山再起。

　　被江南人称为"文章宗伯，诗比李杜"的钱谦益，在这非同一般的"寒夕文宴"之中，岂能无诗。

　　一曲歌舞之后，钱谦益带着微微醉意，吟诵刚刚写就的诗：

　　　　寒夕文宴，是日我闻室落成，延河东君居之
　　清樽细雨不知愁，鹤引遥空凤下楼。红烛恍如花月夜，绿窗还似木兰舟。
　　曲中杨柳齐舒眼，诗里芙蓉亦并头。今夕梅魂共谁语，任他疏影蘸寒流。

　　柳如是听了，心下自然明白，诗的最后两句"今夕梅魂共谁语，任他疏影蘸寒流"寓意明显。"梅魂"引用了她《咏寒柳》里的最后两句："待约个梅魂，黄昏月淡，与伊深怜低语。"

　　在她心灵深处，那个"梅魂"就是她毕生追寻的爱人知己，是她可以把自己的全部情感交付给他的情郎，是她可以托付终身的依靠。

　　钱谦益在诗里明白无误地告诉了她，今夜，他要做那个"梅魂"。不，他就是那个她在尘世中苦苦追寻的、魂牵梦绕的"梅魂"。他就要在"红烛恍如花月夜，绿窗还似木兰舟"般的洞房花烛夜里与她深怜低语。

　　柳如是一颗芳心已在钱谦益身上生根发芽，今夜，她要让他看到一朵比桃花洞里的更娇更柔更艳，更有灵气的桃花。

　　她站起来，双手捧着酒杯，落落大方地对钱谦益说："柳子万分感谢宗伯的知遇之恩，请宗伯饮此一杯，柳子满饮三杯。"说罢，连喝三大杯。

　　转身对郁闷的程孟阳说："程老先生远道而来，一路辛苦，恰逢宗伯为柳子开'寒夕文宴'，亦是有缘人。而且，程先生与柳子也有师生之谊，柳子敬先生三杯。"不等程孟阳推托，连饮三杯。

　　连喝这么多酒，丝毫不见她有醉态，只觉得她眼含春水，面若桃花，越发妩媚动人。

　　她又斟满酒杯，斟满酒杯对徐锡胤说："徐先生精韵律，擅度曲，是我辈高人，柳子由衷敬佩。"也连饮三杯。

　　放下酒杯，她对这三个目瞪口呆的男人说："你们且慢用，柳子去去就来。"

这三个人同时在想，怕是喝多了。

当柳如是再次出现在大堂时，大家不禁眼前一亮，只见她一袭碧绿的翠色长裙，纤腰紧束，不盈一握。风鬟雾鬓，一只白玉兰花簪随着莲步微微颤动。满目含春的凤眼，勾魂摄魄。亭亭玉立在"半野堂"的大堂中间，如一株带露的绿荷，冷艳而妖媚。

不同的是，她手上多了一柄白底绘画的折叠绢扇。她含笑示意乐师丝竹声起。只见她纤步舞动时，裙袂摇曳，玉袖生风；时而抬腕低眉，时而轻舒云手；手中扇子合拢握起，如蝶戏花丛惹流连，似笔走龙蛇绘丹青。舒缓如行云流水，激烈如龙飞凤舞。

钱谦益看得眉开眼笑，心神俱怡。

徐锡胤更是搔头捏耳，乐不可支，他暗想：我的这班乐伶中怎么就没有如此舞技高超的女子呢？他惊叹于柳如是美貌高才的同时，更惊叹于她舞技的精湛，舞姿的飘逸，眼热耳酣之际，忍不住唤仆人磨墨铺纸，挥毫写下心里由衷的赞叹。

半野堂谶集，次牧翁韵，奉赠我闻居士
舞燕惊鸿见欲愁，书签笔格晚妆楼。开颜四座回银烛，咳吐千钟倒玉舟。
七字诗成才举手，一声曲误又回头。佳人哪得兼才子，艺苑蓬山第一流。

柳如是一展江南名媛的夺目风采，举杯豪饮，弹丝吹竹，载歌载舞，让主宾开颜尽欢，如痴如醉之时。席中的程孟阳，看着钱谦益意气风发，看着柳如是妩媚妖娆，心中那缕挥之不去的伤怀，不自觉地流露于笔端，他步徐锡胤的诗韵写道：

半野堂夜集惜别，仍次前韵
何处珠帘拥莫愁，笛床歌席近书楼。金炉银烛平原酒，远浦寒星剡曲舟。
望里青山仍北郭，行时沟水向东头。老怀不为生离苦，双泪无端只自流。

"半野堂"的另一间厢房里，坐着两个女人，那就是钱谦益的两个小妾朱氏与王氏。

两个失宠的女人，多年来第一次坐在一处，孤灯照壁，炉冷香残。从大堂传来的欢声笑语，琴瑟和鸣，深深刺痛着她们的心。她们很想去设宴的大堂里看看，可又不敢迈进大堂一步。老爷说今夜的"文宴"是为程孟阳先生举办的，特请柳如是作陪，这话如何能信？隔壁的新居已经建成，叫"我闻室"，家里的下人都知道是给那个女人柳如是居住的，这谎言也太不靠谱了。

夜已深，大堂里仍然歌热舞酣，朱氏派去窥探的吴妈还没有回来。

此时，吴妈正在设宴的堂外静静观望，想必这老妇人正被里面的歌舞深深吸引，忘了自己是来做什么的了。

吴妈就住在"半野堂"旁边的村子里，离"半野堂"很近。因她是朱氏娘家村子的人，早年嫁到虞山，朱氏嫁到"半野堂"生了儿子后，曾请吴妈帮佣。直到去年，朱氏认为儿子已经大了，到了该上学读书的年龄，而且吴妈年纪也大了，就辞了吴妈。不过，只要钱谦益在"半野堂"设宴请客，家里人手不够时，吴妈还是会被请来做些杂事。

今夜，吴妈就被派上了用场。

按说，朱氏王氏都有丫头佣人，为什么要叫个外面的老妈子在门外窥探呢？

原来，钱谦益虽铁了心要娶柳如是，但毕竟年近六十，而且柳如是也毕竟是青楼女子，要让家人接受，是要有一个过程的。所以他还是有些心虚，他言明今夜的客人不多，就冬青一人在大堂里侍候就够了，其他人不得入内。

每次"半野堂"宴会，都会有歌舞笙箫，热闹非凡，附近村子里的人或在门前，或在窗外观赏，吴妈作为邻居来看热闹，也很正常。用吴妈来探听虚实，朱氏也真是煞费苦心。

宴会终于结束，徐锡胤带他的那班乐伶自去不提，程孟阳就宿在"半野堂"楼上的客房，他带着几分醉意，几分落寞，几分感伤，孤独地睡去。

鲜朵儿早已过来，搀着柳如是，钱谦益随后，三人出了"半野堂"，往"我闻室"而来。

吴妈目送他主仆三人进了"我闻室"，关了大门，又摸到门前等了半天，觉得钱谦益不会再出来了，这才摸索着，一双小脚颤颤颤颤地来到朱氏的房间，把今夜看到的、听到的，再加上妇人在男女之事上特有的丰富想象，细细地说给了朱氏与王氏。

两个女人的心一下凉了半截，感觉她们的男人已经被这个外来的女人抢走了，这一生的依靠也没有了着落。以前，为了钱谦益晚上是住在朱氏房里，还是宿在王氏房里，两人没少钩心斗角、费尽心思。此刻却想不出办法来，两个人四只眼睛，你望着我，我看着你，那神情像极了笼中的困兽。

一旁的吴妈毕竟岁数大，见过的世事也多，看她们着急而又无计可施的样子，怕滋生出其他的事情来，于是安慰道："二位夫人也不必太忧虑了，这天底下哪有不食腥的猫儿？男人都像猫儿一样，爱沾个荤呀腥的，图个新鲜。钱家老爷可是个读书的斯文人，是要进朝廷做大官的，他老人家在虞山可是响当当的人物，也懂礼法，讲廉耻。他是慈悲心肠，看那女人可怜，留她个三天五天，也就送她走了。"

朱王二人听了，觉得吴妈说的也有理，就先等几天，看看再说。

吴妈告辞道："这天也好晚了，二位夫人早些安歇罢，我也该回去了。"

朱氏唤仆人点灯笼送吴妈回去，王氏凄凄惶惶地回房不提。

有道是，人生三大幸事：洞房花烛夜，金榜题名时，他乡遇故知。这"洞房花烛夜"摆在第一位，可见是人生至乐至喜至真。

洞房花烛，衣香鬓影，月摇花影烛映人。一切都如虞山的月夜这般静好，一切都似山高水长。一个旷世文豪，一个绝代佳人，红尘男女，爱恋情浓。一个踌躇满意，一个柔情似水，哪里有半点朝廷的颓废气象？哪里有举世动乱的痕迹？"半野堂"的盈盈喜气，将这国之将亡的哀音淹没了，花晨月夕，歌舞笙箫，欢聚调笑，乐而忘忧，哪里分得开心思去想国家的安危呢！

第三十章　南国春来正薄寒

裁红晕碧泪漫漫，南国春来正薄寒。此去柳花如梦里，向来烟月是愁端。
画堂消息何人晓，翠帐容颜独自看。珍重君家兰桂室，东风取次一凭栏。

——明　柳如是

钱谦益抱得美人归，情酣意浓。怀里的美人娇羞妩媚，鲜嫩可人，他似乎回到了充满激情的青春时期。一连几天，白天与柳如是、程孟阳诗茶闲话，琴棋歌舞，晚上则与柳如是同宿"我闻室"，窗前灯下，说不尽的柔情，道不完的恩爱，哪里还去沾那朱氏与王氏的边儿。

转眼已是腊月十五，本想在"半野堂"陪钱牧斋守岁的程孟阳，见他与柳如是新婚柔情蜜意的样儿，再也住不下去了，辞别牧翁回了嘉定。

送走程孟阳后，朱氏与王氏见柳如是仍然住在"我闻室"，而且柳如是的丫头进进出出的，丝毫没有要离开的意思。她们明白了，这女人已经是这新居"我闻室"的女主人，不会再走了，她们不再相信老爷的托词和谎言了。

虽然北方战乱连连，民不聊生，可虞山的年味已越来越浓。腊月二十四，扫扬尘，祭灶神，杀猪宰羊办年货，忙碌而喜悦。

"半野堂"也不例外，门前已挂上大红灯笼。虽然两位姨太太各怀心事，但年总是要过的，当她们看到旁边的"我闻室"也挂上了簇新鲜艳的红灯笼时，心里的那份嫉妒与恨意又平添了几分。

二十四小年，傍晚时分，"半野堂"丰盛的小年夜饭，已经在大堂那张大梨花木的餐桌上摆开。两位姨太太早已打扮得花枝招展，专等着钱谦益过来开饭。

钱冬青来"我闻室"这边请老爷时，钱老爷正在柳如是的房间等候柳如是梳妆。他吩咐冬青先过去，自己即刻就来。

当钱谦益与柳如是出现在"半野堂"的餐厅时，朱氏与王氏顿时就像泄了气的皮球，再也没有了底气。她们打扮了一下午，涂脂抹粉，穿红着绿，可与眼前这个女人比起来，竟是如此的不堪。

钱谦益看她们满头珠翠，绫罗绸缎裹着臃肿的身躯，手上戴满戒指，似乎恨不得再多生出几个手指来。他没说什么，只在心里暗暗地说：到底是乡野妇人，俗不可耐。

再看看身边的柳如是，紫罗兰色苏州刺绣薄袄，宽袖掐腰，腰下系同色棉裙，裙摆绣一圈细碎的白玉兰花瓣，一条纯白色貂皮披肩披在肩上，越发衬得端庄典雅。那双凤眼如一泓清澈的秋水，盈盈欲滴。令钱谦益纳闷的是，他亲眼看她梳妆，并没有见她在脸上涂抹胭脂水粉之类的东西，可在这天寒地冻的腊月天气，她的脸却如桃花般嫣红。

柳如是知道，今天在这大堂之上，不光只有钱谦益在看她，钱谦益的两位姨太太，与那帮仆人都在看她。今天是小年，钱谦益对下人很是宽厚，在大堂的另一侧，也摆有一桌，那是仆人坐的。

钱谦益看她时，眼神里溢满了浓浓的爱意；仆人的眼睛里，除了好奇、惊讶、羡慕外，还有种等着看热闹的促狭。

钱谦益爱她，她知道；仆人们有好奇心，她可以理解。唯有两位姨太太，那眼神里射出来的怨毒，如寒光闪闪，犀利无比的剑，穿透她的衣裳，直刺进她的心，她不由得打个寒战。她紧了紧貂皮披肩，这披肩价值不菲，是前几天钱谦益买给她的。

这是她第一次正式面对"半野堂"所有人，钱谦益的正室陈夫人因为长年吃斋向佛，逢时过节，也只在城里的老宅荣木楼，并不来"半野堂"，所以柳如是少看一双陌生的眼睛。

就在她感到无助、尴尬时，只听钱谦益介绍说："这位是柳如是柳姑娘，以后也是我钱家的人了，大家对柳姑娘要像对待我一样尊重。"说完，让柳如是坐在自己身边，又招呼大家落座，"大家快坐下吃饭吧，天寒地冻的，别等菜也冷了。冬青，你带鲜朵儿去那桌坐，今天是小年夜，你们也吃个自在，我这里不用你们侍候。"

在座的女人，聪颖、机灵莫过于柳如是，她听钱谦益对她的介绍，颇为含糊。她知道自己出身卑贱，就这样不明不白、不清不楚地出现在这个家里，她没有任何地位可言。虽然钱谦益要家人尊重她，可她心里明镜似的，若是这样长期下去，怕她永远都得不到钱家人的尊重。

可在今天这种场合，不管去要求什么都是不合时宜的。所以她面带微笑

第三十章 南国春来正薄寒

地站起来，拿起酒壶，先给钱谦益斟满了酒，又绕到朱氏身边，正要往朱氏面前的酒杯里倒酒，谁料朱氏一伸手，捂住了自己面前的空酒杯，眼睛并不看柳如是，她望着大堂里的某一个地方，轻声地，却是斩钉截铁地说："不干不净的人斟的酒，我不喝！"

钱谦益一听，厉声喝道："放肆！"

朱氏并不惧怕钱谦益，她盯着他，一字一句地说："老爷，我没放肆。大凡男人钻烟花柳巷，逛秦楼楚馆倒也罢了，那是风流文人的风流韵事。可老爷你，却把个青楼里的女人引到家里来，还筑新居供她居住。这叫后人如何秉承家风？在虞山还有何威信可言？老爷难道就不怕祖先怪罪吗？"

钱谦益原本乌黑的脸膛，此时气得更像黑铁一般。他本要喝骂朱氏，但听到最后一句"祖先怪罪"时，立刻软了下来。

朱氏见他不吭声，以为震住了老爷，便对儿子孙爱说："孙爱，咱娘儿俩走，不跟这样的贱人坐在一处吃饭。"说完，拉了儿子就走。

她内心里何曾想走，这是小年夜饭，钱家大大小小的都在，她是想让老爷哄她转来，她在全家人面前就有了面子，尤其是在柳如是面前，她打了她一个下马威。她要让这个低贱的女人知道，她出身清白，明媒正娶地嫁到钱家，为钱家生了儿子，老爷看重她，宠着她，她是钱家的功臣，是老爷离不开的女人。

直到她慢慢走出大堂，钱谦益只把儿子叫了转去，并没有去哄她，也没吩咐仆人挽留，只有她的贴身丫头雁儿悄悄地跟在她身边。

朱碧云怀着巨大的失落和挫败感，回到自己的房里，一腔怨气无处发泄，抓起桌上的茶碗，狠命地朝地上摔去，茶碗在地上摔得粉碎，觉得还不解恨，又去抓茶壶，雁儿一把抱住她的手臂，连连叫道："太太，太太，不要拿东西出气，要打你就打雁儿几下吧。"

朱碧云住了手，一屁股坐在椅子上，不住地喘着粗气。

雁儿可是个人精，自从跟了朱氏以后，她一个心眼儿地侍候朱氏，护着朱氏，在朱氏与王氏的闺房之争中，她没少给朱氏出谋划策。

看朱氏还在那儿气呼呼的，雁儿去沏壶茶来，用一个新茶碗给她斟了碗茶，双手捧着递给朱氏："太太，喝口茶，消消气。"

朱氏接过茶碗，喝了一口，将茶碗重重顿在桌上。

雁儿轻笑道："太太，可容雁儿说几句话？"

朱碧云从怀里扯出手帕，擦了擦嘴巴，听雁儿有话要说，就挥了一下手帕，粗声粗气地说："说吧。"

雁儿站在她面前，微微笑着，朱氏见她不说话，就骂道："促狭的小蹄子，傻笑什么？是笑我今天输了吗？"

雁儿忙摇头摆手："太太别误会，雁儿不是这个意思。"

"那你是什么意思？有话就说，有屁快放。"

雁儿轻声细语："太太，若是雁儿说错了，还烦请太太不要生雁儿的气，也不要怪罪雁儿。"

朱氏真有点不耐烦了，瞪着眼睛骂道："你这死丫头，今天是怎么啦？"

雁儿走近朱氏，轻声说："要我说，今天倒是太太的不是。"

朱氏差点跳起来，骂道："你这个吃里爬外的东西，平日里我对你不薄啊，今天你就想跳高枝了？就想跟那个贱女人合起伙来欺负我不成？"

雁儿并不害怕，也不生气，她太了解她这个主子了，头脑简单，脾气暴躁，爱听下人的奉承。

她把朱氏摁到椅子上坐下，不缓不急："请太太听雁儿把话说完，要打要骂，雁儿不会有半句怨言。"

雁儿这次不等她说话："太太你想想，今天是小年夜啊！一大家子人在一起吃小年夜饭，是件多么开心，多么喜庆的事。一年到头，人们不就是希望每年都顺顺利利，和和睦睦，快快乐乐的吗？"

她扶着朱氏的肩膀，继续说："老爷也有六十岁了罢，人老了更是讲究个喜庆吉利，可你倒好，在饭桌上大家都还没动筷子，你就威风起来了。"

其实朱氏早已后悔了，今天这个日子是断断不该发脾气的，可她就是不愿意承认自己做错了。

她听雁儿继续说："你看，你这样做，把老爷得罪了，老爷虽然没骂你也没打你，可老爷也没来哄你回去啊。这样一来，你在家人面前失了尊重，在那个柳如是面前失了面子，而且，你连那个柳如是的毫毛都没伤到一根。你今天的做法，好像是有意让老爷在众人面前护着她。"

雁儿说着转到她面前蹲下，很是推心置腹："太太，你说你这样做是不是错了呢？是不是很不划算呢？"

朱碧云似被雁儿说服了，只是她不甘心就这样输了，恨恨地说："难道我就这样轻易地输给了这个女人？就让这贱人进了钱家的门，跟我平起平坐？"

雁儿轻轻地拍拍她的手背，笑道："太太不要性急，慢慢来，会有办法赶她走的。"

朱氏听雁儿这么说，就知道她有办法了，以前跟王氏斗，雁儿也总是有些稀奇古怪的好办法。

她的心情一下就轻松起来，拉着雁儿的手："雁儿，太太我真没白疼你，我就知道你会帮我的。上个月去集市上扯了块布料，因这些日子心情不好，也没做衣裳。你一手好针线活，就送给你做件衣裳过年罢。"

雁儿忙施礼道谢，又说："太太，这几天也没见你好好地吃顿饭，你肚子肯定饿了吧。"

朱氏摸摸肚子，幽幽地说："我气都气饱了，哪里还知道饿。雁儿，你还小，你不懂，如果一个女人抓不住男人的心，往后就没有好日子过了。"

雁儿安慰道："太太会有好日子过的，太太不是有少爷吗？"

朱氏听了，觉得有理，不管怎么着，我还有儿子呢。王氏没儿子，老爷对她就差多了。这样想来，又是欣慰，又是忧愁。又急急地问："雁儿，你快跟我说说，你有什么办法帮我赶走那贱女人？"

哪知道雁儿并不着急，笑着说："现在不说这事，太太不去大堂吃饭，我就去厨房弄几样太太喜欢的菜肴，送到你房里来，可好？"

心情轻松了，感觉肚子也饿了。朱氏连说："好好好，你快去快来。"

从朱氏离开后，大堂里再也没有人敢说话，钱谦益原本愉悦的心情，一下被朱氏搞得乱糟糟的。他没料到，朱氏居然敢在今天，敢在这一大家子人面前拂他的意，他这一家之主的威严何在？尤其是在柳如是面前，他觉得窝囊。他本想让柳如是看看，他在这个家里一言九鼎，有绝对的威信，他能保护柳如是，不让她受到任何伤害。可刚才朱氏的一番话，如一记重锤，狠狠砸在他的心上。可他竟然连反驳的话都说不出来，因为朱氏说中了他的心病。

柳如是虽说混迹于青楼十多年，也不曾有人当面这样骂她。一直以来，她自恃貌美，自恃才高，目无下尘，孤芳自赏，从不曾将人放在眼里。

后来漂泊松江，遇到宋征舆、陈子龙，在杭州遇到谢三宾，这期间所遭受的屈辱，让她分外沮丧和悲哀。原来美貌与才华并不能让她在这个世界清高自诩，原来，像她这样出身于青楼的女人，要有个名正言顺的名分，竟是如此的艰难。

朱氏骂了她并拂袖而去，这无异于打了她的脸。她知道，一切还是刚刚开始，今天是个特殊的日子，她不想让钱谦益左右为难。

所以，她坐着没动，她的心在流泪，脸上却始终微笑着。钱谦益叫她喝酒，她就喝酒，钱谦益叫她吃菜，她就吃菜，温顺而乖巧。

那帮下人，本想看她笑话的，没想到这美貌如花的小女人却如此大量、有气度。倒把一颗看热闹、幸灾乐祸的心都收拾了起来，暗暗地喜欢上这个新来的，或许是姨太太的女人。

人们有时是很奇怪的，根本不去分什么是非曲直，他们只按眼前的事实来同情弱者。虽然这个"弱者"闯到这个家里来，给这个平静的家掀起波澜，他们也不认为是她的错。因为他们的老爷自年轻时起，就是个风流情种，如今弄了个跟自己孙女辈差不多大的女子回来，背后没少骂他老色鬼老不退火。如果他们家的老爷没有这样的风流韵事，没有三妻四妾，那才是怪事一桩。

话又说回来，平时，这些下人都没少受朱氏的气。朱氏虽然也是姨太太，但自恃给钱家生了儿子，母以子贵，高高在上，对下人尖酸刻薄，冷脸冷面，除了她的贴身丫头雁儿，其他仆人，她没有不骂不打的，仆人大多不喜欢她。反过来，这些仆人又都怀着一颗幸灾乐祸的心，等着看她的笑话，看他们的老爷如何来对待这两个女人，他们同时在心里都希望朱氏输给新来的柳如是。

"半野堂"的小年夜饭就在这种尴尬、寂静的气氛中吃完了，平日伶牙俐齿的鲜朵儿，见主子忍声吞气，心里虽不是滋味，却也不敢言语。"半野堂"可不是苏州河畔的"凌波楼"，也不是盛泽的"归家院"，更不是她们家的画舫。所以，鲜朵儿草草吃了点东西，站在柳如是身边侍候着。她很奇怪，平日里心高气傲，受不得半点委屈的姐姐，今天怎么如此好性情，被人骂了不还嘴，还笑微微地陪着老爷喝酒。

当鲜朵儿搀扶着柳如是回到"我闻室"，钱谦益很自然地跟在她们身后进了门。

柳如是看也不看钱谦益，径直走进书房，吩咐鲜朵儿沏壶浓茶送来。钱谦益看鲜朵儿进了厨房，就掀开书房的门帘，一步跨了进去。

柳如是站在窗前，望着窗外黑黝黝的夜空，沉默着。那瘦削的背影看上去是那么孤独、无助而又倔强。

钱谦益正想上前，却听她说："宗伯今夜到半野堂那边去歇息罢，柳子今夜不胜酒力，倦了。"

钱谦益听了，停下脚步，心想：不胜酒力？你平时的酒量可不比我小，今夜根本就没有开怀畅饮，怎的就不胜酒力了呢？一定是因为朱氏的话，可刚才还好好的，怎么这时候就使起性子来了？正想上前好言相慰，鲜朵儿捧着茶壶推门而入，他便又站在了原地。

鲜朵儿麻利地斟了两盏茶，对钱谦益说："老爷请喝茶，这是龙井，最是安神醒酒的。"

柳如是仍然面朝窗外，一动也不动地说："鲜朵儿，时候不早了，该送老爷到半野堂那边去歇息了。"

鲜朵儿不解地叫了声："姐姐！"

柳如是不等她说完，略带恼怒地说："你没听懂我的话吗？"

"是，姐姐。"鲜朵儿极少见柳如是发脾气，唬得连声答应。她看看柳如是的背影，又看看钱谦益，正不知如何是好，却听见钱冬青在门外高声唤鲜朵儿，鲜朵儿忙跑去开门："冬青哥，你来得正好，老爷正要过去呢。"

冬青笑道："巧了，二太太让我来请老爷过去呢。"

说话间两人就来到书房门口，冬青说："老爷，二太太让小的来请老爷过去，说是有重要的事情商量。"

到了这时候，钱谦益觉得柳如是的个性独特，倔强刚强，还真的是名不虚传。看来，她今夜是不会理睬人了，当着冬青和鲜朵两个下人，他又不好多说什么，只说："鲜朵儿，好好侍候你姐姐，不要偷懒。"就跟着冬青出了"我闻室"。

鲜朵儿关上大门回到书房，只见柳如是坐在那里泪流满面，忙去拿了手帕，轻轻地帮她拭去泪水，怜惜地说："姐姐，你这是何苦呢？你又要赶老爷走，又要流泪。"

"我不是为他流泪，我是为我自己。"见鲜朵儿关切的眼神，那泪水更是恣意流淌。

"我出身卑贱，没有人看得起。只有钱老爷真正欣赏我。来虞山的这些日子，他不惧世俗的眼光，公然带我游览常熟的风景名胜，十日之内，竟在他自己的家门前筑起'我闻室'让我居住，足见他对我的感情至真至深。"她幽幽地说着，像是对鲜朵儿说，又像是自言自语。

鲜朵儿不解地问："那姐姐还有什么不满意的呢？是为了今晚二太太的事吗？在那边大堂里吃饭时，我看你像是什么事都没发生一样。可现在为什么不理老爷？又把老爷赶走？你何不趁机要老爷说个清楚明白，道个文安武落，也免了今后听那泼妇的恶言恶语。"

柳如是道："鲜朵儿不要骂人，二太太她没错。"

鲜朵儿心想人家骂你，竟然还帮人家，却也不好辩驳，就起身去厨房把刚才沏茶时就烧好的木炭火盆端了进来，"今天小年夜，咱把火烧得旺旺的。"

她见柳如是情绪好了些，还是忍不住问："姐姐，我就奇怪了，二太太那样骂你，你反而说她没错？"

柳如是擦干眼泪说："我不怪二太太，如果换作是我，我也会像她一样的。谁会容忍一个青楼女子不明不白地跑到家里来，跟她平起平坐？"

"是呀，我刚才的意思就是要你跟老爷讨个名分呀！"

"鲜朵儿，有些东西是要不来的。"

"那要怎样才行呢？"

"我不做侍妾，不做外妇，我要跟他的正妻平起平坐，但是这样的要求，我不会主动提出来。我要钱牧斋主动地、心甘情愿地明媒正娶地把我娶进钱家门。我不屑跟二太太这样的女人一般见识。"

柳如是说这几句话时，虽是轻言细语，却掷地有声。鲜朵儿听得呆住了，半天作声不得。

见鲜朵儿不说话，柳如是问："你觉得我说的话、不可能么？"

鲜朵儿看着柳如是那双不怒而威的丹凤眼，点点头："有点难。姐姐你想想，钱老爷是朝廷命官，可以纳妾，也可以收外妇，可正妻只能有一个。只要不给名分，想怎么做都是可以的，就是不能有两个正妻。如果钱老爷停妻再娶，那也是不可能的，他妻子又没做错事。这事还真有点难。"

柳如是幽幽地说："我也知道这根本不可能。"

鲜朵儿看她又忧心起来，又忙安慰："姐姐，这夜深寒重的，你早些歇息了，明日再说吧。有道是，船到桥头自然直，没有过不去的坎。"说毕，也不等柳如是发话，就自去厨房烧水端来帮她洗了，又送她回房，边帮她掖好被子，边说："立春已过三天了，过完年就不会这样冷了，这里容不下咱们，咱还是回画舫上去罢。"

柳如是本来已经睡下，这时又抬起头来问："立春过了么？"

第三十章 南国春来正薄寒

"是呀，大前天立春呢。"鲜朵儿麻利地收拾她刚刚脱下来的衣裳，一件件地挂在架子上，这样，明天穿在身上就不会皱巴巴的。

　　柳如是可没想再回到画舫上去，春天快来了，她不想再如那春天的柳絮一般，随风飘荡，随水流逝。此时，她一点儿睡意也没有，转悠着一双凤眼，望着帐顶出神。

第三十一章　莫将花月等闲看

芳颜淑景思漫漫，南国何人更倚阑。已借铅华催曙色，更裁红碧助春盘。

早梅半面留残腊，新柳全身耐晓寒。从此风光长九十，莫将花月等闲看。

——明　钱谦益

　　话说钱谦益扶着冬青的肩膀回到半野堂，并没有去朱氏的东厢房，而是让冬青侍候着在暖阁里睡下。让冬青去告诉朱氏，就说老爷累了，要安歇，有事明天再说。

　　他对朱氏今夜的言行非常恼火，竟当着一大家子人，公然拂他的意，他一家之主的颜面何在？

　　可朱氏年纪也大了，又有儿子孙爱在身边，打她？骂她？似乎都不妥。莫非老爷纳妾、收外室还要征得她的同意？

　　他在床上辗转反侧，难以入眠，半生坎坷，仕途渺茫，难得遇到柳如是这样可心可意的人儿，以慰晚年寂寞，他怎么会因为朱氏王氏而放弃柳如是？可他怎样来安顿柳如是？又如何让家人心悦诚服？

　　钱谦益想得太简单了，满以为，筑座"我闻室"让柳如是从漂泊的画舫搬进来住，她会感恩戴德，会心甘情愿地做他的侍妾，做他的外室。他低估了柳如是，这小女人可是人小心大。如果他知道柳如是正在想什么，那他就更睡不着了。

　　天一蒙亮，他撑起来，靠在床上抽烟。也不知是天气太冷，还是烟抽多了，咳嗽不止，睡在暖阁外间的冬青，听他一咳嗽，就知道老爷要起床了，连忙起身侍候老爷洗漱。

　　钱谦益交代冬青："你吩咐厨子，宰一只咱自家在后山上养的鸡，用木炭隔水煨，加上香菇，山参和野生的木耳。柳姑娘昨夜肯定睡得晚，你去告诉鲜朵儿，让她多睡会儿。汤煨好后，看她是喜欢喝汤，还是喜欢用汤煮面条。一只鸡只能熬一小罐汤，不可多一口水，水多了，汤就不香浓了。"

钱冬青听着，在心里啧嘴：老爷你老人家几时管过这些鸡毛蒜皮的小事？平时吃的、喝的不都是二太太盯着下人做的？

钱谦益可不知道冬青心里想些什么，又说："柳姑娘身子骨太弱，要好好地补补。"

冬青只得点头应道："是，老爷。咱家这后山上养了很多鸡呢，女孩儿喝鸡汤是最滋补的。"

"今日天气如何？"

"回老爷，今儿是个好晴天。"

"你先去找厨房的王妈，把鸡汤的事仔细说给她听了，另外，再熬点粥，蒸几笼小包子，鲜朵儿的小笼包子做得可好了。你快去快来，陪老爷上后山转转。"

一个时辰后，主仆二人从"半野堂"后面的山上下来时，"我闻室"的门已经打开了。鲜朵儿正在打扫，见他二人正要进门，忙迎上去轻声说："老爷，姐姐还没醒呢。"

钱谦益压低声音："不碍事，我去书房坐坐。冬青，鲜朵儿的菜做得精妙，你带她去厨房，给王妈她们指点指点。"

冬青见了鲜朵儿就眉开眼笑，巴不得老爷这句话，喜滋滋地带鲜朵儿去了。

钱谦益来到书房，他想在这里安静地看会儿书，等候柳如是醒来。走近书桌，一张写有字的纸笺映入眼帘，他拿起看时，是柳如是昨夜写的诗《春日我闻室作·呈牧翁》

他想，立春已过，怕不是春天了，只是还非常寒冷。分开一夜就送我一首诗，那昨夜又何必赶我走呢？细读下去却让他暗暗心惊。

裁红晕碧泪漫漫，南国春来正薄寒。此去柳花如梦里，向来烟月是愁端。
画堂消息何人晓，翠帐容颜独自看。珍重君家兰桂室，东风取次一凭栏。

钱牧斋沉思着：既是我为你修筑的兰桂室，也必定是你的温馨之家，何泪之有？你的忧愁是忆旧伤情，还是自己内心的感慨，抑或是昨夜受了委屈？我明白你的处境，懂你的心事，不然，何为知己？我知道你在暗示我，你要我拿定主意，你要求我给你一个合理的名分。可是名分就那么重要吗？只要我们俩真心相爱，只要我们有共同的心愿，我们就能携手走在这坎坷的人世之间。

老夫虽赋闲在家，却仍是朝廷的储备官员，只是遗憾不能给你承诺。我既是这一家之主，就没有人能阻碍我想做的事，也没有人能够伤害到你。既然你住进了"我闻室"，那你就是"我闻室"的女主人，还有什么可忧愁的呢？

想到这里，钱谦益拿笔蘸了蘸昨夜的残墨，写道：

芳颜淑景思漫漫，南国何人更倚阑。已借铅华催曙色，更栽红碧助春盘。
早梅半面留残腊，新柳全身耐晓寒。从此风光长九十，莫将花月等闲看。

冬青带鲜朵儿到厨房帮忙，厨娘王妈正忙得不可开交，见鲜朵儿模样生得十分秀丽水灵，人又勤快，做事又麻利，很快就喜欢上这女孩儿。

她啧啧赞道："看你这美人胚子的模样，没想到还如此能干，又肯卖力。我们这儿的女孩子呀，做事扭扭捏捏，一个仆人的命，偏偏要学着那些太太小姐的样子，你让她到外面做事，她怕把脸晒黑了；你让她在家里洗碗洗菜洗衣服吧，她又怕把手洗粗了。哪像你呀，什么事都做，柳姑娘是你亲姐姐吗？你们生得一样好看。"

一边的冬青笑道："王妈，看你高兴的，唠叨起来没个完。"

鲜朵儿边洗菜，边笑着："不碍事的，让王妈说吧。我也是穷人家的女孩儿，十岁那年，家乡受灾，没吃的，妈妈把我带到苏州，要把我卖了，幸亏遇上了姐姐，姐姐买了我，向我妈妈保证要像亲妹妹一样看待，不让我卖笑，不受人欺负。姐姐对我，就像我妈妈一样，有时我觉得比我妈妈都好。可我没什么报答姐姐，只有用我所有的力气，勤快地做事，学着做饭，做好吃的菜，一心一意地侍候姐姐。"

"真是个好孩子。"王妈听着鲜朵儿的话，撩起衣角，揩着眼睛："从小就吃这么多苦，以后，能落个好男人就好了。"说完，有意无意地看了冬青一眼。

鲜朵儿的话，冬青听在耳里，却有一种情愫在心里暗自涌动。他想，原来你也是穷苦出身，可看到王妈似笑非笑的眼神，他的脸无端地就红了。弄得他走也不是，留也不是。他不想走，他想看着鲜朵儿，哪怕不说话，就是站在她身边，眉里眼里也舒畅。

就在这时，雁儿一步三摇地甩着手帕进来了，她眼睛死盯着冬青，嘴里却问王妈："王妈，今儿早上吃什么？太太打发我来问，若是早饭做好了呢，少爷吃了好念书。"

忽然，她一眼瞥见炉子上的瓦罐正咕咕地响着往外冒热气，就伸手揭开盖子："好香的鸡汤啊。王妈，鸡汤煨好了吗？我尝尝。"说着顺手拿起碗和勺子。

雁儿仗着主子二太太宠着，没有什么事是她不敢做的，在这些下人面前，她就是半个主子。平时，王妈可没少受她的气，看她正要往碗里盛鸡汤，就没好气地说："汤还不到火候，鸡肉还没煨烂呢。"看冬青沉着脸，一声不响，又加上一句："今儿这鸡汤可是老爷吩咐了特地给柳姑娘煨的。"

雁儿听了，把碗往灶台上一摔，转身盯着冬青："冬青哥，是真的吗？"

冬青脸朝一边，不看雁儿的眼睛，闷声闷气地回答："是。"

雁儿慢慢走到蹲在地上洗菜的鲜朵儿身后，怪声怪气地说："我说呢，咱们家可从来就没有在大清早煨鸡汤的，自从来了这两个人，习惯也改变了。"

她也蹲下，偏着脸看着鲜朵儿："这是不是你们在苏州河边的习惯呀，夜里侍候客人累了，早晨要喝鸡汤补补？"

鲜朵儿腾地一下站起身来，脸儿气得煞白，冬青见势，忙赶过去站在鲜朵儿身前，低声喝道："雁儿，你怎么说话呢？大清早的，别找不痛快。"

王妈也在一边说："雁儿，一个女孩儿家，说话要有分寸，这种话也是你说得的？平白无故的，人家又没招你惹你。"

雁儿不理王妈，她看冬青护着鲜朵儿，心里早就打翻了醋坛子，她对着冬青说："哟，这么快两人就好上了？就这样护着？"

冬青厉声道："雁儿，你越说越不像话了！大清早的，你没事做吗？跑到这里来胡搅蛮缠，老爷平日是怎么说的，你都忘了？"

雁儿一听，立刻又换上一副笑脸，走上前来，拉住冬青的胳膊摇着，嗲声嗲气："冬青哥，昨儿太太赏了我一块布料，你跟我去看看，看做什么好。"

"既是太太赏你的，做什么衣服都是好的。"冬青没好气地说："你也不要仗着太太对你好，就倚势欺人，你应该要感激老爷太太，不要在家里多事，搬弄是非。"

雁儿听了冬青这几句话，翻白了眼睛，哼了一声，一甩袖子走了。

听得她脚步声远去了，王妈担心地说："冬青，这下可坏了，她肯定会去太太面前添油加醋的。"

"由她去罢，她说的闲话还少么？"冬青看上去无所谓的样子，其实心里也很担心，如果是家里的仆人之间闹点矛盾，那还真无所谓。可今天扯上了柳如是和鲜朵儿。昨夜二太太本来就闹得老爷不痛快，要不，老爷昨夜怎么不住在"我闻室"？必定是柳如是也生气了，眼下家里的这种状态，柳如是和鲜朵儿还会住下去吗？

如果柳如是离开"半野堂"，那么鲜朵儿也会跟她一起离开，一想到鲜朵儿要走了，冬青心里不免怅然若失。

鲜朵儿委屈的泪水在眼眶里打转，她喃喃地说："还是姐姐说得好，这里是真的待不下去了。"

王妈上前安慰："好孩子，别这么想，不是还有老爷在吗？只要老爷发话，就没人敢欺负你。"言下之意，鲜朵儿你让你姐姐去老爷跟前说说，就不会有人敢欺负你了。

王妈一大把年纪了，自然看得出老爷对柳如是视若珍宝。她不懂"我闻室"这名字的由来，听家里人说，这名儿是老爷专为柳如是起的。房子已落成，名字已取好，娇娃也住进去了，老爷怎么舍得让她走？

见冬青闷闷不乐，就拍拍他的肩膀："冬青，我这粥也熬好了，包子也蒸熟了，你去问老爷，在哪吃呢？"

在哪儿吃饭，如今也成为他们这些人的疑问，以前没有"我闻室"，只有"半野堂"，虽说朱氏与王氏争风吃醋，钩心斗角，那也只在这"半野堂"之内。只是两个女人见了面，有时翻翻白眼，撇撇嘴；有时虚情假意地姐姐妹妹地唤着，你夸我衣裳颜色好看，我说你脸上的胭脂鲜艳。一些女人之间的小事，没有大的冲突，倒也相安无事。

自从"我闻室"落成，柳如是住了进来，除了那次"寒夕文宴"，还有昨天的小年夜饭，钱谦益再也没有在"半野堂"里吃过饭了。都是冬青用食盒把饭菜提过去，好在两座房子相隔不远，几步之遥。

冬青与鲜朵儿到这边来时，柳如是还没起床，钱谦益仍在书房里读书。

冬青问："老爷，按你的吩咐，早餐已经做好了，我去拿过来你在这里吃吗？"

钱谦益放下书："就在这边吃，你先去把火盆加点板炭。"

冬青端起地上的火盆出去了。

钱谦益早就看见鲜朵儿的眼睛像是哭过的样子，笑问："鲜朵儿，你好像哭过，一大早的，谁欺负你呀？是不是冬青？等他来了，我替你出气。"

鲜朵儿还没见着柳如是，也不知道她是如何打算的，也不想把事情闹大，忙说："老爷，在这儿，有谁敢欺负我呀？我这是在厨房被烟给熏的。"

加了板炭，把火扇旺了，冬青端着火盆走到书房门口，正听见鲜朵儿说眼泪是烟给熏的，心里对这女孩不由得又多了一层敬重。他也想宁人息事，只是他不知道雁儿回去如何在二太太面前搬弄是非的。二太太又是个认死理听不进劝的人，万一又闹起来，吃亏的还是柳如是和鲜朵儿。

却听柳如是在东厢房里唤鲜朵，钱谦益忙对鲜朵儿说："你姐姐醒了，快去侍候着。"

等鲜朵儿出了书房，冬青把早晨在厨房里发生的事，跟钱谦益述说了一遍。钱谦益听了，背着双手望着窗外不远处的那株枯柳，虽说立春已过，仍然天寒地冻，柳树如同枯死了一般，一点发芽的迹象都没有。半晌，转过身来，见冬青还站在原地，就说："去厨房把早饭拿过来，这一大清早也过去了，也不问老爷饿不饿。"

冬青吓得赶紧去了。

别看钱谦益近六十岁了，不仅身板硬朗，胃口也好，正当他就着小菜呼啦呼啦喝着白米粥，大口大口吃包子时，柳如是穿戴整齐，姗姗来到他跟前。

"牧翁早！柳子晏起了。"说完，盈盈下拜。

钱谦益忙放下筷子要来搀扶她："在自己家里，河东君今后不要行如此大礼，方才显得亲密无间。"

眼前的柳如是，如同虞山早晨升起的一轮新日，他仿佛置身于暖暖冬阳之下，身心愉悦。

他关切地问："夜间睡得可好？你作的诗我读了，我也有一首回赠给河东君呢！"说毕，从书桌上拿起早晨写的诗稿递给柳如是。

柳如是何等聪明，一目十行地读罢此诗，心里早已明白，钱牧斋只是泛泛地安慰她，让她安心住在这里，有他在，就没有人敢欺负她。安慰之下，还是没有做出任何许诺。而她最想要，最终要的不是这些空言，而是名分。她不做侍妾，不做仅仅是住在"我闻室"的外妇，她要做他的妻子，要明媒正娶，要一个大红花轿，在锣鼓喧天，鞭炮齐鸣中，把她抬进钱家大门。

可她也知道，她来自青楼，来自风尘之中，纵使有绝代容颜，举世才华，也会遭人鄙视。此时，如果她主动提出这些心里的想法，是不明智的。作为朝廷命官的钱谦益，要答应这一条件，也绝非一件易事。

柳如是只能等待时机。她收拾起不安、焦躁的心绪，面带笑容："谢牧翁赠诗！柳子明白牧翁的心意！"

钱谦益见她如此善解人意，心里欢喜得不得了："明白就好。早起我就吩咐厨房给你煨了鸡汤，我这就唤冬青送过来，你身子骨太弱，要好好地补一补。"

"牧翁如此关心柳子，柳子感激涕零。"柳如是由衷地说："只是柳子胃口不太好，早上只想吃点清淡的东西，鸡汤就等到下午再喝罢。"她已从鲜朵儿口中得知钱谦益叫厨房给她煨鸡汤的事，内心非常感激。

"也好，我叫冬青把粥和包子送来。"钱谦益正要唤冬青，鲜朵儿在一旁说："老爷，不用麻烦冬青哥了，我去拿吧。"

"这不是麻烦，是他分内的事。"钱谦益对鲜朵儿说，"以后，你只管专心侍候好你姐姐，这些跑腿打杂的事儿，就叫冬青做。"

正说着，冬青过来了，他估摸着老爷也该用完早餐了，来收拾碗筷。

钱谦益叫他把同样的早餐再送两份过来，柳如是和鲜朵儿都没吃，鸡汤留到下午或者晚上罢。

柳如是把钱谦益为她所做的一切大小事情都看在眼里，听冬青说，以前老爷从不过问这些事，是她来了以后，老爷才如此关心她的饮食起居。

这些事对于柳如是来说，无疑是重要的，因为这些琐事，是钱谦益对她真实情感的流露，这个老男人正把她当作珍宝一样珍爱着。

柳如是又想，如果真爱她，就给她一个与他妻子同样的名分。

此时，看钱谦益吩咐冬青的样子，她内心又充满了自信，她深信钱谦益会给她想要的东西，只是时机未到。

大年三十早晨，鲜朵儿从梦中惊醒，见窗外天光大亮，一下坐起来，急急忙忙地穿衣裳，嘴里犹自嘀咕："起晚了，起晚了。"下床来，觉得今日似乎比往日更加寒冷，就找了双厚点的袜子穿了。及至窗边，推开窗户，映入眼帘的是一个银白的世界，地上一层厚厚的积雪，对面人家的屋顶，看不见黑色的瓦楞，天空灰蒙蒙的，鹅毛大的雪花像扯不断的棉絮，正纷纷扬扬地漫天飘洒。

鲜朵儿终究孩子心性，看着这漫天大雪，高兴得大叫："下雪了，下雪了，好大雪啊！"

隔壁房间的柳如是与钱谦益，早醒了，偎在床上说话儿。听鲜朵儿叫下雪了，柳如是一掀被子，就要下地。钱谦益一把拉住她："你要做什么？"

"鲜朵儿说下雪了，我去看雪。"柳如是兴奋得像个孩子，说着仍要下地。

钱谦益按住她盖上被子，温和地责备："看雪也要穿好衣裳，就这样下去，不冻病才怪。"话音刚落，柳如是便咳嗽起来。

"是不是？我说得没错吧。"钱谦益便高声叫鲜朵儿。

鲜朵儿在门口答应："老爷，鲜朵儿在呢，请老爷吩咐。"

"你姐姐咳嗽了，快倒盏热茶来。"

鲜朵儿端茶进来时，钱谦益已经穿好棉袍，正在床前给柳如是掖被角。柳如是笑道："我没那么金贵，刚才是突然从热被子里出去，冷风一吹，就有点咳嗽，喝几口热茶就会好的。"说着，就着鲜朵儿的手，喝了好几口茶，咳嗽这才平息了。

鲜朵儿对钱谦益说："老爷，热水已经烧好了，我侍候老爷梳洗罢。"

"我不用你侍候，你帮你姐姐穿好衣裳，今天雪大风大，比不得天晴有太阳，把你姐姐的厚棉衣拿出来，给她穿上。"说罢，径自去梳洗。

柳如是边穿衣边说："你该去侍候老爷梳头的，给老爷梳了，再来给我梳也不迟。"

鲜朵儿促狭地笑着："看你两个，他要我侍候你，你要我去侍候他，两人这般恩爱，竟羡慕死旁人了。"

"哟，咱鲜朵儿开窍了，想找婆家了，是不是？"柳如是看着鲜朵儿红扑扑的脸蛋，笑道，"我给你找个好不好？也不用去别处找，也不用离开我。"

鲜朵儿看她一本正经的，好奇地问："近处？近处是哪里？你在虞山又没有亲戚朋友，想做媒人，也没有人让你做呀！"

柳如是用手羞脸道："我说得没错吧，鲜朵儿就是想找婆家了。怎么没人让我做？你不想让我做么？"

"姐姐"，鲜朵儿佯嗔着叫道："看你说的，我早就说过不嫁人的，侍候姐姐一辈子。"

"难为你这样有情有义，女孩儿总是要嫁人的，以后好歹有个依靠。我身子骨不太好，这我自己知道，只是我也不知道自己会落到哪里去。"柳如是先是玩笑话，此时却动了真情，"再说你跟我不一样，虽是穷人家的女孩儿，却是清清白白的好女孩，一定会有个好男人娶你的。"

鲜朵儿听这话，忙伸手捂住她的嘴："姐姐快别如此说，在鲜朵儿心里，姐姐是这世上最好最清白之人。"

柳如是拉住她的手："我知道你对姐姐好，可这世上的人不会都像你一样来对待姐姐。"

鲜朵儿心想，谁说不是呢？这里的二姨太三姨太，还有那个倚仗主子的丫头雁儿，见了我和姐姐，个个都跟乌鸡眼似的，恨不得赶了我们去。又似这天下只有她们才是尊贵清白之人，而我和姐姐却是下贱之人。倒是那个钱冬青，把我和姐姐看得同老爷太太是一样的。想到钱冬青，脸上不自觉地露出些微微笑意。

柳如是见她突然不说话，似在想心事，忽然又见她笑微微的，打趣道："笑什么呢？是在想心上人吗？"

鲜朵儿脸蓦地红了："哎呀！姐姐，人家在想，这里的人除了老爷，也只有那个钱冬青对咱们好了，哪里有什么心上人儿。"

柳如是拍手笑道："正是了！真是芝麻掉在针眼里，巧了。我正要烧香求月老把你跟冬青拴在一起呢！"

鲜朵儿自己不知道，她在日常行动与语言中，早露出了对钱冬青的好感，她这种少女初恋的娇憨情态，如何逃得过阅人无数的柳如是？所以，她的脸更红了。过了一会儿，她又像是满腹心事地说："姐姐你可能不知道呢，那雁儿跟他似乎很亲热。"

"雁儿是喜欢冬青，可据我看，冬青未必也喜欢雁儿。自从我们来到这里，我看他对你倒是很有意思呢。"

"哎呀，姐姐，我们不说这事了"，鲜朵儿含羞打断柳如是的话："我帮你梳头，咱去山后赏雪好不好。"

说到赏雪，柳如是忙说："为了说媒，倒忘了这档子事了，快快梳头。"

鲜朵儿笑道："我不说赏雪，你也忘了，成天地要做红娘，这会子又忙得什么似的。你等着，我去打热水来。"说着，端着脸盆就去厨房打水。

柳如是笑骂道："你这死妮子，这会子又不害羞了。"

第三十二章　合尊饯岁美辰良

合尊饯岁美辰良，绮席罗帷卷曙光。小院围炉如白昼，两人隐几自焚香。
萦窗急雪催残漏，照室华灯促艳妆。明日珠帘侵晓卷，鸳鸯罗列已成行。

——明　柳如是

屋外的大风大雪，一刻也没有停过，大朵大朵的雪花恣肆飘洒，北风吹刮得天地一片混沌。

柳如是穿得不像往日那样单薄，鲜朵儿硬是逼她穿上了那件徐佛姨娘出嫁前特地给她做的骆驼绒的中长棉袍。

骆驼绒是徐佛的朋友送给徐佛的，这位朋友是跑云南的客商，用江南的丝绸换的骆驼绒。做棉袍的时候，徐佛选用了玫瑰红的杭缎做面子，骆驼绒做里子，中间镶一层薄薄的棉花，冬天穿在身上，又轻巧，又暖和。

柳如是穿戴整齐，就催鲜朵儿快去帮老爷梳头，鲜朵儿说冬青早就过来侍候老爷了，这时候老爷怕是已经在书房里了。

主仆二人就往书房而来，果然，钱谦益坐在桌前看书，冬青已经把板炭火烧得旺旺的了。

见她二人进来，钱谦益放下书，看着柳如是，点头道："这件袍子好，不仅颜色好，看上去也厚实，天寒地冻的是该穿暖和些。"

柳如是低头看看身上的衣服，笑着说："牧翁，我想去后山看雪。你看，这棉袍穿在身上一点儿都不冷。"

钱谦益看看窗外说："房前屋后的风雪就这样大，山上更是一片迷茫，去了也看不清远处的景物。还是等等吧，等会儿雪下小了再去。"

正说着，冬青提着两个食盒进书房来了，把食盒放在桌子上，又站到客厅去抖落一身的雪花，鲜朵儿出来递给他一条手帕，用手示意着，让他擦去脸上眉上的雪水，冬青看她憨憨地笑。

鲜朵儿把脸扭到一边，却发现柳如是在书房里正朝他们笑眯眯的。这下鲜朵儿可难为情了，一抬脚就要走。

柳如是叫道："鲜朵儿，还不进来侍候老爷吃饭？"

鲜朵儿只好红着脸进来，把食盒打开，把菜端出来一一摆好，又给他二人添上饭。

柳如是看着饭菜说："这么多菜，我跟老爷两人也吃不完，你跟冬青就在这儿吃吧，这天怪冷的，跑来跑去的，人冷，饭菜也冷了。"说罢就叫冬青进来。

钱谦益琢磨着："这每天三餐端来送去的，是不大方便，尤其是冬天。等过完这个年，再请个厨娘和两个下人，就在我闻室这边开火做饭，厨房用具都是一应齐全的，不比半野堂那边差。"

冬青听了，高兴地说："老爷，那就好了。"

钱谦益听冬青这句"那就好了"，以为他是偷懒，不想两边跑。鲜朵儿可听懂了，冬青是怕她们在这里住不长，怕她们要走，如果按老爷说的，在这边自己开伙，岂不是要长久住下去了。冬青舍不得鲜朵儿离开，岂不是好了。

柳如是拿筷子敲敲鲜朵儿的碗，笑道："发什么呆呢？快吃罢，吃饱了就不冷，不冷了才有情趣呢！"

钱谦益见她这话说得没头没脑的，只道是她姐妹俩玩笑惯了的，也不去理会。

一会儿吃完，鲜朵儿与冬青收拾桌子。

钱谦益对冬青说："你去吩咐厨房，年饭跟往年一样，虽说是刚刚吃早饭，这时候也好早晚了，就要开始准备了。"

冬青回道："老爷放心，这年饭的菜王妈早就预备好了的。中午准时吃年饭。"

"嗯，下午你把年前买的那些糕点、糖果和茶叶，还有鞭炮，拿一半到这边来。"钱谦益想了想又问："这边的板炭还有多少？"

冬青说："还有两大筐，怕有百十斤吧。"

钱谦益点头："这也够了。你把食盒碗筷送过去快过来，把祭祀要用的祭品准备好，跟我去拂水山庄祭拜祖先。"

回头问柳如是："你不是要去山上看雪吗？今日除夕，我正要去拂水山庄家庙祭拜祖先，给祖先上灯。那里的雪景一定是好的，还有三十几株老梅

第三十二章　含尊钱岁美辰良

树呢，想必也开花了。"

柳如是心想，倒是想去山上看雪，只是你去家庙祭祀，我跟了去，算什么呢？你不明不白地带着我，我稀里糊涂地跟了你，知道的人，说我是踏雪赏梅，有雅兴；不知道的人，说我轻薄，没名没分地瞎胡闹，又平白无故地讨你那些姨太太们的咒骂，我还是不去的好。

便婉转地说："早就听说虞山八景，拂水岩为最。柳子原是很想跟牧翁去踏雪赏梅，一览胜景，只是今天风雪太大，且早上起床时就有些咳嗽，一路上劳累牧翁照顾，柳子于心不忍，还是在家等牧翁的好。"

钱谦益想了想："如此也好，你身子骨本就柔弱，这冰天雪地的，若是再受了风寒，这个年也就过得不畅快了。那我就带冬青早去早回，你就在家好好地候着罢，把板炭火再烧旺些。"

冬青早吩咐轿夫抬了轿子，在门外候着，自己则一手拿了一柄漆黄的油纸伞，一手挽一件银灰色羽缎斗篷。见老爷吩咐完了，上前来把斗篷给他系上，两人出门，钱谦益上了轿子，冬青在轿侧大步流星地跟着。

他主仆二人走后，柳如是顿觉我闻室变得寂静了，心里颇为无聊，看鲜朵儿绣花，烤着火，有一搭没一搭地说着闲话儿。

半野堂这边却是热闹非凡，厨房里的人忙进忙出地办着年饭，满屋里都是饭菜的香味。

二姨太朱氏一时自己试新衣，一时给儿子孙爱试新衣。一时又问雁儿，新买的胭脂颜色正不正，一时又自己闻闻香水香不香，忙个不亦乐乎。

她一个识字不多，从未出家门的妇道人家，心里只有一个呆念头，就是把丈夫儿子守住，把家产守住。纵是丈夫风流成性，你在外面风花雪月我不管，可就是不能娶这种风月女人。而今倒好，丈夫居然把这种女人带回家了，并专门造新居给她住，她又能如何？是哭哭啼啼，打打骂骂，还是上吊自尽？从小年那天起，把心里的一肚子怨气忍到今天，是听了雁儿的劝。

雁儿说咱大户人家的，在腊月里吵吵闹闹的不吉利。任凭是怎样的男人，任凭你在外面有怎样的红颜知己，大年三十，除夕夜总得回家吧，总得陪家人守岁吧。

钱谦益就在几步之遥的"我闻室"守着那个青楼女子柳如是，朱氏还是存了这个念头，盼着除夕早点到来，盼着丈夫回家守岁。

过了午时，钱谦益才从山庄转来，他让冬青去半野堂看年饭是否做好，自己却径直到了我闻室。及至看见柳如是在书房里烤火，这才放下一颗悬着的心。

到拂水山庄，一刻也没耽搁，祭祀完毕，立刻返回。他越来越觉得自己离不开柳如是，哪怕只半天没有看到她，心里就空落落的。他奇怪自己人老了，反而如此多情起来。

一些老朋友曾用苏轼嘲笑词人张先的一首诗来调侃他，张先八十岁时娶妾十八岁。苏轼诗说：

十八新娘八十郎，苍苍白发对红妆。鸳鸯被里成双夜，一树梨花压海棠。

他并不以为然，认为自己虽然满头白发，却只有五十九岁，比八十岁的张先小一大截，而且能登山，能游水，正是宝刀未老。恰逢春风拂柳，梅开二度，青春饱满的柳如是让他燃烧着青春的激情。所以，也就把朋友们的调侃当作是他们的羡慕与妒忌了。

鲜朵儿帮他解下斗篷，他在火盆上烤着双手："你幸亏没去，山上好冷，我的脚都冻僵了，快没知觉了。"

柳如是忙道："那你快脱掉靴子，把脚也烘烘罢。"

"不用了，马上就要过去吃年饭了。你把那披肩披上，虽说只有几步路，从火边出去，也怪冷的。"

话音刚落，冬青进来禀道："老爷，酒菜已经摆上桌了，二太太请老爷、柳姑娘过去呢。"

半野堂大堂上红烛高烧，钱氏祖宗牌位前，已燃起了高香，供上了鱼肉鲜果，钱谦益带着儿子孙爱给祖宗上香敬酒后，冬青点燃一串鞭炮，关上大门任它在外面噼啦噼啦炸得欢，钱府开始吃年饭。

年饭在欢乐祥和的气氛中吃完，至少表面是欢乐祥和的，有多少人各怀着各的心事，也只有他们自己知道。

柳如是原打着十二分的小心，这时一颗心方松弛下来，她示意鲜朵儿把先前准备好的压岁钱拿出来，给少爷孙爱。

鲜朵儿把一个红缎子小包递给孙爱时，这位钱家唯一的少爷，不去看他的母亲，只看他白发苍苍的父亲。见他父亲微笑着点头，便伸手接过了鲜朵儿递过来的红包。打开看时，是一只小金元宝，很是高兴。

朱氏恨恨地想，金元宝？还不是钱家的。她柳如是拿老爷的金子来收买她的儿子。不让儿子接受，明显又拂了老爷的面子，也可惜了那锭金子。接了，又担心儿子从此被那坏女人教唆。

正不知如何是好，却听钱谦益对大家说："这一年到头，大家都辛苦了，钱家也全仗了大家的帮衬，才得以安定祥和，不受外人欺负。我也给大家封了红包，钱不多，应个景儿，图个吉利。"说罢，让钱冬青把红包拿来，发给下人。

佣人们明知这是老爷的客套话，钱家祖先并没有留下多少财产，全仗了老爷能干，现如今钱家有良田千顷不说，仅是山庄房舍就有好几处，是虞山少有的殷实之家。大家心知肚明，只是不说破，都附和着奉承钱谦益。

朱氏没料到，除夕之夜，老爷并不陪她与儿子守岁。

天刚刚擦黑，一家人喝完除夕的鸡汤，钱谦益相携着柳如是回到"我闻室"。

开始，朱氏还满怀着期望，以为老爷送柳如是过去，在那边坐坐，就会回到半野堂。可她一等就等到三更，还不见老爷回来，她与王氏两人，坐在冷清清的房里，你望着我，我看着你，满腹幽怨，却作声不得。

雁儿只好劝慰二位太太，早些歇息，明日还要早起呢。

我闻室的书房里，却是另一番景象，火盆里的板炭火烧得正旺，桌上摆着八个果盘，各自装满了鲜果、瓜子、麦芽糖以及江南特有的各色精细点心，小小的书房温暖如春。

柳如是也以为，除夕之夜，钱谦益在这边坐坐，是要过去陪二位夫人少爷守岁的。她看时候不早了，便催促道："天也不早了，牧翁快过去罢，想必二位夫人在等着呢！"

钱谦益却说："她们在一起守岁，自会娱乐。我今夜不过去了，就陪你。这会儿，我有诗了呢。鲜朵儿，快研墨，天寒地冻的，墨汁也干得快。"

鲜朵儿忙不迭地研墨。

柳如是心头一阵激动，自来虞山的这些日子，钱谦益对她是殷勤陪伴，细心呵护，如慈父，如兄长。她有时觉得自己真的没有理由再有其他选择，眼前这个男人就是她的终身依靠。

心里想着，眼睛却看着钱谦益龙飞凤舞的写出几行诗：

除夜无如此夜良，合尊促席饯流光。深深帘幕残年火，小小房栊满院香。

雪色霏微侵白发，烛花依约恋红妆。知君守岁多佳思，欲进椒花颂几行。

    钱谦益用诗向柳如是表达了内心由衷的喜悦和对她的至情至爱。在他的一生中，从未有过如此美妙的除夕之夜。这美妙的感觉，幸福的时刻，是因为有了她这位红颜知己，有了她这样一个天生丽质、聪明颖慧的女人。自己已是白发苍苍，却依然眷恋着青春柔美的佳人，那又有何妨！

    钱谦益撇下家人与自己在我闻室守岁，已经让柳如是感动，而这首诗里所表达的情感，让她暂时忘了自己的烦恼，她欢天喜地地说："既是牧翁有诗在先，我少不得也和一首。"

除夕次韵牧翁

合尊饯岁羡辰良，绮席罗帏卷曙光。小院围炉如白昼，两人隐几自焚香。

萦窗急雪催残漏，照室华灯促艳妆。明日珠帘侵晓卷，鸳鸯罗列已成行。

    屋外一片白雪琉璃世界，书房里红烛高烧，春意融融。钱谦益读着柳如是的和诗，看着眼前娇嫩的美人，心里感慨万千，自己已到花甲之年，岁月如流水一般消逝，在仕途无望之际，遇到这样一个可人心的红颜知己，此生夫复何求！得意畅快之余，忍不住把《牡丹亭》里柳梦梅跟杜丽娘说的一句话，也拿腔拿调地对柳如是说一遍："姐姐，咱一片闲情爱煞你哩。"

    女人的直觉天生的没来由的灵敏。鲜朵儿没说错，雁儿一直很喜欢钱冬青。冬青长得体格健硕，性情温和敦厚。平日里，佣人们在一起干活，免不了闲聊，也有年纪大的人开玩笑似的撮合他们，冬青也曾心动过。确实，雁儿很漂亮，皮肤白皙，一双细长的眼睛闪着机敏狡黠的光，鼻翼两侧几点黄褐色雀斑，则给她平添了几分江南女子特有的俏丽。

    冬青想，能娶到雁儿这样漂亮的姑娘，是他几世修来的福分。只是，他觉得雁儿聪明伶俐之余，还有些他说上不来的习惯，他把她身上的那些习惯，叫做邪气。

    老爷二太太也知道他二人你有情他有意，可就是迟迟不让他们成亲。这下，佣人当中又有人说了，说是老爷看上雁儿了，要把雁儿收为通房丫头。

雁儿的心可大了，她可不想做通房丫头，通房丫头是没有名分的。她要做就做姨太太，可以跟太太平起平坐，跟太太戴一样的金银首饰，穿一样的绫罗绸缎，有专门的丫头侍候着。

她心里明白，朱氏虽然对她比别的丫头好，这醋坛子是绝对不会让她做老爷的姨太太的，除非老爷自己看上了她。而这些年来，老爷在外面的风流韵事层出不穷，在家里又并没有看上她的意思。当她知道自己做不成姨太太时，就把目光放在了钱冬青身上。

按说，冬青少年男儿，年轻体壮，阳光朝气，浑身充满了青春的活力，该是多少少年女子的梦中情郎。可雁儿就嫌他穷，嫌他连个家也没有，一辈子只能在钱家做佣人。

雁儿这些心事，冬青何尝不知道，所以，冬青也就冷了心了，不再对雁儿存有任何奢望。

钱冬青并不姓钱，八岁那年，他孤苦伶仃流落在杭州街头，是老爷把他捡回来的。老爷见他虽然饿得面黄肌瘦，却生得眉清目秀，就把他带回常熟虞山，在半野堂干些杂活，并给他取名为冬青，意思是让他像虞山的松树一样，冬天也青翠苍劲，充满活力。

几年后，冬青长成大小伙子，钱谦益见他性情温和，寡言少语，勤劳肯干，就让他专门侍候自己，常带他出远门，跟朋友聚会，游山玩水。闲暇之余，也教他读书识字。

自从跟老爷一起在桃花涧的画舫上见到鲜朵儿，冬青那颗年轻的心从此不再平静，他觉得鲜朵儿就像她的名字一样，就像半野堂后院春天含苞带露的蔷薇，是那样的鲜活、水灵、柔美。这是他平生见过的最美貌的女子，在他眼里，柳如是都不及鲜朵儿好看。

鲜朵儿又是那样的通情达理，善解人意。不仅饭菜烧得香，花草也绣得活灵活现。他感激上天让他有幸遇到鲜朵儿，他也暗自祈求上天保佑柳如是不要离开半野堂，这样，鲜朵儿也就不会离开了。

最令冬青恼火的是，这些日子，雁儿总是粘着他，特别是有鲜朵儿在的时候，雁儿更是有意无意地跟他亲近，好像他们早就有婚约，冬青又不能指责雁儿，真是有苦说不出。

雁儿可是个有心机的女孩儿，自从柳如是带着鲜朵儿走进半野堂，她发现冬青的眼睛就没离开过鲜朵儿，心里便愤愤不平。为什么你钱冬青喜欢的女孩不是她雁儿？为什么你会喜欢一个风尘女人身边的丫头？她从不去想一个最基本的问题，那就是钱冬青为什么不喜欢她。

正是这些原因，雁儿一心想帮她的主子二姨太赶走柳如是，柳如是走了，鲜朵儿自然得离开半野堂。

除夕之夜，她对二太太说，老爷会回半野堂守岁的，可怜两位姨太太直等到天快亮了，她们的老爷也没有回半野堂来陪她们。在二太太的愠怒之下，她又悄悄地献了一计，二太太这才舒展眉头跟王氏各自回房，去睡了个囫囵觉。

大年初一早晨，半野堂放鞭炮开门纳福。

雪停了，风住了，一片洁白的世界迎来新年的第一天。孩子们穿着崭新的衣服在门前堆雪人、打雪仗，好不惬意。大人们走东家、到西家拜年祝福，恭贺新春，一片繁华祥和的景象。

钱谦益带着柳如是在家人的恭喜声中来到半野堂，要吃早饭了，还不见儿子孙爱来给他拜年。起先，他以为儿子跟其他的孩子在外面堆雪人，并不在意。直到大家都围着桌子坐好了，还不见儿子。

他见朱氏闷闷不乐的样子，又见她眼睛红红的，似哭过一般，心里十分诧异，忙问："孙爱呢？怎么不见他？"

朱氏从怀里抽出丝绸帕子，擦着眼睛，嗯咽着："昨儿夜里，孙爱突然从梦中跳起来，大哭大叫。"

钱谦益一听，急了，其他人他可以不管，孙爱可是他唯一的儿子。他腾地站起来，一把抓住朱氏的手臂，瞪大一双恐惧的眼睛，语无伦次地问："孙爱他怎么了？怎么了？昨日吃年饭时好好的，这会子又怎么了？"

朱氏见他急成这样，心里暗暗得意，面上却悲悲啼啼，她用手帕掩着脸，轻声说："老爷，今日大年初一的，我说了，怕冲撞老爷，怕老爷嫌不吉利，怪罪妾身。"

钱谦益跺脚道："你好糊涂，孙爱是钱家的命根子，大年初一也得说！"

朱氏这才絮絮叨叨地说："昨夜还好好的，说是要陪着我守岁，在火塘边坐着，还读些诗书给我听。到底是孩子，夜深了也坐不住了，眼皮子只打架，我让雁儿侍候他睡下。哪知睡了不一会儿就听他大哭大叫说有妖怪，又见他

第
三
十
二
章

含
尊
钱
岁
羡
辰
良

从床上跳将起来，就往门外跑，说这个家里不干净，还说……"说到这儿，朱氏迟疑着不说了。

钱谦益正听得心惊，见她不说了，就催促道："还说了些什么，你倒是快说！"

朱氏只得接着说："他哭着，说是看见三个着红袍乌帽的神仙，神仙说家里有不洁之人，要他转告老爷，如果不赶走城南之柳，钱家近来必有祸事。"

钱谦益听了，一下瘫坐在椅子上，他不由得想起了死去的长子孙桂。天启末年，钱谦益因东林事发，被削职在家听候处置，日不能食，夜不能寐，愁肠百结，长吁短叹。一天，长子孙桂坐在门槛上前俯后仰，像唱山歌似的说："老爷莫着急，老爷莫叹气，老爷明年就可拜见新皇帝。"听得一家人目瞪口呆，钱谦益连忙把他从门槛上抱进屋里，关上门，愕然地，也是小心好奇地问他，是不是在外面玩听人说的，或者是有人故意教他说的。

没想到儿子孙桂说，昨天夜里，他刚刚入睡，墙壁上挂着的三个穿红袍、戴乌帽的公公，从墙壁画像上走下来，站在他床前说的，还让他告诉爹爹。

更让钱谦益没料到的是，没过几天，儿子孙桂得病，不治而死。第二年，果然朱由检即位，改年号崇祯。而且他真的被起用，封为礼部左侍郎。

回想起这桩奇异之事，他不由得胆战心惊，他怕旧事重演。他已到花甲之年，仕途固然重要，可儿子更重要。如果这个儿子孙爱再有个三长两短，他有何面目去见列祖列宗？他也明明知道"城南之柳"是指柳如是，可他又怎么舍得赶走柳如是！

不等朱氏说完，一边的柳如是心里早已明白，"城南之柳"自然是指她，这事是冲她而来的，朱氏王氏在演一场戏，就是要把她赶出虞山。只是她没料到，钱谦益的两个小妾是如此的处心积虑，费尽心机。她们居然用如此高妙的招数，把祖宗也抬了出来。此时，看钱谦益魂不附体，六神无主的样子，柳如是的心凉了半截。

她还不大了解钱谦益，可钱家的人都太了解他，钱谦益最信鬼神之说，尤其是祖宗托梦，何况几年前，他的长子亲自验证过。

大年初一这天，钱谦益没有跟柳如是一起回"我闻室"，吩咐下人赶快请郎中，在半野堂守着儿子，看儿子吃药。直到傍晚，孙爱醒来，嚷着肚子饿了，要吃的。钱谦益一迭声地吩咐厨房，快快做吃的来。

直到吃了一碗粳米粥，孙爱才面现红晕，有说有笑，恢复了孩子天真烂漫的本性，钱谦益这才松了口气。

心情轻松了些，也感觉肚子饿了，想着这一天也没好生地吃顿饭，蓦地又想起柳如是，有大半天没见着她了，也不知她吃没吃，连忙起身奔"我闻室"而来。

第三十三章　错莫春风为柳狂

蘼芜新叶报芬芳，彩凤和鸾戏紫房。已觉绮窗回淑气，还凭青镜绾流光。

参差旅鬓从花妒，错莫春风为柳狂。料理香车并画楫，翻莺度燕信他忙。

——明　柳如是

傍晚，雪后新晴的天空，一弯新月泊在湛蓝色的天幕上，不远处嵌着几颗星星，闪闪发光，辉映着虞山脚下的万家灯火。村子里的某个角落，时而响起炮仗声，那是顽皮的孩子在放"二脚踢"，虞山的新年夜喜庆而温馨。

"我闻室"门前一片漆黑，昨夜红彤彤的灯笼今宵烟灭火尽。钱谦益心里诧异，进得门来，里面更是悄无声息，书房里没有灯，火盆里是冷冷的灰烬。他快步来到柳如是住的东厢房，推开房门，一灯如豆，昏暗中，只见柳如是躺在床上，鲜朵儿坐在床沿，靠着床头架子，眯着眼睛，像是睡着了。

钱谦益放轻脚步，悄悄走到床前，轻轻拍了拍鲜朵儿的肩膀："鲜朵儿，你姐姐怎么了？"

鲜朵儿用手揉揉眼睛，见是老爷，忙站起身，轻声说："回老爷的话，姐姐病了。"

钱谦益不解地问："早晨不是好好的么？"

鲜朵儿两只手缠绕着手帕，侧过脸望向床上的柳如是，像是自言自语："谁说不是呢！早上起床时，很是精神鲜活的，只是今儿一天没沾水米，说病就病了，咳嗽咳得冒虚汗，气喘得像两只抽风箱在抽风，闹腾了一天，喂了两次从杭州带来的药，这会儿才睡安稳了些。"

钱谦益听了鲜朵儿的话，觉得柳如是这病来得突然，也很蹊跷，他走近床边，就着微弱的灯光，看她睡得还算安稳，这半天了，也不见她咳嗽或者喘气不出的，不像鲜朵儿说的那么严重，但他也不能掉以轻心。他让鲜朵儿把烛台拿来点起来，大烛台上的八支蜡烛一齐点燃，昏暗的房间霎时明亮起来。

"你到半野堂那边去把冬青叫来。"钱谦益吩咐鲜朵。

鲜朵儿正出大门，冷不防跟迎面而来的人碰个正着，鲜朵儿哎哟一声往后摔倒，不料那人一把拉住鲜朵儿的手，顺势一带，鲜朵儿又往前倒在那人的怀里。这下，鲜朵儿可急了，想站直身子，却被对方紧紧搂在怀里，一个熟悉的声音在耳边轻轻说："鲜朵儿，没吓着你吧，都怪我走得太急。"

　　这是冬青的声音，温和浑厚，鲜朵儿不再挣扎，闭上眼睛，依在冬青怀里。堂屋没点灯，四周黑漆漆的，他们不再说话，周围的一切似乎不再存在，唯有两颗年轻有力的心在天地间咚咚地跳动。

　　也许只一瞬间，也许过了好一会儿，鲜朵儿在黑暗中仰起头，轻声说："老爷正要我去那边找你呢，你快去吧。"

　　冬青不吱声，环抱着鲜朵的手臂更紧了些，他把脸贴在鲜朵儿的头发上，一缕发香钻进他的五脏六腑，顿觉心醉骨酥。

　　鲜朵儿被他搂得有点透不过气，又怕被人撞见，心里是又急又羞，拼命想挣脱冬青的怀抱，却哪里能挣脱得过冬青健壮有力的手臂。

　　忽然，一支蜡烛的光亮忽闪忽闪地从过道里飘过，钱谦益正举着灯从东厢房出来到书房去。

　　冬青吓得松了搂着鲜朵儿的双手，把她扔到一边，朝钱谦益快步走去。

　　"老爷，鲜朵儿说你找我。"冬青怕惊吓了钱谦益，站在书房门外问候。

　　钱谦益放下手里的灯，转过身来，示意冬青走近说话。

　　"冬青，你今天都做了些什么？这门外的灯笼没点，屋子里的火盆也冷火熄烟的？"钱谦益背着双手，冷着面孔问，"我是怎样交代你的？这边屋里大小杂事都由你来做，你竟敢偷懒。这些事能累死你不成？"

　　冬青吓得扑通一声跪在地上，低着头："老爷，小人万万不敢偷懒。"

　　钱谦益见他说不敢偷懒，更加厉声："不敢偷懒？那是为什么？"

　　冬青抬头看着他的老爷，嗫嚅着说："这些都是小事，小人咋会累呢！只是……"

　　"只是什么？"钱谦益追问。

　　"只是小人今天一大早就出门了，所以这边的事都没有做好。"

　　"这大年初一的，你出门了？你去了哪儿？"

　　"二太太叫小人去她娘家送个口信，也是让小人去给她家的二位老人拜个年。几十里山路，小人天黑后才赶回来。"

　　钱谦益心想，看来朱氏是想尽快把柳如是赶出半野堂，竟然敢把他身边的人支走，不露痕迹地冷落柳如是。那么，她也是在利用儿子孙爱生病的事，故弄玄虚，说是祖宗托梦，为的是要让我想起长子孙桂的旧事，相信这件事也是真的。

"还不快快起来，去把门外的灯笼点着！"

"是，老爷。"冬青连忙起身去门外点灯笼。

别看点灯笼，可是个力气加巧劲的活儿，一只大灯笼四十多斤重，高高地悬在屋檐下，要用长长的竹竿把它撑下来，把里面的灯芯点着，再不偏不倚地撑上去挂在屋檐下，挂灯笼的动作要迅速、敏捷，稍有一点倾斜，里面的灯或许会熄灭，或许会烧着灯笼衣。

冬青点亮两只灯笼，端端正正地挂在"我闻室"的门楼前，又手脚麻利地把火盆烧旺，等余烟散尽，才把火盆端进书房。

钱谦益就着灯光在读一张纸笺上的诗，他刚才在柳如是房间里的梳妆台上看到，就顺手掖在袖子里，这时候拿出来细读，原来是柳如是今天写的一首新诗：

蘼芜新叶报芬芳，彩凤和鸾戏紫房。已觉绮窗回淑气，还凭青镜绾流光。
参差旅翼从花妒，错莫春风为柳狂。料理香车并画楫，翻莺度燕信他忙。

读罢诗，他颓然地坐在书桌前，心绪茫然，竟没有发觉冬青已经把火盆烧旺端了进来，正放在脚边。

昨日，从拂水山庄回来，跟柳如是约好春天去踏青赏花，顺手写的一首诗，也正在书桌上。

新年转自惜年芳，茗椀熏炉孵曲房。雪里白头看鬓发，风前翠袖见容光。
官梅一树催人老，宫柳三眠引我狂。西碛蓝舆南浦棹，春来只为两人忙。

柳如是今天这首诗，是步他这首诗的韵，给他的回复，像是在告诉他，她来半野堂，正如春天在风中飘忽的柳絮，偶尔随风来到这里，不久又会随风飘逝。她只是他生命中的一个过客，终究要回到她原来的地方去。你钱牧斋对她真心也好，假意也罢，请不要为她这飘零的柳絮痴狂，有朝一日她走了，你那些姬妾们的嫉妒也会烟消云散。

柳如是果断要离去，让他猝不及防。

满以为，他给了她最真诚的爱护，给了她避风遮雨的"我闻室"，温馨舒适，免她四下流离，免她无枝可依。

满以为，她会安心住在这里，陪他沐晨风，看夕阳；陪他山前踏青，楼上赏月，一起慢慢到老。

满以为，她会感激他，感激他所给予她的这一切。

谁料想，这小女子如此心高气傲，刚毅不屈，竟受不得一点委屈。定是自己那两个姨太太的所作所为，让她顿生去意。

望着飘忽不定的烛火，钱牧斋突然悲从心来，想自己半生坎坷，仕途艰辛，长子夭折，幼子年幼。虽说有一妻二妾，却无人能懂他失落的心，以慰他寂寥的情怀。

如今遇上柳如是，她风情万种，倾倒众生的魅力，使他忘了自己的年龄而疯狂地爱着她。他不嫌弃她曾是歌女，他对她的爱，是一种掺杂了同情、怜惜、欢悦、仰慕与征服的感情。这感情犹如桃花涧春天的早晨，缭绕着桃花的薄雾，让她更显得扑朔迷离、娇柔冷艳，也让他更加如痴如醉、欲罢不能。他可以纵容她，呵护她，坦然地面对她曾经的一切。

这娇媚的女子带给自己精神上的慰藉，是其他人无法给予的，难道为了"半野堂"里的两个妒妇，真要赶走才貌超群，善解人意的柳如是？如果失去了这个此生唯一的红颜知己，他仕途失意的晚年会更加黯淡无光，那人生还有什么乐趣？

站在一边听候发落的冬青，忽然间发觉白发苍苍的老爷，此时在烛光下更显苍老。他不知道老爷心里翻江倒海般的思绪，他也不懂，一个人一旦着了那个"情"字的魔，从内心到外表，会有怎样的变化，有怎样的欢喜与悲哀。

他不知道自己看上去是怎样的容光焕发，即便是在微弱的烛光中，他浑身上下充满一种按捺不住的青春活力与勃勃的阳刚之气。因为他的内心是溢满欢喜的，他深深爱着的姑娘，鲜朵儿衣袂发际上的馨香还残留在他的胸前，他的鼻端，他的双手上。虽然他不知道老爷如何骂他，但他喜欢留下来，喜欢留在我闻室。这里有他爱着的姑娘，有他喜欢的那种令他心醉神迷的味道。

钱谦益抬头见冬青傻乎乎地站在一边，没好气地说："你傻站着干什么？不知道柳姑娘一天没吃饭？"

"老爷，我刚回家，不知道柳姑娘吃没吃饭。"冬青憨厚地说。

钱谦益骂道："你这没心肝的奴才，是不是觉得老爷委屈了你？还不快去厨房，叫王妈做些饭菜来。"

冬青听了，立即转身就往外走。

"回来。"

他收住脚步，折转身站在钱谦益面前，不知所措地望着老爷。

"你叫王妈做几样清淡可口的菜，特别要做一道松树菌汤，再用今年自家农庄里收的碧粳米煮新鲜饭。要快点。"钱谦益又想了想："我书房靠东面墙的书橱抽屉里，有只长形的红盒子，你去拿来。"

冬青去了。

钱谦益来到柳如是的房间，鲜朵儿正轻声地说着什么，手上端着一只茶碗，像是柳如是刚刚喝了几口茶。

见钱谦益进来，鲜朵儿起身去放茶碗，柳如是挣扎着坐起来，钱谦益忙走到床边，帮她把棉袄披身上，又拿起一只枕头垫在她身后，掖好被头。

他顺势坐在床边，伸手摸摸柳如是的额头，神情很是关切："你好些了么？"

柳如是笑笑："早起时偶感风寒，吃了药也就好了，原本就不是大事，牧翁如此细心，倒叫柳子十分过意不去。"

钱谦益满是怜惜看着她："还说不是大事？一天未进水米，就是一个大男人也扛不住几餐饿的，你这样弱的身子，又怎能禁得住？都怪我大意，让你受委屈了。"

柳如是感觉有一股热流在心里向上翻涌，就要冲出眼眶，她强忍着不让眼泪流出来。

十几年的江湖漂泊，含悲忍辱，冷暖自知。宋征舆的少年之恋，热烈而懵懂；陈子龙的患难之恋，谨慎而自私。

眼前的男人对她如慈父，如长兄，如爱人，如挚友般细致入微的爱恋与呵护；对她敞开的胸怀有如大海般的包容，又如山般的厚重，世间有几人能如钱牧斋！

这里才是她遮风避雨的港湾，这个男人才是她毕生追寻的归宿。可她不能因此而忘形，早晨二姨太的话还在耳边回响，如果就这样不明不白地住在"我闻室"，随时会被那些自以为有身份有地位的女人赶走。她不能走，不能离开钱谦益。外面的世界不能容纳她，一旦离开了虞山，不知能否逃过谢三宾的手？也绝不会再遇见如钱谦益这样的人了。

她的诗里写着要走，要回到原来的地方去，那是写给钱谦益看的。她知道钱谦益舍不得放她离开。别看这小女人生得娇小妖媚，心计可是十足。

见钱谦益如此关切地看着她，内心感动，嘴里却不感激不谢恩，反而幽幽地说："牧翁，来虞山的这些日子，牧翁对柳子呵护备至，柳子心存感恩。清晨听二太太的话意，是柳子连累了小少爷，柳子深感不安。柳子原本是个不洁之人，时日久了，只怕会连累到老爷，连累钱家。明日待柳子身子好了，就离开虞山，带鲜朵儿回盛泽去。"

钱谦益听了，信以为真，腾地站起来，惶恐地说："你不能走，你不要去听二姨太瞎说，那是个有名的妒妇。什么洁不洁的，你在我钱牧斋心里，就如那枝头的花朵儿一样。"

似乎她真要走，他急得额头上竟渗出一层细细的汗珠。柳如是见状，拿起枕边的手帕，抬手轻柔地帮他拭去。钱牧斋就势一把抓住她的手，紧紧地握在自己那双粗大的手里，他只觉得这只小手滑腻如脂，柔若无骨，他为此心醉神迷。他不能让她离开，不能让这样一双娇柔的手落在其他男人的手心里。如果真是这样，他会为此而疯狂，而悔恨终生。

柳如是轻轻抽回手，定定地看着钱谦益，一双凤眼，似笑非笑，欲嗔还颦，两只亮晶晶的眸子映着两团烛火，像两只小手轻轻挠着钱谦益的心，钱谦益那颗苍老的心瞬间又激起万丈豪情，随着这两团火苗，时而跳跃，时而奔腾。耳边却听柳如是冷冷地说："牧翁不让我离开，可我总不能就这样不明不白地住在你家里罢？"

钱谦益的心正在柳如是那双深不见底的眸子里沉沦，什么朝廷法规，什么祖宗遗训，统统都抛到了九霄云外。听了柳如是的话，他心里顿时冲起一股豪气："哪有不明不白的？我明天就带你去拂水山庄，先给列祖列宗拜年，让他们泉下有知，我要娶你，你是钱家的人了。日后，我还要请江南的名人名士证婚，用大红花轿抬你进钱家大门。"

一边的鲜朵儿听了，接口道："老爷，你这话可是当真？"

"小丫头，你去虞山问问，我钱牧斋哪有说话不算数的？"钱谦益转身看着鲜朵儿，一只手背在背后，一只手抚摸着那把雪白的胡须傲然挺立在房中间。

鲜朵儿高兴地拍手道："姐姐，这下可好了，老爷名正言顺地娶你进门，就不怕有人说三道四了。"

柳如是心里大大地松了口气，面上却仍然一副幽怨的样子。

钱谦益笑道："看你这傻丫头说的，这间我闻室是专为你姐姐筑的，吃的用的一应俱全，不比半野堂那边差多少，你姐姐只差一个名分了，那也只是我一句话的事，傻丫头，你就安心地侍候你姐姐吧，好日子还在后头呢！"

"老爷。"冬青在门外轻声叫老爷，他已在门外站了小半会儿了，听见老爷跟鲜朵儿说的话，他知道鲜朵儿不会离开半野堂了，高兴得想大声呼喊，想让虞山的山，虞山的水，虞山的人们都知道，他有个心爱的姑娘，就在他身边。但是他按捺住自己那颗狂跳的心，他怕好事被老爷发现，反而成了坏事。所以，他等钱谦益说完话，再压低声音叫老爷。

"老爷，按你的吩咐，饭菜已经做好，我送来了。"又从口袋里掏出一个红色小木盒子，"这是从书房拿来的。"

钱谦益接过红木盒，连说："快拿饭来，我正饿得慌呢。"又对靠在床上的柳如是说，"你就不要起来了，这天也挺冷的，就让鲜朵儿喂你吃吧。"

柳如是轻声道："我没事了，还是起来吧。让人喂着吃饭，知道的说我病了，不知道的倒说我仗着老爷的疼爱，自个儿轻浮呢。"边说边掀开被子穿衣裳。

钱谦益笑道："生病了也是个通情理的人，小小人儿如此要强，怕不大好呢，让人疼爱着才好。"

鲜朵儿上前帮忙，说："手脸已洗过了，也喝茶漱口了的，把衣裳穿了就快吃吧，大冷天的，饭菜冷了吃了又不舒服。"

她们说话时，冬青已把书房里的火盆端了过来："有火盆暖和些，睡觉时再端出去。"

鲜朵儿见了，心里说，你倒是心细，只是不知道你将来如何。想到将来，鲜朵儿不免心烦意乱。眼见着姐姐的终身大事已尘埃落定，钱老爷的岁数虽然足可以做姐姐的爷爷，却是真心真意地爱着姐姐，又是虞山少有的有钱人。女人一生，图的不就是一份真情一份舒适一份安定吗？他说的话一诺千金，姐姐是不用再愁了。可是我呢？姐姐有了好依靠，难道我真的跟姐姐一辈子不成？谁知道钱家日后要不要我在这里做丫头了呢？他家有的是钱，还怕买不到丫头。

虽然有个冬青可以说说话，看起来对我好，只是谁知道他的真心？何况还有个雁儿缠着他，今儿姐姐，明儿妹妹的，这事儿几时才是个头？

正胡思乱想的，却见钱谦益拿着那个红木盒子对柳如是说："这是朋友送我的燕窝，你看，这种雪白透明，个大壁厚的燕窝叫白燕，是燕窝中的极品，这可是朝廷的贡品。"

冬青帮着把饭菜从食盒里拿出来在桌上摆好，正要出去，钱谦益叫住他问："你吃过晚饭没有？吃了就把这边厨房的炉子烧着。"

冬青答说早吃过了，就径直去了厨房，也不问这晚了还烧炉子做什么用。钱谦益边吃饭边交代鲜朵说："你把这燕窝拿去，等冬青把炉子烧旺了，用小陶罐加满水加冰糖放在大锅里隔水蒸。"

鲜朵拿了燕窝出了房门，隐隐地听见钱谦益说："这燕窝吃了，最是养阴、润燥、养颜、延缓衰老的。还能清虚热，治虚损，最适合你这样体质弱的人吃。"

柳如是却说："承牧翁厚爱，今儿在你这里吃了，明儿我回盛泽了，又有谁给我燕窝吃呢？"

钱谦益听这话，丢下手中的筷子，抓住柳如是的手："你不要再提要去的话了，我不会让你走的。你不就是要一个名分吗？我刚才说了，会给你的，我要让江南所有的文人名士都知道，你柳如是是我钱谦益用大红花轿抬进钱家门的。"

说完，又拿起筷子给柳如是夹菜："快吃，你睡了一天了，想必晚上要睡晚些，正好等燕窝蒸好了吃了再睡。"

厨房里，冬青手脚麻利地烧燃了炉子，鲜朵儿把燕窝在锅里放好，炉火熊熊燃烧，两人守在一边，一时却找不到话说。

还是冬青先开口："鲜朵儿，你好像没吃晚饭呢。"

炉火映红了鲜朵儿的脸，两只溢满春水的眼睛，专注地看着灶膛里时时往外窜的火苗，她似乎没听见冬青的话，头也不抬地说："你家老爷真会心疼人，这样细致体贴的男人真的少见。我姐姐有福呢，遇到好人了。"

冬青拿根木柴在地上乱画："以前我也没见他对谁这么好过，就是二太太有了小少爷，也不见老爷有这样关心体贴的。要说，我家老爷也是个喜好风花雪月的人，能诗会赋，肯洒金钱。在江南这一带的歌楼画舫，老爷恋过的女子倒也不少，只没见他如此深情过。"

鲜朵儿转过头，望着冬青那张修眉入鬓、清爽干净的脸，惊讶道："真的么？

那我姐姐真是有福了！"

"你这样好的女孩儿，也会有福的。"冬青热烈地迎着鲜朵儿的眼神，忘情地说。

鲜朵儿转过脸去，炉火映得脸儿更红了。

第三十四章　香暗真疑夜月来

山庄水色变轻苔，并骑轻看万树回。容鬓差池梅欲笑，韶光约略柳先催。
丝长偏待春风惜，香暗真疑夜月来。又是度江花寂寂，酒旗歌板首频回。

——明　柳如是

拂水山庄位于虞山西麓拂水岩下，钱家的祖坟就在这儿。山庄平时无人居住，只有家仆看守。

钱家三代单传，钱谦益父亲以教书为生，祖业微薄。到了钱谦益手上，这千顷良田，数处豪华府第，全靠钱谦益经营海运和田地租赁所得。作为江南一代文学宗师，其声望和地位，也使得他文价高昂，弟子满堂，稿酬收益颇为丰厚。他殷实的家业与三起三落的官运，在常熟被人们戏称为"山中宰相"，认为他这个在野的"宰相"不会久居山野，一定会东山再起。

拂水山庄的建成，钱谦益颇费了一番周折。很早以前，山庄的宅基地不知是哪一破落户的残宅荒圃，当时在朝中为官的钱谦益，强行据为己有，东林党事发时，这事也被他的政敌张延儒列为一条罪状，在皇帝面前告他个依仗权势，夺人田宅。

削官归乡之后，失意的钱谦益寄情山水，广筑园林，在这块荒圃上建起了拂水山庄。

山庄四水环抱，曲廊回绕，水榭楼台，错落有致。最让他爱不足的是梅园。梅园种有三十株品种优良，颜色各异的梅花。

常熟有位才子，名苏先，曾为拂水山庄题梅花诗一首：

去年梅开花尚少，今年花开多益好。花开岁岁春长在，种花之人花下老。君不见拂水山庄三十树，照野拂衣如白雾。又不见卧雪亭前雪一丛，千花万朵摇春风。花正开时主人出，地北天南看不及。幽禽空对语关关，夜雨徒沾香郁郁。见花忽忆倚花立，索笑不休相对泣。百岁看花能几回，人生何苦长汲汲。

当钱谦益给柳如是念完这首梅花诗时，他的眼睛并没有看依在他身边的俏丽佳人，也没有欣赏那一树树戴雪而绽，暗香馥郁的梅花。而是望着不可知的虚空，喃喃地重复着那最后的两句诗："百岁看花能几回，人生何苦长汲汲。"在这白雪红梅的琉璃世界，在身边佳人如花的映衬下，他那一头白发更让他显得苍老，落寞。

人一旦有了挚爱的事物，便就有了不舍。拂水山庄、梅园是他一生的得意之作，也是他的终老之所。虽说仕途失意，不期又有了柳如是这样才貌双全，卓尔不群的女子，以慰晚年寂寞，如此这般的境遇，夫复何求？

也正是有了这一切，正是人生还有很多乐趣在等他享乐，正是身边的如花美眷，让他觉得年华如流水，一去不复返。他老了，他眼前的这一切，不知将会落入何人之手，他感叹生命短暂如斯，为生老病死的无常而悲哀。

年轻的柳如是，青春的生命正洋溢着勃勃生机，哪能体会得到他内心的悲凉。她想的是，你钱谦益能给她一个受人尊重的名分，便是她此生最大的愿望与幸福。按国法家规，侍妾、外妇是不能祭祀男家祖坟的。今天，钱谦益带她来家庙给祖宗拜年，行庙见之礼，无疑是向家人和钱氏家族宣示，当以正妻的礼节聘娶她。这个愿望已注定要实现，此时此际，她想要的，是那树上开得正欢的梅花。

她正要去折那一枝斜出的、梅梢带雪的花枝，却听见钱谦益一连低声地念叨：百岁看花能几回，人生何苦长汲汲。她不禁回头多看了他一眼，竟觉得钱牧斋此刻满身的落寞与无奈，满眼的苍凉与不舍。

她折转身，依在他身边，双手挽着他的胳膊，睁着一双会说话的凤眼，仰着一张娇俏的面孔，嫣然笑道：

"牧翁刚才念的这首梅花诗，柳子曾经读过的，为常熟才子苏子后所作，听说此人擅画美人。也曾看过他为程孟阳画的一幅《仙游图》，上题诗：撇开尘俗上青霄，绛绩仙人拍手招。踏破洞天三十六，月明鹤背一支箫。

"仙风道骨之人，背一管青箫，骑着鹤，在月洒清辉的碧空遨游，何等的洒脱逍遥！也只有撇得开尘俗之人，才有如此奇思妙想。足见苏子后才华横溢，豪气干云。牧翁何必为逝去的时光伤感？你看眼前这暗香馥郁的梅林，这拂水山庄如画的雪景，真是妙不可言，美不胜收。古人有诗说，有花堪折只须折，莫待无花空折枝。我们要珍惜眼前的时光，好好享受人生乐趣才是正经，又何必去为那虚无的未来而空叹！"

柳如是一席话让钱谦益叹息不已，此女子不仅仅有着姣好的容貌，有着常人所没有的才华，更难得的是有一颗善解人意的蕙质兰心。他再一次为自己得到这样的红颜知己而庆幸不已。他在心里暗暗地说：钱谦益一定要让全天下人都知道，她是他今生今世唯一爱着的女人，他要请江南才子见证他给她的明媒正娶。

雪后新晴，梅花半开，柳如是一扫往日的忧愁和郁闷，像一只快乐的鸟儿在梅林里欢呼雀跃，缠着钱谦益，一会儿要折这棵树上的梅花，一会儿又觉得那棵树上的花比这棵树上的开得娇艳。

愉悦的情感是世上最有效的良药，它能使人返老还童；能让失落的情绪像花一样绽放、舒展；也能让人重获新生。自从身边有了柳如是，钱谦益就觉得自己又回到了青春时代，浑身上下有使不完的劲。这不，柳如是说这棵树上的花好，他就跑去折这棵树上的花，她又说那棵树上的比这棵树的更好，他又喜颠颠地向那棵树跑。看他累得气喘吁吁，白发飘飘的样子，柳如是觉得这世上再也没有比钱谦益更爱她的男人了，她站在梅树下，笑得比树上的花儿更娇更艳。

钱谦益终于折到一枝让柳如是满意的梅花，他举着花枝说："对此美景，无诗就不雅了。我已有了诗了，咱们去山庄歇息片刻，把诗写出来。"

柳如是听话地走到他身边，挽着他胳膊，一路朝山庄而去。

有佳人相伴，钱谦益心情舒畅极了，他边走边指给柳如是说："你看，西南那岩石就叫拂水岩，山上有拂水禅寺，我这拂水山庄就因此而得名。两边山崖有长桥横跨山涧，现在是枯水季节，你看不到奇境。每到雨季，涧水猛涨，飞流直下，如水帘瀑布一般。风自南来，又将直下的瀑布倒卷上去，直把个水帘揉得如万斛蕊珠，迎风飘洒。有阳光的日子，照射着飞扬的水珠，五彩斑斓，蔚为壮观，虞山八景，此景为最。"并一一介绍明发堂、秋水阁、耦耕堂、朝阳榭、花信楼、梅圃溪堂等等。

说话间，已进得山庄大堂，跟来的冬青早已收拾好书房，生着了火盆。柳如是一路走来，心里暗暗赞叹不已，忍不住对钱牧斋说："牧翁这拂水山庄，曲水楼台，奇山异石，古朴素雅，烟水苍茫。无不蕴藉着主人的豪迈与灵气，真的是取天然之景物，聚巧匠之智慧。就园林的设置布局风格来说，谢三宾

第三十四章 香暗真疑夜月来

的燕子庄就显得太小家子气了。"

几句夸得钱谦益捋着雪白的胡须仰面哈哈大笑。

喝过热茶,柳如是研好墨汁,钱谦益挥笔写下:

> 新正二日偕河东君过拂水山庄,梅花半开,春条乍放,喜而有作。
> 东风吹水碧于苔,柳魇梅魂取次回。为有香车今日到,尽教玉笛一时催。
> 万条绰约和腰瘦,数朵芳华约鬓来。最是春人爱春节,咏花攀树故徘徊。

写罢递给柳如是,笑说:"河东君是否也应和一首?"

柳如是对钱谦益施一礼,戏谑道:"河东君谨遵君命。"拿起笔,在砚台里舔了舔墨汁,略一思索,便也和了一首。

钱谦益笑微微地读道:

河东君"次韵"

> 山庄水色变轻苔,并骑亲看万树回。容鬓差池梅欲笑,韶光约略柳先催。
> 丝长偏待春风惜,香暗真疑夜月来。又是度江花寂寂,酒旗歌板首频回。

"好一个'容鬓差池梅欲笑,韶光约略柳先催'。河东君真不愧为江南才女!你这和诗比老夫的原诗,有过之而无不及,老夫钦佩之至。"

听着钱谦益由衷的赞美,柳如是心里像喝了蜂蜜水一样甜滋滋的。

看柳如是红馥馥的脸,钱谦益的心情更加愉悦,他拉过柳如是一双小手紧紧捧在手心里,目光无限温柔:"今天我已在祖宗面前表明,要以大礼聘你,你再不要说那些离开我,让我伤心的话了。"

柳如是任由他握着自己的手,她感觉到这双粗大的手,温暖,安定,一股暖流直传到她的心底里。

她含笑道:"如今就算牧翁要赶我走,我也不走了,我要侍候牧翁一辈子。"

钱谦益拍拍她的手背,笑道:"这就对了。"说着抬头看看窗外:"天色不早了,咱们得赶回半野堂去。在拂水山庄的旁边,还有一个绝妙的去处,今儿没法去看了,以后再带你游览。"

"哦,牧翁在这里难道还有座庄子?"柳如是心里想着你钱家到底有多少处府第,忍不住好奇地问。

"我还有个庄子，就在这拂水山庄后边不远处，叫红豆山庄。"钱谦益颇为得意地说。

"红豆山庄？这名儿听着就很有些意思呢！"柳如是兴致颇高。

"谁说不是呢！因山庄里有两株百年红豆树，才叫红豆山庄。"

"百年红豆树？你那山庄有红豆树？"柳如是更兴奋了，睁大眼睛问道。

"是啊，是我外祖父种下的，至今快有百年了。"他们边说边出了拂水山庄："令人惊奇的是，这两株红豆树曾多次遭雷击而不死，已经长得铁杆霜皮，冠如巨伞。只是，并不是每年开花，或三五年，或七八年开一次花，结一次果，今年，不知河东君是否有缘看到红豆树开花结果。"

柳如是眼里满是羡慕："在古诗里常读到红豆的诗，只是没见过红豆是什么样子。小时候听徐佛姨娘说过，红豆树生于南海一带，果实鲜艳亮泽，圆润晶莹。岭南人常作为吉祥之物馈赠亲友，情人们的相思之物，也叫作相思豆。但在我们江南，从没听说过有红豆树的。"

见钱谦益问她是否有缘看到红豆树开花结果，她偏着脑袋，睁着一双似笑非笑的眼睛，看着钱谦益，很自信地说："我一定会看到红豆山庄的红豆树开花结果的。"

钱谦益看她这副娇俏而又显天真的模样儿，连说："好好好！你一定能看到红豆树开花结果的。"说罢，扶着柳如是的肩膀哈哈大笑。

笑声惊得在雪地里觅食的麻雀儿扑棱棱地四下飞散。

回到半野堂，已是暮色四合，炊烟袅袅。

钱谦益带着柳如是刚进半野堂，雁儿就递给他一封信，说是下午有人给老爷送来的，来人再三叮嘱说一定要交到老爷手上。

信是复社领导人张溥写的，约他元宵节去苏州看灯，并没有说其他事。钱谦益虽然一直赋闲在野，游山玩水，风花雪月的，却并没有放松那根时刻关注朝廷动静的弦。读罢张溥的信，他立即想到，张溥没有这种闲情逸致约他去苏州赏灯，一定是要事相商。

他带柳如是直接回到半野堂，是要告诉朱氏王氏，他带柳如是去祖庙拜祖宗了。

朱氏王氏一大早就知道，她们的老爷带着这个女人去了拂水山庄家庙。她们除了在心里暗自嫉妒和憎恨，却也无可奈何。大凡男人，或者女人，一旦倾心于某一个人，或者倾心于某件事物，除非他自己回心转意，否则，任你是谁，任你有多大的力量，任你用何种方式，都不能拉他回头。相反，你的所作所为，反而会让他对某人、某事更加执着和不舍。

在半野堂吃过晚饭，钱谦益与柳如是一起回到我闻室。鲜朵儿今天没跟他们去拂水山庄，冬青已经送饭过来吃了。见钱柳二人回来，便沏茶送至书房。

钱谦益跟柳如是商量："我原本想，等几天就请厨娘在这边开火做饭的，以免每餐吃饭送来送去，或是想要吃点可口的饭菜都极不方便。今日收到张溥来信，邀我过几天去苏州，你也跟我去苏州可好？"

柳如是心想，你走了，你我的大事还没有办，我不明不白地住在这里，你那两个姨太太还不把我吃了？跟你一起去苏州更好，也省得在这里受她们的闲气。

当即便笑吟吟地说："全凭牧翁做主，柳子愿随牧翁漂泊江湖。"

钱谦益笑道："哈哈，我这漂泊江湖可不是一般的漂泊，可雅气得紧呢！好吧，就这么定了，正月十五带你去苏州赏灯。"

早年，钱谦益因为每年会在苏州逗留好多日子，便在拙政园买了几间屋子。此后，每到苏州，就住在拙政园自己的房子里，这里的日常用具都是一应俱全的，极方便。

随从而来的冬青和鲜朵儿已经把房子收拾妥当，岂料柳如是说不想住在这里，她想去看望以前的那些好姐妹，今日就先去看望卞赛，如果方便就住她那里了，便带鲜朵儿前往卞赛处。

卞赛住在拙政园后面的一条街上，与拙政园仅一巷之隔。柳如是要住在卞赛的家里，一来是分别多时，借此与好姐妹聚一聚。二来，也是想跟钱谦益分开一些时日。在风月场中混了这许多年，她太了解男人了，你整天粘着他，他烦你；你离他远点，彼此有个透气的空间，或许会有不同的效果。

有人说距离产生美，小别重逢胜新婚，却也有人说距离暗生隔阂。虽说钱谦益已经誓言旦旦地说要以正妻之礼来聘娶她，但毕竟只是嘴上说说，行大礼这一天，也不知道要等到何日何时。她不想在这一天还没有到来之前，就让钱谦益对她生厌烦之心。

与卞赛相见，自有说不完的体己话。

果然，卞赛絮絮叨叨说个没完，葛嫩娘跟孙克咸去福建带兵打仗了；顾眉离开了吴昌时，又嫁了合肥的龚芝麓；冷美人林天素早就出了家，王修微也修道了，自号草衣道人。

柳如是自然想起了徐佛姨娘，不禁感慨唏嘘。这些风尘中的女子，虽然过着倚楼卖笑的生涯，却都有着出众的才华、千娇百媚的容貌，江南曾有多少文人名士，倾倒在她们的石榴裙下，可她们终究逃脱不了被人狎玩的命运。随着年龄的增大，有的看破红尘，皈心禅悦、潜心向佛；有的急于找个男人找个依靠，度此余生。自己不正是找到钱谦益这样一个年龄足以做自己祖父的老男人吗？为的只是那份不再漂泊的安稳与可避风雨的温暖，情字一说，尚且抛在一边。

"你有小宛的消息么？她怎么样了？"沮丧之余，柳如是想起了那个聪颖灵秀，窈窕娇媚的董小宛。

卞赛长叹一声说："别提她了，这小宛叫人怜也不是，恨也不是。"

"这话从何说起？"

原来，董小宛在苏州半塘与落第才子冒辟疆偶尔相遇，便对这位风流潇洒，顾盼自雄，喜谈经世时务的少年公子一见倾心。

去年春天，冒辟疆途经苏州，跟朋友慕名去阊门外的横塘寓所，寻访梨园名伶陈圆圆。

绝色姿容，花明雪艳的陈圆圆，让久涉花丛的冒公子惊为天人，两人一见钟情。在陈圆圆寓所销魂的一夜，令风流自诩的冒公子"欲仙欲死"。几个月后，冒辟疆带着母亲马恭人再访佳人，与陈圆圆当面订下了"嫁娶之约"，并相约今年择日迎娶。眼看正月也快过完了，冒辟疆与陈圆圆即将并蒂莲结，花好月圆，董小宛日渐消沉，心情哪能好得起来呢？所以，总也难见她的人影，只躲在屋里暗自神伤。

也是去年春天，昆山才子吴梅村，在南京水西门外的胜楚楼上为胞兄吴志衍赴任成都知府饯行，遇见了前来为吴志衍送行的卞赛。卞赛高贵脱俗而又含有几分忧郁的气质，让吴梅村惊倒，他想到江南盛传的两句诗："酒垆寻卞赛，花底出陈圆"。席间，卞赛超凡的文才与典雅的谈吐，又让吴梅村满心倾慕，如今二人交往频繁，感情笃深，卞赛虽有意嫁作梅村妇，无奈，吴梅村却装聋作哑，不提"娶"字。

卞赛说完，两人沉默着，能说什么呢？这些青楼女子，谁心里没有一段抹不去的真情？谁又没有一颗冰清玉洁的心？

卞赛打破沉默，笑问柳如是："听人传说，你到常熟虞山访半野堂，诗才与容貌都让那江南第一大才子，文章宗伯钱牧斋倾倒。可有其事？"

柳如是叹道："倒是实有其事，只是这文章宗伯的年龄足可以做我的祖父了。他家里已有一妻二妾，他妻子年老色衰，又无子女，只长斋绣佛，不问世事。唯有他那两个姨太太，整天钩心斗角，搬弄是非，怕容不得我这风尘之人。"

卞赛笑着安慰："年纪大些的男人会心疼女人，他两个姨太太的事，实在是小事一桩，只要宗伯宠你，给你一个名分，量她们也不敢把你怎样，你不用看她们的眉高眼低的。从今后，你就安定下来，不要再过那种四处漂离的日子了。"

柳如是望着窗外的夕阳，幽幽地说："话是这么说，可这世上有太多的姹紫嫣红，桃红柳绿。男人又都那样风流不羁，像我们这样的女人，能鲜媚到几时？色悦到几时？又怎样才得以安心呢？"

卞赛见柳如是满腹幽怨，便有意把话题岔开，说起柳如是的"除非才气如钱牧斋，否则不嫁"，钱谦益的"非柳如是不娶"，两人正笑着，鲜朵儿进来说，钱老爷派冬青来接柳如是去游河赏灯。

卞赛听了，推了一把柳如是，笑道："你看，人家是一日不见如隔三秋，你们钱老爷是半日不见河东君，便要找寻了来，真是恩爱夫妻，公不离婆，秤不离砣呢。"

柳如是不等她说完，笑骂道："几年不见，姐姐一张巧嘴越发油腔滑调了，难怪那昆山才子吴梅村独独看上了你。"

卞赛起身道："好了，好了，咱们不闹了，人家钱老爷怕要等急了呢。"

"姐姐何不跟我一起去游河赏灯？"柳如是边走边说。

卞赛笑道："哎哟，还是你跟宗伯一起去罢，我就不去插楔子了。"

柳如是知道今日元宵佳节，她跟吴梅村一定有约的，也就不勉强，临出门时，又回头叮嘱道："晚上看了灯回来，我还是要到你这儿来住的。把你那客房给我留着。"

第三十五章　玉蕊禁春如我瘦

弦管声停笑语阗，清尊促坐小栏前。已疑月避张灯夜，更似花输舞雪天。
玉蕊禁春如我瘦，银钉当夕为君圆。新诗秾艳催桃李，行雨流风莫妒妍。

——明　柳如是

钱谦益早已吩咐冬青租了游船。

游船的桅杆上挂一盏贵妃醉酒八角灯，杨贵妃画得醉态可掬，妩媚至极。船舱的茶几上摆着几碟苏州特有的点心果品。柳如是登上画舫时，钱谦益在船上已等候多时了。

小船从拙政园门前出发，沿着小河缓缓而行。天还没有完全黑下来，沿河两岸的楼房店铺，已经挂上了各种各样制作精美的灯笼。柳如是细细看去，有嫦娥奔月；有十八相送；有五子登科、鲤鱼跳龙门；有岳母刺字、包公铡美；龙灯，走马灯，莲花灯，天上人间的故事，应有尽有，五彩斑斓，绚烂之极。

最热闹的是一家做泥人的店铺，门前横搭的竹竿上挂着一排灯笼。有四角的，也有八角的，灯笼样式不一，每盏灯笼的每一面，各有一条谜语，观灯的游人猜中了，店主人就会送一个憨态可掬，造型各异的泥人给猜中者，猜不中的游客，也愿意掏钱买一个或者几个可爱的泥娃娃。

钱谦益斜靠着栏杆，吃着点心品着茶，时而看看沿河两岸的灯笼，时而看看身边如痴如醉地赏灯的柳如是。他的心就如这姑苏城的元宵夜，湿润、温馨而又激情暗涌。

冬青跟鲜朵儿坐在船尾，不知悄悄地说些什么。

柳如是不停地看着两岸，脖子也酸了，回过头来，正遇上钱谦益那双在夜色中熠熠闪光的眼睛，嗔怪道："牧翁在这河上不观灯，专看我做什么？"

钱谦益递给她一块酥糖，笑道："元宵节的灯笼，样式虽然百般精巧，无非就是那些书上写的，民间流传的故事，街上游人图的是热闹。我看你，却是秀色可餐，在我眼里，这满街的灯笼都因你而失色。"

柳如是抿唇而笑。

窄窄的河面上，游船渐渐多了起来，每条船上都挂有灯笼。闪烁的灯光，穿过一座座小桥，流转在夜幕之下，如同天上的银河落在了苏州，绕着姑苏城缓缓游动。

桨声灯影里，笙歌阵阵，箫鼓悠扬，一派繁华祥和的景象，哪儿看得出战火频繁，饿殍遍野的颓废来呢？

如果有谁肯抬头望一望，天上一轮丰盈的满月，正冷冷地照着姑苏城的火树银花，照着人间的刹那虚华。没有什么能阻止时光如水流逝，也没有什么能换得人间富贵永恒。唯有云岩寺古塔披着薄薄的积雪，肃穆地挺立在虎丘山巅，在清寒的月光中投下孤独寂寥的塔影。

船过七里塘到虎丘西溪，河里的灯船渐渐稀少，月上中天，漫洒清辉。钱谦益兴致高昂地对柳如是说："你看，天上的明月，河里的灯，身边有佳人相依，真是良辰美景，如花美眷。如果有酒，意境就更妙了。"

柳如是笑而不语。

钱谦益忽一拍脑袋："沈璧甫的家就在这西溪呢，他可是个风流倜傥的雅人，何不去他家吃酒？"

说罢就叫停船靠岸，扶了柳如是，冬青在前面提着风灯，往沈璧甫家而来。

沈家已是高朋满座，宾客盈屋，顾眉与龚芝麓，卞赛与吴梅村，陈圆圆与冒辟疆，一双双一对对，好不热闹，好不齐全。东边轩窗下有几个女子，柳如是只认得其中的郑妥娘。

郑妥娘生得风流韵致，艳丽迷人，擅长诗画，只是言辞锋利，性格怪僻，脾气极坏，素来为江南文人所恼。

见了柳如是，妥娘忙起身拉了她的手问好，向她介绍了身边坐着的两个年轻貌美的女子：姑苏名媛漪照与沙九。又问："听说你要嫁给虞山的钱牧斋？"

柳如是笑而不答。

妥娘很是直率："钱牧斋虽然被江南文人推崇为'文章宗伯'，却是老得可以做你的祖父了。嫁这样的老男人有何乐趣？还不如出家做尼姑。"

一旁的漪照与沙九相视而笑，漪照道："妥娘姐姐，话不可这样说，岁数大的男人会心疼女人。如是姐姐能嫁给江南第一大才子，真是有福了。"

妥娘睁着一双杏眼，盯了漪照一眼："我不跟你们一般见识！都说红颜薄命，我只叹董小宛可怜。"

柳如是关切地问："小宛怎么了？今晚她怎么没跟你一起来？"

"她哪还有心事出来玩，一个人在家里悲伤呢！"郑妥娘冷笑道："那位有钱有势的冒如皋公子冒辟疆，看起来挺聪明机灵的一个人，可惜不懂得闻香识玉，迷上了陈圆圆，陈圆圆岂是他能受用的？温柔可人的董小宛，才与他最般配。唉，男人都是有眼无珠的。"

柳如是掉头望了望冒陈二人，生怕他二人听见了尴尬，想用手捂住她的嘴："姐姐，不要说了。"

"怕什么！"郑妥娘见柳如是拦她，不但没有住嘴，反而更起劲了："你别看吴梅村现在与卞赛这般亲热，他是不会娶卞赛的，可怜高贵的卞赛，不知道会落在哪个臭男人的手里。"

柳如是见她越说越远了，原本大家都是好朋友，今日难得聚在一起，不想引起太大的误会，就有意岔开话题，对妥娘、漪照和沙九说："你们听，他们在作诗呢，我们也去看看罢。"

原来，钱牧斋正诵读刚作的诗：

上元夜同河东君泊舟虎丘西溪，小饮沈璧甫斋中

西丘小筑省喧阗，微雪疏帘炉火前。玉女共依方丈室，金床仍见雨花天。
寒轻人面如春浅，曲转箫声并月圆。明日吴城传好事，千门谁不避芳妍。

在大家的叫好声中，沈璧甫见柳如是与漪照、沙九正向这边款款而来，笑道："牧翁既是写与河东君月夜泛舟，河东君可是江南数一数二的才女，何不和一首？"

柳如是也不推辞，拿过钱谦益的诗稿看了一遍，便提笔蘸墨，一挥而就。

大家看时，只见几行字娟秀而又刚劲，飘逸而不失凝重。

河东君"次韵"

弦管声停笑语阑，清尊促坐小栏前。已疑月避张灯夜，更似花输舞雪天。
玉蕊禁春如我瘦，银钮当夕为君圆。新诗秾艳催桃李，行雨流风莫妒妍。

吴梅村首先赞道："好诗！牧翁，我说句直话，你别见怪，河东君诗胜过牧翁诗。河东君诗旨意皆佳，'玉蕊禁春如我瘦，银钮当夕为君圆'一联尤妙，

是回答牧翁的'寒轻人面如春浅，曲转箫声并月圆'的。娟秀、灵动，寓意之深，耐人寻味。"

钱谦益见大家都夸柳如是，比夸自己还高兴，心里得意，只是不想被一个女流之辈比下去了，于是，提笔又凝神和一首。

牧斋"次韵示河东君"

三市从他车马阗，楚枯笑语纸窗前。晚妆素袖张灯候，薄病轻寒禁酒天。
梅蕊放春何处好，烛花如月向人圆。新诗恰似初杨柳，邀勒东风与斗妍。

沈璧甫拿着诗稿，抚摸着胡须，点头叹道："'晚妆素袖张灯候，薄病轻寒禁酒天'，此联写河东君今夜的情态，曲尽其妙。传神之笔，任是丹青妙手，怕也难画其一二。"

沉吟片刻，沈璧甫说："今夜我是东道主，少不得也附和一首。"

只见他提笔挥洒，诗曰：

乍停歌舞息喧阗，移泊桥西蓬户前。弱柳弄风残雪地，老梅破萼早春天。
酒边花倚灯争艳，帘外云开月正圆。夜半诗成多藻思，幽庭芳草倍鲜妍。

吴梅村击掌赞道："'弱柳弄风残雪地，老梅破萼早春天'。好联！此联道尽牧翁与河东君的风流韵事，比苏学士的'一树梨花压海棠'来得含蓄、深蕴。"

沈璧甫的家，灯火通明，笑语盈庭，江南一隅，良辰美景，才子佳人，文采风流。此时此刻，在宫廷之内，崇祯怕没有如此雅兴罢。

曲径幽深，阁楼错落，轩帘掩映的拙政园。

钱谦益躺在拙政园的房子里，辗转反侧。今夜，他突然觉得这园子太大了，大得空落落的，竟有无边的寂静。

从沈璧甫家兴尽而归，柳如是跟卞赛一起走了，他只得索然无味地回到拙政园，天快亮了，才蒙眬睡去。

这一睡直到日上轩窗才悠悠醒来，冬青禀告说，天刚亮就有人送信来，也没留下姓名就走了。钱谦益拆信看时，心里猛然一惊，暗自说道，怎么把这事给忘了？

原来，张溥约他来苏州赏灯，只是个幌子，是有要事相商的，他昨夜带着柳如是观灯后又去沈璧甫家闹了半宿。

　　可话又说回来，张溥神出鬼没的，也不知道他在哪落脚，只有等他来找自己，他在拙政园的住处，只要是他的朋友，都是知道的。所以，钱谦益并不十分自责，不紧不慢地吃了几块点心，喝了参汤，这才让冬青跟着往卜赛的寓所而来。

　　他要叫上柳如是跟他一起去见张溥。

　　他隐隐地觉得，柳如是这小女人，天生有着敏锐的辨别事物的能力。自遇到她时，他就十分迷信地想，这女人一定能给他黯淡的仕途带来光明。

　　当他和柳如是坐船到达张溥的隐秘住处石佛寺时，张溥在禅房里等得心急如焚。

　　家仆送信到拙政园回来说，钱谦益高卧未起。柳如是访半野堂早就传遍了江南，钱柳二人，一个非钱牧斋不嫁，一个非柳如是不娶，也广为笑谈。张溥知道他住在拙政园，也知道他携佳人游河赏灯，还知道他昨晚在沈璧甫家吟风诵月。听仆人说还没起床，以为柳如是跟他住在拙政园。不由在心里骂道："老牛吃嫩草，也不怕撑着了。官场上几起几落，不思卧薪尝胆，励精图治，只一味地花天酒地，依红偎翠。这种人将如何委以重任！"

　　钱谦益与柳如是前后进门。张溥一见，此等机密大事，他居然带着女子一同前来，心里那股怒气直冲脑门。但是，他尊重钱谦益，强压下怒气，请钱柳二人坐下，简单地说明了来意。

　　朝廷的宰相之职虚位以待，朝中各派，正紧锣密鼓地推举首辅人选。江南朝野关心时局的人士，尤其是复社成员，他们商议，钱谦益虽是合适人选，但有"枚卜"之争。如果推荐上去，恐遭皇帝反感，反而影响全盘大局。所以，大家一致认为，先推荐另一个人，就是东林党的死敌，钱谦益的死对头周延儒。

　　没等张溥说完，钱谦益原本黑黝黝的脸，此时更如黑铁一般，他一下跳将起来，恶狠狠地骂道："周延儒，这个阉党！我们东林党的死敌。张西铭，你身为复社领袖，竟然推举东林党的死对头到朝廷做首辅，是何居心？"

　　柳如是第一次见钱谦益发这么大的脾气，吓得站起来，不知所措。

　　"牧翁息怒，请听西铭解释。"张溥也站起来，恭谦地说，他太了解钱谦益想复出的心理："正因为如此，才请牧翁在百忙之中到苏州商议。牧翁是三朝元老，国家正处在岌岌可危之中，朝政如一盘散沙，皇帝不思进取，只图安乐。如今正是国家用人之际，我们复社成员，正是谨记牧翁的党争之祸足以祸国之论，才不避亲仇嫌疑而推荐周延儒的。"

"为朝廷推荐首辅，可不是儿戏，用人也得认人而用。"

"牧翁说得对。牧翁一直说要'含弘光大'，复社推举周延儒入朝为相，也是为了给牧翁再度出山铺平道路，以退为进。让他们以为我们已经化敌为友，化干戈为玉帛，为国家大计，为天下苍生，尽释前嫌。"

钱谦益心想，你们既然已经商量好了，又何必再与我商议？你带着复社那帮人不推荐我也就罢了，难道还要我出银子？哪有这样的好事！

果然，张溥道："因为是贿选，所以，必得花银子。如今，吴昌时已动员了侯恂、冯铨与阮大铖，复社同人也希望牧翁能出资。"

一听要他出银子，钱谦益的怒气又窜了上来，他气咻咻地说："阮大铖与周延儒本就是沆瀣一气，一丘之貉。他当然愿意为周延儒出银子，只是这两人凑到一起，日后能起用东林党人，简直是白日做梦！"

柳如是这半天也听明白了，钱谦益这次复出是无望了。见张溥被骂得脸红一阵白一阵，却并不气恼，心中暗暗佩服。她知道，在江南，张溥可是有名的能言善辩之士，此时，他是在忍让、迁就钱谦益。

她不想钱谦益骂得太难堪，与张溥日后还得相见，就故作轻松地说："阮大铖虽老奸巨猾，度曲却不错，他的《燕子笺》在梨园中颇有些影响。"

"真是妇人之见。"钱谦益不屑地反驳柳如是，口气明显缓和了许多："阮大铖是工于心计之人，见朝廷的一些官员喜欢俚词小曲，就迎合着度曲。"

一边的张溥见柳如是一句话，就把钱谦益的满腔怒火浇灭了一半，心想，这女人能以智慧与温柔，来消弭男人的怒火，实在是不简单。当下接过话头："姑且不论人品，单论词曲，东林元老文孟震为《牟尼合记》作序时，对阮大铖是十分赞赏的。"

"俗话说：文如其人，这话用在阮大铖身上可就不妥了，其人品实在是不堪。"

"人品不堪不打紧，只要他的银子是真的就行了。"柳如是笑道。

"你真糊涂，他阮大铖为周延儒入相出银子铺路，日后周延儒哪有不提携他的？"

"这个我们已与他约法三章，东林人推荐他，先就让了一步。日后，他不可提携他的同党，他也应该权衡这里面的轻重。"

"日后的事,怕由不得你了。事已至此,我已无话可说。"钱谦益长声叹息,那颗白发苍苍的脑袋垂到胸前,看上去,有说不尽的沧桑。

约钱谦益来苏州商议的结果竟如此尴尬,这是张溥没料到的,他哪里还敢再提要他出银子的事。

张溥让石佛寺僧人准备的斋饭,钱谦益哪里吃得下,带柳如是快快回到拙政园。柳如是见他神情索然,颓废已极,也就不再到卞赛的寓所,整天陪在他身边。

从虞山到苏州,柳如是身体原本就有点不适,一路上积雪未消,寒风凛冽,她又穿得单薄,每天只喝徐佛姨娘教她配的药酒,这种药酒虽极能驱寒,使人面色红润如桃花,但对身体内脏有着极大的伤害。连日来,陪着钱谦益夜夜笙歌,箫鼓画船,渐渐感到体力不支。这不,今儿早上就起不了床,发烧咳嗽。

钱谦益心里着急,面上却带着笑说:"看你眸如秋水,面若桃花,却如此容易生病。河东君真是倾城倾国貌,多愁多病身啊!"

柳如是靠着床头,面带难色:"牧翁,恐怕我不能再陪你去登黄山了。"

钱谦益十二分的恳切:"我等你养好病,再一起去吧!"

"登山可不比游湖,就算我没病,我这样的体力,一路上只会拖累牧翁。我想回松江横云山养病,把身体养好了,等牧翁黄山归来,用大红花轿抬我进钱家门,可好?"柳如是一双水汪汪的凤眼,欲笑还颦,含嗔带怨地望着钱谦益。

钱谦益哪里禁得住这样娇羞温软的话语,勾魂摄魄的眼神!恨不得自己替她生病。他坐到床前,拉起柳如是滚烫的双手,目光缱绻,情深意浓:"江南才俊云集,美人如织,牧斋有幸得识河东君,是几世修来的福分!人们常说,五岳归来不看山,黄山归来不看岳,与河东君相识相知,让牧斋亦有黄山归来之感叹。"

柳如是不胜欣喜:"承牧翁厚爱,柳子今生今世不敢相忘。"

"你回松江横云山养病也好,那里原比其他地方清静。我不在你身边的日子,你要好好照顾自己,不要胡思乱想。我钱谦益虽仕途蹉跎,在江南,可是响当当的人物,言出必行。你就在松江等着我的花轿吧!"

柳如是要的就是这句话,钱谦益在江南一诺千金,她是绝对相信的。她把手从钱谦益那双大手中抽出来,反过来轻轻抚摸着他突骨露筋的手背,深情款款："牧翁此去黄山，一路上风寒露冷，要多加小心。奴家这颗心，将分成两半，一半在松江等你归来，一半随你浪迹天涯。"

钱谦益游黄山的日子，心里并不十分畅快，想着与张溥的谈话，复社一反常态，推荐了对手周延儒入朝为相。他也巴望着周延儒能如张溥所说，为相后能提携他。

又想柳如是，自柳如是访半野堂以来，他们就没分开过。没有柳如是的日子竟是这样孤寂，这样兴味索然。黄山的奇峰异石，松涛云海都无法消融他对柳如是的思念。他发觉自己越来越依恋这个小女人了，如果没有了她，他不知道将如何度过寂寞的晚年。

五月底，钱谦益从黄山匆匆回到杭州，所有的消息都让他沮丧而烦躁。在张溥的鼎力相助下，周延儒已顺利入朝为相。

周延儒重新当上了首辅，朝政也确实有所更新。张溥兴奋异常，与复社同人研究了改革国事现状的许多主张，到处议论朝政，还把自己的建议写成二册，呈给周延儒。大家都沉浸在喜洋洋的氛围中，觉得大有作为的时机来临了。

孰料乐极生悲，书生意气哪敌得了政客绵里藏针的狠毒。当他兴冲冲返回太仓家中，当夜就腹部剧痛不已，一命归西，死得实在离奇。

有人说，周延儒的复出，张、吴两人同是划策建功的人，但在争权夺利的斗争中，吴昌时把大权握在手中，不愿张溥露出一头，就给他下了一副毒药。吴昌时毒死了张溥，人们在他的背后却看到了周延儒狞笑的影子。

老奸巨猾的周延儒并没有遵守张溥所订的约法三章，他不起用阮大铖，也不起用钱谦益。却让阮大铖转荐另一人：马士英。此人为人圆滑，胸中颇有韬略。

马士英上任凤阳总督

更有一些传闻让钱谦益心慌意乱。他在黄山时，皇帝派太监曹化淳来苏州选美，自古以来，苏州可是出美女的地方，曹化淳的到来，就如打家劫舍一般，无论名门闺秀，还是小家碧玉，凡有几分姿色的女子，都被点名在册。

后来，田贵妃的父亲田弘遇，来苏州游玩，既是来有天堂之称的苏杭，必得给皇帝带点礼物回去。良家女子已被洗劫一空，就选青楼乐坊里能歌善舞的歌儿舞女，以供皇宫之娱乐。

梨园名伶陈圆圆已被吴三桂纳为姬妾，卞赛被田弘遇私自留在自己府上。

这许多事情，真是闻所未闻。贵为天子的皇帝，到民间选秀，居然连歌女都不放过。

钱谦益擦了擦额头上的冷汗，心里暗暗庆幸，幸亏柳如是回松江横云山养病。如果留在苏州，这次怕也在劫难逃。他拿定主意，离开杭州回虞山，赶快择吉日良辰，到松江迎娶柳如是。

第三十六章　多情落日依兰棹

秋水春衫儋暮愁，船窗笑语近红楼。多情落日依兰棹，无藉轻云傍彩舟。

月幌歌阑寻塵尾，风床书乱觅搔头。五湖烟水长如此，愿逐鸱夷泛急流。

——明　柳如是

六月初七，茸城松江横云山脚的河滨，一艘张灯挂彩的画舫泊在柳下岸边，初夏的清风牵着柔柳，拂着河水，画舫在河畔轻轻摇漾。这艘扎彩的画舫是钱谦益来迎娶柳如是的大红花轿。

船一到横云山脚，冬青就上山接来了柳如是与鲜朵儿。此时，新娘柳如是正在舱中梳妆打扮，钱谦益盛装华发，坐在船头伏案写催妆诗。

江边站满了前来观礼的人，这些可都是松江有头有脸的士绅，虽冲着钱谦益的名望而来，却并不知道新娘是何许人也。他们暗自嘀咕，这钱牧斋，官做不上，艳福却不浅，年过花甲，一头苍苍白发，不知又要糟蹋谁家的黄花闺女？

船舱内，柳如是已换上簇新鲜艳的衣裙，鲜朵儿正忙着帮她梳理那一头乌云似的秀发。

望着镜子里那张依然姣好的容颜，突然之间，眼泪像扯不断的珠子，簌簌而落。十几年的风尘混迹，那颗柔弱的心早已伤痕累累，早已坚硬如石。

她以为她早已忘了那些如水的情怀，忘了那些伤心的过往。可此时此刻，透过铜镜，那双模糊的泪眼似乎又看到了那一个个在自己生命中出现，又消失的男人：李存我、宋征舆、陈子龙、张溥，过去种种，剪不断，理还乱。

鲜朵儿见她泪流不止，安慰道："姐姐，今天可是你大喜的日子，你怎的如此伤心？你遇到了钱老爷这样的好人，应该高兴才是。你瞧，老爷在舱外写催妆诗，写了一首又一首呢。快别哭了，把眼睛哭得又红又肿的，如何出去见人？老爷瞧见了，心里也不痛快。"

她觉得鲜朵儿说得在理儿，遇到钱谦益这样的好男人，应该庆幸才对，世上又有谁会如他这般爱惜我、娇宠我、迁就我？今天，要快刀斩断乱麻，过去的一切，就让它随着这松江的流水一去不复返，今后的日子，就是我与钱牧斋的了。

想罢，抹干眼泪，仰面对鲜朵儿说："你看看，我这脸是不是要洗一下，再上些妆？"

鲜朵儿帮她插上金钗，扶着头左右看看，觉得挺满意。笑说："我的姑奶奶，你刚才泪眼婆娑的，一张俏脸变成一张花脸了，不洗，怎么出得去？"说着，麻利地打来水重新洗脸。

横云山下，江水汩汩，花香袭岸，鼓乐喧天，司仪大声诵读钱谦益写好的四首《催妆诗》。在江岸人群的喝彩声中，鲜朵儿牵着盖着大红盖头的新娘款款而出，在船头与新郎交杯饮酒，齐拜天地，九十其仪。这个婚礼办得循规蹈矩，烦琐、隆重而又庄严。

柳如是一扫刚才的幽怨，整个心思都沉浸在喜悦与满足之中。无疑，钱谦益给她的这个婚礼礼仪周正，是男子聘娶正妻才能拥有的婚礼。岸边，松江名流与绅士，见证他们这场惊世骇俗的婚礼，她体会到了钱谦益的良苦用心，他用这一切来告诉李存我、宋征舆、陈子龙他们，也用这一切来表达对她的爱，对她的尊重，对她的不计前嫌与宽容。

钱谦益让柳如是知道了什么叫"被爱"，就是连自己都不能容纳的缺点，被容纳了。钱谦益正是这样在爱着她。

忽然，岸边的人群中有人高声说："交杯酒也喝了，天地也拜了，能不能让我们一睹新娘的芳容？"

跟着就有人起哄："是呀，江南第一才子钱牧斋艳福不浅呐。让我们看看新娘是不是很漂亮，能否配得上'文章宗伯，诗坛李杜'的'山中宰相'？"

钱谦益在人们的艳羡中，得意忘形，一抬手，就掀开柳如是头上绣有凤穿牡丹的大红盖头。

霎时，一张娇媚的俏脸呈现在清风丽日之下，人群立时鸦雀无声，似乎被新娘的美艳惊得目瞪口呆。

片刻后，人们从惊艳中清醒过来，又惊诧万分：原来，这位"山中宰相"，这位"文章宗伯"，用如此隆重而庄严的婚礼，所娶之人竟是一个风尘女子！他们先呼上当，继而大骂钱谦益老混蛋，白白地读了一辈子圣贤之书。而且身为朝廷命官，竟然在光天化日之下，与一个歌女大行正妻之礼，简直有伤

风化！成何体统！愤怒之中，松江的这些名流、绅士顾不得斯文，一边大声
咒骂：

　　"快快滚出松江！"

　　"老风流鬼快滚。"

　　一边捡起岸上的石块、瓦砾扔向钱谦益的画舫。钱谦益拉着柳如是赶紧
躲进船舱，连声高叫："快快开船！"

　　西下的夕阳正斜斜地照着岸上那群衣着光鲜的绅士，透过舷舱，柳如是
看到这群人因愤怒而扭曲的脸，他们在岸上骂得前仰后合，唾液四溅。几曾想，
这些道貌岸然的绅士，哪一个家里没有三妻四妾？哪一个又不逛秦楼楚馆？
撕破那层虚伪的面纱，都有一副丑恶的嘴脸。

　　在这群人里，她看到了一张她极不愿意看到的脸——宋征舆。不知是因
为愤怒，还是因为嫉妒，还是因为这场婚礼有辱松江礼仪之邦的斯文？宋征
舆那张英俊的脸扭曲着，指挥身边的一群年轻人迅速找来火把，并声嘶力竭、
语无伦次地叫着：

　　"快去找火把来，把船烧了，烧死他们！烧死这对伤风败俗的狗男女！烧！
烧！烧！"

　　柳如是在舷舱后面看到这一幕，她回过头去，放下窗帘。宋征舆的骂声
仍远远地传来，对这个男人，她没有仇恨没有眼泪，唯有一种情绪在心里滋生，
那就是：庆幸。她非常庆幸当初看穿了宋征舆的懦弱与无情，非常庆幸自己
当初毅然决然斩琴断情！

　　可怜柳如是，一颗芳心，从喜悦的云端跌落于水面，摔得粉碎，却悄无声息。
没有人能理会，没有人能知晓她内心的悲凉。她要钱谦益给她的这个婚姻大礼，
无非是想借此获得一个与妻子平等的身份，从此洗去风尘，洗去铅华，做一
个平常女人。不料，千盼万盼，盼来的正妻之礼竟遭受奇耻大辱！她无语问
苍天：为什么？苍天无语，唯有落日下的松江水呜呜地流淌，她真想跳下松江，
彻底洗去身上风尘女子的烙印！

　　画舫已离开横云山，向常熟驶去。钱谦益镇定自若地坐在船头，又写了
四首《合欢诗》。看他怡然自得的神情，似乎松江名流绅士的这些鲁莽的举
动已在他的意料之中，他有意在画舫上举行婚礼，这样，逃跑起来多方便！
如果在岸上，不挨一顿好打，也会落个鼻青脸肿，那才是最丢人的。

　　此翁真不愧有"宰相"之才，只是官运不佳。他先不告诉松江来参加婚

礼的人，新娘是谁，他要给柳如是一个有名流绅士见证的圆满的婚礼。看他"山中宰相""文章宗伯"的面子，名流们来了，婚礼如期举行，热闹而庄严，烦琐而周到。柳如是要的，他都给了。至于他们要骂人，他却不能去一一捂住他们的嘴。

写完诗，他站起身来，背着手，望着渐渐远去的横云山，望着岸边越来越小的人影，心里不无得意地想：你们骂吧，你们骂我是因为你们心里嫉妒，我老风流又怎样？我白发苍苍又怎样？我已抱得美人归矣！我虽行正妻大礼，可并未触及正妻之位，民不告，官不究，嫡庶之法规又奈我何？苍苍白发在江风中飘扬，黑黝黝的脸膛满是得意之色，在落日的余晖中，在桨声汩汩里，他情不自禁地高声吟诵：

五茸媒雉即鸳鸯，桦烛金炉一水香。自有青天如碧海，更教银汉作红墙。
当风弱柳临妆镜，卷水新荷照画堂。从此双栖惟海燕，再无消息报王昌。

柳如是可没有他那么好的兴致，人生最大的喜事，莫过于洞房花烛。今天却平白遭受奇耻大辱，一颗傲岸的心此时消沉已极。她坐在梳妆台前，慢慢褪掉头上的钗钿，脱掉那件大红喜庆的婚礼服，折叠起那方绣有精美凤穿牡丹的红盖头。没有眼泪，没有愤怒，唯有幽怨与迷惘。她突然觉得，纵使钱谦益在江南被文人雅士推崇为"文章宗伯，诗坛李杜"，也更改不了自己低贱的出身，今后的路途并不平坦，依然充满坎坷。

饶是钱谦益老谋深算，心细如麻，也没能料到接新娘的画舫刚到虞山脚下的码头，又遭到了另一伙人的阻拦。带头的不是别人，正是钱谦益的远房弟弟钱谦光。

钱谦光在钱氏家族中辈分较高，与钱谦益同辈，虽不学无术，却善钻营，所以族人也都畏他三分。他早就听说了柳如是的事，只要柳氏不进钱家门，他也无话可说。今天，他听同族曾孙钱曾说，族兄在松江用正妻大礼聘娶一个青楼女子，不免怒火中烧。觉得这事有辱钱氏满门，便带一帮钱氏宗族的后辈，早早地在码头候着。

钱曾，是钱谦益同族的曾孙辈，又入室弟子，深得钱谦益器重，钱谦益的诗文，都交给他注释。正是他在背后怂恿钱谦光出面为难柳如是。

在虞山不比在松江，在松江可以开船，一走了之。这里却是钱谦益的家，

第三十六章　多情落日依兰棹

他非上岸不可。

虽说钱谦益在钱氏家族中德高望重，可此事毕竟理亏，再加上平日里对钱谦光这位族弟不怎么待见。如今，他堵在码头，不让柳如是上岸，钱谦益竟也无可奈何。

还是冬青机灵，趁混乱之际，钻出人群，跑去瞿式耜家，气喘吁吁地把事情的前后略为说了一遍。

徐锡允、何云、顾云美等人已集在瞿式耜的家里，等着钱谦益娶得美人归。徐锡允的戏班子也准备好了，他们正等着闹洞房，一听此事，瞿式耜忙叫上家丁，跟大伙儿一起来到码头。

钱曾见钱谦益的弟子和朋友都来了，觉得再僵持下去，也讨不了好去。画舫是扎彩的，比洞房还要喜庆，婚礼在松江已有众多名流见证，再怎么着也赶不走柳如是。于是，趁天黑跟钱谦光一阵耳语，钱谦光带那些青年后生一起散去。

一路风波，几经曲折，柳如是哪里还有心情要这些人来闹洞房？钱谦益看她一脸疲惫，两眼无光，神情落寞，心里也不是滋味，便跟瞿式耜徐锡允说今日累了，改日再见罢。

从松江归来住进"我闻室"，钱谦益让冬青去请了上好的厨娘与佣人，不再过"半野堂"那边吃饭，一切日常开销与那边朱氏王氏一样。不同的是，钱谦益全部时间、全身心地陪着柳如是，再也不肯离开半步。

钱谦益的殷勤相伴，也没能让柳如是开心起来。松江婚船上被污辱的那一幕，还有钱氏宗族的那些人，时时浮现在她眼前，时时提醒她，在人们眼里，她永远是个低贱的青楼女子，钱谦益给她的正妻大礼也挽救不了她的名声。如果有一天，钱谦益不幸离世，那情景又会是怎样的呢？因此，心高气傲的她整日里闷闷不乐。

转眼到了秋天，柳如是的心境慢慢好了些。一头白发的钱谦益殷勤地呵护着，陪伴着自己，这夫妻和睦，平淡而又安逸的生活，正是自己梦寐以求的，世上还有什么比他这份真情更珍贵！所以，那松江婚船上的不快也随之淡去。

中秋节这天，天高云淡，清风微微。钱谦益站在门前，望着阳光下波光粼粼的湖水："这般好的天气，若能与你泛舟湖上，赏湖光山色，看渔翁撒网；品茗吟诗，听风流韵，方不负良辰美景佳人啊！"

柳如是情趣顿生，兴奋地说："牧翁，那你就带我泛舟游湖如何？"

钱谦益听了，看着她那双秋水般的眼眸，蓦然觉得心胸间充斥着一股豪气，觉得自己年轻了许多。立即吩咐冬青备些茶叶瓜果点心，开出画舫。

兴尽晚回舟。

夜间，柳如是连作两首《中秋游湖》诗，钱谦益捧着诗稿细细吟哦：

秋水春衫憺暮愁，船窗笑语近红楼。多情落日依兰棹，无借轻云傍彩舟。
月幌歌阑寻尘尾，风床书乱觅搔头。五湖烟水长如此，愿逐鸱夷泛急流。

素瑟清尊迥不愁，施楼云物似妆楼。夫君本自期安桨，贱妾宁辞学泛舟。
烛下乌龙看拂枕，风前鹦鹉唤梳头。可怜明月将三五，度曲吹箫向碧流。

"河东君怕有些时日没作诗了吧？这两首诗可没有了往日的忧伤情绪，也看不出那股争强斗胜的豪气了。"

柳如是见钱牧斋一本正经的样子，颇有兴致，托腮笑说："请牧翁评来听听，没有了往日的那些情绪，倒有些什么呢？"

"这两首诗比往日的诗，写得从容、舒缓，平淡中见真性情，飘逸中得心安。"

柳如是拍手笑道："世间知我者，莫若牧翁哉！想我自小被卖，如柳絮般漂泊江湖，幸遇牧翁，给了我一个安稳祥和的家，我会万分珍惜，守着你，守着这个家，过这种普通平静而闲适的日子。"

钱谦益看她如此动情，也情不自禁："近来，我有个打算，只是还不成熟，所以没告诉你。"

"牧翁有何打算？"

"你既是我的夫人，住这'我闻室'就显寒酸了。我打算在这旁边再给你建一座新楼。"

"牧翁，再建新楼就大可不必了。想我自幼飘零，如今有你的呵护，有这'我闻室'避风遮雨，已经是天堂般的日子。真的不必再劳神费力了。"

钱牧斋并不理会她的话，颇为神往地说："我已设计好了，新楼五楹三层，楼上两层为藏书之所，楼下一层为你我的卧室、会客室、书房和琴室。"

柳如是不打断他的话，且听他说。

"河东君，你可知道？我这一生别无爱好，就是嗜书成癖。前些年天南海北地游荡，无心整理。如今有你为伴，心也静了下来，你可愿意与我一起把这些书分门别类？这也是一大乐趣呢！"

"当然愿意。这也是一件极风雅的事呢！"

"那你是否知道我共有多少藏书？"

柳如是眨着眼睛，摇头道："这我就不知道了，牧翁到底有多少藏书呢？"

钱谦益神情颇为得意："我现在的藏书共有三千九百多部，还有些古董字画。新楼建成后，楼上藏书，楼下你我居住。读书是人生一大乐趣，何况有你在身边，红袖添香，这又是何等温馨曼妙的人生！"说毕，望着柳如是微微而笑。

此后的日子，钱谦益就紧锣密鼓地筹备建楼之事，只是银子尚难凑足，想了几日，别无他法，便忍痛割爱，将一部珍藏了二十多年的《汉书》，折价卖给了谢三宾。

谢三宾买得这部《汉书》，心中窃喜，你得佳人我得书，虽不公平，倒两下均衡。对外却叫苦连天，说这时买书是看在恩师为难的份儿上，不然，谁会买这么贵的书？且大杀其价，使得钱谦益比当初购得这部书时，反而少二百两黄金。

卖了《汉书》后，好些日子，钱谦益心里就像掉了魂似的。他无限感慨地写信给鸥波道人："床头黄金尽，平生第一煞风景事也。此书去我之日，殊难为怀，李后主去国，听教坊杂曲，'挥泪对宫娥'一段凄凉景色，约略相似。"

柳如是把这一切都看在眼里，收藏古文史书集是钱谦益一生所好，如今，为了给她盖新楼，却忍痛割爱贱卖收藏了二十多年的书。心里的那份感激自不必说，唯有今后与他一起共担风雨，携手人生。

第二年冬天，新楼落成，钱谦益取晋代杨羲《紫微夫人授诗》"乘飙俦衾寝，齐牢携绛云"中的"绛云"二字用为楼名。

绛，深红色。绛云，红色的祥瑞之云。柳如是就是"绛云楼"上的绛云仙子了。钱谦益深信，他身边的这位绛云仙子一定会给他的晚年带来好运。

绛云楼设计精巧，雕梁画栋，飞檐翘首，好似一艘富丽堂皇的大画舫，泊在烟水苍茫的湖畔。登楼则可观远山如黛，看湖水烟波浩渺。

二楼三楼，安置花梨木书柜，整齐划一。钱谦益多年来收集的古文经史集，有牙笺万卷之称。如今分类整理，存放在书柜里，显得井井有条，清爽整洁。

自此，钱谦益集佳人藏书于"绛云楼"，读书弹琴，怡然自得。

体弱多病的柳如是，这两年来，在钱谦益的悉心照料下，身体日渐好转。两人在绛云楼里过着诗酒娱欢的日子，每日里听月吟风，题花咏柳。钱牧斋每次诗成，就让鲜朵儿把诗稿送给柳如是，以击钵为号，往往是钱谦益刚刚一击钵，柳如是的诗笺便已送到了眼前，诗才敏捷得犹如追风蹑电，从来不曾落后半步。而每当柳如是先有诗写就时，钱谦益有时还得思索半天，才能赋就。

钱牧斋的诗，如高山虬松，风骨俨然，苍劲挺拔，是柳如是所不能为的。

柳如是的诗，则如秋水芙蓉，时而清幽明艳，时而妩媚娇柔，也是钱谦益无法企及的。两人旗鼓相当，各有千秋。

比拼诗才，就成了这对老夫少妻的闺房之乐，传为千古佳话，为后人津津乐道。

就在钱谦益与柳如是过着"争先石鼎搜联句，薄暮银灯算劫棋"，诗文相酬，琴棋相娱，"绿衣捧砚催题卷，红袖添香伴读书"闲适而诗意的生活时，关外松山已被清军攻下，宁远守军全军覆没。锦州城内弹尽粮绝，辽东总兵祖大寿率军降清，蓟辽总督洪承畴也被俘降清。自此，被大明王朝倚重的山海关屏障丧失殆尽。

与此同时，李自成农民起义军已成燎原之势，在襄阳建立新顺政权，李自成自称"新顺王"。

大明朝中，诸多宰相、文武大臣，眼见着被外敌侵犯，义军又打到大门口，一个个高官厚禄，脑肥肠满，既无抗战之良策，又无督战之能力。皇帝朱由检一气之下，罢免了一批大臣，周延儒赐死，吴昌时被斩。一时，大明朝中，竟无一人可用。

李自成率大顺军从西安挥师北上，一路势如破竹，兵临北京城下时，崇祯皇帝亲自鸣钟召集百官，竟无一人到殿，身边只有一个太监王承恩。拂晓时分，崇祯皇帝朱由检万般无奈之下，在乾清宫写下诏书，赐周皇后、袁贵妃自缢，亲手杀死年仅十五岁的长公主，爬上景山寿皇亭，自缢而死。

同年四月，清兵抵达山海关。

镇守山海关的吴三桂，听逃出来的家仆哭诉：皇帝在景山上吊自杀，吴家财产被抄，父亲吴襄被李自成的农民军扣押，最让吴三桂怒火中烧的是：李自成的大将刘宗敏竟占了他的爱妾陈圆圆。

"恸哭六军俱缟素，冲冠一怒为红颜"。吴三桂大开山海关大门，引十万清兵入关。

李自成的大顺军与清兵在关内大战，大顺军败，李自成退出北京，满人占据紫禁城，从此，大明朝已不复存在。

然而，留守南都的旧明朝大臣，决定另立新君，企图守住江南半壁江山。

当时，南京有百万大军，有完整的小朝廷。由于太子朱慈朗下落不明，兵部尚书史可法，兵部侍郎吕大器，右都御史张慎言，以及詹林、姜日广等东林党人，决定拥立潞王常芳。

其时，史可法暗中写信给钱谦益，让他速来南京议事，而且在信中再三说明，此事关乎大明王朝的生死存亡，望他不辞劳苦速速来京。钱谦益不知出于什么样的心理，接到信时，本该星夜披露含枚而走，他却在接信三日后，才带柳如是姗姗上路。史可法在南京等得焦急万分，钱谦益却迟迟未到。

就在此时，兵部右侍郎、凤阳总督马士英抢先一步赶到南京，他带了五千兵马以保卫留都为名，控制了南京小朝廷，来到阮大铖府中接出福王朱由崧。朱由崧是崇祯皇帝的异母兄弟，懦弱无能，却被马士英、阮大铖等拥立为南明皇帝，号称弘光帝。

第三十七章　邀勒君恩并许长

首比飞蓬鬓有霜，香奁累月废丹黄。却怜镜里丛残影，还对尊前灯烛光。
错引旧愁停笑语，探支新喜压悲伤。微生恰似添丝线，邀勒君恩并许长。

——明　柳如是

当钱谦益带着柳如是姗姗来迟时，新君已立，史可法失利。钱谦益这才如惊弓之鸟，东林人既已失利，自己难免不被牵连，忙乱之下又带着柳如是返回常熟。

令钱谦益意想不到的是，七月，弘光帝召钱谦益迅速赶赴南京，授礼部尚书兼翰林院学士，加太子太保，官及二品。

接到诏书，钱谦益暗自揣度，南明小王朝的腐败，比之以前的大明王朝更是有过而无不及。此番授职，也不知是喜是忧，是福是祸。虽说小王朝中有东林党人，但毕竟大权旁落，马士英阮大铖掌权，能不排挤东林党人吗？

可入朝为官，是他数十年来梦魂牵绕，孜孜不倦的追求。这是一个多么难得的机会，虽说礼部尚书一职没有实权，离他入阁为相的梦想还差太远，但在仕途上毕竟向前迈了一大步，何不抓住这个机会，再图发展？

深思熟虑，钱谦益决定带柳如是一同赴南京任职。

南京襟江带河，依山傍水。

石头城群山起伏，宛若虎踞，长江蜿蜒，似巨龙飞舞。若站在高处望去，一座屋舍俨然的城池与一条大江相互缠绕，诸葛亮赞其为"钟山龙蟠，石城虎踞"；它扼控长江，舞动钟山。比起苏杭二州，南京更有股雄性的气概。或许，对于某些人来说，金陵南京，只是一个充溢着六朝脂粉气息，氤氲着醉醺醺王气的春梦。

钱谦益的尚书府坐落在城南。

柳如是站在尚书府门前，仰头望着那雕梁画栋，豪华气派的门楼，心里百感交集。十二年前，被卖进吴江周相国府，从奴婢到小妾，受尽污辱与欺凌。

沦落青楼后，又四处漂泊，其中辛酸唯有自知。

如今，能住进金碧辉煌的尚书府，一个出身低贱的风尘女子，就要成为受人尊重的尚书夫人了。她非常庆幸自己当初的坚持与选择，庆幸自己没有看错人。

她一直以为，钱谦益是个非常有抱负的男人，她相信他满腹才华与治国之能力。婚后的那些日子，他经常跟她谈兵论剑，"洞房清夜秋灯里，共检庄周说剑篇"。

她似乎看到他文能治国，武能安邦，更能感觉他再度出山的雄心。她曾写道："夫君本自期安桨，贱妾宁辞学泛舟"。她要告诉她的夫君钱谦益：夫君若东山再起，妾定当紧随其后。她对她的夫君寄予了殷切的厚望。

她的血管里，似乎流淌着与众不同的血液，有一副与生俱来的侠骨。岳飞、于谦这些民族精魂，都是她崇拜的英雄。她也曾写下忧时之作："海内如今传战斗，田横墓下益堪愁"。

曾经身处风尘之中，更是以那随夫韩世忠抵抗金兵的梁红玉自比。她常常感叹，大明王朝，怎么就没有韩世忠梁红玉这样的忠义之士呢？

如今钱谦益终于有机会一展平生之抱负，作为尚书夫人，她怎能不助他一臂之力，让他的事业更加辉煌。

整日关在书房里的柳如是，哪里知道，南明的小王朝，其腐败与奢侈，比之前明朝，更是有过之而无不及。

弘光立位之后，大兴土木，百工并举。把国库弄得空虚如洗。此时，便有谋臣献策了：卖官鬻爵。以封官晋爵来吸引好名利、想做官的读书人。副贡以下若肯花银子，就能得到一官半爵。明码标价，花多大银子，就做多大的官。于是，掌管官爵的权要们便造了许多的官帽。朝廷虽小，机构庞大。有新官入爵，自然要给俸禄；有神就要设庙。所以，到处又都在修建府衙，真是一片繁华景象。

更为激烈的是，新朝廷刚刚建立，朝中大臣权要，就已经开始拉帮结派，结党营私。

作为东林党老人的钱谦益，他身边自然围绕着一群东林党徒，户部尚书高弘图、姜日广、王铎，吏部尚书张慎言、左都御史刘宗周等老东林党人，都是钱谦益尚书府的常客。

尚书府除了鲜朵儿与冬青是从虞山带来的，其余的粗仆婢女都是到南京之后买的，或者是请的佣工。

鲜朵儿专门侍候柳如是，冬青则侍候钱大人上朝出门访友等诸多事宜。府上的其余杂事则由后来的佣人各司其职。

南明小朝廷，表面看去，繁华兴旺发达。暗地里，党争风起云涌，以钱谦益为首的东林党，与马士英一派，明里暗里的斗争正日益激烈。

这日，钱大人设宴请客。明为请客会友，实则是东林党人商议大事。

朝中掌握实权的是马士英。此人进士出身，官历右佥都御史、宣府巡抚。崇祯五年，因贪赃受贿被革职。崇祯十五年，被周延儒举荐，得以重新起用，任兵部右侍郎、凤阳总督。

如今，马士英因拥福王立帝有功，擢升为东阁大学士兼都察院右都御史，成为首辅宰相。一时，权倾朝野，成为炙手可热的权要人物。而且，马士英向来不喜欢东林党派，跟"阉党"走得非常亲近。

一月前，他向弘光进言，说兵部尚书史可法欲立潞王为帝未果，对新朝廷怨恨极深，此人不宜掌管兵权。果然，上个月，史可法就被调离南京去镇守扬州，马士英轻而易举地夺得了兵部大权。

近日，又得可靠消息，马士英要向皇帝举荐阮大铖为兵部右侍郎。

这下，东林党人像炸开了的油锅，再也不能平静。眼看着东林党人的势力日渐削弱，他们都集结在钱谦益身边，商讨如何对应眼前的局面。

这些人每次来钱府商议大事，都并不回避柳如是，相反，还希望听到她的意见。有时，柳如是偶尔出的主意往往让他们这些朝中大臣刮目相看。他们哪里知道，柳如是十四岁时就受退朝养老的宰相周道登谈兵论道之浸润，后又得陈子龙、张溥、李存我等名士纵论时政之熏陶。婚后，她对官场的热衷，让她成为钱谦益谈论时政、谈论治军的最好听众。

今天的来客中，除了李存我只身前来以外，其他大员都是偕夫人而来。钱谦益跟男人们在大堂边喝茶边议事，夫人们则由柳如是奉陪。

这些涂脂抹粉，绫罗裹身的贵妇们，早就听说钱谦益是以正妻的大礼迎娶柳如是的。她们在心里都骂钱谦益老风流鬼，这么大岁数了，还娶这么年轻的小老婆。既担心自己的男人效仿钱谦益，又嫉妒柳如是降服男人的能力。既恨且妒，却又都想看看钱尚书以正妻大礼聘娶的风尘女子到底是个怎样的人物。

她们看到的柳夫人，长着一张娇俏的娃娃脸，两只会说话的清澈凤眼，

第三十七章 邀勒君思并许长

一身清雅的衣裙。端庄贤淑，高贵典雅，哪里有青楼女子半点轻浮浪荡的模样！

柳如是心里明镜似的，这些穿金戴玉，珠围翠绕的贵妇，都有一双挑剔的眼睛，一张能让死鱼翻身，能让活鱼说话的嘴巴。

她不亢不卑，落落大方，面带微笑，以主妇的身份，给这位剥橘子，给那位递瓜子，殷勤周到，一副尚书夫人的尊贵与大气洋溢在周身。

贵夫人们恨也无从恨起，骂也骂不出口，觉得这女人待人接物大方得体，可亲可爱。只一盏茶的工夫，反而都喜欢上了这个出身风尘的女子。

一会儿，这位问她皮肤怎么这么好，是否有什么诀窍？一会儿，那位问她身段如此苗条，是不是不敢敞开肚子吃饭？还有的问，你穿这样单薄，怎么你的手热乎乎的，你的脸红润润的，是不是搽了极好的胭脂？

座中有位最年轻的夫人轻声说："柳夫人，你这身衣裳的颜色清雅大方，穿在身上又如此合体，是在南京城哪家裁缝店里做的？"

柳如是低头看了看身上的衣裙，笑说："南京城，我还不熟呢。这是在虞山家里自己缝的。"

那年轻夫人颇为惊讶："柳夫人真好眼光好手艺。能不能帮我也做一件你这样的？"

柳如是十分爽快："好呀，明天就去城里扯布料，回家自己做。"

夫人们立刻附和，明日一起去逛南京城，扯布料做衣裳。

柳如是安顿好夫人们，来到男人们这边，他们正把各自衙门里的事情向大家述说，问题都集中在马士英身上。马士英为防东林党，到处都安插暗探，使得人们都不敢随便说话。

柳如是看他们这些长期处于党争的大臣们焦头烂额，忍不住说："你们现在最要紧的是，制止马士英向皇帝举荐阮大铖，而不是对付其他的事情。一旦阮大铖入朝，大权在握，又会起用'阉党'党徒，那东林党面临的困难就更大了。"

"话是如此，只是如何制止？马士英权高位重，又深得皇帝宠信。"户部尚书高弘图摊开双手说。

"当年，就是阮大铖向周延儒举荐的马士英，马士英才有今天。如今马士英向皇帝推举阮大铖，他势在必得。"左都御史刘宗周分析说。

第一次来钱府的中书舍人李存我，见这些大臣们在这个问题面前束手无策，向以成稳持重见长的他，此时颇有些激动，"既然不能阻止阮大铖入朝，那就想办法除掉这个人。偌大一座南京城，杀一个人轻而易举"。

钱牧斋听了，连连摇头："此事不可操之过急。现在国家正处在治理之中，百姓都希望天下太平。朝中党争针锋相对，切不可因小失大。"

大家听了，也不再言语。这时冬青来到钱牧斋身边，轻声说："老爷，晚饭已备好。"

钱谦益站起来："正好，大家先吃了饭再说吧。"便吩咐收拾餐桌，大家入座。

满桌的美味佳肴，却提不起大家的兴致。柳如是见状，给自己满斟一杯，盈盈起立，举杯向大家款款而说："各位大人来府上是客，虽然朝廷大事要紧。饭却不能不吃，吃饱了才有好精神去应当前的局面。来，我先敬大家一杯。"

钱谦益也举杯笑道："夫人说得对，饭不可不吃，酒就少喝点，等会儿还有要事相商。来，我与大家共饮此杯。"说罢，一饮而尽。

此时，坐中的李存我，不敢直视柳如是那双会说话的眼睛。一进钱府，看见多年未见的柳如是，比以前更见成熟，更有女人的神韵，他不由得在心里自嘲：风流自诩如李待问、陈子龙者，却不如白发苍苍的钱谦益哉！

他只顾低头想着心思，喝着闷酒，却听得身后有个声音轻轻唤道："李大哥。"

他转过身，见一清秀的女子站在身后，正望着他微微而笑。

"我是鲜朵儿啊，李大哥不记得我了？"鲜朵儿看他愕然的样子，又轻轻地说。

李存我放下手中的酒杯，起身随鲜朵儿来到大厅的一角，笑道："原来是鲜朵儿，都长成俊俏的大姑娘了，我一时还真不敢认呢！"

"李大哥还是爱开玩笑，哦，如今，鲜朵儿该称呼你为李大人了。"鲜朵儿含羞道。

"你还是叫我李大哥吧，我听了舒坦。"李存我问："这多年来，你一直跟着你姐姐吗？"

"是啊，李大哥的家眷也都来南京了吗？"

"没有，他们都还在松江老家。"

鲜朵儿忽然掉过头去，看了看正朝这边张望的柳如是，神色极不自然地对李存我说："大哥，这是我家姐姐，不，现在叫夫人了，是我家夫人让我给你的。"说罢，便把手里拿着的一只枣红色小木盒递给李存我。

李存我接过这只似曾相识的小木盒，疑惑地掀开盒盖，红色的金丝绒，衬着一方晶莹的黄色玉石，这不是他十二年前送给柳如是的玉印吗？上面有他亲手雕刻的两个篆字"问郎"。他又疑惑地看着鲜朵儿问："这是你家夫人让你给我的？"

"是。夫人说，这玉石挺贵重的，还是物归原主的好。"鲜朵儿低头说。

李存我茫然地望向窗外，喃喃而语："物归原主，物归原主。好，好，好！"

鲜朵儿看他失魂落魄的样子，忙安慰道："大哥，你想开些，这些年都没见面了，有些事情还是随它去的好。"

李存我似乎没听见鲜朵儿的话，揣起小木盒，回到原来的座，斟上满满一杯酒，一仰脖子，把酒和着那一抹莫名的心痛一起吞了下去。

他不再喝了，思忖着，柳如是今天当着这许多人的面，还他十几年前送给她的东西，是何用意？难道是钱谦益知道了他与她之间的那一段微薄的因缘，要她还他玉石以断前情？可自己与她相隔何止山长水远？又何来"情缘"可续！十几年过去了，他们之间那缕微薄之情，早已随风消散了。

那么，是她现在以为自己贵为尚书夫人了，自视清高尊贵起来。要向钱大人，向在座的各位高官贵人表示，她不再是那个"归家院"的风尘女子，她要跟以往的风流韵事，跟以前的旧时光一刀两断。

李存我在心里默默说道：柳如是啊柳如是，你当这许多人的面伤我，我可以不计较，可你在伤我的同时，你的心里难道就没有一点点的不安与歉疚？你就那样心安理得，那样的宁静如斯？

不等众人下席，李存我先自离开了钱府，径直往陈子龙的住处而来。

陈子龙任南明小王朝的兵部给事中。他满怀着治国安邦的热情来到南京，以为报国有门，治军有望。朝中首辅马士英是他父亲的同年进士，对他这位松江云间才子颇为欣赏。

可陈子龙是复社成员，老师姜日广是东林党人，与马士英派水火不相容。在他心里，他多么希望朝廷内，能排除党争，精诚团结，共同治理国家，恢复大明王朝。

然而，这只是他的一个梦想。

来南京两月有余，所到之处，他寄予厚望的小朝廷，不思卧薪尝胆，励精图治，只一味地花天酒地，贪图享乐。宫廷淫乱，士子失节，他一颗报国的雄心早已凉了半截。

傍晚时分，天就下起了霏霏细雨。此时，雨越下越大，李存我进门时已浑身湿透。看他这副落汤鸡的模样，陈子龙忍不住笑了："你这是从哪儿来呀？莫不是在秦淮河上被哪个女子推落画舫，从河里爬起来的？"说着从橱里拿出一件长衫扔给他，"快换上吧，别冻病了"。

　　李存我把一直握在手中的小木盒放到桌子上，换了长衫。

　　陈子龙中等身材，且壮实。李存我瘦高个子，衣裳穿在他身上，又短又宽，样子颇为好笑。

　　陈子龙本来笑微微地看着他，一眼瞥见桌上的那只小木盒，便拿起来打开盒盖，惊讶地叹道："好精致的玉篆！"

　　李存我伸手拿过盒子，面无表情地说："这是人家刚刚退还给我的。"

　　"谁？"

　　"江南第一大才女柳如是，不，应该说是尚书府柳夫人了。"

　　两人沉默着，不知是因为情绪低落，还是因为曾爱过同一个女人而尴尬。

　　还是陈子龙先开口："我见过你这玉篆，在松江南楼。"

　　李存我当然知道，他与柳如是在松江南楼同居时，一定见过这方玉篆。

　　"当时，她跟我们一起在复社，情同弟兄。何况待问兄与她还有师生之谊，送一方玉石做留念，也无可厚非。只是，她现在为什么要退还给你呢？"

　　"人家如今是尚书夫人了，身份高贵，不再是流落江湖的歌女了。"

　　"别这么说。她从小流离失所，沦落青楼，也是不得已，如今总算是有了出头之日了。"

　　陈子龙边说边从桌上拿起几页纸笺，递给李存我："你看看，这是我向皇帝上的五道奏疏。唯有这道《募练水师疏》被采纳，如今的皇帝，也听不进忠言呐。"

　　李存我摇摇头："我看这新朝廷的奢靡，比前朝更有过之而无不及，这江南的半壁江山，不知能撑到几时。我是从钱尚书府上出来的，一群东林党人在那儿商讨了半天，也没想出办法来对付马士英与阮大铖。钱谦益到底老了，做事前怕狼后怕虎的，终究成不了大事。"并把在钱府大家商议的话题告诉了陈子龙。说毕，又仰面长叹道："看来，我唯有回到松江，重操旧业，带徒授课了。"

　　陈子龙望着窗外，外面一片漆黑，什么也看不见，只听雨打树叶的沙沙声，心里莫名地升起一股悲凉。他蓦然想起，自来南京，就没见过晴天，没见过天上出太阳，不是阴沉沉的，就是细雨霏霏。

他喃喃地说："在国家危难之际，我等最悲哀的莫过于报国无门。你说得对，南京城恐非久留之地。"

就在东林党人集结在钱谦益身边，商议如何应对马士英与阮大铖时，马士英与阮大铖也想到了钱谦益。

为了能让阮大铖顺利进入朝廷，马士英觉得有必要稳住东林党首钱谦益，他对钱谦益开门见山地说："当今皇帝非常器重阮大铖，也非常喜欢他的度曲《燕子笺》。虽然阮大铖被贬闲居十七年，在这十七年里，他有心思过。如今国难当头，正是用人之际，作为朝中重臣，牧翁应该站出来，精诚团结，消除党争，勾销宿怨，共图利民利国之宏伟大业。万不可以一己之私，而坏国家大事啊。"

马士英的一席话，亲切诚恳，说得钱谦益频频点头。

第二天早朝，马士英向皇帝提议，钱谦益不但没有随东林党人一起抗议，反而随马士英一同附议，以致阮大铖东山再起，入朝为官，授兵部尚书。

几天后，早朝完毕，马士英走近钱谦益笑道："早就听说柳夫人是江南第一大才女，清词丽句无人能及，更兼琴棋书画样样精通，大铖也想拜见夫人，只是恨无机缘。"

话说到这份儿上，钱谦益哪有不懂之理，他也不想得罪这位当朝红人，忙笑道："明日早朝后，若无他事，就请马大人到敝舍闲坐。"

"那好呀，我邀上大铖一起来吧。"

马士英也不管钱谦益是否也请阮大铖，说完这句话就掉头而去。

钱谦益心里明白，马士英与阮大铖拜访柳如是只是个借口，想笼络他这位东林党人则是实情。

阮大铖，号圆海，此人生得腰圆膀阔，一脸的络腮胡须，也有人叫他阮大胡子。与马士英是同年进士，颇有才学，善词曲，有《燕子笺》《春灯谜》《牟尼合》《双金榜》等流传于世。天启年间官至给事中，依附阉臣魏忠贤。崇祯初年被名列逆案，废居南京。

第三十八章　田横墓下益堪愁

钱塘曾作帝王州，武穆遗坟在此丘。游月旌旗伤豹尾，重湖风雨隔髦头。
当年宫馆连胡骑，此夜苍茫接戍楼。海内如今传战斗，田横墓下益堪愁。

——明　柳如是

翌日，马士英与阮大铖如约来到钱谦益的尚书府。

按说，钱谦益跟阮大铖是誓不两立的对头，今天却一反常态，叮嘱柳如是要殷勤款待这两位贵客。

席间，盛装的柳如是亲自为马、阮二人奉酒。三杯酒下肚，阮大铖望向柳如是的那双色眼更加痴迷。他愤愤地想，钱谦益这老不死的，临到老了，还有如此艳福，看他那一头苍苍白发，真是一树梨花压海棠，没的糟蹋了佳人。

心里骂着，脸上却满是浓浓的笑："牧翁，久闻尊夫人工诗善舞，能词会曲，今日能否让在下聆听佳音？"

钱谦益不作答，只含笑望向柳如是。

柳如是看丈夫在微微点头，便起身离座，从书房里抱出一支琵琶来。她调试琴弦，低头沉思。

须臾，清歌乍起时，如流莺出谷，浅声低唱时，如在耳边软语呢喃。只听得马士英与阮大铖摇头晃脑，如醉如痴。

站在大堂门外的鲜朵儿，不解地问冬青："老爷是不是老糊涂了？我家姐姐现在可是他钱尚书的夫人了，如何还能叫她为这些客人奉酒、弹唱？"

鲜朵儿叫惯了姐姐，与柳如是情同姐妹，两人私下里只管姐姐妹妹的，只在钱大人面前才叫夫人。

冬青见她一本正经的样子，笑道："你看，你姐姐不是挺高兴挺乐意的么？"

"哎呀！老爷的吩咐，姐姐敢不从命？"

"那倒未必！以我看，倒是老爷，事事都听从你姐姐的。"

鲜朵儿听冬青这么说，得意地一偏脑袋，斜睨着眼睛，不无骄傲地说："那当然了，钱大人老得头发都白了，我姐姐年轻貌美，读书识字又多，是天下少有的聪明人。老爷不听她的，还能听你的？"

冬青摇头道："你这小丫头，我家老爷可是人人推崇的江南'文章宗伯'，他读的书比你姐姐不知要多几多呢！你没见'绛云楼'那些书？老爷可是有'宰相之才'的人物。"

两人正有一搭没一搭地闲聊，大堂里的琴声也歇了，歌声也尽了，酒也喝到了浓处。大家都是江南知名的文人雅士，才子才女欢聚一堂，赏音知己，其乐融融。

只见阮大铖一挥手，他的随从捧着一只沉甸甸的木盒，缓步走进大堂。阮大铖伸手揭开盒盖，大家眼前一亮，木盒里盛装一顶赤金珍珠凤冠。

阮大铖带着几许炫耀，颇为自豪地说："这顶凤冠由足金与六十六颗南海天然珍珠镶嵌而成，如此华丽而尊贵之物，唯有柳夫人这样天生丽质的佳人才配拥有。"说罢，双手从盒子里小心翼翼捧出凤冠，戴在柳如是头上。

也怪，这顶凤冠还真像是特意为柳如是而定做的，戴在她头上，不大不小，衬着她那张丰满白皙的脸庞，越发高贵端庄。

钱谦益看了，也禁不住暗暗点头：这凤冠戴在她头上，真比皇帝的后宫佳丽还美十分，只是这件礼物也太贵重了些。

柳如是从头上摘下凤冠，双手捧给阮大铖："无功不受禄，如此厚礼，柳子受之不恭。"

阮大铖言辞恳切："夫人，有道是，宝剑赠英雄，红粉送佳人。我这凤冠送给柳夫人，也不枉今日知音之遇啊！"说着，又向马士英望去，意思是叫马士英劝柳如是收下。

马士英却对钱谦益说："牧翁，让夫人收下吧，不要负了大铖一番心意，权当是送给你们的新婚礼物，只是迟了几年，现如今补上。"

钱谦益只得吩咐冬青接过凤冠，阮大铖乐得眉开眼笑，好似别人送了他一件极珍贵的礼物。

告辞出门，站在门外，阮大铖像是想起一件什么事，转头对钱谦益说："三日后，我将巡视长江沿岸的江防，钱大人有没有雅兴来帮大铖呐喊助威？"

钱谦益捋着雪白的胡须想了想，转而对柳如是说："夫人，你不是愿效梁红玉吗？何不跟阮大人一起，戎装巡江，以壮军威？所谓'桴鼓军容，以资织手'。"

柳如是听说"戎装巡江，以壮军威"，蓦地里，心里最崇拜的巾帼英雄梁红玉的飒爽英姿就浮现在眼前，一股热血在胸腔奔腾，她兴奋莫名，用力点头道："好！三日后，柳子陪阮大人戎装巡江，以壮军威！"

天，灰蒙蒙的。寒冷的江风一阵一阵地席卷而来，挟起一排排浑浊的巨浪，一次又一次扑向岸边的岩石，摔得粉碎，溅起无数的浪花。

柳如是身着戎装，骑着高头大马，跟在阮大铖的身后，行走在江堤上慰问防守的将士。

她身上这套戎装与坐骑，是阮大铖昨日派随从送到尚书府的。以前她经常穿男人的服饰，女扮男装。今天的感觉与往日不同，穿上这套戎装，有种恍若隔世之感，仿佛她就是梁红玉，她要与丈夫钱谦益一起抵抗清兵，收复失地，恢复大明王朝。

江风猎猎，战旗飘扬。堤坝上的兵士手握长枪，精神抖擞，威武激昂。江边的战船整齐排列着，似乎只待一声令下，就会劈波斩浪，杀向来侵之敌。

柳如是心中陡然生出一股豪气，她稳步走上阅兵台，站在巨大的战鼓前，拿起鼓槌，重重地擂击鼓面。隆隆的鼓声，响彻长江两岸，在石头城阴郁的上空久久回旋。

一连几日，柳如是都沉醉在"戎装巡江壮军威"的亢奋之中，全然不知外面发生的事。

有了钱谦益跟随马士英的附议，阮大铖得以复出，东林党人姜日广、高宏图、张慎言、刘宗周、吕大器等辞官回乡。钱谦益的府上再也不是宾客盈门，高朋满座。

这日清闲，柳如是带着鲜朵儿去裁缝店取定做的衣裙，正巧遇上高宏图的夫人也来取衣裳。几日前她们是相约一起来这个裁缝店的，还是柳如是帮她选的布料，花色，样式。

在裁缝店门口，柳如是一见她，忙上前亲热地问好。谁知高夫人像不认得她一样，昂着头一步跨进店门，把柳如是直愣愣地扔在门外。店老板见来客了，忙不迭地迎了出来，请高夫人坐，给高夫人倒茶摆果子点心，看也不看站在门外的柳如是。

柳如是不知高夫人何故如此，心下惶惑，站在门前，进也不是，不进也不是。正思虑着，却听高夫人大着嗓门说："唉！如今呀，真是世风日下，人心不古。想高官厚禄呢，也要有点儿骨气，可倒好，反过来去讨好巴结以前的死对头。"

店老板在一边接腔："高夫人怕还不知道吧，前几天，那阮大胡子带着尚书夫人去巡江呢，还装模作样地擂起了战鼓。满南京城的人，没有一个不骂的。"

店老板又故作神秘道："您道那守江防的是谁的人马？"

"我们老爷虽是内阁大臣，在家里从不说这些机密大事。"

"是靖侯伯黄得功的人马。先是听命开赴泗洲去迎战清兵的，谁知刚到半路就被召回，要做勤王之师。"

"我说你这裁缝铺的老板如何知道这些机密之事？"高夫人很是疑惑。

店老板从大门这边望过来，故意压低声音：

"我这裁缝铺隔壁老李家的小子，就在黄得功的队上呢。尚书夫人没准儿还不知道自己巡江巡的是哪家的人马。"

"我说呢，那天在她府上看她模样俊俏，待人接物也还有礼数，出身也怪可怜的，还把她当好人呢！"高夫人喝着茶，慢悠悠道："你也不想想，一个在青楼混了十几年的女人，骨子里就贱，就是做了尚书夫人，也还是个淫贱荡妇，要不，如何肯听阮大胡子这种人的话？如何跟他一起去巡江？"

"听说，人家可是出手大方的，送了一顶赤金珍珠凤冠呢！"

"呸！一顶凤冠就把他一家人收买了。"高夫人朝门口这边狠狠吐了口唾沫。

柳如是只觉得暴风骤起，一天乌云向她铺盖而来，压得她喘气不出。她不知道是如何回到尚书府的，出门时，钱谦益就在书房里写文章，她回了，他还在。她倚着书房门，望着他微驼的背影，看着他一头蓬松的白发，突然觉得他是如此苍老、丑陋不堪。她很怀疑这就是她曾经崇拜的"文章宗伯、山里宰相"。在这一瞬间，她心中的雪里高山之巍巍昆仑，轰然倒塌。

连日来，钱谦益不敢把朝中发生的事儿告诉柳如是，更不敢说阮大铖是因为他跟随马士英的附议，才得以入朝，官授兵部尚书。

果然，阮大铖得势后，便开始整治东林党人。朝中，东林党人被贬的被贬，辞官的辞官。始料不及的是，钱谦益也一样受到马士英、阮大铖的挤压，朝夕不保。

南京，弘光尚在温柔梦中，党争依然纷乱，清军却大举南下，所向披靡，已杀到扬州城下。

扬州被围，钱谦益上奏力主增援扬州，并请缨亲自率援兵前往，弘光不准。

被弘光贬去镇守扬州的原兵部尚书史可法，率兵浴血奋战，怎奈孤兵无援，粮草断绝，坚守十余日后，扬州失陷，史可法战死。

扬州一战，是清兵遭遇到的最猛烈的抵抗。入城后，清兵大肆杀戮，血洗扬州城。

固若金汤的南京城不攻自破。弘光一梦醒来，那些亲信大臣马士英、阮大铖等，都逃得无影无踪，弘光也弃南都而去。

礼部尚书钱谦益、忻城伯赵之龙、保国公朱镇远、魏国公徐宏基、安远侯柳昌祚、大学士王铎等，仍然留守孤城。

六朝金粉之地，帝王之都，此时却是鸡犬不宁，人心惶惶，混乱之极。

往日门庭若市的尚书府更显寂寥，府里的奴仆都已逃离南京城，唯有冬青与鲜朵儿仍留在钱谦益、柳如是身边。

这天，柳如是吩咐鲜朵儿做了几个简单的菜肴，等候钱谦益归来。

开门迎进疲惫的钱谦益，柳如是一眼瞥见城东冲天的火光，她惊恐地问："牧翁，你看那大火，是不是清兵开始杀人了？像血洗扬州城一样？"

"不是"，钱谦益头也不抬地迈进大门："那是城中百姓放火烧了马士英与阮大铖的家。"

望着乌云下的滚滚浓烟，柳如是心有余悸，赶紧转身进屋，关上大门。

往日总是宾客满桌，今日只有夫妻对坐。钱谦益心事重重，不似往日那般侃侃而谈，端着酒杯，只是略为抿了一口。

柳如是也不敬他，也不看他，一连自斟自饮了几杯，直喝得面如春桃。钱谦益见状，伸手按住她拿起酒壶又要斟酒的手。

柳如是放下酒壶，盯着钱谦益那一头蓬乱的白发，声音缓慢而清晰："牧翁，以前的事，我就不说了。今日，我只问你一句话，是走是留？是降是拒？给我个准话儿。"

钱牧斋长声叹息，仰身靠在椅背上，无力地说："走也走不了，抗也抗不住。"

"事到如今，你总得拿个主意。"柳如是看他失魂落魄的样子，追问："牧翁莫不是想做降臣？"

"今日在忻城伯赵之龙的府上，与几位留下来的大臣商议了半日，为了南京城的百姓，几位老臣决定献城。"钱谦益艰难地说出这几句话，便垂下了那颗苍白的脑袋。

柳如是嚯的一声站起，却又缓缓地坐下："我早就料到了，连日来，你

第三十八章 田横墓下益堪愁

的所作所为，都让人不齿，你还不跟我说实话。今日，念你我夫妻一场，你再说句实话，献城后，你自己准备怎么办？"

钱谦益似乎没听明白她话里的意思，抬起头，瞪着一双浑浊的眼睛，望着柳如是，神色诧异之极。

柳如是提高嗓音："我是在问牧翁，你是想做清兵的降臣，还是要做大明的忠烈之士？"

钱谦益一听，颤抖的双手扶住桌沿，神情颇为激动："如今这样的局面，逃的逃，躲的躲，不是我一人之力，能力挽狂澜，扭转得过来的。何去何从，也不由我来选择。我身为朝中重臣，能扔下全城的百姓不管不顾么？"

柳如是走到钱谦益面前，举起酒杯，面色凝重："牧斋，在虞山，在江南，你一直是人们心目中重名节知大义的男人，你附和马士英、阮大铖也好，不抵抗清兵也罢，可不能做清兵的降臣啊！那将是大明的罪人，将会背上千古骂名，遭后人耻笑的。"

钱谦益无语，唯有低头叹息。

柳如是越发激动："你我力小量薄，位卑言轻，保不住大明王朝，可能保得住自己的名节！牧斋，你喝下贱妾敬你的这杯酒，尚书府院子的清水池塘可是个最好的去处！"

钱谦益惊诧地抬起头，眼前这个小女人，平日那双妩媚的大眼睛里，满是不屈与坚毅。他用颤抖的手指着院子里的大水池，瞠目结舌："河东君，你你你，你是要我赴水殉节？"

柳如是重重点头："是！"

"可我生平最怕水啊！我死了，你怎么办呢？"

柳如是不再看他，昂头说："牧翁的心意，如是非常感激！你死了，我决不独活！我陪你一起死！"

钱谦益后退着，带倒了椅子，他靠在墙上摇着头，嗫嚅道："我，我，我，我不能死！"

柳如是侧头瞥了他一眼，将手中的酒一饮而尽，掷了空杯："那好，我先你而死！"边说边往院子奔去。

钱谦益还没回过神来，便听扑通一声，柳如是已纵身跃入清水池。跟在她身后的鲜朵儿，一把没拉住，急得大喊冬青。冬青原本就在门外候着，听酒杯落地的破碎声，也进了大堂，此时，他几步冲向池塘，扑下水去，托起柳如是，鲜朵儿在岸边帮忙拉上岸来。

钱谦益踉踉跄跄赶来，把柳如是紧紧搂在怀里，放声大悲："夫人，你这是何苦？这是何苦啊？夫人深明大义，牧斋也未必不知名节。亡国之臣，戴罪之身，死不足惜。夫人以身殉牧斋，牧斋以身殉谁？殉国？殉君？国已破，君何在？"

柳如是双目紧闭，热泪顺着脸颊流向湿漉漉的发根。

鲜朵儿在一边哭叫道："老爷，这不是哭的时候，得赶快把夫人抱进屋里换上干衣裳。"

一句话提醒了钱谦益，赶忙帮鲜朵儿把浑身湿透的柳如是半扶半抱进里屋，却听冬青在房门外叫老爷，说赵老爷府上的仆人来请。

钱谦益忙又丢下柳如是来到书房，拿了一纸早就拟好的礼单，随赵府的仆人出门而去。

清晨，石头城的天灰蒙蒙的，如牛毛般的细雨，飘飘斜斜地下着。

钱谦益与赵之龙、朱镇远、徐宏基等一班留守南京的南明小王朝的文武大臣，顶风冒雨，在城外迎接清豫亲王多铎，并向亲王献上礼单与投诚表。

钱谦益向多铎亲王献策："吴下民风柔弱，飞檄可定，无烦用兵。"多铎兵不血刃，率部挺进石头城。

不久，清廷改南京为江宁府，向江南颁布削发诏令："削发一事，本朝已相沿成俗，尔等毋得不遵法度。凡不随本朝制度者，杀无赦。"

一时，南京城内又是鸡飞狗跳，清兵拿着刀枪逼着全城的百姓剃头。

一连几日，钱谦益总说头皮痒，柳如是心里明白，他这是在找借口去剃头，便不理他。

这天，钱谦益从外面回来，兴致勃勃地说："夫人，朝廷下诏书了，让我等去北京受封。"

柳如是抬头，一眼看到他那一头雪白的头发不见了，只有一个光秃秃油光锃亮的脑门，后脑勺却又拖着一条猪尾巴似的、白花花的绞股麻花的辫子，这模样让她心里一阵厌恶，她回头望向窗外，淡淡应道："是么？看来牧翁要走好运了。"

"夫人随牧斋一起前去北京罢，其他大臣的家眷也都去的。"钱谦益并不去理会她语气的冷淡，仍然兴奋地说。

"哦，她们兴致挺高啊！只可惜我近来身体有恙，不适舟车劳顿，你还是带冬青去罢。"说毕,吩咐鲜朵儿帮老爷收拾出门要用的衣物。

看她这神情,钱谦益知道她是不会去了,便不再言语,转头进了书房,整理要带在身边的书籍。

八月,石头城的天空阴沉沉的,给人以无形的压抑。

送行的码头上,在一群喜气洋洋的夫人中间,柳如是一袭大红衣衫格外醒目。钱谦益心里叫苦不迭:"河东君啊!河东君!你今儿不随我去北京也就罢了,却又穿这一身耀眼的红衣裳来送行,这分明是要告诉人们,你是在怀念明朝朱姓皇帝。大明朝廷从未施恩于你,也未宠幸于我。你这是何苦!"嘴里却不敢言语,只交代鲜朵儿细心照料夫人,把家看好。

从码头回来,偌大的尚书府第更显空落寂寥。柳如是吩咐鲜朵儿关紧了大门,往后只从东边侧门进出。

她在大堂慢慢转悠,抚摸着这些朱漆桌椅,回想着曾经的高朋满座,宾客盈门。那些意气风发的豪言壮语,那些要收复大明王朝的英雄气概,如今俱已随风而逝。更令她失望的是,被江南文人誉为"文章宗伯"的钱谦益居然如此贪生怕死,做了清朝的降臣。

扶着朱漆的楼梯拾级而上,站在二楼的露台上,目到之处,朴素的民房,精美的楼台亭阁,井然有序,贯通全城的街道,却人迹稀少。她抬头望向苍穹,天空似挂着一帘厚厚的帷幕,低低地笼着石头城,她轻轻地抚着胸口,有种透不出气的沉闷。

"姐姐,有位顾公子来访。"鲜朵儿不知几时上楼来,在一边轻轻地说。

"顾公子?"柳如是有点茫然。这时候,谁还会来访呢?

大堂里,顾云美显得心神不宁,背了双手,来回踱着。听得楼梯响,忙转过身来,对柳如是深深一揖:

"师母安好!"

"原来是云美啊!"柳如是颇为高兴,这是她自裁缝店遇高弘图夫人后,第一次露出笑容。

"快请坐!你几时来南京了呢?"

鲜朵儿已经摆上了果子茶。

顾云美神色凄然,柳如是心下惶恐,不知发生了什么事。只说远道而来,今儿就留下,看看南京城。

顾云美叹息道:"亡国之人,虽生犹死,哪里有什么心思去逛南京城?

只苦如不能如李存我，为大明而战，为国捐躯。"

"你这是何意？李存我？他怎么了？"柳如是探起身子，脸色苍白。

李存我、陈子龙对南明王朝的骄淫奢侈，党派纷争颇为失望，早已辞官回松江。清兵南下时，他们又都参加了对清兵的抗战。

南京失陷后，前明大臣黄道周拥唐王朱聿键至福州即位，改号隆武元年，继续抗清。

江阴、嘉定相继失守。陈子龙与几社成员在松江起兵，与清兵鏖战在长江沿岸。几社成员大半都是文质彬彬的书生，怎能与骄横而训练有素的清兵抗衡！

陈子龙与李存兵分两路，陈子龙坚守无锡，李存我据守松江。一日，松江被清兵围困，城里只有李存我带领的三百多义军，且这些义军都是未经训练的松江子民，毫无作战经验。陈子龙与徐孚远、夏允彝前来增援，还未到松江，松江便已落入清兵手中。李存我守在东门之上，见清兵入城，满腔悲愤，在城楼悬梁自缢，气尚未绝，被登上城楼的清兵一刀刺入胸膛而死。

混战中，陈子龙与徐孚远、夏允彝等不知去向。有人说，陈子龙等已混出松江，在福州被隆武帝授兵部左侍郎左都御史。又有人说，陈子龙等已战死沙场。

听顾云美低沉的讲述，柳如是的胸口似被刀剜了一块，痛得锥心刺骨，一时连气也吐不出。

似乎她只有一息尚存，在心里默默祈祷：上苍有眼，保佑陈子龙还在人世，还在继续抗清。

想到李存我，她又悔恨难当。千不该万不该退还李存我那方玉篆。如今阴阳两隔，竟无可睹之物。当日让鲜朵儿还李存我玉石，连鲜朵儿都不满她的行为，问她为何要当如此众多的人还他东西。

她想要告诉李存我什么？是要告诉他，她柳如是如今是尚书夫人，要忠贞于钱谦益么？

钱谦益，大明朝的叛臣，贪生怕死之辈。此时此刻，这些抗清志士尸骨未寒之时，他却志气昂扬地行在去北京向清朝领赏受封的路上。

如今，人已去，物未留，一腔悔恨如烈火般煎熬着她的心。

柳如是想去院子，无奈脚步飘忽，鲜朵儿忙上前搀扶着，在院子里设案，点燃三炷香，向着松江的方向，遥空而拜。

第三十八章　田横墓下益堆愁

第三十九章　只愁风雨似秦淮

九嶷弱水共沉埋，何必西泠忆旧怀。玉碗如烟能宛转，金灯不夜若天涯。

山樱一树迷仙井，桃叶千条渺凤钗。万古情长松柏下，只愁风雨似秦淮。

——明　柳如是

顺治三年正月，满怀报效朝廷之心的钱谦益，在北京官授礼部右侍郎，充修《明史》副总裁，正如他在崇祯元年的旧职，他的一番苦心经营，并未得到清朝廷的重用与赏识。

修史虽是个闲职，却也能遂了他为前明王朝的修史之志。可眼下时局不安，修史也只是清朝廷拟定的一个方案。所以整日里无所事事。也唯有此时，他才为自己降清献城而深深后悔。如今孤身在北京，又无人照料，白发苍苍的钱谦益，更显老迈昏庸，也更加想念在南京的柳如是。

同年六月，他向朝廷告病，返回南京。

两个月后，钱谦益携柳如是辗转回到了阔别已久的老家常熟虞山。

走进绛云楼，柳如是看着满架整齐却蒙上厚厚灰尘的书卷，真是恍如隔世。在风云际会的南京城，她并没有像先前所期望的那样，帮助钱谦益一展才华来报效南明的小王朝，却目睹了他跪降多铎亲王，迎清兵入城。

史可法一身傲骨，战死扬州；李存我带着他独特的豪放与绝世之才，永远地走了；陈子龙下落不明。而她曾经最崇拜，最信任，最依赖的江南名士，"文章宗伯，诗坛李杜"钱谦益，却苟且偷生，天天守在她的身边。

如今，她对任何事物都兴味索然，再无情趣去聆风听雨，观花赏月。她再也不是那个听琴落泪，观景吟诗的柳如是了。她不再有许多话跟丈夫说，只把自己埋在书堆里，默默协助他编纂《明史》与《列朝诗集》。《列朝诗集》中的《香奁集》收集了明代众多女才子的文学作品，读着这一篇篇或清丽妩媚、或豪放悲戚的诗篇，一个个才华飘逸的女才子在她眼前一闪而过。她暗下决心，一定要独自完成这一卷的编纂，让钱谦益专心编纂《明史》。

虞山的冬天，格外寒冷。这天傍晚，竟下起雪来。猎猎湖风，挟着大朵大朵的雪花呼啸而来，扑打在窗纸上，发出砰砰声响。

柳如是一整天都在书房里查阅各种史料传记，鲜朵儿进书房来，给火盆添木炭，催促她早点歇息。她曼声应着，并没有挪动身子。偶一抬头，见鲜朵儿站在一边，似有话要说，颇为惊讶地问：

"你今儿是怎么了？有话就说呀。"

鲜朵儿带着埋怨的神色道："姐姐，我觉得你如今像变了个人似的，整天只关在书房里，埋头看书。"

"我不看书，那你要我做什么？"柳如是笑说着，又伸出手去拿另一本书。

鲜朵儿说："你如今也不管事了，老爷出去一整天还未归来，外面大风大雪的，天又黑了。"

柳如是诧异道："老爷不在家么？这一整天，他会去哪儿？"

"你不知道，我们这做下人，就更不知道了。"

"冬青呢？冬青总该知道老爷去了哪儿。"柳如是忙不迭地唤冬青。

鲜朵儿跺脚道："他能知道什么？也就在家里干着急呢！"

主仆二人正急着，只听得大门砰砰地响，二人急忙地从书房奔出来，冬青已打开大门，一阵大风挟着雪花，裹着两个雪人进来。

柳如是被唬得呆在一边，倒是鲜朵儿，忙拿了掸子，替两人掸去头上身上的积雪。

昏暗中，只听得钱谦益的声音说："快请黄先生进里屋，冻坏了。"

冬青早将火盆移进书房边的客房，待来人坐定，钱谦益对柳如是说："这是我曾提起过的黄毓祺黄介人先生。"

听到这个名字，柳如是心里一惊，她听说过，这黄毓祺是江阴人氏，清兵南下时，他倡议守城，守城不得，则起兵抗击，是一位铁骨铮铮的志士。

她忙吩咐鲜朵儿，快快弄几个热乎乎的菜，拿出一坛陈年老酒。

黄毓祺暖和了些，向火盆上烤着冻僵的双手，慢慢说起外面发生的事情。

南京失陷后，清兵直下江南，所向无敌。明朝遗臣们寄希望于曾经欲立而未立的潞王，指望他振臂而呼，领头抗清，谁知，潞王早已做了清兵的降臣。

剽悍的清兵一路杀至江阴城下，遭到江阴十几万军民的顽强抵抗。典史阎应元率城中军民固守八十一天后，清兵调来两百多门大炮，齐轰江阴。坚守了九九八十一天的江阴城终于被清兵占领，恼怒的清兵下令屠城，一时间，江阴城血流成河，尸骨成山。当清兵杀人杀累了，乏了，出榜安民时，全江阴城仅剩五十三人！

苏州、扬州、嘉定、松江，这些美丽的江南园林之城，一一毁在清兵的战火之中。

虽然抗清的火焰并没有因清兵的残暴而熄灭，但是，一些明朝的忠义志士已相继殉国，抗清的军民群龙无首，各自为政，力量单薄，极易被清兵各个击破。

黄毓祺说到这里，抬起一双布满血丝的眼睛，望着钱谦益，用低哑的声音说："牧翁，介人此次来虞山，实想找牧翁筹备银两。我准备与舟山水师联合，与陈子龙呼应，在常州、松江两地同时起兵。"

乍一听到陈子龙，柳如是坐直了身子，盯着黄毓祺问："陈子龙？子龙没有死？"

"松江失陷后，陈子龙辗转于昆山、武塘、嘉定之间，与抗清志士一起抵抗清兵。眼看着各地的起义一次次地被清兵镇压，陈子龙悲愤已极，时听他仰天长叹，'江左英雄安在哉！彭城南郡生蒿莱！唐有郭子仪、宋有岳飞文天祥，大明养士三百年，未必没有奇节之士？'"说到激动之处，黄毓祺的情绪也高昂起来，"这次起兵之事，就是陈子龙主张发起的"。

听完黄毓祺的话，钱谦益诚恳地说："牧斋苟且偷生，愧见世人。然而心中犹如李陵降北，心存图报汉恩之意。虽无黄金白银，倒是有一些古玩字画，珍版藏书，我设法变卖，你带信给子龙，我愿意全力资助。"

柳如是突然起身离开，当她回来时，手上多了一个包袱，她把包袱递给黄毓祺："这是我的首饰，你拿去变卖了，算是给炉火添一把柴。"

黄毓祺忙起身推辞："夫人，这万万不可。你的心意我代子龙领了，可我不能要你的首饰啊！"

"亡国之人，还戴首饰给谁看呢？你拿去换些银两，也算是我为义军出了一份绵薄之力。"

黄毓祺再三推辞，直说他此时正是清廷捉拿的要犯，行动不方便，更无法去典当首饰，万一被抓，会连累他人。

柳如是不再强求，只说日后自己去换成银子，再设法送给义军。

是夜，黄毓祺在绛云楼的客房辗转难眠，钱谦益掌灯来到他的床前，从怀里摸出七两纹银，塞在他手里，轻声说："这是内子嘱咐我送来的，家里如今只有这几两银子，你先收下。明日变卖了首饰，再把银子送给义军。"

天不亮，黄毓祺辞别了钱谦益，离开绛云楼，消失在大风雪中。

日子如水般悄悄流走，柳如是仍然埋头于书卷，边修书，边等待义军的消息。

阳春三月，桃花盛开的季节。

清晨，病中的柳如是卧床未起，钱谦益在经堂打坐诵经。忽然，院外传来鸡飞狗跳的嘈杂声。吆喝声中，冬青刚打开院门，一群兵丁就闯了进来，领头的军官大声喝问："谁是钱谦益？"

钱谦益正从经堂出来，惊惶地回答："老夫便是。"

那军官从怀里摸出一纸文书，向他宣读了官府的拘捕令，并命手下给钱谦益戴上枷锁。

钱谦益惊得目瞪口呆，怔在那儿。

闻声而来的朱氏王氏及钱府佣人乱作一团，钱家唯一的儿子钱孙爱更是吓得失魂落魄，抓住他母亲朱氏的手臂，依着墙壁瑟瑟发抖。

柳如是在里屋听外面闹哄哄的，正不知何故，鲜朵儿脸色煞白跑进来磕磕巴巴地说了原委。不等鲜朵儿说完，柳如是掀开被子，披上衣裳，急急奔向前厅。张开双手，挺身护在钱谦益身前，向那领头的军官说："我家老爷乃朝廷命官，礼部侍郎，告病在家休养，军爷何故到此捕他？"

军官见这一家老小都吓六神无主，只有这病恹恹的女人说话还有些条理，就翻着眼白说："我等奉命行事，并不管事情的原委，正因钱大人是朝廷命官，才要押送去江宁府。"

柳如是听了，心下惊恐，又忙着安慰朱氏王氏及孙爱："老爷一定是被冤枉了，你们不要怕，没有大事的。"心下却想：牧斋本是清廷的降臣，现今又托病辞官在野，清廷本就不满，如果再生出是非来，只怕是活不成了。今日之事，怕不是空穴来风，看来这次是凶多吉少。当下忙叫冬青快请军爷上坐，端茶倒水，备些酒菜，吃了好上路。

趁他们吃喝，柳如是去房里换了身衣裳出来，塞给那军官一些碎银，和颜悦色地问："敢问军爷，我家老爷本是个读书人，自京城告病回乡休养，足不出户的，如何就惊动了官府？劳军爷来捕？"

那军官看一眼手中雪白的银子，缓和了语气："有人告钱大人从逆谋反，命我等将犯人捕至江宁府候审。"

柳如是心往下沉，"从逆谋反"，这罪名太大了，轻者，钱谦益人头落地；重者，钱氏满门抄斩。

钱谦益听了，也不知是吓的，也不知是气的，抖得手腕上的铁链子哗哗直响，说不出一句囫囵话来。钱孙爱只与他母亲哭作一团，也拿不出主意。

柳如是走到钱谦益身边，握住他的手，轻言安慰："牧斋别急，有我呢！我跟你一起去江宁府，若有死罪，我来顶！若是不行，我跟你一起死！"

事出突然，她没有想得太多，只觉得应该陪在钱谦益身边，给他些许慰藉，才不枉他的知遇之恩。

柳如是命鲜朵儿收拾了几件换洗衣物，挽了包袱，背在身上，搀着钱谦益，要跟他一起走。那领头的军官拦住："拘捕人犯，没有带家眷的道理。"

柳如是笑道："我家老爷年迈体弱，在路上若有个三长两短，到了江宁府，若是没了人犯，军爷你如何交差？"

看那军官神色有些松动，柳如是又道："路长水远的，有我照应，也省了军爷们操劳。"

旁边几个兵丁附和着，让她跟着罢，一个糟老头，一个小脚娘们，谅他也跑不了，也省了我们在路上天天伺候。

就这样，柳如是搀着披枷戴锁的钱谦益，凄凄惶惶，往江宁府而来。

一路上舟车劳顿，艰辛异常自不必说。到得江宁府的当天，钱谦益就被打入天牢，听候发落。

疲惫不堪的柳如是，找一家便宜的客栈暂且栖身。夜阑更静之时，望着一灯如萤，无法入眠。钱谦益已关进大牢，她不能躺在这儿，等天上掉馅饼。可如今，改朝换代了，以前的南京城，现在的江宁府，满城新贵，又有谁会帮她这个落难之人呢？

第二天，她找到曾经的忻城伯赵之龙府上。

赵之龙面无表情，只说自己人微言轻，帮不上牧翁。柳如是心下明白，他是不愿赶这趟浑水，惹火烧身，便不再强求。

也许是感动于病恹恹的柳如是，不辞劳苦一路相随钱谦益，待告辞出门时，赵之龙指给她一条门路，叫她去找兵备使梁慎可。并说梁慎可与江南总督洪承畴，南下军帅马国柱交情颇厚。但要找梁慎可，就得先找梁慎可的母亲吴太夫人。

听到这里，柳如是也不追问为什么要先找吴太夫人，只真心谢过，便匆匆辞别赵之龙。

回到客栈，叫店小二打来盆热水，洗脸梳头，打开包袱，寻思着，穿哪件衣裳去见吴太夫人合适？丈夫在牢中，生死未卜，衣裙太艳，自然不好。穿素淡了，老人不喜欢，说你给谁戴孝呢！还是穿套半新不旧的湖蓝色对襟中长褂与百褶裙，看上去清爽悦目，又不失端庄。

柳如是向梁府门人自报家门后，塞给他一块碎银，门人让她在门廊候着，他去禀报太夫人。这一去就是大半天，也不知这吴太夫人是怎样的一位老太太。

正焦虑不安时，门人一路小跑着回来了，喜滋滋地说："亏了我说些好话，太夫人要见你呢！快随我来。"

门人是个爱说话的老头，一路交代柳如是见了太夫人，嘴巴要甜些，不要哭丧着脸。

进了大门，沿着回廊来到一扇垂花门前，老人交代一个侍立在门洞内的小丫头说，这是老太太要见的柳夫人，你带她进去吧。柳如是跟着这小丫头穿过垂花门，径直来到一个大院落，迎面是一栋飞檐翘壁金彩辉煌的大厦，那丫头也不走正门，只从东边侧门进去，也不知拐了几道弯，才来到一扇门前，带路的丫头向这里的丫头交代说是太夫人要见的客人便径自离去。柳如是不禁在心里感叹，豪门深似海，这话再也没说错的。

正胡思乱想着，只听得门帘里面有个声音说："进来吧。"

门边的丫头忙招手，轻声说："快去快去，这会子闲下来了。"

柳如是用手轻轻提起裙摆，迈进门槛，西边的绣花软榻上，歪着一位头发花白的老太太，手里拿着一串捻珠儿。见来人了，坐直身子，顺手把念珠串儿戴在左手腕上。

柳如是走了三两步，扑通一声跪在老太太的榻前，俯身便拜。

老太太急道："这如何使得，快快请起。"忙叫丫头们上前扶起。抬眼看去，眼前的女子怯生生地站着，虽容颜憔悴，却不失清秀，通身透着一段风流灵巧。

"你就是钱牧斋的夫人柳如是？"老太太含笑问。

"回太夫人，小女子正是柳如是。"柳如是又施一礼。

老太太笑道："快别行礼了，我看着也累得慌，上来，榻上坐吧。"

柳如是踌躇着不敢近前，却见老太太要起身来拉，便前行几步，在榻沿斜身坐下。

老太太拉起她的手抚摩着，叹道："好个整齐孩子。说起来，牧斋与先夫以前也有过交往，咱们也算是故交。"

听说到牧斋，柳如是垂下眼帘，几乎要滴下泪来。

老太太诧异："牧斋怎么样了？你何故到此？"老太太这才想起，旧日极少往来，今儿急急地找上门来，定是有事相求。

在老太太相看柳如是时，柳如是也在心里把老太太看了个透，虽说老人八十多岁，却眼不花，耳不聋，身板硬朗，神态慈祥。老人抚摩着她的手，透着无言的温馨，心底有缕热流，止不住地涌向眼眶。

再说官府的事情难以预料，关在牢里的人日子难熬，既是老太太发问，何不开门见山地说个清楚明白？老太太能帮便好，如不能，还得另寻门路。

柳如是便把自己如何漂泊江湖，如何嫁给钱牧斋，又如何到此恳求老太太，一路辛酸，两行热泪，直说得老太太心肠柔软，泪水涟涟。

老太太抹着眼泪："老身活到这把岁数，头一回遇到你这样苦命的女子。如今好了，嫁给钱牧斋，他可是江南有名的大文人。唉，牧斋真是有福之人，娶了你这么个知书达理的女子。有花容月貌、能写好文章都不算稀奇，奇的是，你深明大义，临危不惧。丈夫有难，生死相随。这才是最贤淑、最知礼仪，也最该被世人尊敬的。"

又说了半天闲话，老太太突然说牧斋如今在牢里，你也不用住客栈了，就到我这里来住，房子是现存的，也有人陪我说说话儿。

柳如是迟疑道："小女子能住到老太太府上，是小女子的福分。只是牧斋的事……"

吴太夫人打断她的话说："你既找到我老太婆，没有让你空手而返的道理。你就安下心来，等我儿慎可回了，再作计较。"

柳如是要的就是这句话，忙下榻跪在老太太脚边，再三叩首道谢。

此后的每一天，柳如是就陪着老太太诵经侍佛，闲话春秋。

这天黄昏，柳如是正把一本《金刚经》抄完，老太太喜得拉着她双手说："你低头写字，想必脖子也酸了，屋子里也憋闷，咱们到园子里透透气罢。"

四月，正是槐花盛开的季节。园子院墙一溜排开几棵老槐树，洁白的花儿隐在绿叶之间，分外素雅，空气中馥郁着浓得化不开的香甜气息。柳如是挽着吴太夫人，在园里慢慢走着，说些自己在外面的见闻，听得老太太眉开眼笑，乐不可支。

忽然，院角里的几株兰花吸引了柳如是，阴凉处，深绿色的叶片，洁白的花瓣，自有一种清幽高雅之态。

柳如是忽发奇想："太夫人，小女子把这兰花画出来，送给太夫人罢。"

老太太奇道："你还会画画儿？你快画来我看。"忙吩咐丫头们摆案研墨铺画纸。

柳如是蘸墨挥毫，几笔勾勒出兰叶花片，并在一旁添上石头，幽兰倚奇石，似有一缕清香自纸面冉冉而起。

"好幽雅的兰石！"

冷不防一声喝彩在身后响起，柳如是一惊，回头看时，见一中年男子，身着藏青色氅服，身材魁梧，相貌威严。

老太太一见，目露慈爱，柔声笑道："慎可，你回来了。"

中年男子忙向老太太施礼："母亲，孩儿回来了。"

"快来见过，这位是钱牧斋的夫人柳如是。"

梁慎可原是明朝时的工部主事，大清朝定鼎后，被录用为兵备使，深得朝廷信任。因父亲逝世，回江宁家里丁父忧。无事之时，常与同年——江南总督洪承畴互相走动，与军帅马国柱的关系也极为亲密，就做了马军帅的幕僚。这两人可是江宁府红极一时的人物，正管着钱谦益的案子。此时，梁慎可正是从马国柱的军帅府归来。

听了母亲介绍，知道眼前这画兰的女子，就是曾经闻名于江南的才女柳如是，就多看了两眼。早年就听说过柳如是的大名，只恨无缘得见。今儿，只觉得这女子秀丽端庄，清雅脱俗。不似秦淮河畔忸怩作态的青楼女子，心里顿时存了一份好感。在她凝神画兰之时，他早已看出此女才情不凡，再则，既能让母亲高兴的人，也就是母亲欢喜的人，他也就欢喜三分。

听母亲说出钱牧斋的名字，他向园子四周看了一下，扶着母亲："母亲站半天了，也乏了，进屋歇着罢。"

梁慎可扶母亲坐上软榻，对丫头们说这里暂不用你们侍候了，叫时再来，就关了房门。

柳如是正纳闷，却见梁慎可搬把椅子靠近母亲，掀起长衫后摆，坐下轻声说："母亲，孩儿刚从军帅府回，今儿总督洪承畴大人也在军帅府上，正商量着钱牧斋的案子。"

柳如是一听，手握成一团，吴太夫人忙轻轻拍着她的手说："好孩子，别怕！"

梁慎可看了柳如是一眼，又转头望着母亲："母亲有所不知，钱牧斋的案子可不轻。谋逆之首黄毓祺与松江陈子龙，联合舟山水师黄斌卿，准备在常州谋反。这三处叛军约定同一时辰起义，谁知黄斌卿中途变卦，按兵不动。常州叛军都是些乌合之众，又没有经过严格训练，清兵骑马一冲，他们就散了。当黄毓祺率数十艘战船从海上向常州进发时，遇上大风暴，几乎全军罹难。

黄毓祺从海上捡回条性命，潜往江北通州，藏匿在法宝寺，被人密告，朝廷派人一举捉拿。

看似黄毓祺的案子与钱牧斋没有关系，只是密告之人说钱牧斋曾出巨资助黄毓祺谋反。谋反，这可是大逆不道之罪，要株连九族的。母亲，可不要让外人知道钱牧斋的家眷住在我们府上。"

说毕，又看了柳如是一眼。

柳如是焦急地问："梁大人，牧斋的案子就这样定了？定为从逆谋反？"

梁慎可伸手做个没有的姿势："暂时没有。因为首犯黄毓祺宁死不屈，打死也不肯承认与钱牧斋有任何牵连。还破口大骂。"他突然停下，欲言欲止。

柳如是坐直了身子，恳求道："梁大人请直言，不碍事的。"

梁慎可接着说："黄犯大骂牧翁：'钱谦益变节迎敌，卖身求荣，我黄毓祺乃大明王朝之忠臣，反清复明之志士，岂可与此等卑鄙小人为伍？'"

柳如是脱口称赞："真不愧是大明的勇士！"

梁慎可深深地看了她一眼："黄毓祺是条汉子。还有一事，就是密告之人不知出于什么原因，不敢出面作证。朝廷一直都在秘密查找此人，一时还没有找到，此案也就搁下了。"

一直听儿子说话的老太太接过话头说："这不就是了。首犯都说不认识钱牧斋，告密的又不知去向，死无对证的，还定什么罪不罪？"

梁慎可赔笑道："母亲，你老人家不知道，这可是谋反之罪，是要杀头的，说不得还会株连九族。"

老太太不悦："这话你都说两遍了，我又不聋。我老婆子八九十岁了，不知道何为从逆，何为谋反。我只知道，一个女人，在家从父，出嫁从夫，是为妇道礼仪。她一个小女子，不辞劳苦，从夫赴难，生死相随。世上有几人能做得到？你不帮她，就忍心看着钱牧斋死，也看着她去死么？"老太太脸色沉着，声音透着威严。

在江宁府，说起梁慎可对父母的孝道，没有人不知道的。

梁慎可知道跟母亲说道理是行不通了，只得诺诺点头，答应相机行事。

第四十章　娟娟独立寒塘路

垂柳无人临古渡，娟娟独立寒塘路。

——明　陈子龙

数日后的一天傍晚，梁慎可匆匆回府，在母亲跟前，把一张纸条递给柳如是，说是黄毓祺题在狱中墙上的绝命诗，黄毓祺绝食而死。

柳如是展开纸条，是一首七律：

人闻忠孝本平常，墙壁为心铁石肠。拟向虚空擎日月，曾于梦幻历冰霜。檐头百尺青音吼。狮子千寻白乳长。示幻不妨为厉鬼，云期风马画飞扬。

读罢，两行热泪簌簌而落，她心里默默祈祷：黄大人一路走好！

梁慎可接过她手中的绝命诗，从怀里摸出火折子点着烧了。

老太太安慰道："你也不必伤心了，虽说这黄毓祺是极忠义之人，如今死了，也替牧斋作了解脱。"

"母亲说的是。"梁慎可给老太太揉着肩臂，"昨儿在军帅府，我跟总督洪大人、马军帅三人喝酒，也说到这事上。钱牧斋本是朝廷的降臣，多铎亲王攻打南京城时，还是他带头献城的，又被朝廷封官。虽辞官在家养病，尚怀皇恩，又是垂暮之年，更何况家道中落，哪来巨资助逆谋反？洪大人与马军帅也认为此言有理。"

老太太极欢喜地拍拍儿子的手背："我的儿，正是这个道理，你说得好。"

"还有一件事呢！"

柳如是神情紧张起来，眼巴巴地望着梁慎可，心想也不知是好事呢，还是坏事。

他母亲催促道："快快说来，是好事呢，还是坏事？"

梁慎可停了手，转到母亲跟前："是好事呢！看把你老人家急的，你太疼爱柳夫人了。"

他母亲嗔怪道："哎哟！多大的人了，还吃醋不成？难道我就不疼爱你了？"

"是是是！母亲当然疼爱孩儿了。"

看着这一对母子，柳如是感到温暖又辛酸，却又牵挂他刚才说的事儿。

"那告密的人叫盛名儒，官府一直没找到他的踪迹。昨儿在秦淮河下游捞到他的尸体。有人说他是诬告，所以不敢露面，夜间在秦淮河边吃酒失足落水淹死了。"

老太太拍手笑道："管他是怎么死的，恶人有恶报！"又拉着柳如是手，"你看，我说了吧，有你这么贤良的夫人，牧斋会没事的。"

又望着儿子说："既是没了首告，谋反的首犯又死了，那还不放牧斋出来？"

梁慎可赔笑道："母亲，看你老人家急的，这是官府的事，又不是我们家里的客人，说进就进，说出就出的。"

"那还要怎样呢？"

"还要承办这案子的官员，向朝廷上书，写清楚事情的来龙去脉，再由朝廷下文，如果朝廷说放，就放了。"

"要是朝廷说不放，钱牧斋不是要在牢中坐一辈子？"

"母亲，看你老人家说的，儿子不正是在洪大人与马军帅面前替牧翁开脱么？"梁慎可不敢反驳母亲，只赔着笑脸慢慢说话。

柳如是扑通一声跪在梁慎可面前，含泪道谢："梁大人，你可是帮了我天大的忙了，这天大的恩情，我永生不忘，来世做牛做马也要报答大人！"说着叩头不止。

梁慎可忙说："夫人快快请起，你折煞我了！"

钱谦益在狱中关了四十天后，洪承畴与马国柱上书朝廷，以"钱谦益与黄毓祺素无往来"为由，暂发放苏州，由苏州府监管。

柳如是依依不舍地辞别了梁府吴老太夫人，相携着钱谦益往苏州而来，寄居于拙政园。

转眼就过了立冬，明净的天空已不见雁的踪迹，园子里的菊花也慢慢枯萎。

清晨，河面上氤氲着丝丝缕缕的雾气，透着清寒。

怀有身孕的柳如是，行动大不如以前，提了一桶衣物打开院门，正要往河边去，冷不防一个声音惊叫道："夫人，是你么？"

柳如是抬头却见鲜朵儿与冬青正风尘仆仆地站在眼前，喜道："冬青鲜朵儿，你们怎么来了？"

鲜朵儿忙上前接过她手中的衣桶，笑道："是老爷写信说夫人怀孕了，要我和冬青赶快来苏州的。"

柳如是听了，忙招呼冬青鲜朵儿快进屋，衣服也不去河边洗了。钱谦益知道他们俩今天会到，也不吃惊，只吩咐冬青鲜朵儿还像以前那样，要尽心照顾好夫人，不能让夫人劳累了。

柳如是嗔怪道："你写信回家，也不让我知道。"

"我想着，你本来身子骨就弱，怀孕了，就更该照顾好。不然，年纪轻轻的落一身毛病。"钱谦益温和地解释，"虽说在这里也能请佣人，只是没有鲜朵儿贴心周到，索性就写信叫她与冬青一起来苏州了。"

孤寂之时，钱谦益虽有柳如是陪伴在侧，却还是想起半野堂。半野堂常常是文人名士欢聚一堂，吟诗作画，笑谈古今。

而今的拙政园，虽是苏州的名园，也无人问津。

从江宁府监狱出来，钱谦益勘破的岂止是世间的人情冷暖？做清廷降臣的耻辱又岂是一时能泯灭的？那阶下囚生死难料的滋味更是让他终生难忘。

除了在苏州巡抚土国宝府上做幕僚的吴梅村，偶尔有往来之外，他几乎足不出户，只与柳如是相厮相守。

回乡之日，遥遥无期。柳如是身怀六甲，如黎明的一道曙光，照亮他迷茫的人生之路。他兴奋不已，忙写信让冬青带鲜朵儿前来苏州，照料妻子。并嘱咐冬青带来他以前经常查阅的史料，他要在有生之年继续修编《明史》。

这天是柳如是的生日，他颇为愧疚地对她说："今天是你三十岁生日，可我如今身无分文，又受官府监管，没礼物送给你，唯有在江宁府狱中作的六首诗，我读给你听：

朔气阴森夏亦凄，穹庐四盖觉天低。青春望断催归鸟，黑狱声沉报晓鸡。

恸哭临江无壮子，徒行赴难有贤妻。重围不禁还乡梦，却过淮东又浙西。

柳如是望着他灰白的头发，苍老的面容，轻声说："有你这份心，我已知足。你我患难之中，还要什么礼物不礼物的。"

钱谦益的诗里话外，除了诉说牢狱之苦与世道艰难，更多的是表达了对柳如是的思念与感激。

"恸哭临江无壮子，徒行赴难有贤妻"，自己的儿子钱孙爱懦弱无能，妻妾亦不能与自己分忧同难，唯有柳如是不顾性命之忧，抱病徒行赴难。

他这些感激之情，柳如是心里明白，艰难的日子，还要相携着走过，唯有安慰说："牧斋，我们不去想以前的事了，冬青带来了一些书卷史料，我仍与你潜心共同修编《明史》。"

十月怀胎，一朝解怀。顺治五年四月，柳如是生下女儿，钱谦益垂暮之年喜得千金，乐不可支，给女儿取名为：钱孙蕊。

年底，朝廷下文取消对钱谦益的圈禁。至此，钱谦益的官司终归结案，便携妻带女，回到老家常熟虞山。

柳如是在绛云楼相夫课子，日子过得如同虞山脚下的流水，波澜不惊。

这天晌午，学生顾云美带一位壮汉，行色匆匆，来绛云楼求见钱谦益。还未坐定，那汉子便从怀里掏出一叠纸来，郑重地双手呈给钱谦益。

钱谦益看他神色庄重，诧异已极，不由得翻开细看，"浩气吟"三个大字骇然映入眼帘，他急急翻阅，原来是瞿式耜在狱中写的三十八首《浩气吟》与张同敞的《绝命诗》。

两年前，广西巡抚瞿式耜与张同敞等拥戴桂王朱由榔在广东肇庆即位，建立了南明的第三个小王朝，年号永历。

自此，反清复明的志士便有了一盏指路明灯，可毕竟寡不敌众，各路抗清志士纷纷殉难。当清兵攻陷桂林时，其他人都逃的逃，躲的躲，唯有巡抚瞿式耜端坐署中不肯离去，张同敞愿与瞿大人一同赴死，在狱中，二人临死不惧，还诗词唱和，这就是两位大人在狱中作的诗。

那汉子说到这儿，抬头望着柳如是，迟疑地问："夫人认识一个叫葛嫩的女子吗？"

"葛嫩？岂止是认识！那可是我的好姐妹。"柳如是不知是福是祸，眼巴巴地望着他，只盼他快说。

"她跟她丈夫孙克咸一道，双双死在清兵的刀剑之下。真是世上少有的贞烈之女。"

几年前，葛嫩就随孙克咸在福建沿海一带抗击倭寇。清兵入犯时，又投在杨文聪麾下抵抗清兵，后因兵败两人一同被捕。清兵将领见葛嫩秀发如云，肤如凝脂，颇有几分姿色，用手抚摸葛嫩的脸，并言称如若肯从，可免一死。

葛嫩破口大骂，咬断舌头和血一起，啐满清兵头目一脸，那头目恼羞成怒，挥起一刀，砍了葛嫩。

孙克咸见了，不但不悲，反而仰天大笑："孙三今天就要登仙了，葛嫩，等等我，我陪你一同上路。"说罢，挺起胸口朝清兵头目血淋淋的刀口扑去。

那汉子说完了，大堂上悄无声息。柳如是眼里已经没有了眼泪，只有满腔的怒火在心底里烈烈燃烧，仿佛要把这个不平的世道燃为灰烬。

那汉子告辞而去，顾云美坐在一旁，默默无语，没有要离开的意思。柳如是有种更不好的预感，在钱谦益的学生当中，顾云美最以沉稳见长，瞧他今儿这神情，一定是心中有事。

果然，他坐在那儿，低垂着脑袋，用几乎只有他自己能听得见的声音说："师母，听松江逃难过来的人说，陈子龙也死了，死得甚为惨烈。"

在一次起事中，陈子龙兵败被捕。在松江，都御史陈锦、江南巡抚土国宝亲自审讯陈子龙。

大堂中，面对极刑，他直立不屈，神色凛然。

土国宝坐在"明镜高悬"之下，声色俱厉："堂下逆犯，报上名来。"

陈子龙昂首挺胸："我崇祯朝兵科给事中陈子龙也！"

土国宝一拍惊堂木，再问："为何不剃发？"

陈子龙又凛然道："吾唯留此发，以见先帝于地下也！"

再问，陈子龙挺立庭前，拒不回答。土国宝无奈，只得将他押上船，送往南京。船至松江境内跨塘桥时，陈子龙乘守者不备，翻出船舱，投水以死，待打捞起，已气绝多时。恼怒的清兵又残暴地将其凌迟斩首，弃尸江中，挂首级于松江城门楼示众。

柳如是已听不清顾云美后面的话，只觉得天旋地转，身子麻木地向后倒去，一时不省人事。

待她悠悠醒来，只见床前一灯如豆，钱谦益守在床边。她挣扎着坐起来，没看到女儿，便问："蕊儿呢？"

钱谦益忙拿了枕头垫在她背后："已吃过晚饭，鲜朵儿带着在西厢房里，已睡下了。"又去点上烛台上的蜡烛，房里霎时亮堂了许多。

看她悲痛欲绝的神色，钱谦益心里不安，只说："你好生歇着，我去叫鲜朵儿给你做些吃的来。"

柳如是伸手拦道："不用了，我吃不下。"

钱谦益知道她跟陈子龙在松江有段极深的渊源，只不知如何相劝，又见她神情懒懒的，似不想说话，便试探着说："我想给瞿式耜的《浩气吟》写序，还是叫鲜朵儿来陪你罢。"

"哦，你写去吧，就让鲜朵陪着蕊儿，我没事的，靠着歇歇就好。"

钱谦益知她想独自待着，便自去了书房。

柳如是从枕头底下抽出那本总是放在手边的诗集《戊寅草》，就着烛光一页一页地翻着，她的目光并没有落在字里行间，她的思绪把她整个人整颗心带到一个遥远的地方——松江南园。

南园的春风春雨，白龙潭的花晨月夕，捉迷藏的天真嬉戏，红袖添香夜读书的温馨，桃林中的萧萧剑气……这一切，如今竟是那样的缥缈，那样的遥远，那样的不可触摸。

她穿衣起床，来到院子里，清寒的月光洒满一地，夜凉如水。自从顾云美来后，她的胸口一直微微地疼，她双手将《戊寅草》捧在胸口，压着那颗疼痛的心。

卧子，你知道么？你是我今生唯一的爱人，虽不能与你成眷属，可你一直在我心里，一直在。

卧子，你知道么？我想你，想你眉斜入鬓，想你浅笑温柔，想你曾经穿过的那件湖水色长衫。这夜的清寒的空气中，似乎流转着你身上特有的气息。

你听啊，有露珠儿盈盈飘落，有痴人在为你谱写心曲，有痴人寒夜为你独坐，为你发丝长，为你眉眼乱，为你泪迷离。

原来这闲愁，真的无计可消除，真的是才下眉头、却上心头，真的是花自飘零水自流啊！这夜里的思念，怎会是这般的落寞！

这一生，所有的纠缠，所有的遗憾，我都收藏在心的最深处。在这苍凉的人世，悲壮的历史中，在爱恨交错的时光里，纵使青史已成灰，我也要无悔地用我的灵魂蘸着岁月的寒霜，雕刻一座爱你的丰碑，永不褪色，永不磨灭……

无雨无雪的冬天，透着干燥的寒冷，北风过处，草木枯凋，地皮干裂。吹了一天的北风，到夜间也不肯停歇，时时把窗纸刮得啪啪直响。

柳如是对仍在二楼书橱跟前查阅史料的钱谦益说："牧斋，我下去了，蕊儿这几天不大好，夜间有些吵闹，鲜朵儿熬了几夜，眼睛都红了，今夜我带她歇了。你也早点下去罢，不要太晚了，年岁也大了，身子骨要紧。"并嘱咐烛火不要挨书卷太近了，钱谦益头也不抬地答应着。

下楼来，特地绕到门厅，隔着房门交代冬青去二楼伺候老爷，提醒老爷早些歇了。

西厢房中，鲜朵正哄蕊儿睡觉，见夫人来了，便做手势叫她不要出声。柳如是轻声问："今日可好些了？"

"晚饭前吃过药，这时退烧了呢。"

"你熬了几夜了，今夜好生地睡去吧，这里有我呢。"

鲜朵儿实在是打熬不住，眼皮直打架，便顾不得许多，倒在对面床上，埋头睡去。

"夫人！夫人，失火！失火了！"嘈杂声，惊叫声把柳如是从梦中惊醒，她睁着蒙眬的睡眼茫然地看着床前的鲜朵儿，鲜朵儿把蕊儿把在怀里，急道："夫人快穿衣，失火了。"

鲜朵儿抱着孙蕊与柳如是跌跌撞撞地跑到院外的开阔地，冬青正搀扶着钱谦益从浓烟中爬出来，瘫在地上，望着大火中的绛云楼，捶打着胸口，哭喊道："我的书啊，我的书啊！"

猎猎北风淹没了他悲怆的呼声，吹刮得大火更旺，熊熊火光把虞山的夜映得一片通红。天干物燥，又兼深更半夜，还未来得及施救，绛云楼就成了飘逸在虞山夜空上的一片红色的云霞。

一夜之间，钱谦益更加苍老。他与柳如是所编纂的《明史》，仅手抄原稿就有二十余箱，顷刻之间便化为灰烬。

柳如是呆呆坐在冰冷的地上，倾注了多年心血的《列朝诗集》，片纸未存。望着眼前仍冒着黑烟的一堆瓦砾，欲哭无泪。

离开废墟中的绛云楼，钱谦益携柳如是住进红豆山庄。

红豆山庄，庭前溪水，庄后桃林，紫藤缠竹篱，荷塘飘幽香。更有两株历尽风雨沧桑的红豆树，枝繁叶茂，郁郁葱葱。

静幽的山庄与稀有的红豆树，让柳如是失落的心得些许慰藉。只是听钱谦益说，这两株红豆树已有十余年没开花结红豆了，心里又不免深感遗憾。

在幽静的山庄，钱谦益与外面反清复明志士的联络更为密切。红豆山庄虽远离常熟县城，位于东乡白茆芙蓉村，距长江入海口只有二十余里，且有水路直通，来往极为便利。

这日，两位抗清将领姚志卓、朱全古从水路秘密来到山庄，给钱谦益带来了延平王郑成功出师北伐的檄文，钱谦益激动不已，轻声吟诵：

> 连袂云，挥汗雨，谁云越士三千；左带山，右砺河，不弱秦关百二。领滇黔而会镇巴蜀，牧养蜀晋之郊，群空冀北；踞湖南而夸岭表，击楫闽粤之懊，小视江东……
>
> 先取金陵，肇开皇业，独是麻黄为蜀地之咽喉，英霍为楚豫之指臂。左连东吴，右通濠泗……于此人力，可卜天心，瞬息夕阳，争看辽东白豕，灭此朝食，痛饮塞北黄龙。功永勒于汾阳，名当垂于沘水。世受分茅。勋同开国。谨檄。

柳如是更是彻夜未眠，拿出从绛云楼大火中抢出来的金银细软，倾囊相赠，资助姚志卓的神武军"五百罗汉"。

然而，西南永历小王朝的军队不敌清兵，一败再败，退至缅甸。反被吴三桂将永历帝杀害于云南。

为隔断内陆与海上抗清水师的联系，清廷实施了迁海禁令，将福建、广东、浙江、江苏、山东、河北六省沿海及岛屿的居民内迁 30 — 50 里，在沿海一带形成无人区域。海上水师郑成功失去内应，只得转而南下，收复台湾，养精蓄锐，伺机再起。

钱谦益一时心灰意懒，不再过问此事，只潜心校勘典籍。而柳如是对郑成功的海上水师仍寄予了无限希望。

直到传来郑成功病死台湾的噩耗，柳如是期望破灭，祝发入道，并自称"我闻居士"。

唯一的安慰是，女儿孙蕊年满十五，出落得花容月貌，亭亭玉立，而且知书达理。钱谦益择无锡翰林赵月潭之子赵管为上门女婿，婚后就住红豆山庄，以承膝下之欢。

几度变故，几多磨难；牢狱之灾，火烧绛云楼。钱家已是入不敷出，除了少量田租，三房妻妾，家大口阔的全仗钱谦益替人写文、帮办诉讼，辅之以授徒来维持生计。

日子虽然清贫，有了女儿女婿环侍身边，曾经漂泊风尘的柳如是甚感踏实。欣慰之中，亦满足于山庄田园般清静的日子，料理家务之外，仍继续帮钱谦益编纂《明史》与《列朝诗集》。

钱谦益日见衰老，身子骨大不如从前。也难怪，过了这个残冬，明年就整整八十岁了。人生七十古来稀，又有多少人能活到八十高寿？家人想给他做寿，而他却绝口不提此事。

十多年来，"降臣"这两个字，像山般重重地压着他的脊梁骨，反清复明之事又如废弃的炉灶，火熄灰烬。他有意躲避着自己的寿辰，他满足于眼下的日子妻贤子孝。只是这样的日子不知还有多少，过好每一天的每一个时辰，便是他内心对上苍的祈求。

柳如是心里明镜似的，她懂得他内心的痛苦与煎熬，也目睹了这些年来，他为反清复明所做的一切，她有心让他在有生之年过得轻松愉快些。

这日，若有所思的柳如是唤来冬青，在后花园的菜地里比比画画，原来，她让冬青把一大块菜地划成一个巨大的寿字，顺着垅起的笔画洒上油菜籽，又在垅下的沟里播上小麦种子。

冬去春来，万物复苏。

一天清晨，孙蕊想到菜园子去摘些青菜，远远地望见后园几树桃花嫣红，她也不去菜地摘菜了，迤逦来到花园中，这棵树瞧瞧，那棵树看看，想折枝桃花回房里插瓶呢。

突然间，她大叫起来："娘啊！娘，快来看啊！"

正在池塘边陪钱谦益读书的柳如是听了，忙不迭地过来，边走边嗔道："蕊儿，什么事？老大不小的，是人家新媳妇了呢，遇事还这样一惊一乍的。也不怕人笑话。"

虽是满嘴的责怪，却是满脸的怜爱。孙蕊吐吐舌头，缩缩脖子，指着红豆树放低了声音，满脸兴奋地说："娘啊！你快看，红豆树开花了！"

柳如是听了，加快了脚步，"莫不是你看花眼了？你爹爹说十多年没开花了呢？"

"娘，我眼睛好着呐，哪里是眼花了，分明是红豆开花了嘛。"虽说已是新嫁娘，孙蕊在娘亲面前依然带着小女儿的娇羞，听她娘说她是眼花了，便嘟着嘴分辩道，"不信，你走近来瞧瞧，嫩黄嫩黄的，只是没有桃花那么艳罢了"。

柳如是已来到孙蕊身后，仰头望向枝根遒劲，枝丫挺秀的红豆树，满枝浅黄粉白的花朵儿正悄然绽放，鼻端似萦绕着缕缕清香。心里暗道：真是奇迹，真是奇迹！两株沉寂了十多年的红豆树，今天居然满树繁花。

钱谦益早听到孙蕊的惊叫声，也跟在柳如是身后来到红豆树下，他看着枝头细碎的花朵，欣喜若狂："人言，红豆树轻易不开花，一旦开花，必有喜事降临。"

柳如是喜道："咱家有喜事啊，牧斋今年不正是八十高寿吗？这真是天降祥瑞呢！"

村里人听说红豆庄十多年不开花的红豆树开了花，如逢盛事一般，纷纷前来山庄观赏。

天佑人愿。

春天，风和日丽，雨顺风调，花期过后，枝头结满了一荚荚殷红的小豆粒。一家人天天在树底下看着，祝愿着，盼望红豆顺利成熟。

暮春时节，小荷圆碧，蜻蜓飞舞；小麦青翠，菜花金黄。

这日午后，太阳斜斜地照着山庄，钱谦益读书有些困倦。柳如是担心他刚吃过午饭，睡了怕积食，更怕他夜间失眠，于是笑问道："我陪你去后园走走如何？"

为赶着写朋友相托的文章，钱谦益好些日子没去园里转转了，于是欣然同意。花园里的菜地，引起了他的注意，他跟相伴在身边的柳如是说："这油菜与麦子好像是有意种成这样的，这是个字吧。"

柳如是笑而不答，搀扶着丈夫登上望月亭，目到之处，油菜花一片金黄，碧绿的小麦镶嵌其间，一个硕大的碧玉镶金的"寿"字呈现在眼前。钱谦益欣喜若狂，喜极而泣。虽然他的生日是在九月，而眼前这个巨大的金镶玉的"寿"字，是妻子提前送给他的寿礼。他深深体会妻子的良苦用心，也惊叹这位江南才女的奇思妙想。

望着眼前的"寿"字，他沉默良久："十几年来，我一直背负着降臣的骂名，我不提寿辰之事，是想人家少骂几句。"

柳如是望着日益衰老的钱谦益，由衷地说："当年降清也是不得已，救了南京城的满城百姓，这么多年来，你也一直在帮助抗清志士反清复明。如今，时过境迁，你要放开心怀，人活一世，草木一秋，千古功过，自有后人评说。"

夏天，长得越发红润可爱的小红豆一颗颗地掉落。柳如是看着枝头越来越少的红豆，心急如焚，却也无可奈何，只是暗暗祈祷苍天保佑，保佑她能收获成熟的红豆。

秋天，红豆树的叶子已枯萎零落，只剩几片略带青色的叶子在风中摇曳。

柳如是失望之余，满怀懊恼。还是孙蕊眼尖，惊叫道："娘，你看，那叶子后面还有一豆荚。"

柳如是望着满树残枝，难过地摇摇头，不想说话。

"冬青叔，冬青叔，你过来，你爬上树去把那只豆荚摘下来。"孙蕊只喊冬青。

"娘，娘，有红豆，有红豆。"孙蕊接过冬青从树上扔下来的豆荚，急急地剥开，一粒殷红如血、饱满坚实的红豆落在她手掌中，喜得连声喊娘。

正要离开花园的柳如是听女儿的惊喜声，连忙折转身，果然，孙蕊的手掌托着一颗殷红亮泽，晶莹圆润的红豆，其形状像极了"心"字。柳如是如获至宝，两株红豆树，仅存一粒籽，她仰首望天，默默感谢上苍的恩赐。

钱谦益生日这天，柳如是为丈夫操办了一场简单而温馨的寿宴。宴席上，她含笑将一只小锦盒双手捧给寿星。钱谦益接过锦盒，打开看时，一颗质坚如钻、色艳如血、形似跳动的心脏的红豆呈现在眼前。他激动得嗓音发颤："红豆山庄这两株红豆树，沉寂二十年，没有开花结籽。今年恰逢老夫八十寿辰，老树居然开花结豆，而且仅剩一颗，这豆红而发亮，不蛀不腐，色泽晶莹而永不褪色，是真正的相思红豆。就连在海南一带，也是极少有的，这可真是天赐祥瑞啊！"说罢，让冬青快快磨墨铺纸，当场挥毫，赋绝句十首，以表感怀。

> 院落秋风正飒然，一枝红豆报鲜妍。夏梨弱枣寻常果，此物真堪荐寿筵。
> 春深红豆数花开，结子经秋只一枚。王母仙桃余七颗，争教曼倩不偷来。
> 二十年来绽一枝，人间都道子生迟。可应沧海扬尘日，还记仙家下种时。
> 秋来一颗寄相思，叶落深宫正此时。舞辍歌移人既醉，停筋自唱右丞词。
> ……
> 红药阑杆覆草莱，金盘火齐抱枝开。故应五百年前树，曾裹农家锦绣来。

读着钱谦益的诗，看他如此好兴致，一家人和和美美，柳如是欣然而笑。

冬天，年老体衰的钱谦益偶感风寒，一病不起。病中的钱谦益想回主房正宅荣木楼居住，柳如是、王氏、朱氏一起随他搬回荣木楼。夫人陈氏早已去世，王氏、朱氏也年老体弱，照顾夫君、料理家务的重担就落在了柳如是肩上。每天，煎药熬汤，端茶送水，陪读侍谈，不厌其烦。

钱谦益每天清晨晚间，都要诵读佛经，无奈老眼如蒙，看不清蝇头小楷的经文，柳如是便耐心地一字一句地念给他听。

老来有爱妻相伴，是钱谦益最大的欣慰。人到垂暮之年，最易怀旧，他想自己半生坎坷，最值庆幸，最得意又最难忘之事，便是崇祯十三年半野堂文宴，虽已过去了二十多年，却历历在目，靠在床上，他写道：

老大聊为秉烛游，青春浑似在红楼。买回世上千金笑，送尽生平百岁忧。
留客笙歌围酒尾，看场神鬼坐人头。蒲团历历前尘事，好梦何曾逐水流！

时光如水，往事如烟，仕途失意，屡遭磨难，但有美人相知相伴，又有何烦恼可言？行将就木的钱谦益道出了对柳如是的感激与自己的欣慰之情。

得到丈夫的认可与赞美，柳如是心里百感交集，欣慰之余，另有一缕忧虑悄悄爬上心头，挥之不去。她隐约听王氏朱氏说过，夫君入朝为官得意之时，曾得罪过钱氏宗族的一些人。而且当年钱府的仆人钱斗，曾以钱谦益的名义向钱氏宗族的曾孙、钱曾的父亲钱裔肃敲诈了三千两银子与其他贵重器物。

如今，虽说钱谦益晚年遭难，陷入困境，但他在世一日，那些人便不敢有过分的行为。一旦离世，谁能说那些人不为难钱家后人？

自正室夫人陈氏去世后，钱谦益对柳如是虽宠爱有加，却并没有把她扶为正室夫人。一直掌管家事的柳如是仍是侧室，没得到家族的认可，就没有说话的余地。

这天，柳如是正喂钱谦益吃药，钱氏宗族的钱朝鼎带一群人闯进荣木楼，背着双手，立在钱谦益的病榻前，阴沉着脸说："钱大人，我已经派人封了红豆庄，让你的女儿女婿给我滚出去。"并逼着孙爱、孙蕊与赵管交出银子、大米与田契。

钱谦益悲愤交加，带着对亲人的留念与牵挂永远地离开了人世，丢下柳如是在悲痛与无助之中。

两天后，连日劳累的柳如是在楼上房里靠着歇息，忽听得一阵吆喝从院外传来，钱谦益生前最器重的钱氏宗族的族孙与门生钱曾，亲自带一群奴仆来逼债了。他翻出陈年老账，向钱家索还当年他父亲被钱斗敲诈的三千两银子与若干贵重器物。

钱曾一反往日温文尔雅的书生气，站在钱谦益的灵前，看柳如是从楼上下来，眼里不再有师母，气势逼人地说："奴仆们已在院子里候着了，再不交出钱物，你等将大祸临头。"

柳如是看着这人面兽心的钱曾，仍然语气温和地说："钱曾，你知道的，你先生这些年来，以卖文为生，哪里还积蓄？家里仅存的一点财物已被人强索而去，如今别说三千两银子，就是三两也拿不出来啊！"

钱曾根本没把柳如是放在眼里，就当没听见她的话，只恶狠狠地冲着女婿赵管说："你家有没有积蓄，我不管，我只要拿回我父亲被钱斗敲诈的财物，一分不能少。"说着，阴笑着逼近赵管，"把银子快拿出来，拿出银子，你就给我带着你老婆，那贱女人生的野杂种滚出钱家大门。"

柳如是气得脸色苍白，浑身颤抖，她强忍着没有发作，沉默了一会，轻声对钱曾说："这样吧，钱曾，你先坐会儿，我去楼上给你们开账。"说完，独自登上荣木楼。

楼上，柳如是无助地望着窗外万木萧条的旷野，一缕绝望爬上心头，她不能容忍自己受辱，更不能让女儿为自己背负污名而苟活于世。然而，她除了以死抗争，还能用什么来保全这个家，保全女儿？她拿出纸笔，飞快地给女儿写下短短的几句话：

　　汝父死后，先是某某并无起头，竟来面前大骂。某某还道我有银，差遵王来逼迫。遵王某某皆是汝父极亲切之人，竟是如此诈我。钱天章犯罪，是我劝汝父一力救出，今反先串张国贤，骗去官银官契，献与某某。当时原云，诸事消释。谁知又逼汝兄之田，献与某某。赖我银子，反开虚账来逼我命，无一人念及汝父者。家人尽皆捉去，汝年纪幼小，不知我之苦处。手无三两，立索三千金，逼得汝与官人进退无门，可痛可恨也。我想汝兄妹二人，必然性命不保。我来汝家二十五年，从不曾受人之气，今竟当面凌辱。我不得不死，但我死之后，汝事兄嫂，如事父母。我之冤仇，汝当同哥哥出头露面，拜求汝父相知。我诉阴司，汝父决不轻放一人。垂绝书示小姐。

　　写完匆匆看了一遍，放在桌上，起身理了理头发，整了整衣衫，踩着椅子上到桌上，解下腰间白色孝巾，挽在房梁上打成结，无意间回眸，瞥见窗外那株古柳树，漫天花絮正随风清扬。她突然想起陈子龙为她写的《上巳行》七古中的两句诗："垂柳无人临古渡，娟娟独立寒塘路。"

收回目光，把头颈伸进结中，却见挂在墙上的那幅墨梅图，一株无土可依的枯梅正悄然零落，边上有她题的四句诗：

色也凄凉影也孤，墨痕浅晕一枝枯。千秋知己何人在？还赚师雄入梦无？

一代侠骨柔肠的才女走了！走得如此决断、刚烈。什么都没留下，只在一页未写完的诗笺旁边，留下了一粒质坚如钻、色泽鲜艳的红豆，犹如一滴鲜血凝结而成的泪珠。